STORM ROND HET LANDHUIS

Ook verschenen van Anne Jacobs bij Xander Uitgevers
Het weesmeisje (2019)
De moed van het weesmeisje (2019)
De erfenis van het weesmeisje (2020)
De terugkeer van het weesmeisje (2021)

Het landhuis (2020)

Anne Jacobs

Storm rond het landhuis

Uitgegeven door Xander Uitgevers
www.xanderuitgevers.nl

Oorspronkelijke titel: *Das Gutshaus – Stürmische Zeiten*
(Die Gutshaus-Saga, Band 2)
Oorspronkelijke uitgever: Blanvalet Verlag, a division of Verlagsgruppe Random House GmbH, München, Germany
Vertaling: Sylvia Wevers
Omslagontwerp: Sander Patelski
Omslagbeeld: © Drunaa / Trevillion Images
Hert: Dreamstime
Auteursfoto: Marlies GbR
Zetwerk: ZetSpiegel, Best

Copyright © 2018 Anne Jacobs
Copyright © 2021 voor de Nederlandse taal:
Xander Uitgevers bv, Haarlem

Vierde druk 2024

ISBN 978 94 0161 874 8 | NUR 302

De uitgever heeft getracht alle rechthebbenden te traceren. Mocht u desondanks menen rechten te kunnen uitoefenen, dan kunt u contact opnemen met de uitgever. Niets uit deze uitgave mag openbaar worden gemaakt door middel van druk, fotokopie, internet of op welke andere wijze ook, zonder voorafgaande schriftelijke toestemming van de uitgever.

Sonja

TINE KOPTSCHIK GING ZO fanatiek met de kruimeldief over de behandeltafel dat het leek alsof ze de zwarte kunstlederen bekleding eraf wilde boenen. Terwijl ze alleen de hondenharen weg moest zuigen die weer eens overal op de tafel en de vloer beland waren. Tine had vroeger in de *Landwirtschaftliche Produktionsgenossenschaft* voor honderdvijftig koeien gezorgd. Nu, in het voorjaar van 1992, verkeerde de LPG in staat van verval. Dat kwam door de hereniging. Omdat Tine veel ervaring had met vee, waren al haar bewegingen krachtig, al waren ze soms wat te ruw voor het werk in een dierenartspraktijk voor kleine huisdieren.

'Zijn we klaar voor vandaag?' vroeg Sonja, terwijl ze mevrouw Kupke met de ruwharige dashond Whisky op de lijst noteerde.

'Nee, er is nog een herdershond in de wachtkamer.'

Sonja wierp een blik op de klok. Bijna elf uur, het spreekuur was eigenlijk voorbij. Het ging echt goed vandaag – drie katten, een kanarie en twee honden. Als het altijd zo ging, zou de praktijk rendabel zijn.

'Nou, laat die hond maar binnen dan!'

Tine stopte de kruimeldief in de kast, maar hij gleed er prompt weer uit en viel op de grond. Sonja wilde iets zeggen, maar hield zich in. Het had geen zin om zich op te winden. Tine was nu eenmaal een beetje onhandig, dus er ging weleens iets kapot. Maar ze was beleefd en eerlijk, en ze vroeg niet meer salaris dan Sonja haar kon betalen. Ze klaagde nooit als het in de winter koud was in de praktijk. Bovendien was ze heel kranig en kon ze zelfs een bijtachtige rottweiler aan.

'Komt u verder, mevrouw. O jee, Falko is helemaal nat.'

'Het regent pijpenstelen. Het is echt rotweer en ijskoud voor maart.'

Sonja kromp ineen toen ze de stem van de jonge vrouw hoorde. Zij alweer. Verdorie. Tot nu toe was de dag echt goed gegaan, maar het venijn zat hem altijd in de staart.

'Goedendag, dokter Gebauer.' Jenny Kettler stak haar hand naar haar uit en schonk haar een glimlach. Gewoon zomaar? Of zou er iets achter zitten? Wilde deze meid haar op de proef stellen? Of verbeeldde ze zich dat maar? Sonja probeerde een onbevangen en vriendelijke blik op te zetten, maar het kostte haar moeite.

Jenny Kettler. Knap, tenger, felrood haar, betoverend met haar charmante glimlach. Zo'n type dat denkt dat ze alles kan krijgen wat ze wil als ze haar vrouwelijke charme maar inzet... Sonja riep zichzelf tot de orde en schudde haar hand.

'Zo, Falko, dat ziet er prima uit. De snee op de snuit is goed geheeld. Hij is nauwelijks nog te zien...'

Falko liet zonder weerstand zijn snuit onderzoeken en had er ook niets op tegen dat hij achter zijn oor werd gekrabbeldd, maar loerde al verlangend naar het grijze blik dat boven op de kast stond. Dieren waren eerlijk, daarom hield Sonja ook zo veel van ze.

'Ik denk dat hij ingeënt moet worden,' zei Jenny Kettler. 'En hij krabt zich de hele tijd. Mijn oma is bang dat hij mijten heeft of zoiets.'

Sonja bladerde door het inentingsboekje en stelde vast dat het twee jaar geleden was dat de hond was ingeënt. Wat slordig! Ze pakte de vlooienkam en wist het meteen.

'Hij heeft vlooien,' zei ze. 'En niet zo'n beetje ook.'

Jenny keek geschrokken naar de kam, waar drie kleine, zwarte punten op krioelden.

'Gatsie!'

'Ik schrijf u een poeder voor. Dat moet u in zijn vacht wrijven en op zijn deken en in zijn mand strooien, overal waar hij graag ligt.'

Sonja genoot ervan om Jenny's verbijsterde reactie te zien. Tja, mensen konden niet goed tegen vlooien. De troep die de boeren op de akkers spoten of de uitlaatgassen van hun auto's, daar hadden de meeste mensen geen probleem mee. Maar o wee als er een onschuldige vlo op hun hond zat!

'Maar hij ligt overal... Op de bank, op het tapijt, in oma's bed...'

'Als die zwarte kameraden eenmaal in het matras zitten,' mengde Tine, die ondanks diverse waarschuwingen haar mond niet kon houden zich in het gesprek, 'dan gaan ze zich nestelen. Ze leggen eitjes en brengen hun nakomelingen groot.'

Jenny's blik werd paniekerig en ze keek Falko verwijtend aan. 'Waar heb je die in hemelsnaam opgedaan, schooier?'

Falko was niet bereid om hier iets over los te laten, maar hield in plaats daarvan zijn kop op voor Sonja, om zich nog eens heerlijk te laten krabbelen in zijn dichte vacht, waar het al zo vreselijk jeukte.

'Meestal krijgen ze ze van wilde dieren. Van egels bijvoorbeeld. Of van vossen of reeën. Die hebben allerlei parasieten...'

Jenny keek vol walging toe terwijl Sonja de drie vlooien met een papieren tissue dooddrukte.

Goed zo, dacht Sonja. Hoe minder ze me mag, hoe beter.

'En dat poeder... Is dat niet giftig?' wilde Jenny bezorgd weten. 'Ik heb een dochtertje, die kruipt en loopt overal rond...'

Juist. De kleine was net één geworden. Juultje, heette ze. Een schattig kindje, had ze gehoord. Sonja hoorde een heleboel, ook al was ze er helemaal niet nieuwsgierig naar.

'Het is voldoende als u de hond ermee inwrijft en hem een tijdje weghoudt van de kleine. Verder hoeft u nergens op te letten.'

Falko verdroeg de inenting zonder een spier te vertrekken en stortte zich vervolgens op de hondenkoekjes die Sonja hem aanbood. Een lieve hond, die Falko. Zo'n hond zou ze zelf ook graag willen hebben. Maar voorlopig had ze te weinig geld. Als ze een hond had, wilde ze dat hij behoorlijk voer kreeg en niet die troep uit blik die nu ook hier in het oosten werd verkocht. Het was pure afvalverwerking: vacht, huid, hoeven, botten – alles werd fijngemalen en dat noemden ze dan 'vleesaandeel'. Het meeste was graan, want dat was goedkoop. En geurstoffen, zodat die brij naar vlees rook, en conserveringsmiddelen die voor menselijke consumptie verboden waren. Nee, dank je!

'Dat is dan vierendertig mark vijftig. Betaalt u contant of zal ik u een rekening sturen?'

Ze betaalde contant voordat ze vertrok. Dat in elk geval wel. Het was een wonder dat Jenny Kettler en haar grootmoeder nog geld hadden. Zo'n renovatie kostte een vermogen. Maar waarschijnlijk hadden ze op tijd subsidie aangevraagd. En de architect, Kacpar Woronski, zou ook wel geen immense bedragen in rekening brengen, want hij was verliefd op de lieftallige Jenny. Ja, Sonja had inderdaad haar informanten en was goed op de hoogte. Kalle Pechstein bijvoorbeeld, dat was een kletskous. Een verliefde kletskous, want de arme kerel had nog steeds zijn hoop gevestigd op Margret Rokowski, Mücke genoemd. Tja, de liefdescarrousel draaide. Soms naar rechts, dan weer naar links. Het schommelde en kraakte, maar als je erin zat en meedraaide, vond je het geweldig. Maar als je ernaast stond, zoals Sonja, dan had je eerder het gevoel dat je met een hoop gekken te maken had. Maar met haar vijfenveertig jaar was zij immers ook ouder en meer ervaren dan de jongelui. Ze had Jenny Kettlers moeder wel kunnen zijn. Nou ja, dat was ze gelukkig niet.

'Ik zal nog even gauw vegen voordat ik ga,' onderbrak Tine haar gedachten.

Sonja wierp ter controle een blik in de kast en schoof de kruimeldief verder naar achteren. Daarna sloot ze de medicijnkast af, zodat er niets uit kon vallen en kapot kon gaan. 'Prima, Tine. Ik ga zo naar beneden en dan sluit ik af.'

'Tot morgen!'

'Tot dan!'

Sonja pakte haar papieren bij elkaar om ze mee naar boven te nemen naar haar privévertrekken. Het twee verdiepingen tellende huis was nogal verwaarloosd, maar ze had geen geld om het te laten renoveren. Ze had het van de ouders van een vriendin gekocht, die meteen na de Wende naar het westen waren gegaan. Het was een koopje geweest, want ze had er niet veel voor hoeven betalen. Althans naar westerse maatstaven. Toch had ze er een hypotheek op moeten nemen, omdat ze ook geld nodig had om de dierenartspraktijk in te richten. Zonder haar vader had ze dat niet voor elkaar kunnen krijgen. Hij stuurde haar nog altijd tweehonderd mark per maand. Hij zei dat het hem niet uitmaakte, maar Sonja wist dat dat niet waar was. Walter Iversen moest erg zuinig leven om haar te kunnen ondersteunen. Dat vond ze niet prettig. En zeker nu wilde ze niet dat hij onbemiddeld was, anders zou hij door zijn oude en tegelijk nieuwe vlam genadeloos worden ondergesneeuwd. Ze kende de vrouwen uit het westen wel, die waren alleen geïnteresseerd in geld en bezittingen. Iemand die niets had, was ook niets waard. Maar helaas had ze haar vaders toelage nodig. Haar praktijk leverde gewoon niet genoeg op. Hier in het oosten waren lang niet zo veel huisdieren als in het westen. Hier werkten de meeste mensen, ook de vrouwen. Wie had dan tijd om voor een hond of kat te zorgen? Bovendien kostten dieren geld en de mensen kochten liever een nieuwe tv. De LPG, waar ze haar hoop op had gevestigd, had de koeien, de varkens en het gevogelte allang weggedaan. Af en toe werd ze naar een van de omliggende dorpen geroepen, waar veel mensen nog vee hadden. Dat was eigenlijk het werkterrein van een collega; zij viel alleen in als hij ziek was of om een andere reden niet kon komen. Aan veel winst maken hoefde ze niet te denken.

'Dat komt nog wel,' had Tine gezegd. 'Als het hier in het oosten eenmaal goed loopt, nemen de mensen ook huisdieren. Bovendien heeft iemand me verteld dat ze op landgoed Dranitz rijpaarden willen gaan houden. Voor ritjes per koets met de kapitalisten die in het toekomstige wellnesshotel hun buik laten masseren.'

Sonja vond het idee van het wellnesshotel bespottelijk. Wie kwam er nu naar Dranitz? En dan ook nog voor die nieuwerwetse onzin? Dranitz was een gehucht. Hier in Waren an der Müritz zou een hotel veel rendabeler zijn. In Waren was een meer en konden de gasten bootje varen, zwemmen, wandelen of winkelen. En er waren restaurants, een ijssalon en een of twee bars. In Dranitz was 's avonds niks te doen. Daar was het een saaie boel.

Ze wierp een blik in de koelkast en weerstond de verleidelijke aanblik van de taartschaal, die Tine 's ochtends had meegebracht. Familiefeest... dan werd er bij de Koptschiks altijd flink gegeten, waarna de rest royaal onder de buren werd verdeeld. Dit keer had ze drie stukken van verschillende soorten slagroomtaart en twee stukken notencake aan haar baas Sonja gegeven.

'U kunt wel wat hebben, mevrouw Gebauer!' had Tine gezegd.

Als je van Tines weelderige postuur uitging, had ze inderdaad gelijk. Als je echter van Sonja's beeld van een droomfiguur uitging, zou ze voor de rest van haar leven slagroom, suiker en dergelijke dikmakers moeten laten staan. En ook dan was het nog maar de vraag of ze ooit nog van de gemene bijnaam 'dikkerdje' af kwam. Waarschijnlijk niet. Die hadden haar klasgenoten haar vroeger gegeven en ze kon hem maar niet van zich afschudden. Ze was blond en mollig, had geen taille, maar een weelderige boezem, wat ze als jong meisje vreselijk gênant had gevonden. Inmiddels was ze eraan gewend. Ze droeg een stevige beha met brede bandjes en beet fel van zich af als iemand een hatelijke opmerking maakte.

Ze pakte de rest van de soljanka van gisteren uit de koelkast, stak het gasfornuis aan en zette de pan erop. De maaltijdsoep smaakte onweerstaanbaar lekker en bovendien zat er geen suiker in. Er werd alleen wat room aan toegevoegd, maar niet veel. Precies zo veel dat je net de koele, romige smaak op de runderworst proefde. Nu nog snel een soepbord en een lepel op de keukentafel en een flesje citroenlimonade. Dat was een must. Citroenlimonade was vroeger altijd al haar troost geweest.

Terwijl ze de soljanka in de pan doorroerde, keek ze uit het keukenraam. Ze zag rode en grijze daken, een rijtje populieren die nog geen blad hadden, en het grijze daarachter, dat was de Müritz. Als het regende had het meer maar weinig charme, maar als de zon scheen, dan glinsterden de kleine golfjes en kleurde het water zo blauw als de lucht. Als kind had ze vaak in Dranitz aan de oever van het meer gezeten, stenen in het water gegooid of van oeverslib zeemeerminnen gevormd. Nu kon ze vanuit haar keukenraam de Müritz zien, die zo weids en eindeloos was als de zee. Dat was het beste van dit huis. Misschien had ze het alleen daarom gekocht.

Sonja goot net de verrukkelijk ruikende soljanka uit de pan op haar bord en strekte haar hand al uit naar de fles room toen de telefoon rinkelde.

Verdorie, dacht ze. Altijd tijdens het eten! Maar ach, wat maakte het uit? Als de dierenarts in Federow niet kan en ik kan invallen, is het ook goed.

Ze liet de soljanka staan en liep de woonkamer in, waar ze een bureauhoekje had ingericht. Hoopvol pakte ze de grijze plastic hoorn op.

'Goedendag, met dokter Gebauer.'

'Hallo, Sonja,' klonk de stem van haar vader uit de hoorn. 'Ik stoor je hopelijk niet tijdens het eten?'

'Jawel,' bromde ze een beetje kribbig. 'Maar wat maakt het uit? Ik ben toch te dik.'

Ze hoorde haar vader zuchten en wist al wat hij nu zou zeggen. Prompt zei hij: 'Waarom praat je dat jezelf altijd aan? Dat is onzin, Sonja.'

'Het gaat om het innerlijk, nietwaar?' citeerde ze hem vinnig.

Hij zuchtte nog een keer en ze kreeg een slecht geweten. Waarom speelden ze elke keer dit stomme, oude spelletje? Zij klaagde, hij wilde haar troosten, zij wees hem chagrijnig af. Vervolgens voelden ze zich allebei slecht en gingen ze elkaar uit de weg.

'Maar goed, papa. Waarom bel je?'

Haar vader schraapte zijn keel.

'Ik ben aan het inpakken en heb een paar spullen gevonden die van jou zijn. Ik dacht dat je die misschien wilt bekijken voordat ik ze weggooi.'

O jee. Oude herinneringen, misschien aan haar schoolperiode of – en dat zou nog erger zijn – aan haar afschuwelijke huwelijk. Jeugdzondes. Die kon hij gerust weggooien. Alhoewel... misschien wilde ze er toch wel iets van bewaren.

'Goed. Ik neem de auto en kom eraan.'

'Rij voorzichtig, kind.'

'Dat doe ik toch altijd, pap?'

Het was bijna honderd kilometer naar Rostock. Als ze pittig doorreed, duurde het ruim een uur. Sonja reed altijd pittig door. In de auto voelde ze zich als bevrijd. Ze scheurde altijd door de lanen, vloog over de autosnelweg, haalde alles uit haar lichtblauwe Renault wat erin zat. Misschien zat ze wel zo graag in de auto omdat haar irritante lijf, waar ze zich zo onprettig in voelde, dan niet zo hinderlijk was.

In gedachten verzonken at ze haar lauwwarme soljanka op. Ze vergat zelfs de room toe te voegen. Toen ze klaar was, zette ze de vuile vaat in de gootsteen. Daarna mocht ze van zichzelf een half stuk chocoladeslagroomtaart en een stukje slagroomtaart met advocaat, die ze staand onder de zilverfolie vandaan lepelde. Nog snel even beneden de praktijk afsluiten en dan kon ze weg.

Ze kende de route uit haar hoofd. Ze had het stuk talloze keren gereden nadat ze weer naar het oosten was verhuisd. Meteen na de Wende had ze besloten terug te keren, omdat ze zich in het westen nooit echt op haar gemak had gevoeld. Eerst de huwelijkscrisis met Markus, de scheiding, het hele gedoe met de advocaten, de verwijten, de beschuldigingen en de beledigingen. Ze zou gefrustreerd zijn, abnormaal, frigide en wat hij niet allemaal nog meer had bedacht. Feit was dat ze nooit zin in seks had gehad met Markus, wat ook in de loop van het korte huwelijk niet was veranderd. Ook al had hij echt wel zijn best gedaan, dat moest ze hem nageven. Zachte muziek, kaarslicht, champagne, zijden lakens. Het hielp allemaal niets, ze kon de zweetlucht van zijn huid en zijn hijgende, naar sigarettenrook stinkende adem nauwelijks verdragen. Eén of twee keer was ze zo dronken geweest dat ze alles met zich liet doen, daarna blokkeerde ze. Ze was dolblij geweest toen de scheiding eindelijk was uitgesproken en ze hem niet meer hoefde te zien. Opgelucht had ze zich op haar studie diergeneeskunde geconcentreerd en ernaast gewerkt om te overleven. Ze was met goede cijfers voor het examen geslaagd en had na haar promotie zelfs een aanbod van de farmaceutische industrie gekregen, maar dat wilde ze in geen geval aannemen. In plaats daarvan was ze in een praktijk gaan werken, waar de baas zich steeds vaker door haar liet vervangen, maar haar slechts een mager salaris gaf. In elk geval leerde ze er veel. Maar ze besefte ook algauw dat het werk van een dierenarts niet erg bevredigend was. Vooral niet als je echt van dieren hield. Er waren veel verwaarloosde dieren, maar nog meer arme dieren die door hun eigenaren extreem werden vertroeteld. Dieren die werden vetgemest, met belachelijke jasjes en schoentjes werden gemarteld, of werden geknuffeld, gekust, met griepvirussen besmet, vermenselijkt of vernederd. Dokter Sonja Gebauer, die zo trots was geweest op haar fantastische eindcijfers, bleek later helaas maar al te vaak een handlangster van valse dierenliefde te zijn. Vooral om die reden had ze de kans gegrepen om een eigen praktijk te openen. En ook al was het moeilijk, ze had er nooit spijt van gehad.

De Fritz-Reuter-strasse in Rostock was in de afgelopen maanden niet erg veranderd. Her en der was een balkon in een felle westerse kleur geverfd, maar voor de rest overheerste het grijs uit de tijd van de DDR. Alleen het woud van antennes op de daken was dichter geworden. De huizen waren inmiddels eigendom van de zogenaamde *Treuhand*, die het vermogen 'van het volk' van de DDR beheerde. Het eigendom dat vroeger van de staat en eigenlijk van iedereen was geweest. In theorie dan. Sonja had lang genoeg in het westen gewoond om te weten dat dit vermogen in een mum van tijd in de zakken van een paar grote bedrijven en particulieren zou verdwijnen. Zo werkte de markteconomie nu eenmaal. Maar in het gouden westen had iedereen de kans om op eigen kracht miljonair te worden. In theorie dan...

Ze parkeerde haar auto voor huisnummer 77 en stapte uit. Vandaag zou ze waarschijnlijk voor de laatste keer deze trappen op lopen en de muffe geur inademen die bestond uit een mengelmoes van verschillende huisluchtjes en het eten dat op dat moment in de pannen pruttelde. Ze vond het niet erg dat het voor het laatst was. Ze had de flat waar haar vader was gaan wonen nadat zij naar het westen was gevlucht nooit prettig gevonden. Alleen had ze er wel veel moeite mee dat hij nu uitgerekend naar Dranitz terug zou keren. Eigenlijk had ze gehoopt dat hij bij haar zou intrekken. Ze had in elk geval plek genoeg. Maar dat had de carrousel verhinderd. De liefdescarrousel, waar hij op zijn leeftijd nog op was gesprongen.

Zijn blik was verwijtend toen hij de deur voor haar opendeed. 'Je hebt weer veel te hard gereden, Sonja! Ik had je toch gevraagd...'

'Als ik langzaam rij, let ik minder goed op,' onderbrak ze hem. 'Daarom druk ik het gaspedaal flink in. Puur uit veiligheidsoverwegingen.'

Hij schudde zijn hoofd en stapte opzij om haar erlangs te laten.

'O, hemel!' riep ze toen ze de chaos in de woonkamer zag. 'Waar komen al die spullen vandaan?'

Hij grinnikte alleen en zocht in de puinhoop naar een koffiekopje. Na een tijdje zoeken vond hij er een, schonk haar koffie uit de thermoskan in en deed er een scheutje melk en een suikerklontje bij.

Sonja trok haar jas uit en knielde naast een van de vele dozen. Precies wat ze al had gevreesd. Haar schoolspullen. Allemaal keurig bewaard.

'Dit kan allemaal weg, papa!'

Hij hield het kopje voor haar op. Ze pakte het aan en nam een grote slok, terwijl hij een van haar schriften pakte en opensloeg.

'Als ik hiernaar kijk, zie ik je weer als klein schoolmeisje voor me,' zei hij zacht. 'Met je schooltas op je rug en twee blonde staartjes.'

'Alsjeblieft, zeg, papa!'

Het was een schrift uit de tweede klas. Wat schreef ze toen netjes en recht. De letters tussen de hulplijntjes leken wel gedrukt. Met rode inkt was er her en der een zin onder geschreven, bijna altijd een compliment. Pas vanaf haar veertiende had ze zich in de nesten gewerkt, en wel goed ook. Ze was niet toegelaten tot het eindexamen, daarvoor was ze te 'onbetrouwbaar', zeiden ze. Later in het westen, in Hamburg, had ze op de avondschool het eindexamen alsnog gehaald. Zeer tot ergernis van haar toenmalige echtgenoot, want Markus vond dat ze geen diploma nodig had. In het westen bleef de vrouw thuis en zorgde voor het huishouden en de kinderen, terwijl de man des huizes het geld verdiende, beweerde hij. Maar op dat soort onzin was ze niet ingegaan. Ook niet in 1967, toen in het westen alles nog oerconservatief was.

'Nou, die spullen heb ik absoluut niet nodig, papa,' zei ze nadrukkelijk en ze voegde eraan toe: 'Maar wel lief dat je ze al die jaren hebt bewaard.'

Hij klapte het schrift dicht en legde het weer in de doos. Hij rommelde er even in en haalde er een tekenblok uit. Ze had er dieren op getekend, met houtskoolstift en kleurpotloden. Honden, een beer, een leeuw en een dier dat eruitzag als een vos. Niet eens zo slecht. Ze kon altijd al goed tekenen.

'Laat eens zien. Deze kan ik misschien inlijsten en in de praktijk ophangen.'

Hij was blij en zei dat hij ergens nog twee lijstjes had die ze zou kunnen gebruiken.

'Als ze niet te ouderwets zijn...'

'Ze komen van Dranitz, ik heb ze meegenomen toen ik daar weg ben gegaan.'

'Breng ze dan maar weer terug! Ik wil die rommel niet hebben.'

Ze maakte nog een doos open. O god, haar poppen. Het speelgoed. Een harlekijn in een fluwelen jurkje dat door de motten was aangevreten, sterk verfomfaaide prentenboeken, een teddybeer met maar één oog en kale plekken op zijn vacht. Alles rook vreselijk muf, waarschijnlijk hadden de dozen in de kelder gestaan.

'En dit heb je allemaal bewaard, papa?' vroeg ze hulpeloos.

'Ik kon het niet weggooien.'

Het deed haar geen goed om die oude spullen door te kijken. Er kwamen zo veel herinneringen boven. De kleuterschool, waar ze altijd moest huilen als hij haar 's ochtends achterliet. De avonden waarop ze in haar vaders armen in slaap viel. De zondagen met limonade en belegde boterhammen aan de oever van het meer, waar hij haar had leren zwemmen.

'Als je het niet kunt weggooien, neem ik het mee,' zei ze. Ze zou die oude troep naar een afvaldepot brengen. Weg ermee. Vooral geen herinneringen bewaren die je leven vergiftigden.

Hij knikte. Hij voelde zich vast ook bevrijd als ze hem van die troep verloste. Hij kon het tenslotte niet meenemen naar Dranitz. Absoluut niet. Deze spullen gingen alleen haar en haar vader iets aan. 'Mevrouw de barones' had er niets mee te maken.

Ze dronk haar koffie op, die inmiddels koud was geworden, en keek om zich heen. 'Nog meer?'

'Nee,' zei hij. 'Dat was alles.'

'Je hebt toch niet ook nog mijn oude kleren bewaard?' vroeg ze grijnzend. 'Mijn schoenen? De radio? Mijn wekker?'

Hij grinnikte en schudde zijn hoofd.

'Je hoeft je geen zorgen te maken. Ik heb je wekker inderdaad nog, maar die heb ik zelf nodig. Of wil jij hem meenemen?'

'Alsjeblieft niet, zeg. Nee!'

Sonja stond opgelucht op en schoof een stapel handdoeken op de bank opzij, zodat ze kon gaan zitten. Haar vader liep naar de keuken. Hoe lang had hij hier gewoond, vroeg ze zich af.

In de zomer van 1967 was ze met Markus, haar vriend die ze al van de kleuterschool kende, naar het westen gevlucht. Later had ze gehoord dat haar vader door de Stasi was verhoord en zelfs een tijd gevangen had gezeten. Vanwege medeweten. Dat hij vervolgd was geweest door het naziregime, had hen niet geïnteresseerd. Terwijl hij helemaal niets van haar plannen af had geweten. Met Markus' familie was het niet veel beter gegaan. Ja, de Stasi kon het leven van de achterblijvers van de zogenaamde republiekvluchtelingen tot een hel maken. Haar vader kreeg na zijn vrijlating in elk geval werk in de haven van Rostock en had Dranitz daarom moeten verlaten. Dat was begin 1968 geweest, rekende Sonja uit. Hij had dus vierentwintig jaar in deze flat gewoond. Waarschijnlijk niet helemaal alleen, want hij viel bij vrouwen in de smaak en had vast wel zo nu en dan een relatie gehad. Maar dat ging haar niets aan. Gelukkig maar.

Haar vader kwam met een schaal koekjes terug, ging op een doos zitten en gaf haar de schaal aan. Uit beleefdheid nam ze een koekje, maar eigenlijk vond ze dat droge spul niet lekker.

'O ja,' zei hij en hij schonk haar koffie bij. 'Er is nog iets. Het ligt in de slaapkamer in de ladekast. Wacht even...'

Hij baande zich een weg tussen de dozen door en liep de slaapkamer in. Even later kwam hij terug met een in een rood omslag gebonden boekje. Sonja herkende het meteen en keek verbaasd op.

'Mijn dagboek! Het is niet waar!'

'Jawel,' zei hij en hij legde het in haar schoot. 'Bekijk het, Sonja, maar gooi het alsjeblieft niet weg. Als je het wilt weggooien, geef het dan liever aan mij, dan bewaar ik het graag.'

Ze opende het niet. Ze bekeek alleen de rode band, die wat verbleekt was. De band was met talloze krabbels versierd, letters, figuurtjes, ornamenten, bloemetjes. De rug was versleten en op twee plekken opengescheurd. Het boekje was ook al behoorlijk oud, bijna dertig jaar.

'Ik neem het mee,' besloot ze. 'Maak je geen zorgen, ik gooi het niet weg. Het is immers bijna een historisch document, nietwaar?'

'Dat kun je wel zeggen. Maar het is vooral een deel van jou, Sonja.'

Hij keek haar indringend aan en ze begreep wat hij wilde zeggen.

Vergeet het verleden niet. Onze gezamenlijke jaren. Jij en ik in de kleine zolderwoning in het oude landhuis Dranitz. Er was toen zo veel vertrouwen, zo veel tederheid en zo veel liefde tussen vader en dochter geweest.

Ze kreeg het ineens benauwd. De kamer leek verstikkend en ze had het liefst een raam opengedaan. Resoluut stopte ze haar oude dagboek in haar handtas. Ze zou het thuis in de kast opbergen zodat het niet meer in zicht was.

'Waar is mama's dagboek eigenlijk?' wilde ze weten.

Hij had het haar laten lezen toen ze zestien was. Later had ze het vaak uit zijn bureau gepakt, meestal als ze alleen was. Ze had telkens weer dezelfde passages gelezen en vaak had ze moeten huilen. Het was zo moeilijk te begrijpen dat het koppige, eigenzinnige, jonge meisje dat deze regels had geschreven haar moeder was geweest. Elfriede von Dranitz had verschrikkelijke dingen meegemaakt – de oorlog, de invasie van de Russen, het doodschieten van haar grootvader – maar ze had ook onvoorwaardelijk liefgehad en leek een korte periode heel, héél gelukkig te zijn geweest. Ze was slechts eenentwintig geworden.

'Ik heb het aan Franziska gegeven.'

Sonja zag aan zijn verlegen blik dat hij het lastig vond om te zeggen. En terecht, want het maakte haar ongelofelijk kwaad.

'Je hebt het dagboek van mijn moeder aan... die vrouw gegeven? Zonder het van tevoren aan mij te vragen?'

'Elfriede was haar zus. Vergeet dat niet, Sonja. Bovendien zou ik het fijn vinden als je eindelijk eens ophoudt met dat belachelijke verstoppertje spelen. Je moet niet denken dat Franziska en Jenny dat niet allang doorhebben.'

'Dat maak ik zelf wel uit, papa!' Sonja snoof boos. 'Die vrouw is schuldig aan de dood van mijn moeder,' slingerde ze hem naar het hoofd. 'In plaats van haar mee te nemen naar het westen liet ze haar in dat ziekenhuis achter.'

'Elfriede had tyfus, ze kon haar niet meenemen.'

'Dan had ze gewoon bij haar moeten blijven totdat ze weer beter was!'

'Ze werden gedwongen te vertrekken…'

'Smoesjes! Allemaal smoesjes. Ze kon mijn moeder niet uitstaan, dat was de reden. Als ze haar had meegenomen, zou mama nu misschien nog leven!'

Hij glimlachte naar haar, zoals je naar een klein kind glimlacht dat onzin uitkraamt.

'Maar dan zou jij er niet zijn, bozige dochter van me.'

'Wat geen groot verlies voor de wereld zou zijn,' bromde ze.

'Daar denk ik heel anders over!'

Sonja haalde diep adem om te kalmeren en vroeg toen wanneer de 'voormalige barones' van plan was het dagboek terug te geven.

'Ik zal het haar vragen, Sonja. Ze is morgen bij mij om me te helpen met inpakken. Overmorgen komt de verhuiswagen.' Hij zuchtte. 'Als je je nu eens zou vermannen, Sonja. Franziska zou je met open armen ontvangen.'

'Vergeet het maar!'

Hij keek haar gelaten aan.

'We zijn trouwens van plan om te gaan trouwen,' voegde hij eraan toe. 'In mei, als het volop lente is.'

Sonja staarde hem aan en begreep dat hij het serieus meende. Ze werd meteen onpasselijk. Ze moest hier weg. Nu meteen. Anders zou ze nog in een van deze dozen moeten overgeven.

'Ik moet gaan, papa,' bracht ze met moeite uit. Ze sprong op en rende de flat uit.

Beneden op straat haalde ze diep adem en ze voelde zich meteen iets beter. De kwaadheid borrelde weer op en versnelde haar bloedsomloop. Trouwen! Ze had het dus voor elkaar, dat opdringerige mens. Ze had haar vader van haar afgepakt.

Jenny

'HIJ HEEFT VLOOIEN!'
Jenny zette het doosje met het vlooienpoeder op de eettafel en keek zoekend in oma's woonkamer rond. Natuurlijk. Ze had het arme meisje weer in die afschuwelijke box gezet. Daar stond Juultje nu, met haar handjes om de houten tralies geklemd en met wortelbrij op haar bolle wangetjes.

'Vlooien?' vroeg oma niet onder de indruk, zonder van haar schrijfwerk op te kijken. 'Dat dacht ik al.'

Jenny negeerde die opmerking. Oma had iets over mijten of huideczeem gezegd, maar goed. Ze liep naar haar dochter en tilde de trappelende Jule uit haar gevangenis.

'Dat je haar altijd in die box opsluit!' mopperde ze. 'Alsof ze in de bajes zit, het arme kind. Ik kan het gewoon niet aanzien!'

Oma fronste haar voorhoofd en schoof haar bril recht. Aha, oma had een slecht humeur. Dan was ze zeker met de rekeningen bezig. Dat waren er heel wat, maar ze wilde Jenny geen inzage geven.

'Anders kan ik niet rustig werken, Jenny. En in de box kan er tenminste niets met haar gebeuren.'

Sinds een paar weken liep Juultje wijdbeens en met een verbazingwekkende snelheid rond. Af en toe plofte ze op haar in een dikke luier ingepakte billetjes en dan maakte ze hikkende geluidjes. Ze vond het leuk om planken en keukenkastjes leeg te halen. En oma's tafelkleden bleken uiterst onpraktisch te zijn omdat ze die met alles wat erop stond van de tafel trok. Omdat vrijwel geen enkele kamer in het landhuis echt af was en overal kabels of spijkers uit de muren staken, moesten Juultjes activiteiten met argusogen bewaakt worden.

Falko stak zijn neus door de kier van de deur en duwde hem open. Hij liep rustig naar binnen en plofte met een luide zucht onder de tafel op de grond, met zijn hoofd op oma's voeten.

Jenny pakte Juultje op, die haar speelmaatje met een enthousiast gilletje en een liefdevolle knuffel wilde begroeten.

'Neeeeee!' jammerde de kleine en ze zwaaide met haar armen en benen. Het woord 'nee' had ze meteen na 'maaaa' geleerd.

'Nee, schatje,' zei Jenny streng. 'Niet zolang hij onder het poeder zit.'

Juultje begon uit protest hard te huilen. Ze liet telkens weer zien dat ze een echte Dranitz was, halsstarrig, wilskrachtig en vechtlustig. Alleen de adellijke houding liet nog erg te wensen over.

Falko keek wantrouwend naar zijn krijsende, trappelende vriendin, maar maakte geen aanstalten om naar haar toe te gaan. Waarschijnlijk was hij blij dat er niet alweer aan zijn oren en staart werd getrokken.

'En hoe was het verder?' riep oma luid om boven Juultjes gekrijs uit te komen.

'Verder niets,' riep Jenny terug. 'Ze blijft een toneelstukje opvoeren, dat rare mens… Kijk eens, Juultje, je pop, je popje wil naar jou, mijn schat…'

Juultje was geen goede poppenmoeder. Ze trok de stoffen pop uit haar moeders hand en slingerde hem met een grote boog door de lucht, waardoor hij pal voor Falko's voorpoten belandde. Die besnuffelde het object en duwde het met zijn snuit weg.

'Geef haar een koekje, dan kalmeert ze wel,' adviseerde oma.

Die tactiek werkte direct. Juultje pakte het biscuitje en propte het in haar mond. Meteen werd het aangenaam stil. Jenny trok een stoel bij en ging bij haar oma aan de tafel zitten, die ook als eettafel diende. In de keuken hadden ze voorlopig alleen een klein tafeltje neergezet, waar je hooguit met zijn drieën prettig aan kon zitten.

'Ik ga dit niet meer lang volhouden, oma. De volgende keer zeg ik "tante" tegen haar. Wat denkt ze nou? Dat we gek zijn? Iedereen hier in het dorp heeft het door, dus ze kan zelf toch ook wel bedenken dat wij het allang doorhebben?'

Oma legde de pen op het beschreven papier en keek Jenny streng aan.

'Walter heeft me gevraagd om me terughoudend op te stellen. Hij vindt het belangrijk dat Sonja de eerste stap zet.'

Dat wist Jenny. Maar zo langzamerhand begon ze zich mateloos te irriteren aan die Sonja. Waarom was ze in hemelsnaam zo koppig? Wat hadden ze haar aangedaan, dat ze niets met hen te maken wilde hebben? Had ze soms zelf haar zinnen op het landhuis gezet en waren zij haar voor geweest? Of had ze over het algemeen iets tegen familie uit het westen? Maar dat was ook niet logisch, tenslotte had ze zelf jarenlang in het westen gewoond.

'Weet je wat?' vroeg oma en ze greep snel haar balpen voordat Juultje hem pakte. 'Ik stuur haar een uitnodiging voor onze bruiloft. Gewoon zomaar. Geheel vrijblijvend.'

Hoe kwam oma toch altijd op die idiote ideeën? Waarom zou Sonja uitgerekend naar de bruiloft van haar vader komen, als ze vooraf al niets met haar nieuwe familie te maken wilde hebben?

'Als je denkt dat dat een goed idee is,' zei ze weifelend. 'Wie wil je eigenlijk uitnodigen? We vieren het toch in kleine kring?'

'Ik heb tot nu toe acht personen op de lijst staan: Mine, Karl-Erich, Mücke en Kacpar, Kalle, Wolf en Anne Junkers. En Sonja. En o ja, Ulli niet te vergeten. Daar komen wij drieën dan bij. Met Juultje zijn we met zijn vieren…'

'Dat kan helemaal niet, oma!'

Haar oma keek haar verbaasd aan en schoof haar bril op het puntje van haar neus. 'Waarom zou dat niet kunnen?'

'Omdat we dan in totaal met dertien mensen zijn. Dat brengt ongeluk.'

Oma leunde op haar stoel naar achteren. 'Je bent toch niet bijgelovig, hè?' vroeg ze geamuseerd.

'Bij een bruiloft kun je niet voorzichtig genoeg zijn,' beweerde Jenny met een ernstige blik.

Grinnikend antwoordde oma dat ze wat dat betreft niet helemaal ongelijk had. Maar ze had goed over deze stap nagedacht en bovendien was het initiatief van Walter gekomen. Die was van mening dat na een verlovingstijd van ruim vijftig jaar een huwelijk geen risico meer inhield.

'Maar als jij moeite hebt met het getal dertien... Ik was eigenlijk van plan om ook mijn dochter uit te nodigen.'

Jenny pakte het theelepeltje van Juultje af waarmee ze op oma's schoteltje hamerde.

'Wil je mama uitnodigen? Dat meen je toch zeker niet!'

Eén blik op het gezicht van haar oma toonde haar dat ze geen grapje maakte. O, hemel! Jenny wist dat het vrijwel onmogelijk zou zijn om haar dit plan uit het hoofd te praten. Ze kon alleen maar hopen dat haar moeder de uitnodiging niet zou aannemen. Haar moeder had niet veel op met familiefeestjes. Ze was ook slechts met tegenzin naar de begrafenis van Jenny's opa gegaan.

'Ik vind dat Cornelia er recht op heeft, Jenny. In elk geval moet ze horen dat haar moeder gaat hertrouwen. Vind je ook niet?'

Jenny haalde haar schouders op. Ze kende haar moeder. Cornelia beschouwde het huwelijk als een 'burgerlijke dwanggemeenschap' die twee mensen tot monogamie veroordeelde. Mannen en vrouwen zouden polygaam aangelegd zijn, daarom pleitte zij voor de vrije liefde en een leven in een kleine groep. Dat zei ze vroeger tenminste altijd, en Jenny kon zich niet voorstellen dat haar moeder inmiddels veranderd was.

'Wat heb je toch tegen je moeder, Jenny?' zuchtte oma. 'Wordt het niet eens tijd dat jullie wat toenadering zoeken?'

'Nee!'
'Ik denk dat ze erg veel van je houdt en zich zorgen om je maakt.'
'Daar had ze dan wat eerder mee moeten beginnen,' zei Jenny.
Ineens kwamen er een heleboel dingen boven die ze altijd al moeilijk had gevonden. Haar moeders harteloosheid. Haar idiote theorieën. Haar hysterische aanvallen. Ze had Jenny geslagen, maar vervolgens wel altijd gezwetst over een antiautoritaire opvoeding.
'Ik ben een keer gevallen en toen bloedden mijn knieën. Denk je dat ze me heeft getroost? Dat ze voor me heeft gezorgd en naar mijn knieën keek? Nee, ze moest een of ander pamflet uitdelen en weg was ze. Bernd, een man die ook in de woongroep woonde, heeft pleisters op mijn knieën geplakt. En toen ik de mazelen had, zat Maria bij me. Of Biggi. Maar nooit mama, die had altijd iets beters te doen dan voor haar dochter zorgen. Wat zei ze ook alweer? "Wisselende contactpersonen zijn belangrijk voor kinderen." Ze had altijd een of andere spreuk paraat om haar egoïsme en liefdeloosheid te verbloemen.'
Jenny werd steeds bozer en zei dingen die ze nog nooit aan iemand had verteld. Ze flapte ze er gewoon uit en van de verontwaardiging welden er tranen in haar ogen op. Juultje merkte waarschijnlijk dat haar moeder van slag was, want ze begon te jengelen en wilde naar haar oma.
'Och jee,' zei Franziska en ze nam de kleine van Jenny over. 'Dat wist ik allemaal niet. Arme meid. Als ik dat had geweten…'
'Het is al goed,' snifte Jenny. 'Het is immers allang voorbij. Maar nu weet je waarom ik niet wil dat mama hier komt.'
'Misschien zou het jullie allebei goeddoen als jullie het uitpraten,' bedacht Franziska.
'Vergeet het maar!'
De oude dame zweeg bedrukt en gaf Juultje nog een koekje. Falko was onder de tafel opgestaan en legde bedelend zijn natte neus op Jenny's knie. Jenny zag een paar kleine, zwarte puntjes op het tapijt. Pff! Het poeder leek erg snel te werken.

'Het is denk ik allemaal mijn schuld,' zei oma droevig. 'Ik werkte mee in de zaak en Conny was een sleutelkind. Maar wat had ik dan moeten doen? We wilden weer op de sociale ladder opklimmen. We wilden weer iemand zijn en niet meer worden aangezien als klaplopers...'

'Ach, laat die oude verhalen rusten, oma,' zei Jenny.

'Het was de schuld van de oorlog. Zonder die ellendige oorlog zou onze familie nu niet zo gebrouilleerd zijn. De oorlog en de verdrijving uit Dranitz.'

Jenny had al weer spijt van haar bekentenissen. Volgens haar maakte oma veel te veel ophef over wat zij familie noemde. Waarvoor zou ze haar moeder hier op Dranitz nodig hebben? Ze redde zich prima zonder Cornelia.

'Weet je, oma,' zei ze langzaam. 'Ik denk dat de vrouwen van Dranitz ook zonder oorlog ruzie met elkaar gehad zouden hebben.'

'Onzin,' wond oma zich op. 'Ik had nooit ruzie met mijn moeder.'

'En met je zusje Elfriede?'

Oma snoof en bleef haar het antwoord schuldig. Ze pakte een blad papier uit Juultjes plakkerige vingertjes en vertelde Jenny hoe ze het feest voor zich zag. Ze wilde dat alles goed gepland was, want voor je het wist was het al mei. Om elf uur zou ze Walter op het bureau van de burgerlijke stand haar jawoord geven. Om één uur zou het bruiloftsmaal in kleine kring in het landhuis genuttigd worden – de restauratiewerkzaamheden beneden in de zaal moesten dan af zijn. Vanaf zes uur wilde ze een open feest houden in een feesttent aan het meer, met een koud buffet en drankjes, lampions, muziek en dans.

'En wie zou er dan moeten komen?'

'De mensen uit het dorp, vrienden en bekenden, iedereen die het leuk vindt.'

Jenny vond het allemaal nogal uitgebreid voor een 'bruiloft in de kleine familiekring'. Maar ze vond het oké. Oma en Walter hadden het verdiend.

'Hebben jullie al een huwelijksreis geboekt?' vroeg ze. 'Venetië? Antarctica? Het Caribisch gebied?'

'Mijn hemel, hoe kom je erop, Jenny? Dat is allemaal veel te duur. Bovendien kan ik hier niet gemist worden zolang er nog aan het landhuis wordt gewerkt.'

'Ach, kom op, oma. Eén keer in je leven moet dat toch kunnen. Ik wed dat jij en opa destijds ook al niet op huwelijksreis zijn gegaan, of wel soms?'

'Nou ja, we zijn op zondag samen naar de kermis gegaan...'

'Tjongejonge. Nou, dan hebben jullie echt flink de bloemetjes buiten gezet!'

Oma ergerde zich aan de ironische toon.

'Dat waren andere tijden, Jenny,' zei ze afkeurend. 'Toen moest je zuinig zijn met het kleine beetje geld dat je had.'

Jenny gaf het op. Oma Franziska was iemand die altijd een reden vond om zichzelf een pleziertje te ontzeggen. Terwijl ze volgens Jenny dringend toe was aan vakantie. Het was haast een wonder dat ze alles wat al sinds twee jaar op haar afkwam tot nu toe enigszins had doorstaan. Ze was tenslotte niet meer de jongste.

'Zal ik je nog helpen afwassen, oma?'

Ze had het zich aangewend om tussen de middag met Juultje bij oma in het landhuis te eten. Oma kookte goed en deed het graag. En Juultje smikkelde van de geprakte aardappels met groente en saus, maar nog meer van de vanillepudding met frambozensap die oma als toetje maakte.

'Dat hoeft niet. Ik doe het straks wel.'

'Goed, dan gaan Juultje en ik er maar weer eens vandoor. Vergeet niet om Falko vanavond nog een keer in te poederen!'

Oma gaf haar achterkleinkind bij het afscheid een dikke kus en trok haar het roze, gewatteerde jasje aan dat ze uit de catalogus had besteld. Daarna zette ze Juultje de wollen muts op en deed haar kleine schoentjes aan. Jenny hield de opmerking dat het niet koud was buiten voor zich. Oma was ervan overtuigd dat Juultje meteen een middenoorontsteking zou oplopen als ze in maart zonder muts naar de auto werd gedragen.

Het regende alweer. Ze moest heel erg oppassen dat ze niet uitgleed toen ze zich met Juultje op haar arm een weg baande door het bouwpuin dat rond het landhuis lag. Volgende week zou er een containerbedrijf komen dat het puin zou ophalen.

Terwijl Jenny haar Kadett opende, wierp ze een snelle blik op het landhuis, dat bij dit trieste weer geen uitnodigende indruk maakte. Ja, de dakconstructie was vernieuwd en na een aantal reclamaties lekte het dak eindelijk niet meer, maar binnen gingen de werkzaamheden tergend langzaam. Misschien was ze gewoon te ongeduldig, maar Jenny had de indruk dat ze de meeste tijd aan het wachten waren. Uiteraard hielpen ze zelf ook mee. Ze hadden dagenlang met hun architect Kacpar Woronski, een ex-collega van haar van het architectenbureau in Berlijn, puin uit de kamers naar buiten gebracht, zodat de elektriciens erbij konden. Helaas waren er telkens weer aannemersbedrijven die veelbelovend met hun werkzaamheden begonnen, maar vervolgens dagenlang wegbleven omdat ze naar een andere bouwplaats waren geroepen. Als ze eindelijk weer opdoken, was het meestal vrijdag en dus weekend. Het had bijna twee maanden geduurd voordat er eindelijk overal verwarming was aangelegd en nog een week voordat die ook goed werkte. Nee, als ze eerlijk was, had ze zich de verbouwing veel simpeler voorgesteld en vooral verwacht dat het sneller zou gaan.

Jenny dacht terug aan haar tijd bij het architectenbureau Strassner in de Kantstrasse – waar ze geen fijne herinneringen aan had. Ze wist nog dat Simon Strassner, haar ex-baas en ex-geliefde, nooit met zich liet sollen door aannemersbedrijven. Hij had zo zijn eigen methodes, hoewel hij die voor zich hield.

Ze klikte Juultje in het kinderzitje vast en gaf haar de teddybeer zodat ze in slaap zou vallen. De teddybeer, een kerstcadeau van Mücke, was onontbeerlijk bij het autorijden. Zodra de jengelende Julia het bruine knuffelbeest in haar arm had, stak ze een van de twee al stukgesabbelde berenoren samen met haar duim in haar mond en vielen haar ogen dicht.

Het kostte Jenny moeite om de Kadett uit de plas te manoeuvreren, waar ze hem achteloos in had geparkeerd. De motregen was verraderlijk en had de nauwelijks opgedroogde aarde weer doorweekt. Op de weg naar het dorp kwam haar een welbekende knalrode bestelwagen tegemoet. Dat was de elektricien die eigenlijk vanochtend om zeven uur had moeten komen, maar die niet was verschenen. Nu was het tien voor vier en was hij vast weer op weg naar huis. Uit ergernis reed ze aan het begin van het dorp door een grote plas zodat het vuile water flink opspatte. In de achteruitkijkspiegel zag ze iemand boos zijn vuist in de lucht steken. Geschrokken trapte Jenny op de rem en draaide nerveus het raampje naar beneden.

'Doe je dat expres?' hoorde ze de kletsnatte man roepen die met grote stappen naar haar toe kwam, naast haar portier bleef staan en zijn druipende pet afnam.

O god, het was Ulli! 'Het... het spijt me heel erg,' stamelde ze. 'Ik dacht dat je in Oostenrijk was. Nee, ik bedoel natuurlijk, ik had je niet gezien...' Wat kraam ik nou voor nonsens uit, dacht ze. Nu denkt hij vast dat ik gek ben.

'Met een kind achterin zou je niet zo moeten scheuren!'

Het liefst had ze geantwoord dat hij Juultje erbuiten moest laten, maar omdat hij ten eerste gelijk had en er ten tweede uitzag als een verzopen kat, ging ze er maar niet op in.

'Ik betaal de stomerij wel, oké?'

Ulli wrong de natte pet uit, maar zette hem niet meer op zijn hoofd.

'Onzin,' bromde hij. 'Maar let voortaan wat beter op. Weet je waar Mücke is?'

Aha, uit die hoek waaide de wind. Hij was net terug uit Schladming, waar hij waarschijnlijk over de voorwaarden voor zijn scheiding van Angela had onderhandeld, en wilde meteen weten of Mücke vrij was voor hem. Nou, dan had hij pech gehad.

'Mücke? Die is in Waren. Ze werkt daar als invalster op de kleuterschool. Die is hier immers helaas gesloten.'

Had hij dat nog meegekregen? Ze vroeg zich af wanneer hij eigenlijk naar Schladming was gegaan. Vlak na kerst. Dan had hij er zeker meteen een leuke skivakantie aan vastgeknoopt. Waar zou hij het geld vandaan halen? Voor zover Jenny wist had hij inmiddels arbeidstijdverkorting.

'Woont ze nog bij haar ouders?'

'Jazeker. Samen met Kacpar. Die woont inmiddels ook bij de Rokowski's.'

'O.'

Ulli draaide de natte pet in zijn handen en staarde bedroefd voor zich uit. Toen hij merkte dat ze naar hem keek, vermande hij zich en zette hij een gespeeld onverschillige blik op.

'Ben je nog niet bij je grootouders geweest?' vroeg Jenny.

'Ik ben naar hen onderweg.'

'Goed,' zei Jenny glimlachend. 'Dan zal Mine je vast alle nieuwtjes in detail vertellen.'

Haar glimlach was aanstekelijk en Ulli grijnsde ook zwak.

'Gaat het goed met je oma?' vroeg hij.

'Heel goed. Ze gaat in mei trouwen.'

'Zozo.'

Achter haar toeterde een vrachtwagen omdat ze de smalle dorpsstraat versperden.

'Tot later. Kom gerust eens langs, dat zal Juultje leuk vinden.'

Hij stak zijn hand op ten afscheid en sprong haastig opzij omdat de vrachtwagen nu ook door de plas reed. Jenny wachtte tot de grote wagen weg was en gaf toen gas. Toen ze een blik in het achteruitkijkspiegeltje wierp, zag ze Ulli snel een zijsteegje in lopen. Een lange man, sportief en met brede schouders. Vorig jaar was hij tijdens een onweer in recordtempo over het meer van Dranitz geroeid. Daarna had hij haar gekust, heel plotseling. Ze was zo verbluft geweest dat ze hem een klap had gegeven. Waar ze nu spijt van had, want eigenlijk had ze het wel leuk gevonden. Ze vond Ulli trouwens helemaal wel leuk. Maar op de een of andere manier pasten ze niet bij elkaar en hadden ze ruzie gekregen, en nu had hij een oogje op Mücke. Haar vriendin Mücke had momenteel veel aanbidders. Niet alleen Ulli probeerde haar voor zich te winnen, maar Kalle liep ook achter haar aan. En dan was er natuurlijk nog Kacpar, haar vriend.

Als ze eerlijk was, moest Jenny tegenover zichzelf bekennen dat ze een beetje jaloers was. De lieve, kleine, mollige Mücke had maar liefst drie aanbidders om zich heen verzameld, terwijl zijzelf niemand had die haar bewonderde, of in elk geval niet iemand die ze leuk vond. Terwijl ze zelf tot nu toe had gedacht dat ze onweerstaanbaar was.

Maar ik heb Juultje, dacht ze trots. En oma. Maar oma had Walter en Jenny had de indruk dat oma's passie voor het landhuis een beetje was bekoeld doordat ze haar jeugdliefde had teruggevonden. Natuurlijk gunde Jenny oma dit late geluk van harte, maar soms had ze het gevoel dat ze er met de nalatige klussers, de gebreken en de reclamaties helemaal alleen voor stond. Oma leek ook niet meer zo'n haast te hebben met de verbouwing. In plaats van voortvarend te werk te gaan om het doel, het openen van Landhotel Dranitz – 'Wellness voor lichaam en geest', te bereiken, sprak ze steeds vaker over haar familie, die door de oorlog in alle windrichtingen uitgewaaierd was. Ze vond dat ze ervoor moest zorgen dat de familieleden zich weer met elkaar verzoenen. Jenny had de neiging het als een soort ouderdomsverschijnsel te beschouwen. En trouwens, als oma zich per se op de familie wilde richten, dan was het daar nu beslist niet het juiste moment voor.

Haar flat kwam in zicht. Jenny parkeerde de auto, stapte uit en droeg met een somber gevoel de slapende Juultje met teddybeer en al de trap op. Voor haar voordeur lag een dikke bruine envelop. Hoera, het instituut voor schriftelijk onderwijs had geantwoord! Haar stemming verbeterde op slag. Met haar dochter op haar rechterarm bukte ze zich en met haar linkerhand raapte ze de envelop van de grond op. Ze klemde hem tussen haar tanden en maakte de deur open. Ze had een advertentie in de krant gezien en informatie aangevraagd, want ze speelde al langer met het idee om bedrijfseconomie te gaan studeren. Dan kon ze Landhotel Dranitz later goed gekwalificeerd leiden. Maar daarvoor moest ze helaas eerst nog haar middelbareschooldiploma halen. Wat een ellende dat ze destijds van school af was gegaan. Maar goed, fouten kon je weer goedmaken, daarvoor hoefde ze alleen alsnog dat stomme eindexamen te doen. Helaas zou ze geld van oma moeten lenen, want zo'n schriftelijke cursus zou niet goedkoop zijn. Maar het was voor haar toekomst en dus ook voor de toekomst van landgoed Dranitz. Een wellnesshotel met sauna en zwembad, een paardenstal, ritjes met de koets, roeibootjes op het meer – een echte oase voor overspannen stedelingen. In Berlijn rezen dat soort hotels de laatste tijd als paddenstoelen uit de grond. Kruidenbaden en massages, champagne en hapjes, misschien ook lezingen, concerten, cabaretavondjes. Kortom, ontspanning voor lichaam en geest. Als ze dat allemaal in haar fantasie voor zich zag, kreeg ze weer moed en leken de moeilijke tijden iets minder moeilijk.

'Maaa!' jengelde Juultje en ze trappelde op haar arm. Ze zette haar dochter op haar voetjes, deed de voordeur achter zich dicht en keek naar Juultje terwijl ze door de gang naar haar kamer waggelde. Bij de drempel struikelde ze en viel voorover op de houten vloer. Jenny rende naar haar toe, pakte haar troostend bij haar handje en ging met haar naar de keuken.

'Je gaat nu eerst in bad en daarna krijg je lekkere pap. Kijk eens, beertje is er ook al.'

Gelukkig huilde Juultje niet. Als ze over haar toeren was, huilde ze om elk wissewasje, terwijl ze andere keren hard viel en lachend weer opstond. Ach, ze was een schatje, haar kleine Jule. Hoe ouder ze werd, hoe meer Jenny met haar kon doen. Ze snapte nu al bijna alles. Jenny kon haar voorlezen en plaatjes laten zien, en verstoppertje met haar spelen. Vooral badderen vond ze heerlijk, dan zat ze lekker in het lichtblauwe kinderbadje te spetteren en spatte ze de hele badkamer nat. Ook dit keer kreeg Jenny een flinke plens water over zich heen en zat ze vervolgens met een natte broek in de woonkamer om Juultje griesmeelpap te voeren. Gelukkig was Jule een goede eter en hoe meer pap ze 's avonds at, hoe beter ze in de nacht doorsliep.

Na het eten volgde een kort speelprogramma: kietelen, de teddybeer onder een handdoek verstoppen, trappelen, haar wijsvinger in mama's mond stoppen en krijsen van plezier.

'Maar nu komt het zandmannetje bijna...'

Daar dacht Juultje anders over, maar haar moeder legde haar toch in het spijlenbedje, dat ze van de Rokowski's had geleend. De mooie, met houtsnijwerk versierde wieg die Mine van de zolder van het landhuis had gered, was allang te klein voor Jenny's dochter.

In bed was het voorleestijd. Mücke had Jenny een aantal prentenboeken gegeven van de kleuterschool uit de DDR-tijd, vooral sprookjes, maar ook kindergedichten en rijmpjes. Een daarvan ging over een eigenwijs kikkertje en Juultje was dol op het prachtig vormgegeven boek, misschien omdat het kikkertje net zo eigenwijs was als zijzelf. Maar vandaag las Jenny kinderrijmpjes voor. Juultje luisterde aandachtig en wilde het boek pakken om het in haar mond te stoppen. Vingerspelletjes waren ook leuk. Oma kende er een heleboel en Jenny had ze overgenomen.

'Komt een muisje aangelopen... Zomaar in Juultjes nekje gekropen!' Bij de laatste regel werd Juultje gekieteld en dan schaterde ze het uit. Gek dat de simpelste en oudste dingen nog steeds het beste werkten. Jenny zong nog een slaapliedje en moest er weer aan denken dat niemand een liedje voor haar had gezongen toen zij klein was. Ze was op de bank in slaap gevallen terwijl er in de keuken harde beatmuziek werd gedraaid en druk gediscussieerd en gerookt werd. Wat had zij toch een rotjeugd gehad! Nee, haar dochter moest het beter hebben.

Jenny bleef bij Juultjes bed zitten tot ze in slaap was gevallen. Daarna stond ze pas op, trok de deken recht en liep op haar tenen naar de woonkamer om eindelijk de envelop van het onderwijsinstituut open te maken. Er zaten een heleboel brochures in die op hoogglanspapier waren gedrukt. De cursussen waren behoorlijk duur. Hopelijk kon ze oma overhalen om zo veel geld te investeren in de opleiding van haar kleindochter.

Jenny verdiepte zich in het cursusprogramma en vroeg zich af hoe ze alles kon combineren – de verbouwing, haar kind en haar eindexamen. Ze was nu al doodop! Ze bleef een tijdlang zitten, met haar hoofd op haar handen gesteund, starend naar haar notities. En zonder het te merken gleed ze weg naar het land van de dromen.

Mine

ZE HAD DE SLEUTEL moeten meenemen, maar Karl-Erich was thuis en kon opendoen. Het duurde alleen een poos voordat hij was opgestaan en naar de deur was gestrompeld. Mine zuchtte en zette de twee zware boodschappentassen op de grond.
'Is alles in orde, Mine?' riep Tillie Rokowski door het trappenhuis naar boven.
'Jaja... Je kunt doorrijden. En dank je wel!'
Tillie was niet gerustgesteld. Het was lief van haar, maar toch vond Mine het vervelend.
'Doet Karl-Erich niet open?' vroeg ze bezorgd.
'Jawel. Hij komt er al aan.'
'Als er iets is, kom je naar ons toe, hè, Mine. Je weet wel...'
'Jaja...'
Beneden viel de deur in het slot. Mine vond dat het allemaal wel erg lastig was in de nieuwe tijd. Vroeger was ze even naar de Konsum gegaan, dat was een kwartiertje te voet. Toen ze nog jonger was, redde ze het zelfs in tien minuten. Soms was ze er drie keer op een dag heen gegaan, alleen al omdat je in de Konsum altijd kennissen tegenkwam en een praatje kon maken. Maar de Konsum was allang gesloten en nu moest je naar Waren om boodschappen te doen. Dat kon alleen als iemand je met de auto meenam, want de bus reed maar één keer 's ochtends en daarna pas weer 's avonds, en zo lang

kon ze Karl-Erich niet alleen laten. Ach, het was geen pretje om altijd van anderen afhankelijk te zijn.

Ze hoorde eindelijk Karl-Erichs onregelmatige voetstappen. Hij hijgde, want lopen was pijnlijk voor hem. Sinds een tijdje waren zijn voeten en enkels gezwollen, dus het was niet fijn voor hem om door de woning te lopen.

'Daar ben je,' zei hij toen hij de deur opendeed. 'Dat duurde lang, zeg. Jullie hebben zeker een kopje koffie gedronken, hè?'

Hij toonde een scheve grijns en vertrok meteen daarop zijn gezicht omdat hij zijn rechtervoet tegen de openstaande deur had gestoten.

'Ja, we hebben ook een kopje koffie gedronken,' gaf ze toe. 'Ik kan Tilly immers niet voorschrijven wat ze moet doen, als ze mij al meeneemt. En Anna Loop was er ook bij, die wilde de schwarzwalderkirschtorte uitproberen.'

Mine pakte de boodschappen uit, zette water op en deed het porseleinen filter op de kan. De nieuwerwetse koffiezetapparaten, die nu in elk huishouden hun intrede deden, vond ze maar niks. De koffie kwam er lauwwarm uit en smaakte naar plastic. Maar de koffie die nu verkrijgbaar was, was wel goed. Die was niet te vergelijken met het spul dat ze vroeger hadden gedronken.

'Doe er niet te veel melk in,' zei Karl-Erich toen ze zijn koffie voor hem klaarmaakte. 'Ik ben geen baby die een flesje nodig heeft.'

Het kostte hem veel moeite om het kopje naar zijn mond te brengen, omdat zijn vingers zo krom waren. Maar Mine negeerde het. Als hij wilde eten en drinken, moest hij zich inspannen. Ze ging hem niet voeren.

'Ah, dat doet goed!' zuchtte hij genietend na de eerste slok. 'Wil je een koekje aangeven?'

Ze had zijn lievelingskoekjes gekocht, de ronde met het chocoladelaagje ertussen. Terwijl ze de verpakking openmaakte, ging de deurbel.

'Dat is Kruse,' bromde Karl-Erich. 'Die heeft gezien dat je boodschappen hebt gedaan en nu komt ze bietsen.'

Mine legde het pak koekjes op de tafel en stond op. Ze kon mevrouw Kruse ook niet uitstaan, maar had toch medelijden met haar.

'Dat is ook geen wonder met dat kleine pensioentje,' nam ze het goedmoedig voor haar buurvrouw op.

Maar toen ze de deur opendeed, zag ze niet Kruse, maar Ulli staan. Mine slaakte een kreetje van blijdschap en hij moest zich vooroverbuigen om haar te omhelzen.

'Ulli! Goh, dat we jou ook nog eens zien, jongen! Ik dacht al dat je in Oostenrijk wilde blijven!'

'Nee, dat zeker niet,' zei hij afwerend. 'Ik hoef geen hoge bergen om me heen. Ik heb liever de zee. Of op z'n minst een meer.'

'Juist!' riep Karl-Erich vanuit de keuken. 'Bergen benemen je alleen maar de zonneschijn, Ulli. Kom binnen! Ik kan me niet eens meer herinneren hoe mijn kleinzoon eruitziet!'

Ulli zag er moe uit, vond Mine. Moe en zeer ernstig. De scheiding was niet in zijn koude kleren gaan zitten. Hij was een gevoelsmens en nam niet makkelijk afscheid van een vrouw van wie hij ooit had gehouden en misschien wel nog steeds hield. Misschien was dat het. Waarom zou hij anders zo lang zijn weggebleven?

Ulli klopte Karl-Erich ter begroeting op zijn schouder en pakte een beker uit de kast, waarna hij aan de tafel ging zitten.

'Helemaal vol!' commandeerde Karl-Erich, terwijl Mine de koffie inschonk. 'Mine wordt steeds gieriger met de koffie. Terwijl die lang niet meer zo veel kost als vroeger.'

Ulli merkte glimlachend op dat oma niet gierig maar intelligent was. Karl-Erich moest tenslotte op zijn hart letten.

'Ach, onzin!' mopperde Karl-Erich. 'Ik krijg nu van die oranje pillen, dus ik kan zo veel koffie drinken als ik wil!'

Mine haalde de koekjes uit het pak, legde ze op een schaal en liet de mannen er flink van eten. Ulli had echt honger. Hopelijk bleef hij voor het avondeten, dan zou ze snel aardappelen koken, schnitzels bakken en de pot rodekool openmaken die ze van Gerda Pechstein had gekregen.

'Heb je die hele ellende nu achter de rug?' vroeg ze na een poosje.
Ulli kauwde op een koekje en knikte nadenkend. Hij was niet iemand die uit zichzelf begon te vertellen, bij Ulli moest je alles er echt uit trekken.
'Ik ben sinds gisteren een vrij man, als je dat bedoelt.'
Karl-Erich fronste zijn voorhoofd, waardoor er nog drie rimpels bij kwamen, en zei dat het waarschijnlijk beter was zo. Beter een dramatisch einde dan een drama zonder einde. Hij grijnsde er ingehouden bij, want eigenlijk vond hij scheiden maar niks.
'We zijn tot een goede overeenstemming gekomen,' wendde Ulli zich tot Mine. 'Angela zoekt een paar meubels uit en houdt de spullen die van haar waren. Schilderijen en het tapijt. Allemaal dingen die ik toch niet nodig heb.'
'Is ze nu in de flat?'
Ulli knikte en nam een grote slok koffie. Mine besefte dat hij vanavond zeker niet terug naar Stralsund zou rijden als Angela in de flat overnachtte. Misschien zelfs met haar nieuwe vriend. Maar dat kon ze maar beter niet aan Ulli vragen.
'Je kunt hier slapen als je wilt,' stelde ze voor.
Hij staarde even voor zich uit en keek haar toen geamuseerd aan omdat ze hem zo snel had doorzien.
'Bedankt, oma,' zei hij en hij werd meteen weer ernstig. 'Ik vertrek dan morgenmiddag of 's avonds pas.'
'Je kunt zo lang blijven als je wilt, jongen,' zei Karl-Erich. 'Misschien kun je morgen even met een oude reuma-invalide naar beneden gaan en een rondje door het dorp maken. Mine kan me niet meer steunen, ik ben te zwaar voor haar.'
Ulli was zichtbaar opgelucht door dit aanbod. Waarschijnlijk had hij een slecht geweten gehad omdat hij zomaar bij hen binnen was komen vallen en bleef slapen. Terwijl dat toch vanzelfsprekend was. Vroeger, toen hij nog niet getrouwd was geweest, had hij bijna elk weekend in Dranitz vertoefd. Mine zorgde nog steeds dat zijn kamer altijd klaar voor hem was.

'Heb je iets te roken?' vroeg Karl-Erich en hij keek met een zwakke grijns naar Mine, omdat hij wist dat ze zou protesteren.

'Tuurlijk,' zei Ulli. 'Maar alleen cigarillo's. Speciaal voor jou gekocht, opa!'

'Dat meen je toch zeker niet!' mopperde Mine. 'Terwijl hij niet mag roken, Ulli!'

'Niet roken, niet drinken, geen koffie en niks met de meisjes,' zei Karl-Erich luid. 'Wat is dat nou voor een leven? Dan kan ik beter meteen in de kist gaan liggen!'

'Ach, kom op, oma,' nam Ulli het grinnikend voor Karl-Erich op. 'Eenmaal is geenmaal...'

Tegen deze overmacht van mannelijke onverstandigheid kon ze niet op, en dat wilde ze ook helemaal niet. Ze gunde hun een pleziertje en van een cigarillo zou Karl-Erich niet meteen doodgaan. Als het bij eentje bleef.

'Maar jullie gaan naar de woonkamer en doen het raam open, anders gaan de gordijnen stinken.'

Dan kon zij tenminste in alle rust het avondeten klaarmaken, wat ook weer een voordeel was. Ze ging aan de slag en toen het eten na drie kwartier klaar was, riep ze hen.

Ulli deed de woonkamerdeur open en Mine zag dat de kamer blauw stond van de rook. Hoofdschuddend draaide ze zich om om het eten op tafel te zetten.

'Het raam staat al open,' verzekerde Karl-Erich haar, die zijn arm door die van Ulli had gestoken en naar zijn stoel strompelde. 'Zo meteen ruikt alles weer naar de frisse buitenlucht!'

'Geloof je het zelf?'

De twee mannen vielen hongerig op het eten aan. Ulli schepte zelfs drie keer rodekool en aardappelen op. De tweede schnitzel wilde hij eerst niet nemen, maar toen Karl-Erich zei dat hij meer dan genoeg had gegeten, liet hij zich ertoe overhalen. Mine was blij dat hij zo'n gezonde trek had. De arme jongen had vast wekenlang niets behoorlijks te eten gekregen.

De gesprekken tijdens het eten waren echter minder verblijdend.

'Hij wil naar Bremen,' wond Karl-Erich zich op. 'Omdat ze hem daar een baan hebben aangeboden.'

Mine schrok vreselijk. Ulli wilde naar het westen. Zo ver weg. Dan zouden ze hem misschien nooit meer zien. Ze waren tenslotte niet meer de jongsten.

'Wie heeft je daar een baan aangeboden?' vroeg ze haar kleinzoon.

Hij kauwde peinzend op een groot stuk schnitzel en nam een slok appelsap. 'Bremer Vulkan.'

'Maar in de krant stond toch dat de Volkswerft in Stralsund nieuwe orders heeft en blijft bestaan,' zei Mine. 'Waarom wil je nu dan weg, terwijl ze hier iedere goede arbeidskracht nodig hebben?'

Ulli voelde zich duidelijk niet op zijn gemak bij die vraag. Hij had het aanbod via een ex-collega gekregen, die ook naar Bremen ging. De Volkswerft in Stralsund was nu van de Treuhand en zou toch vroeg of laat aan een particuliere bieder versjacherd worden. En dan was het nog maar de vraag wat er met de werknemers gebeurde.

'Wat laf,' zei Karl-Erich. 'De ratten verlaten het zinkende schip. Als de beste mensen naar het westen trekken, wat blijft er dan over voor Stralsund?'

Ulli legde sussend uit dat er nog genoeg goede vakkrachten voor Stralsund overbleven. 'En als die onze werf eenmaal weer hebben laten opbloeien, kan ik altijd nog terugkomen.'

Mine keek bezorgd naar Karl-Erich, die met de rodekool worstelde. De groente viel telkens weer van zijn vork.

'Er zijn bij ons ook mogelijkheden,' bromde hij. 'Je hoeft toch niet meteen naar het westen te vertrekken.'

Ulli zuchtte. Mine zag aan hem dat het geen makkelijke beslissing voor hem was. Hij wist heel goed dat zijn grootouders hem zouden missen.

'Ik heb alles geprobeerd, opa. Ik heb rondgereden...'

'In Oostenrijk heb je rondgereden,' onderbrak Mine hem.

'Voordat ik daarheen ging, heb ik hier in de omgeving rondgereden,' zei Ulli. 'Rostock, Warnemünde... Maar als scheepsbouwingenieur vind je gewoon geen baan. Omdat onze werven onrendabel zijn en overal mensen worden ontslagen.'

In dat opzicht was het aanbod uit Bremen een ongelofelijke gelukstreffer, dat moesten zijn grootouders ook inzien.

'Bovendien ben ik heel blij om een tijdje weg te zijn van hier,' zei hij zacht. 'Niet vanwege jullie, dat weten jullie. Maar voor de rest...'

Logisch, de flat in Stralsund, de omgeving, zijn vrienden, alles herinnerde hem aan de tijd met Angela. Dat begreep Mine wel. Maar daarom hoefde hij toch nog niet zo verschrikkelijk ver weg te gaan?

'Hoe zit het met Max Krumme?' vroeg Karl-Erich, en hij keek Mine aan. 'Wilde die niet stoppen met zijn botenverhuur?'

'Max?' vroeg Mine. Eén ding moest ze haar Karl-Erich nalaten: soms had hij echt goede ideeën! Max Krumme was een oude bekende. Hij was in 1946 als vluchteling uit Oost-Pruisen gekomen, had eerst met zijn familie in het landhuis gewoond en was later in een leegstaand huis in het dorp gaan wonen. Een ijverige, zeer actieve man. Twee jaar later had hij een stuk land van de Russen gekregen, direct aan de oever van de Müritz. Hij had er landbouw en visvangst bedreven en later een klein botenverhuurbedrijf opgericht. Het liep heel goed, vooral in de zomer, want hij had ook een kiosk met snoep, ijs en drankjes. Maar nu waren allebei zijn dochters getrouwd en zijn zoon was met zijn gezin naar Freiburg verhuisd. 'Ik geloof dat hij inderdaad wil stoppen met zijn bedrijf,' zei ze. 'Ik heb in Waren gehoord dat hij een opvolger zoekt. Dat zou wat voor jou kunnen zijn, Ulli. Je houdt toch van het water?'

Ulli moest lachen.

'Oma, ik ben scheepsbouwingenieur. Wat moet ik met drie kapotte roeiboten en een vergane steiger? Zit Max niet bij Ludorf? Daar gaat toch geen mens naartoe, en in de winter al helemaal niet.'

'Het was maar een idee,' bromde Karl-Erich.

Ulli stapelde de lege borden op elkaar en droeg ze naar de gootsteen. Hij stak de geiser aan en pakte de afwasborstel van het haakje. Toen Karl-Erich aanstalten maakte om van de stoel op te staan, greep hij hem onder zijn oksels en hielp hem overeind.

'Erg handig, zo'n opstahulp,' vond Karl-Erich terwijl hij naar de wc strompelde. 'Je kunt rustig nog een poosje blijven, Ulli.'

Walter

'DAT WAS HET, HÈ?'

Kulle Pietersen schoof zijn pet naar achteren en keek in de lege woonkamer om zich heen.

'Dat was het, Kulle,' zei Walter. 'We kunnen gaan.'

Beneden stond het bestelbusje van buurman Pietersen, waar nu alle meubels van Walter in stonden. Veel was het niet en fraai waren de spullen ook niet. Walter wist dat Franziska ze niet mooi vond, maar hij wilde er geen afscheid van nemen. Hij had ze al een groot deel van zijn leven en ze waren dus een deel van hem geworden.

'Zal ik de koffer dragen?' vroeg Kulle en hij wees naar het versleten leren koffertje dat Walter in de gang had gezet.

'Dank je, maar die draag ik zelf wel.'

Hij had ook de oude koffer bewaard waarin de foto's van zijn ouderlijk huis zaten, evenals zijn rapporten, een aantal notitieboekjes, een paar boeken die van zijn vader waren geweest en zijn vaders leesbril in een groen leren etui. Niets belangrijks, maar toch een deel van zijn identiteit.

Walter stapte naast Kulle in, zette het leren koffertje voor zijn voeten en keek uit het zijraampje terwijl Kulle door Rostock reed. Een zijstraat bood vrij zicht op de stadshaven en toen hij vooruitkeek, zag hij een van de bakstenen torens van de Mariakerk, stevig en breed gebouwd, met een smalle, in de zon blinkende spits die naar de hemel reikte. Walter draaide onwillekeurig zijn hoofd weg.

'En? Het is toch niet zo makkelijk als je hier zo lang hebt gewoond, hè? Vooral de haven. De kust. Die mis je. De geur van de zee, de schepen, de weidsheid. En de meeuwen, die mis je ook.'

Kulle had gelijk, hoewel Walter de roofzuchtige meeuwen niet zou missen. Maar al het andere was waar. Hij zou het allemaal missen. 'Tja, een nieuw leven, nog een keer opnieuw beginnen,' zei hij en hij grijnsde verlegen.

Kulle stak een sigaret op en haalde zijn schouders op. 'Waarom niet?' mompelde hij met de peuk tussen zijn tanden. 'Ieder is de smid van zijn eigen fortuin.'

Walter wist wat Kulle nu dacht, ook al zei hij het niet hardop. Iemand van halverwege de zeventig die nog een nieuw leven wilde beginnen, was niet goed snik. Een oude boom verplant je niet. Omdat die geen wortels meer maakt en het lichtste briesje hem omverblaast. Walter dacht er anders over. Deze nieuwe levensfase betekende dat hij een cirkel sloot. Hij loste een belofte in die hij lang geleden had gedaan. Weliswaar laat, maar nog op tijd. Ze leefden allebei nog, Franziska en hij.

Maar een avontuur was het wel, dat wisten ze allebei. Er was heel wat moed voor nodig om het laatste deel van hun leven samen door te gaan. En alleen al de eerste stap die hij vandaag zette, vergde heel wat van hem.

Verhuizen naar het landhuis Dranitz, een jaar geleden zou dat idee hem nog volkomen absurd hebben geleken. Om zich vrijwillig aan alle herinneringen uit te leveren die met dit huis verbonden waren. En dat waren er niet weinig.

Zijn eerste bezoek in november 1940, toen hij zijn kameraad Jobst op het landgoed Dranitz ophaalde om samen met hem naar Berlijn te rijden. Wat had het grote landhuis vredig aan het meer gelegen, te midden van velden en weiden. Bedaard, zelfbewust, verbonden aan tradities. Toen hij uit de auto was gestapt, had hij het merkwaardige gevoel gehad dat hij de plek al heel lang kende. Daarna had hij pas de jonge vrouw op de treden voor de ingang zien staan. Slank, donker haar, lichte ogen, een markante neus. Bij de eerste begroeting was hij al betoverd. Haar rustige en tegelijk vastberaden manier van doen, de krachtige handdruk, maar vooral haar glimlach die zo veel vertrouwen uitstraalde. Hij had meteen geweten dat zij degene was. De vrouw die hij had gezocht. Die hij aan zijn zijde wilde. Gouden dagen op Dranitz, toen hij haar ten huwelijk had gevraagd en zij ja had gezegd. Dat ze hem wilde als echtgenoot, de gewone burger die in de ogen van haar adellijke ouders op niets anders kon bogen dan op een vader die lang geleden een veldmaarschalk het leven had gered. Wandelingetjes met Franziska, naïef gelovend in Duitslands macht en grootsheid maakten ze hoopvolle toekomstplannen. Tenslotte het verlovingsfeest. Daartussen altijd weer Elfriede, Franziska's jongere zus, die hem irriteerde en met wie hij niet overweg kon. Een kind waarin een betoverende jonge vrouw sluimerde die echter ook vreemd was. Later kwam het bittere inzicht, de deelname aan de samenzwering tegen Hitler. De afstand van Dranitz zonder uitleg te geven. Zijn stilzwijgen om degenen van wie hij hield niet in gevaar te brengen.

Al die dingen zouden misschien weer bovenkomen als hij daar ging wonen. Talloze, allang vergeten details zouden terugkeren, waardoor het moeilijk zou kunnen zijn voor hem. Maar hij zou het aankunnen omdat Franziska bij hem was. Omdat haar glimlach nog altijd hetzelfde vertrouwen uitstraalde. Op dat vertrouwen kon hij bouwen.

Maar de andere herinneringen waren er ook nog, de herinneringen die hij niet met Franziska kon delen zonder haar te kwetsen. De tijd nadat hij uit de gevangenis was teruggekomen, een schaduw van zichzelf, en Elfriede in het dorp Dranitz had aangetroffen. Alleen en hulpeloos, een spichtig meisje dat nog maar net was hersteld van de tyfus. Hij had zich over haar ontfermd en gedacht dat hij een goede vriend voor haar kon zijn, een behulpzame broer. Veel te laat had hij beseft dat hij niet voor haar kon zorgen zonder voor haar te vallen.

Hij was met dit meisje verbonden door een liefde die totaal anders was dan de liefde die hij voor Franziska had gevoeld. Een rare mengeling van tedere zorg, innige genegenheid en schrikbarend wilde hartstocht die hem steeds afhankelijker maakte en die tegelijk verstikkende schuldgevoelens opwekte. En maar al te gauw kwam toen die afgrijselijke nacht, waarin hij Elfriede voor altijd verloor en tegelijk een nieuw, fragiel, pasgeboren wezentje in zijn armen hield. Zijn dochter Sonja. Ook met haar had hij in het landhuis Dranitz gewoond. Hij had erg zijn best gedaan om dit kind, dat het lot aan hem had toevertrouwd, groot te brengen. Als Mine er niet was geweest, die hem voorzag van de allernoodzakelijkste dingen, advies gaf, moed insprak en altijd een oplossing wist, zou hij jammerlijk gefaald hebben. Maar de baby overleefde het en hij wilde een moeder en een vader voor zijn dochter zijn, haar voor alle onheil en tegenslagen behoeden en haar alles geven wat hij haar moeder niet had kunnen geven. Waarschijnlijk was dat een grote fout, want Sonja ontwikkelde zich tot een ontevreden persoon, een meid die zichzelf niet leuk vond en het overal verbruide. Het was vreemd dat ze uiterlijk zo weinig op haar moeder leek. Ze had meer gelijkenis met zijn familie, vooral met zijn moeder, voor zover hij zich haar nog herinnerde. Alleen in Sonja's karakter herkende hij Elfriede: ook Sonja was rusteloos, koppig en recalcitrant. Maar Sonja was niet bedeeld met Elfriedes kinderlijke charme en de vrouwelijke verleidingskunst. Toch had zijn dochter veel goede eigenschappen. Ze was intelligent en had zonder problemen haar studie afgerond. Ze kon realistisch denken. En ze hield van alle dieren die op Gods aardbodem rondkropen. Als ze zich nu maar iets meer bewust was van haar sterke eigenschappen in plaats van continu aan zichzelf te twijfelen...

Walter had het landhuis niet vrijwillig verlaten. Ze hadden hem gearresteerd, verhoord, opgesloten en later naar Rostock overgeplaatst. Maar als dat allemaal niet was gebeurd, zou hij Dranitz na Sonja's vlucht naar het westen ongetwijfeld hebben verlaten.

En nu keerde hij terug. Met een bestelbusje vol waardeloze DDRmeubels en een gigantische zak herinneringen. Het zou voor Franziska niet makkelijk zijn om met hem te leven.

'Daarheen?' vroeg Kulle en hij wees met zijn wijsvinger naar de bergen puin die voor de ingang van het landhuis lagen. 'Dat meent u toch zeker niet?'

O jee! Had Franziska niet gezegd dat het bouwafval opgehaald zou worden? Nou, dat was dan blijkbaar om de een of andere reden niet gelukt.

'Zo dichtbij mogelijk.'

Kulle wilde zijn banden niet ruïneren en parkeerde de wagen op een veilige afstand. Ze zouden de meubels dus een flink stuk moeten dragen naar het landhuis en daar de trappen op moeten tillen.

Terwijl Kulle zich eerst met een flesje bier aansterkte, stapte Walter uit. Voorzichtig klom hij over de berg puin en hij ontdekte iets ontroerends. Boven de voordeur hing een guirlande van dennentakken, waaraan rode, uit karton geknipte hartjes hingen. In het midden hing een goud omrand bord:

Van harte welkom op Dranitz!

Dat leek het werk van Jenny te zijn. Franziska was niet iemand die hartjes uit karton knipte. Maar misschien had zij de guirlande gevlochten.

De voordeur vloog open en daar stonden ze. Franziska en Jenny. Ze zwaaiden en lachten. 'Daar is hij! Oma, geef eens snel het fototoestel. Blijf zo staan, Walter, ik wil een foto van je maken.'

Jenny maakte de ene na de andere foto. Jenny, die zo ongelofelijk veel op Elfriede leek dat hij vaak dacht dat de overledene weer voor hem stond.

'Je hoeft me toch niet uitgerekend hier op deze berg puin te fotograferen, Jenny!' riep Walter lachend en hij weerde de hond af die hem kwispelend met zijn staart begroette.

Maar Jenny wilde zijn intrede in het landhuis volledig met foto's documenteren, daarom moest hij nu naar hen toe klauteren, de nog niet opgeknapte treden naar de ingang van het landhuis op lopen en – op Jenny's uitdrukkelijke bevel – Franziska in zijn armen nemen. Hij deed het onbeschroomd en kuste haar zelfs op beide wangen, wat Jenny enthousiast met haar camera vastlegde.

'Zo is het wel genoeg,' zei Franziska. 'We zijn toch niet op tv. En trouwens, ik wil oprecht gekust worden en niet omdat het voor de foto moet!'

'Het is een historisch moment, oma,' bromde Jenny. 'O, verdorie. Wacht, ik moet er een nieuw rolletje in doen.'

Ze draaide zich om en rende snel de trap op.

'Kacpar!' hoorde Walter haar op de bovenverdieping roepen. 'Waar ben je nou? Kom beneden, we hebben mensen nodig om de meubels te sjouwen! We hebben je spierballen nodig!'

Walter wendde zich tot Franziska en keek haar vragend aan. 'Als je wilt, kus ik je nog een keer, Franzi. Heel oprecht en alleen voor ons tweeën.' Zijn blik dwaalde naar Kulle, die uit het bestelbusje was gestapt. 'Ook al ziet meneer Pietersen het,' voegde hij er grinnikend aan toe.

Franziska lachte. 'Later, Walter, later. Vanaf nu hebben we immers tijd genoeg. Laten we eerst maar even je meubels naar binnen dragen. Je chauffeur zal hier waarschijnlijk niet eeuwig willen blijven staan.'

Kulle had de deuren van de laadruimte van de bestelauto al geopend toen architect Kacpar Woronski, een slanke, bleke, donkerharige jongeman, met Jenny naar buiten kwam.

Samen droegen ze de meubels en dozen stuk voor stuk het huis in.

'Dat moet allemaal naar Walters kamer!' instrueerde Franziska Kulle en Kacpar.

'Wat een gedoe om zo'n hoop troep,' bromde Kulle toen de wagen eindelijk leeg was. 'Terwijl je bij Quelle echt mooie meubels kunt kopen.'

'Bedankt voor uw hulp, meneer Pietersen,' zei Franziska op de beleefde, verheven toon van een landgoedeigenaresse. 'Wat krijgt u van ons?'

'Dat regel ik!' zei Walter snel en hij haalde zijn portemonnee tevoorschijn. Dat ontbrak er nog maar aan, dat Franziska voor hem betaalde!

Toen Kulle weg was, gaf Franziska hem een hand en samen liepen ze de treden op, langzaam en plechtig.

De oude landheer en zijn dame nemen het landhuis weer in bezit, dacht Walter meesmuilend. Helemaal prettig voelde hij zich er niet bij, want hij was bang dat hij niet aan Franziska's verwachtingen kon voldoen.

Alsof ze zijn gedachten had gelezen, gaf ze een kneepje in zijn hand. Het komt wel goed, betekende deze handdruk. Als we elkaar maar steunen, dan kunnen de schaduwen ons niet deren.

Boven in de gang werden ze met champagne ontvangen. Geheel in stijl bood Jenny de gevulde glazen op een zilveren dienblad aan.

'Helaas geen familie-erfstuk, Walter, maar een koopje van de vlooienmarkt.'

Toen iedereen een glas in zijn hand had, was Franziska degene die de toost uitbracht. 'Op dit huis en iedereen die ermee verbonden is, en dat iedereen een nieuw begin vindt met elkaar. Op onze hoop en onze plannen. En op de liefde!'

'Op de liefde!' riep Jenny. 'Moge die sterk, groots en onverwoestbaar zijn!'

Walter zag dat Kacpar haar bij die uitroep een verbaasde blik toewierp. Ze proostten met elkaar en daarna liep Jenny weg om haar dochter uit haar bedje te halen.

'Juultje hoort er ook bij! Als het om de toekomst gaat, is zij de belangrijkste persoon!'

De kleine knipperde een beetje ontstemd met haar oogjes, want ze was nog niet klaar met haar middagslaapje. Maar toen ze Falko zag, lachte ze en strekte haar armpjes naar de hond uit.

'Je kunt haar rustig bij hem laten,' zei Franziska. 'Ik ben vandaag van de opwinding vergeten om hem in te poederen.'

De kleine meid waggelde enthousiast naar de herdershond toe en sloeg haar armen om zijn nek, wat Walter onwillekeurig aan Sonja deed denken. Wat had zij graag een hond willen hebben! Waarom had hij die wens niet vervuld voor haar? Nu het te laat was, had hij daar spijt van.

'Niet zo wild, Juultje!' waarschuwde Franziska. 'Je doet Falko pijn!'

Falko liet de ruwe liefkozingen over zich heen komen, maar het was duidelijk te merken dat het genoegen eerder aan Juultjes zijde was. De trouwe herdershond keek naar Franziska, alsof hij wilde vragen: 'Hoe lang moet ik dit nog uithouden, vrouwtje? Mag ik niet op zijn minst grommen als ze aan mijn snorharen trekt?'

Maar Franziska knikte opgewekt naar hem en liep naar het vertrek dat nu als woon- en eetkamer was ingericht. Was dit vroeger niet Franzi's slaapkamer geweest? Of sliep Elfriede in deze kamer? Walter kon het zich niet meer goed herinneren, en dat wilde hij ook niet.

'Aan tafel!' riep Franziska en ze klapte in haar handen.

Ze had gekookt. Franziska was een uitstekende kokkin, hoewel hij dat aanvankelijk niet van haar had verwacht. Maar ze was tenslotte ruim dertig jaar getrouwd geweest en had voor haar echtgenoot en dochter gezorgd.

Vol bewondering bleef Walter voor de tafel staan. Had zij hem zo mooi gedekt? Of had Jenny dat gedaan? Een schaal met bloeiende hyacinten in groen mos, met gele narcissen en witte sneeuwklokjes ertussen, sierde het goudgele tafelkleed. De bijpassende servetten straalden als de opgaande zon. Op zijn servet en dat van Franzi lag een rood kartonnen hartje.

Walter ging zitten, maar niet zonder Jenny en Franziska eerst een groot compliment te geven over de prachtige decoratie.

Jenny straalde en liep naar de keuken om haar oma te helpen om de schotels en schalen te dragen. Er was goulash met aardappelknoedels en een frisse salade.

'Ik hoop dat je het lekker vindt,' zei Franziska en ze wenste iedereen smakelijk eten. 'Ik moet nog wennen aan de keuken van Mecklenburg. Voorlopig maak ik recepten uit mijn eigen repertoire.'

De gesprekken aan tafel gingen over de voortgang van de verbouwing. Walter hoorde dat het bedrijf dat het bouwpuin zou ophalen gewoon niet was komen opdagen, hoewel de wagen op andere bouwplaatsen was gezien. Als ze niet gauw kwamen, zouden ze wellicht een ander bedrijf moeten inschakelen.

'Je zult nog verbaasd opkijken als we eenmaal op de benedenverdieping klaar zijn,' zei Jenny tegen Walter. 'Hierboven wordt alles tot gastenkamers omgebouwd. Jullie tweeën gaan later in een van de hovelingenhuisjes wonen. Die bouwen we weer op, en wel met alles erop en eraan: verwarming, badkamer, grote ramen, enzovoorts...'

Jenny's optimisme was aanstekelijk. Het landhuis moest een wellnesshotel worden met fitnessruimtes en een sauna in wat nu de kelder was. Bovendien zouden er een zwembad met buitenbad komen, rijpaarden, roeibootjes op het meer en een ligweide. Misschien ook een tennisbaan. Ze borrelde haast over van ideeën en ondernemingslust.

'Ik moet alleen snel mijn schoolexamen halen, dan kan ik bedrijfseconomie gaan studeren,' zei ze geestdriftig. 'Want ik wil later het hele complex leiden.'

Walter keek naar Franziska, die was opgestaan om de lege borden te verzamelen. Hij zag dat ze sceptisch keek. Kacpar daarentegen leek het idee van het schoolexamen voor het eerst te horen en was er heel enthousiast over.

'Dat is fantastisch, Jenny,' zei hij. 'Ik weet zeker dat je dat examen heel snel zult halen. En als je hulp nodig hebt, ik ben er altijd voor je.'

Wat keek hij haar stralend aan met zijn mooie blauwe ogen. Had de jongeman niet een vriendin? Nou ja, dacht Walter, misschien was hijzelf te streng en te ouderwets. Kacpars aanbod was vast puur vriendschappelijk bedoeld – als daar niet die dankbare en betoverende blik van Jenny was geweest. Maar ook die was waarschijnlijk onschuldig.

'En hoe stel je je dat voor met Juultje? Wil je naar een avondschool?' vroeg hij.

'Ik heb een instituut voor schriftelijk onderwijs uitgezocht. Dat is echt ideaal. Ze sturen me de opdrachten toe, ik maak ze thuis aan de keukentafel en stuur ze weer terug. Supermakkelijk! Alleen voor de tussentijdse tentamens moet ik naar Stralsund rijden. Maar dat gaat me wel lukken.'

Walter klopte bemoedigend op haar schouder en stond op om Franziska te helpen afruimen en de lege schalen naar de keuken te brengen. Hij zette ze in de gootsteen en keek hoe Franzi het toetje uit de koelkast pakte dat ze van tevoren had klaargemaakt. Vanillekwark met slagroom en biscuitjes. Hij zou de komende tijd vast een paar kilo aankomen.

'Ik hoop dat die drukte aan tafel je niet stoort,' zei ze een tikkeltje bezorgd en ze gaf hem vier glazen schaaltjes aan.

'Integendeel,' zei hij. 'Het is fijn om familie om me heen te hebben. Veel beter dan somber in mijn uppie aan tafel zitten met een blik met een kant-en-klare bonenschotel voor mijn neus.'

Ze leek niet helemaal overtuigd te zijn. Hij zag het aan de sceptische blik in haar grijsgroene ogen. 'Als je je terug wilt trekken, kun je dat op elk tijdstip doen, Walter. Die vrijheid moet ieder van ons hebben.'

'Zeker. Maar ik ben hier niet naartoe gekomen om me terug te trekken, maar om bij jou te zijn.'

'Ook wat die nabijheid betreft, moeten we het rustig aan doen...'

Ze had van tevoren gezegd dat ze gescheiden slaapkamers wilde en hij had het niet tegengesproken, hoewel hij het graag anders had gewild. Maar hij was geduldig. Hij mocht niets van haar verlangen wat ze hem niet wilde geven. Toch was hij vastberaden om zijn wensen voorzichtig maar vasthoudend op het juiste moment door te drukken.

Na het eten gingen ze samen naar de kelder. Er was een begin gemaakt met het uitgraven van het gat voor het geplande zwembad, waarbij ze op resten muur waren gestuit. De stenen zagen er precies hetzelfde uit als de stenen die ze buiten hadden ontdekt toen ze een gat hadden gegraven voor de verwarming. Middeleeuws, waarschijnlijk uit de tijd dat er op de plek waar later landhuis Dranitz was gebouwd een klooster stond.

'Dat is ontzettend interessant,' zei Walter. 'Misschien zouden we het bureau voor monumentenzorg moeten informeren.'

'In geen geval!' riep Jenny vastberaden. 'Straks komen ze nog kijken en leggen ze onze bouwplannen stil. Nee, die oude muren gaan weg en daarvoor in de plaats leggen we een supermooi nieuw zwembad aan. Met sauna en buitenbad. Dat komt daar, waar nu nog het bouwpuin ligt.' Boven op de eerste verdieping rinkelde de telefoon. 'Ik neem wel op, oma,' bood ze aan. Ze drukte Juultje in Franziska's armen en rende de trap op.

Toen ze weg was, liep Franziska naar Walter en zei zacht: 'Jenny heeft een heleboel grote plannen. Dat is aan de ene kant fijn, omdat zij degene is die de toekomst van Dranitz zal vormgeven. Maar aan de andere kant...'

Walter knikte. Hij wist wat Franzi bedoelde, hij was tenslotte niet blind. Jenny nam veel hooi op haar vork – té veel hooi.

'Maar het is wel goed als ze alsnog haar schooldiploma haalt, toch?' zei hij voorzichtig.

'Zeker,' beaamde ze. 'Maar niet als je je tegelijkertijd met een verbouwing moet bezighouden en voor een klein kind moet zorgen. Het zal te veel van haar vergen, Walter. Maar ik mag het haar nu niet uit het hoofd praten, dan neemt ze het me later kwalijk.'

Tot zijn verrassing merkte Walter dat zijn Franzi toch niet altijd alleen maar vertrouwen uitstraalde. Op dit moment leek ze eerder bezorgd en onzeker.

'Wel, wat Juultje betreft, wij tweeën kunnen wel helpen, toch?' probeerde hij haar gerust te stellen. 'En de verbouwing, dat is een kwestie van organisatie. Bovendien managet meneer Woronski het prima. We moeten alleen een goed plan maken.'

Ze knikte en pakte zijn hand. 'Dank je wel dat je "wij" zegt, Walter. Het doet me goed om te weten dat ik jou aan mijn zijde heb. Begrijp me niet verkeerd, Jenny is een trouwe en dappere partner voor me. Maar ze is mijn kleindochter en er ligt zo'n vijftig jaar tussen ons in.'

Hij begreep wat ze bedoelde. Franziska en hij waren van dezelfde generatie en hoewel hun levens totaal verschillend waren verlopen, hadden ze toch in dezelfde idealen geloofd, dezelfde teleurstellingen te verwerken gehad en dezelfde hoop gekoesterd. Ze keken op dezelfde manier naar de wereld en begrepen elkaar zonder veel woorden.

'Tegen jou kan ik het wel zeggen, Walter,' ging ze verder. 'Ik vrees dat Jenny's plannen mijn financiële budget te boven gaan. Het kan nog wel jaren duren voordat dit hotel geld in het laatje brengt en de verbouwing kost een vermogen. Ik moet iets verzinnen.'

Ze liet haar stem dalen totdat ze fluisterde en keek hem aan op een manier die hij nog niet eerder had gezien en die hem diep raakte. 'Ik vertrouw je mijn zorgen toe,' zei die blik. 'Niet zodat je ze van me afneemt, maar omdat ik iemand nodig heb met wie ik erover kan praten.'

'Heb je al met de bank gepraat?'

'Ja,' zei ze, terwijl ze zich langzaam naar de trap draaide. 'Maar het gesprek verliep nogal onbevredigend.'

Hij luisterde naar haar, maakte af en toe een opmerking en voelde dat hij was aangekomen. Hier, aan de zijde van de vrouw van wie hij altijd al had gehouden en die nu zijn raad en zijn hulp nodig had. Het leven had hem nog één laatste, grote uitdaging geschonken en hij aarzelde niet om die te aanvaarden.

Ulli

'ACH, OMA, WAT MOET ik met al die spullen?' vroeg Ulli en hij keek zijn oma geïrriteerd aan.

Mine bleef plastic bakjes en flesjes in een mand stoppen. De bakjes waren nieuw. Ze had ze in de supermarkt in Waren gekocht en ze konden vacuüm afgesloten worden met gekleurde deksels.

'Eten moet je, Ulli. Je ziet er helemaal verhongerd uit. De eenpansmaaltijd hoef je alleen maar op te warmen. Gewoon in de pan gooien en niet vergeten te roeren. En de schnitzels kun je ook koud eten. Met aardappelsalade. Die blijft in de koelkast drie dagen goed.'

Hij zag in dat hij er niks tegen kon doen. Mine zou het hem zeer kwalijk nemen als hij haar giften afwees. En het was ook lekker wat ze kookte, hij at het graag. Maar hij had een slecht geweten omdat hij wist dat ze maar een klein pensioentje hadden.

'En wat eten wij?' kwam Karl-Erich dan ook meteen in opstand. 'Wij leven hier op droog brood omdat je Ulli weer zo nodig moet verwennen.'

'Je komt vast niet om van de honger,' bromde Mine en ze kneep in zijn buikvet. 'Je ziet er niet bepaald uit alsof je vermagert, of wel soms?' Daarna wendde ze zich weer tot haar kleinzoon. 'En jij... denk er nog eens over na. Over Bremen, bedoel ik. Misschien doet zich nog iets anders voor.'

Ulli zette de gevulde mand neer om Mine een knuffel te geven en omhelsde daarna ook zijn opa. Hij kreeg bijna tranen in zijn ogen, zo ontroerd was hij door de liefde en genegenheid van de twee oudjes.

'Er is nog niets besloten,' mompelde hij. 'En trouwens, ik kom natuurlijk nog wel langs. Ik ben tenslotte niet meteen van de aardbodem verdwenen.'

Hij was twee dagen langer gebleven dan gepland en daarom was het afscheid nu alleen maar nog moeilijker. Hij maakte zich eindelijk van hen los en liep snel de trap af. Buiten voor het huis keek hij voordat hij in de auto stapte zoals gewoonlijk naar boven, omdat hij wist dat Mine en Karl-Erich voor het slaapkamerraam stonden te zwaaien. Hij hield de mand op, zette hem op de achterbank en maakte dat hij wegkwam. Hij haatte afscheid nemen. Vooral als het afscheid misschien wel voor altijd was.

In elk geval was het weer iets opgeknapt. Het was vrijwel onbewolkt en het voorjaarszonnetje gaf de daken, die nog nat waren van de regen, een fris kleurtje. In de tuinen bloeiden her en der al gele narcissen. Op de nog vale grasvlaktes waren al rode tulpen te zien en lichtten brede kussens van sneeuwklokjes op. De rest liet op zich wachten, er was nog nauwelijks een knopje aan een struik of boom dat wilde openspringen.

Hij reed in de richting van Müritz. Toen hij bij een kruising moest afremmen, hoorde hij het concert van de kraanvogels en hij stopte aan de zijkant van de weg. Daar waren ze weer. Ze trokken als pijlen noordwaarts door de lucht – lijnen van klapwiekende wezens die door hun geroep met elkaar verbonden waren. Als jongen had hij er met open mond naar staan kijken en vaak was hij gewoon gaan rennen om te kijken waar ze landden, maar hij had ze nooit kunnen ontdekken.

Hij moest denken aan het verhaal van Nils Holgersson. Zijn verlangen om de wijde wereld in te trekken, met de wilde ganzen over land en zee te vliegen, over alle afrasteringen en grenzen heen.

Wat stom, dacht hij. Nu kan ik reizen waar ik maar naartoe wil, en nu trekt het me niet meer aan. Bremen... Nou ja, het klonk wel aanlokkelijk. Het hoefde ook niet voor altijd te zijn. In elk geval was het fijn om een vaste baan te hebben in het vak waar hij voor was opgeleid. Hij had tegen zijn vriend gezegd dat hij interesse had in de baan en had hem zijn sollicitatiepapieren meegegeven. Misschien lag er thuis al post voor hem. Hij gaf gas, draaide het raampje omhoog en volgde de weg naar Waren. Daar nam hij de afslag in de richting van Malchow, en omdat er niet veel verkeer was, liet hij zijn gedachten de vrije loop tot hij eindelijk bij zijn flat in Stralsund aankwam.

Het was niet fijn om in de halflege flat terug te komen. Hij vond het prima dat Angela verschillende dingen had meegenomen – hij was niet gehecht aan schilderijen of tapijten of zelfs meubels. Maar het deed pijn dat alles wat ze ooit samen hadden aangeschaft en waar ze hun flat mee hadden ingericht, nu uit elkaar was gescheurd. Bovendien had hij geen zin om in het bed te slapen waar Angela met Franz-Josef in had gelegen. Zeker omdat ze de hoofdkussens en dekens en ook het beddengoed had meegenomen. Voor het vakantiehuis dat ze in Schladming verhuurden. De rest was voor Ulli. De flat was al opgezegd, hij had tot het eind van de maand de tijd om hem leeg te halen. Hij had geen idee waar hij zijn spullen moest laten.

Vrij, dacht hij en hij grijnsde onnozel. Vrij als een vogel. Vogelvrij.

Hij moest denken aan Karl-Erichs woorden. 'Hoe zit het met Max Krumme?' had zijn opa gevraagd. 'Wilde die niet stoppen met zijn botenverhuur?'

'Je houdt toch van het water?' hoorde hij Mine eraan toevoegen.

Het was niet ver naar Ludorf en voor Ulli er erg in had, zat hij al weer in de auto en reed hij via Röbel naar het meer.

Ik kan het gewoon eens bekijken, dacht hij. Misschien klopt het ook wel helemaal niet wat opa zei en wil Max het helemaal niet verkopen. Het zou nogal dom van hem zijn om nu een stuk grond aan het meer te verpatsen, terwijl de prijzen heel hard stegen.

Het perceel van Max Krumme was slechts voor een deel omheind. Aan de kant waar je naar de kiosk en steiger liep, was het terrein open. Links daarvan stond Krummes woonhuis. In de zomer was het tussen de dichte bomen en struiken nauwelijks te zien, maar nu lichtte het grijs op tussen de nog winters kale takken. Uit de schoorsteen steeg rook op. Max was dus thuis. Ulli parkeerde zijn auto op het lege parkeerterrein naast de kiosk en stapte uit. Het was precies zoals hij het zich had voorgesteld: wijd en zijd was er geen mens te bekennen. Geen wandelaar en ook niemand die zin had om in het heerlijke zonnetje op de Müritz te gaan roeien. Hij was hier een paar keer met zijn ouders geweest, lang geleden. Later, na het ongeluk waarbij ze allebei om het leven waren gekomen, had hij Krummes botenverhuur alleen vanuit de verte gezien als hij in het jeugdkamp in Zielow was geweest, dat een stuk achter Ludorf lag. Om te zwemmen en te roeien hadden ze immers het meer van Dranitz. Daarvoor hoefden ze niet naar de Müritz te rijden.

De kiosk was gesloten, de ramen waren met planken dichtgetimmerd. Zo te zien lag het nog in winterslaap. Ulli bekeek het achthoekige houten huisje van alle kanten, sloeg er met zijn vuist tegenaan en stelde vast dat het compleet opgeknapt moest worden. Afbreken en helemaal opnieuw opbouwen, anders stortte deze keet binnen de kortste keren in.

Ulli's blik zweefde naar het water. Geboeid staarde hij naar het gladde grijze oppervlak, waarop de zon glinsterende lichtstrepen wierp. Watervogels trokken paddelend hun rondjes, aan de oever groeide groen riet, daartussen stond een grijze reiger, onbeweeglijk, alsof hij van steen was. Het was mooi. Ulli hield beschermend zijn hand boven zijn ogen omdat de zon hem verblindde. De Müritz, dat was wel wat anders dan het meer van Dranitz, waarop je in twintig minuten naar de overkant kon roeien. De Müritz was reusachtig, zo weids als een zee en met veel andere meren in de omgeving verbonden. Als je hier bekend was, kon je van hier naar Berlijn varen. Niet dat hij dat van plan was, maar hij kreeg nu toch zin in een boottochtje. Hij nam het pad naar de aanmeersteiger en zag dat er twee boten op het water deinden. Die had Max blijkbaar al uit het botenhuis gehaald, waar ze in de winter lagen. Hij liep de steiger op en zag dat in allebei de boten water stond. Maar dat kon ook door de regen komen, het had in de afgelopen dagen enorm gegoten. De steiger kraakte verdacht onder zijn voeten. Er waren niet alleen een paar planken los, maar ze waren ook doorgerot. Behoorlijk gevaarlijk voor nietsvermoedende toeristen. Zoals de steiger er nu bij lag, mocht Max eigenlijk geen boten meer verhuren.

Al met al zag het er nog veel erger uit dan hij had gevreesd. Nou ja, hij had zich een beeld willen vormen en dat had hij gedaan. Als iemand hier boten wilde verhuren, moest diegene eerst flink investeren. Afblijven van dit project, zei zijn verstand. Hier vliegen niet alleen meeuwen en kraanvogels boven het meer. Hier cirkelt ook de aasgier rond met zijn brede vleugels.

Toch bleef hij op de steiger staan. Hij keek over de glinsterende, kabbelende golfjes van deze binnenzee en kreeg zelfs zin om zijn schoenen en sokken uit te trekken en op de verrotte planken te gaan zitten, zijn voeten in het koude water te steken en hard te schoppen tot het water schuimde en opspatte. Dat hadden ze vroeger gedaan, toen hij nog een jongen was.

Een overmoedige, dikke hommel vloog vlak langs zijn hoofd naar het meer, cirkelde een tijdje boven het wateroppervlak en verdween in het oeverriet, waar een moedereend met haar kuikens paddelde. Het was allemaal zo mooi dat Ulli zich af moest wenden om niet door nostalgie overmand te worden. Na een poosje stond hij op en liep terug naar zijn auto, maar voordat hij instapte, wierp hij nog een blik op het woonhuis achter de kale bomen en struiken. Nu hij er toch was, moest hij Max wel even goedendag zeggen. Hem de groeten van zijn grootouders doen. Dat hoorde nu eenmaal. En hij had toch de tijd, hij zou nog vroeg genoeg terug in zijn flat in Stralsund zijn. Vastberaden liep hij over het parkeerterrein naar het tuinhekje van Max, dat in de zomer met een fietsketting was afgesloten om kinderen en nieuwsgierige toeristen bij zijn huisje vandaan te houden. Dat had zijn vrouw per se gewild, omdat het regelmatig was voorgekomen dat vreemde mensen bij hen voor de deur stonden en gebruik wilden maken van hun toilet. Maar daarvoor was er bij de ingang van het parkeerterrein een huisje met een tonnetjesplee.

Het tuinhek was vandaag niet met een ketting afgesloten. Het piepte vreselijk toen Ulli het openschoof en hij kreeg het niet meer goed dicht. Op de vensterbank naast de voordeur stond een bloembak waarin jong gras tussen verdorde plantjes woekerde. Ulli drukte op de bel en was blij dat die het in elk geval wel deed. Binnen klonk zacht gekreun, vergelijkbaar met wat hij van Karl-Erich kende. Aha, Max Krumme had zeker ook last van reuma. Geen wonder, met deze vochtigheid die in de herfst en winter vanuit het meer door de muren drong.

De deur zwaaide met een verbazingwekkende kracht open. Op de drempel stond een kleine witharige man in een blauwe gebreide trui en een veel te wijde joggingbroek. Max Krumme was mager geworden, zijn flaporen leken nog groter dan vroeger.

'Goedendag,' zei Ulli en hij nam zijn pet af. 'Ik ben Ulli Schwadke. De kleinzoon van Mine en Karl-Erich.'

Max Krumme had hem wantrouwig bekeken, maar nu lichtte zijn blik op en toonde hij een brede grijns.

'De kleinzoon van Mine en Karl-Erich? Echt waar? Klaus, toch?'

'Ik heet Ulli. Ik moet u de hartelijke groeten doen.'

Hij was behoorlijk suf. Hoe oud zou hij zijn? Zeker jonger dan zijn grootouders. Maar ook al tegen de zeventig.

'Juist, Ulli.' Max knikte. 'Nou, kom maar gauw binnen! Maar je mag niet om je heen kijken. Het is hier een rommeltje. Want er is geen vrouw…'

'Geeft niet,' zei Ulli. 'Ik kom niet om bij je op te ruimen.'

Eigenlijk was de kleine woonkamer prima in orde, vond Ulli. Alleen rook het er ontzettend muf. Max hield zeker niet van luchten. Op de bank lagen twee lapjeskatten, een grote en een kleine. Daarnaast was vast de favoriete plek van Max, want over de leuning hing een haastig opzijgeworpen wollen deken. De televisie – een DDR-model, een oeroud type – stond nog aan.

'Ga maar in de fauteuil zitten,' zei de gastheer. 'Ik zal gauw de kijkbuis uitzetten. Het zijn toch allemaal stomme programma's.'

Terwijl Max de tv uitzette, stond de grootste kat op, zette een hoge rug op en keek Ulli met fluorescerende groene ogen aan. De andere loerde ook naar hem, maar bleef liggen. Alleen de staart bewoog heen en weer.

'Dit zijn Hannelore en haar zoon Waldemar,' zei Max. 'Waldemar begint nu te puberen, dat is echt een vlegel. Hij krijgt vaak een mep van zijn moeder.'

Ulli had nog nooit met katten te maken gehad. Hij was meer een hondenmens. Honden waren berekenbaar, die kon je aan de lijn doen en opvoeden. Met katten was het anders. Die deden wat ze wilden.

'Ik zet even snel een kopje koffie voor ons en dan moet je me over Mine en Karl-Erich vertellen. Goh, dat we elkaar al zo lang niet meer hebben gezien... Vroeger woonden we naast elkaar.'

Hij liep de gang in en meteen daarop hoorde Ulli dat hij de kraan opendraaide. Aardig van hem, om koffie te zetten. Alleen was Ulli niet van plan geweest om zo lang te blijven. Hij wilde net opstaan om Max in de keuken te helpen toen poes Hannelore op zijn schoot sprong. Ulli voelde zich totaal niet op zijn gemak met het grote beest op zijn benen, zeker niet omdat ook Waldemar, de puberende zoon, aanstalten maakte om de nieuwe zitplek uit te proberen.

'Wil je ook een paar koekjes?' riep Max vanuit de keuken. 'Ze zijn nog van kerst, maar smaken nog goed.'

'Eh, ja, graag,' riep Ulli terug. 'Als ze op moeten...'

Max kwam met een bord speculaasjes in de woonkamer terug. 'Nou ja, zeg!' riep hij verbaasd toen hij de twee katten zag. 'Dat heb ik nog nooit meegemaakt, dat ze niet schuw zijn. Daar kun je trots op zijn, Klaus!'

'Ulli...'

'O ja. Ulli. Kom maar, schatjes!' Max verkruimelde een speculaasje op de bank en kater Waldemar maakte een sprong om als eerste bij de buit te zijn. Moeder Hannelore volgde hem. Ulli streek opgelucht over zijn spijkerbroek en probeerde vergeefs de hardnekkige kattenharen te verwijderen. 'Neem maar, Klaus. Eh, Ulli,' zei Max en hij zette het bord voor Ulli op de kleine salontafel. 'Ik haal alleen nog even gauw de kopjes uit de keuken.'

Ulli pakte een speculaasje en deed een flinke scheut melk in de pikzwarte koffie die Max voor hem neerzette. Koffiezetten kon hij wel, dat moest je hem nalaten.

'Hoe gaat het met de twee oudjes?' vroeg Max nadat hij weer op zijn plek op de bank had plaatsgenomen. 'Gaat het nog goed met hen?'

Ulli vertelde dat zijn opa vorig jaar helaas een licht hartinfarct had gehad, maar dat het nu weer goed met hem ging. Afgezien van de reuma dan.

Max zuchtte en zei dat hij ook zo'n last had van die vervloekte reuma. Bij zijn heupen. Hij kon amper nog lopen.

'Het is geen lolletje als je oud wordt, jongen. Ik wil de boel hier verkopen nu ik nog kan staan. Elly, mijn oudste, woont met haar gezin in Berlijn en wil dat ik bij haar kom wonen.'

Hij vertelde hoe mooi het in Prenzlau was. Helemaal niet zo snobistisch, maar allemaal aardige mensen. En winkels, de ene naast de andere.

'Kroegen op elke hoek van de straat, je hoeft niet om te komen van de dorst. En de jongens zijn daar. Markus is zeven en Lukas acht. Ik geniet van hen. Ze doen me denken aan de tijd dat mijn Gertrud nog bij me was en de kinderen hier rondrenden.'

Zijn tweede dochter, Gabi, was niet getrouwd, woonde in München en verdiende schijnbaar ongelofelijk veel geld. Zoon Jörg had gestudeerd en was docent aan de universiteit van Freiburg.

'Ze zijn allemaal goed terechtgekomen,' zei hij trots. 'Alleen boten verhuren, dat wil geen van hen. Daarom wil ik het verkopen.'

Ulli liet hem praten en nam zich voor om helemaal niets te zeggen. Vooral geen slapende honden wakker maken. Hij kwam hier niet als koper, maar als vriend van de familie.

'Elly zei dat ik het absoluut niet mag verkopen. Ik moet het verpachten, maar het land niet weggeven. Omdat de waarde stijgt. Maar ik ben te oud om met het stuk grond te speculeren. Ik wil geld zien zodat ik niet als arme man naar mijn dochter moet.'

De twee katten hadden inmiddels de laatste kruimels opgevreten. Ze likten hun poten en streken er telkens mee over hun bek en oren. Eigenlijk was een kattenwasje best grondig, vond Ulli.

Max schoof de koekjes naar hem toe en vertelde dat er al vier of vijf gegadigden waren geweest, allemaal uit het westen. Maar hij had niet tot een overeenkomst kunnen komen. En het was trouwens sowieso beter om het in de zomer te verkopen, als alles groen was en in bloei stond. Dan zag alles er meteen mooier uit.

'Wil jij het niet kopen, Klaus?' vroeg Max plotseling. 'Aan jou zou ik het wel geven.'

'Ik heet Ulli.'

'Maakt niet uit,' zei Max en hij krauwde Hannelore achter haar spitse oren. 'Jij bent de kleinzoon van Mine en Karl-Erich. Jou vertrouw ik. Er is namelijk nog iets... Gewoon een idee, dat onlangs 's nachts in me opkwam. Het zou namelijk kunnen dat ik me in Berlijn niet thuis ga voelen.'

O, hemel, dacht Ulli. Hij is helemaal de weg kwijt. De ene keer wil hij de boel verkopen en dan toch weer niet. Maar goed dat ik toch geen interesse heb.

'Ik heb bedacht dat ik het alleen ga verkopen als ik levenslang woonrecht krijg in dit huis. Zodat ik weer terug kan, snap je? Omdat het zo moeilijk is om een stuk land zoals dit voor altijd te verlaten. Een stuk land is een stuk leven, vind je niet?'

Dat kon Ulli wel begrijpen, maar idioot was het wel. Iemand uit het westen, iemand met geld, zou er niet mee akkoord gaan. Die zou het huis afbreken en er een viersterrenhotel neerzetten. Met badstrand en botenverhuur.

'Denk er eens over na,' drong Max aan. 'Ik bied je een goede prijs. Gewoon onderhands. Je kunt hier helemaal je gang gaan en ik zit in de kamer en kijk naar je. En als ik ooit mijn ogen sluit, kun je sowieso doen wat je wilt.'

Ondanks zichzelf begon Ulli te piekeren. Hij had nog wat spaargeld. Angela had eerst twee derde geëist, maar daar was hij niet op ingegaan. Haar zou hij het wel hebben gegeven, maar niet die gierige kerel, die Franz-Josef, die er vakantiehuizen van wilde bouwen. Angela en Ulli hadden het geld samen gespaard, maar hij had altijd een hoger salaris gehad en meer op de rekening gestort. Daarom had hij eigenlijk een groter deel van het spaargeld moeten krijgen. Maar de helft was oké. Hoeveel zou Max vragen? Ach, het deed er niet toe. Op zoiets moest je nooit ingaan. Die Max wilde nog steeds meebepalen, dat was wel duidelijk. Bovendien moest iemand voor hem zorgen als hij niet meer kon lopen. Nee, hij moest van dit project afblijven en naar Bremen vertrekken. Gelukkig was hij vrij. Zo vrij als een vogel in de wind...

'Ik kan er eens over nadenken,' mompelde hij om Max niet helemaal voor het hoofd te stoten. 'Maar ik denk van niet. Ik heb een goede baan in Bremen in het vooruitzicht.'

Max Krumme haalde somber zijn schouders op. Tja, als dat zo was. 'Jammer. Maar je kunt me bellen als je je bedenkt.'

'Doe ik. Bedankt voor de koffie. Ik moet nog naar Stralsund.'

Hij stond op en gaf de oude man een hand. Het speet hem dat hij Max' wensen niet kon vervullen. In elk geval waagde hij het wel om Hannelore zacht over haar rug te aaien, waarop de dame tevreden begon te spinnen. Katten waren eigenlijk vriendelijke wezens. Je moest ze alleen begrijpen.

Het meer glinsterde blauwgroen in het zonlicht. Het oeverriet wierp bizarre schaduwen op het gladde wateroppervlak. Eenden paddelden rond, ergens riep een kieviet, achter in het riet tjilpte een ral. Ulli bleef staan luisteren, keek over het water en werd ineens overmoedig.

Het botenhuis beneden bij de steiger was met een ketting beveiligd, maar het slot was open, hij hoefde het alleen open te klikken. Resoluut pakte hij een van de kleine roeiboten en de roeispanen. Hij sleepte alles naar de steiger, liet de boot in het water en klom erin. Hij haakte de roeispanen in en roeide weg.

Het was leuk om weer eens actief te zijn en zijn spieren te laten werken. Toen hij een eind op het meer was, trok hij de roeispanen in, ging op zijn rug liggen en liet zich voortdrijven. Hij luisterde naar het gekabbel van het water en keek naar de lucht. Boven hem trokken twee zeearenden hun cirkels. Ulli keek een tijdje naar ze, daarna verloor hij ze uit het oog en gaf hij zich over aan het deinen van de boot. Hij sloot zijn ogen en voelde de zon op zijn gezicht. Gek dat je na een kop extreem sterke koffie zo moe kon worden.

Zijn gedachten dwaalden af naar Mücke, zijn vertrouwde vriendin uit zijn kindertijd. Lief en betrouwbaar. Wat jammer dat ze nu een vriend had. Alleen al daarom was het beter om weg te gaan. Hij had in Dranitz niets meer te zoeken. In Dranitz zou hij hooguit domme dingen doen en gedoe op zijn hals halen. Hij zag Jenny's glimlach voor zich, de manier waarop ze naar hem keek, met haar hoofd schuin. Haar koperrode haar dat zo verleidelijk was om vast te grijpen en... Jenny. Jenny was niet goed voor hem.

Een slapende zeeman is een dode zeeman, schoot Ulli door het hoofd toen hij door het harde geluid van een motor werd gewekt. Zijn boot schommelde heftig op de golven en er klotste een lading water in de boot. Snel pakte hij de roeispanen en kwam overeind. Er was een motorboot voorbijgeraasd en zijn notendop moest vechten tegen de hekgolf. Wat een schoften. Ze stoorden de watervogels tijdens het broeden, maakten lawaai en verpestten de lucht. Maar ach, wat maakte hij zich druk? Het ging hem niets aan.

Het weer was omgeslagen. Terwijl hij terug naar de oever roeide, begon het te regenen en een beetje te waaien. Hijgend van de uitputting droeg hij de boot en de roeispanen naar het botenhuis en stapte snel in zijn auto.

Geen conditie, dacht hij geïrriteerd, en hij startte de motor. In Bremen ga ik op zoek naar een roeiclub. Twee keer per week hard trainen, anders roest ik helemaal vast.

Franziska

DAGEN- EN NACHTENLANG HAD ze in Elfriedes dagboek gelezen. Ze had boosheid en medelijden gevoeld en zichzelf de ergste verwijten gemaakt. Maar ook de oude jaloezie was weer opgelaaid.

Ach, dacht ze nu, haar arme zusje had zo'n hoge prijs betaald voor het korte geluk. Welk recht had zij, een vrouw van boven de zeventig, om haar te benijden om haar liefdesnachten met Walter? En toch deed ze dat. Ze kon er niets aan doen. Telkens weer las ze Elfriedes beschrijvingen. Ze zocht tussen de regels en haar fantasie droeg nog meer schaamteloze beelden aan.

Ze was 's middags naar Mine gegaan, toen Karl-Erich was gaan liggen om een dutje te doen. Ze wilde met Mine over Elfriede praten. Mine, die zo veel had geweten en die ondanks haar spraakzaamheid toch kon zwijgen. Tot nu toe had ze geen woord over Elfriede gezegd. Dat Elfriede bij haar had gewoond, dat Walter en Elfriede elkaar in haar huis hadden ontmoet, dat ze op de hoogte was van hun liefde en hun huwelijk. Ze had er met geen woord over gerept. Ook niet over de ongelukkige, vroege dood van haar zusje.

'Heeft ze veel pijn geleden?' vroeg Franziska nu terwijl ze tegenover Mine aan de keukentafel ging zitten.

Mine had haar handen ineengevouwen en keek uit het raam. De zon scheen en je zag de slierten van de regendruppels op de ruit.

'Ach,' zei Mine. 'Het is al zo lang geleden.'

'Alsjeblieft! Ik moet het weten,' drong Franziska aan en ze pakte Mines hand.

De handen van de oude vrouw, haar voormalige dienstmeisje, waren hard en knoestig en de huid leek wel van doorzichtig perkament. Het was duidelijk te zien dat Mine haar hele leven hard had gewerkt.

'Ze was te dun om een kind te krijgen. Ze had te veel bloed verloren. Nu zouden ze haar hebben kunnen helpen, maar destijds was ik machteloos. Ik heb het kind in haar armen gelegd en ze heeft het nog een tijdje vastgehouden. Dat was alles.'

Franziska staarde voor zich uit en vocht tegen de tranen. Die verdomde, ellendige oorlog! Wat een vreselijk lot! Waarom had ze haar niet kunnen helpen? Waarom had niemand haar kleine zusje kunnen helpen? Ja, Elfriede was altijd zwak geweest. 'Friedchen', hadden ze haar daarom genoemd. Dun en bleek. Bovendien was ze amper van de tyfus genezen. Hij had nooit een kind bij haar mogen verwekken. Mannen! Die dachten er nooit aan dat liefde gevolgen kon hebben.

O god, dacht ze geschrokken. Hoe kom ik erbij om Walter verwijten te maken? Ik ben zelf verantwoordelijk. Ik had een manier moeten vinden om bij haar te blijven. Mama en ik, wij allebei...

'Hou op uzelf zo te kwellen, mevrouw de barones,' zei Mine. 'Voorbij is voorbij. Ze heeft het achter de rug en rust in vrede. Het is ook voor mij niet goed om alles weer op te rakelen. Dan kan ik 's nachts niet slapen omdat de beelden weer bovenkomen.'

'Het spijt me, Mine. Ik vraag het alleen omdat ik dit allemaal nooit heb geweten.'

'Nu weet u het en daarmee heeft de lieve ziel vrede!'

Mine had geen gelijk. Franziska wist nog steeds zo goed als niets. Ze wilde dolgraag vragen of Elfriede en Walter gelukkig waren geweest met elkaar, maar dat durfde ze nu niet meer. Ten eerste omdat het zou klinken alsof ze jaloers was, maar vooral ook omdat ze Mine niet wilde belasten. Ze wist zelf maar al te goed hoe het was als je 's nachts niet kon slapen doordat er allerlei beelden door je hoofd spookten en dat wilde ze Mine niet aandoen.

'Maar je wist ook dat Walter Iversen nog leeft en dat onze dierenarts Elfriedes dochter is. Waarom heb je daar nooit iets over gezegd?'
Ze moest die vraag gewoon stellen. Mine mocht gerust weten wat ze ervan vond dat Mine al die tijd had gezwegen. Ze vond het helemaal niks.
'Het is niet mijn zaak,' zei Mine rustig. 'Af en toe vroeg ik me inderdaad weleens af of ik iets moest zeggen. Maar Karl-Erich zei ook altijd dat ik de dingen op hun beloop moest laten en me er niet mee moest bemoeien. En dat was ook goed zo, toch?'
Franziska dacht er anders over, maar misschien was ze ook gewoon vergeten dat Mine vroeger tot het personeel behoorde en dat die verhouding in Mines ogen nooit was veranderd. Een dienstmeisje is loyaal aan de familie, maar ze is niet gelijkgesteld en kan nooit een vertrouwde vriendin zijn. Een intelligent personeelslid weet dat je moet zwijgen, want kletsen kan nare gevolgen hebben. Hoe vaak had ze dat vroeger als jonge baronesse niet gehoord?
'Het is goed, Mine. Ik bedank je voor alles wat je me hebt verteld en zal je geen vragen meer stellen,' zei ze en ze legde glimlachend haar hand op Mines kapotgewerkte handen. Het verschil was duidelijk voelbaar. Haar eigen handen waren nog steeds zacht en soepel, hoewel zij ook haar hele leven had gewerkt. Alleen had zij niet in de stal, op de velden en in het adellijke landhuis gewerkt, maar op kantoor.
Franziska haalde haar hand weg en trok een envelop uit haar handtas. 'Deze is voor jou en Karl-Erich. Op 22 mei zijn jullie van harte uitgenodigd op onze bruiloft. Het is op een vrijdag.'
Mine pakte de envelop aan, haalde een mes uit de tafellade en sneed hem open. De uitnodiging die Franziska samen met Walter had ontworpen viel eruit. Walter had een grappige tekening gemaakt van een koets met twee paarden ervoor. In de koets zat het bruidspaar en achter de koets waren blikjes, pannen en een bord met de tekst EINDELIJK GETROUWD gebonden.
Mine grinnikte. 'Tjonge! Wat artistiek! Deze moet ik inlijsten!'

Franziska stond op en stak haar hand naar Mine uit. Ze wilde deze middag nog iets doen.

'Jullie zijn in elk geval van harte welkom om het met ons te vieren. Jenny haalt jullie met de auto op. En we hoeven geen cadeau. Hooguit een plant of zo. Het is nog een beetje kaal in het landhuis.'

'We bedenken wel iets,' verzekerde Mine haar. 'Goh, Karl-Erich zal verbaasd zijn dat meneer Iversen zo mooi kan tekenen.'

Aha, dacht Franziska tevreden. Ze weten nou ook weer niet alles over Walter. Hoewel ze veel meer weten dan ik.

Toen ze weer buiten stond, waren er wolken voor de zon gegleden en waaide er een koude wind door de straten. Het herinnerde haar eraan dat het pas eind maart was en nog lang geen zomer. Rillend liep ze naar haar auto en startte de motor. Ze aarzelde even, maar was daarna weer vastbesloten het te doen. Hoewel Walter haar had gewaarschuwd. Ze moest geduld hebben, de tijd nemen. Toch vond ze dat ze iets moest doen. De situatie duurde al veel te lang en als ze niets deed, zou er ook niets gebeuren. Bovendien was het vast beter als ze de zaak zelf in de hand had dan wanneer Jenny, zo emotioneel en spontaan als ze was, iets ondoordachts deed.

Gerhart-Hauptmann-Allee. Het nummer wist ze niet precies, maar ze kende het huis, want ze was hier al een paar keer met Falko geweest. Het spreekuur was dagelijks van negen tot elf uur, en op dinsdag, donderdag en vrijdag ook 's middags van twee tot zeven uur. Vandaag was het dinsdag en het was al bijna middag. De kans was dus groot dat dokter Gebauer thuis was.

Ze drukte niet op de bel waarnaast DIERENARTSPRAKTIJK stond, maar op de andere, met het bordje GEBAUER. Pas nadat ze twee keer op het knopje had gedrukt, hoorde ze een zoemer en kon ze de voordeur openduwen. In de gang rook ze de gebruikelijke geur van desinfectiemiddel en vloerreiniger. Er werd hier in de praktijk grondig schoongemaakt, wat een goed teken was. Ze wilde net langs de deur van de praktijk lopen en de trap naar de eerste verdieping op gaan toen iemand die deur opendeed.

'Ah, u bent het, mevrouw Kettler. We hebben nu geen spreekuur, maar als het dringend is, kan ik de dokter even roepen.'

De assistente. Hoe heette ze ook alweer? Sonja noemde haar Tine, haar achternaam was iets van Kupke of Kutschke. Een sterke vrouw die een sint-bernardshond gemakkelijk in de houdgreep kon nemen.

'Dat is erg aardig van u, mevrouw…'

'Koptschik,' zei de vrouw.

'… mevrouw Koptschik, maar ik wilde…'

'Komt u maar binnen.' De assistente maakte een uitnodigend gebaar. 'Ik heb nog middagpauze, maar omdat de kater van mevrouw Schramm wakker begint te worden, pas ik een beetje op hem. Hij is net gecastreerd. Als katten uit de narcose ontwaken, gaan ze altijd rondlopen en dat is helemaal niet goed. Waar is Falko eigenlijk?'

'Ik kom voor mevrouw Gebauer. Privé,' zei Franziska vriendelijk. 'U kunt dus gerust pauze houden.'

'O. Nou, hopelijk is ze niet gaan liggen. Ze was vandaag een beetje moe. Ze zal wel slecht geslapen hebben.'

Zo, kijk eens aan, dacht Franziska terwijl ze de treden op liep. Nog iemand die niet goed kan slapen. Een reden te meer om eindelijk eens met elkaar te praten.

Boven aangekomen moest ze eerst even diep ademhalen. Wat was er toch met haar aan de hand? Van twee kleine trappen kon je onmogelijk zulke hartkloppingen krijgen.

Er was geen deurbel, dus ze moest aankloppen. Binnen klonk muziek, waarschijnlijk de radio. Hopelijk stond Sonja niet net onder de douche.

Van beneden riep de assistente heel hard: 'Hé, Sonja! Er is bezoek voor je!'

Ze tutoyeerden elkaar dus. Nou ja, misschien waren ze oude vriendinnen. Franziska hoorde voetstappen naderen en de deur ging open. Sonja knipperde onuitgeslapen met haar ogen. Haar veel te grote lichtblauwe trui kwam tot aan haar knieën en daaronder droeg ze een zwarte legging.

'Goedendag,' zei Franziska. 'Neemt u me niet kwalijk dat ik u zo overval, maar ik wist niet hoe ik het anders moest doen.'
Sonja's ogen werden groot. Ze had het begrepen.
'Ik wil u niet lang lastigvallen...' begon Franziska, maar Sonja onderbrak haar.
'Komt u binnen!'
Het klonk nors. Als een bevel. Franziska deed wat ze vroeg, want ze vermoedde wat de reden was: Sonja wilde niet dat Tine, die nog beneden stond, het gesprek kon horen.

Binnen was het verbazingwekkend leuk ingericht. Elfriedes dochter had gevoel voor oude meubels en wist hoe je kamers moest inrichten. Het waren geen dure spullen, ze leken eerder van de vlooienmarkt te komen, maar de inrichting was smaakvol. Bij het raam stond een tafeltje waar een tekenblok en waskrijtjes op lagen. Op het blok was het begin van een tekening zichtbaar, een landschap, voor zover Franziska kon zien.

'Laten we er niet te veel woorden aan verspillen,' zei Sonja. 'We zijn familie van elkaar, dat is nu eenmaal zo.'

Ze stond vlak voor haar. Ze was niet veel langer dan Franziska, had een breed en stevig postuur en een vijandige blik in haar ogen. Als Franziska niet zeker had geweten dat deze vrouw Elfriedes dochter was, zou ze dat betwijfeld hebben, want Sonja leek totaal niet op Elfriede.

'Juist,' antwoordde Franziska. 'We zijn zelfs zeer nauw met elkaar verwant, want u bent de dochter van mijn zusje, dus mijn nichtje.'

Sonja zweeg. Ze peinsde er ook niet over om Franziska een stoel aan te bieden. Het was duidelijk dat ze zo snel mogelijk van haar af wilde.

'Ik kan begrijpen dat u bezwaren hebt tegen mij,' probeerde Franziska het opnieuw.

'Ik heb geen bezwaren!' riep Sonja. Ze draaide zich abrupt om en liep naar het raam om het tekenblok dicht te klappen. 'Maar ik weet niet of u daar zo blij mee moet zijn,' zei ze zonder Franziska aan te

kijken. 'Ik weet wat ik weet. En daarom wens ik geen enkel contact.'
Franziska zweeg.

Sonja draaide zich naar Franziska om en keek haar aan. Vijandig. Koppig. Gekwetst. Elfriedes blik. Hemel, het was al zo lang geleden, maar Franziska herinnerde het zich als de dag van gisteren. Daar was ze weer, haar kleine zusje. Ze was opgestaan in de gestalte van deze jonge blonde vrouw. En zij, Franziska, stond net als toen voor haar en wist niet wat ze met haar aan moest.

'Dat is jammer,' zei ze. 'Ik dacht dat een eerlijk gesprek tussen ons veel zou kunnen ophelderen. We hebben allemaal fouten gemaakt.'

'Heb ik me niet duidelijk genoeg uitgedrukt, mevrouw Kettler? Ik wens geen enkel contact!'

Franziska verstomde. Het was alsof ze tegen een muur praatte. Ze moest haar best doen om kalm te blijven.

'Dat heb ik heel goed begrepen, mevrouw Gebauer,' antwoordde ze vriendelijk. 'Toch doe ik u dit aanbod. Het is aan u of en wanneer u erop terugkomt.'

Sonja's neusvleugels bewogen, waarschijnlijk van boosheid. Ze sloeg haar armen voor haar flinke boezem over elkaar en keek Franziska met tot spleetjes geknepen ogen aan. 'Donder op,' zeiden die ogen. 'Laat me met rust.' 'Was dat het? Ik wil nu namelijk graag even uitrusten, ik heb nog een lange middag voor de boeg!'

Afgewezen, dacht Franziska. Walter had gelijk, ik had niet moeten komen. Waarom heb ik niet naar hem geluisterd? Tenslotte kent hij zijn dochter beter dan ik.

'Nog één kleine vraag tot besluit,' zei ze, nog steeds op vriendelijke toon. 'Niet als familie, maar als buurvrouw. Mag ik weten wat u van plan bent met het stuk grond van het voormalige rentmeestershuis, dat u van meneer Pechstein hebt gekocht?'

Tot haar verrassing gaf Sonja dit keer wel antwoord. 'Ik heb het gepacht, niet gekocht. Binnen afzienbare tijd zal ik daar samen met meneer Pechstein een dierenasiel bouwen. Is uw vraag daarmee beantwoord?'

Dus toch! Een dierenasiel pal naast het hotel... Jenny zou niet enthousiast zijn. Aan de twee vrolijke, onder de modder zittende varkens en de koeien op de weide bij het meer waren ze inmiddels gewend, maar blaffende honden waren geen goed gezelschap voor gestreste wellnessgasten.

'Een dierenasiel...' Franziska knikte. 'Wat een goed idee.'

Sonja zei niets, maar had waarschijnlijk door dat Franziska niet blij was met dit plan en genoot daarvan. Franziska besefte dat ze verder niets kon doen. Deze poging om toenadering te zoeken tot Elfriedes dochter was helaas totaal mislukt. 'Geduld,' had Walter gezegd. Geduld was echter nooit haar sterkste eigenschap geweest. Ontmoedigd draaide ze zich om om te vertrekken, maar op de drempel bleef ze staan en wendde ze zich nog een keer tot Sonja.

'Er is nog iets...'

Sonja, die haar gevolgd was om de deur achter haar dicht te doen, keek haar geïrriteerd aan.

'Ik heb nog iets wat ik u terug wil geven.' Ze had Elfriedes dagboek in een bruine envelop gedaan, zodat de versleten band niet nog verder beschadigd raakte. Walter had haar al twee keer gevraagd het aan hem terug te geven omdat Sonja ernaar had gevraagd. Franziska had smoesjes proberen te verzinnen, want ze had het graag gehouden, maar begreep ook dat dit boekje voor Sonja een heiligdom was. Het was het enige wat van haar moeder was overgebleven. Daarom had Franziska in de kantoorboekhandel in Waren bladzijde voor bladzijde gekopieerd, want Elfriede was haar zus en daarom had zij ook recht op deze verhalen.

Sonja pakte de envelop aan zonder erin te kijken. Blijkbaar wist ze al wat erin zat. Zonder nog iets te zeggen sloot ze de deur achter Franziska en vergrendelde hem vanbinnen.

Franziska haalde diep adem. Waarschijnlijk was Sonja bang dat de ongevraagde bezoekster zich nog bedacht en nog een keer terug zou komen, maar dat zou ze beslist niet doen. Ze had gedaan wat ze zich had voorgenomen en misschien, heel misschien had ze toch iets in beweging gezet. Een klein zaadje in de grond gestopt dat ooit zou ontkiemen en groeien...

Op de terugweg naar Dranitz besloot ze Sonja toch maar geen uitnodiging voor de bruiloft te sturen. Dat zou ze alleen maar als een provocatie opvatten.

Toen ze bij het landhuis kwam, zag ze dat een deel van het bouwpuin inmiddels was weggehaald, maar helaas nog niet alles. Geërgerd parkeerde ze de auto en stapte uit. Falko kwam naar haar toe gerend en ging braaf voor haar zitten om zich ter begroeting door haar te laten aaien. Vroeger sprong hij altijd tegen haar op, maar dat had ze hem afgeleerd. Hij was bij de varkens geweest, ze rook het duidelijk. Franziska zuchtte. Nu zou hij de stank van de varkensmest mee naar binnen nemen.

Op de begane grond waren de elektriciens bezig. Hopelijk schoot het een beetje op met de leidingen. Ze had opdracht gegeven het landhuis helemaal nieuw te bedraden, wat niet bepaald goedkoop was. In elk geval leek dit bedrijf betrouwbaar te zijn.

'Oma?' riep Jenny van boven. 'Ben jij dat? Hou die hond vast, ik kom eraan. Hij stinkt alweer naar varken!'

Jenny verscheen op de overloop, met een lichtblauwe emmer, een harde borstel en een oude handdoek in haar handen. Franziska moest Falko goed bij zijn halsband vasthouden – de slimme hond wist al wat er nu ging gebeuren. En inderdaad, Jenny behandelde hem genadeloos met water en hondenshampoo.

Toen Falko eindelijk gewassen en drooggewreven was, ging Franziska naar binnen. Ze trok haar jas uit en vroeg zich af hoe ze aan Walter moest vertellen dat ze een vruchteloze poging had gedaan om toenadering te zoeken tot Sonja. Aarzelend liep ze de trap op naar de eerste verdieping. Voor zijn kamerdeur bleef ze staan.

'Walter?' vroeg ze zacht en ze klopte op de deur.

'Kom binnen,' zei hij. 'Maar kijk uit, ik heb een beetje keelpijn.'

Franziska ging de kamer binnen. Walter lag in bed en had een warme sjaal om zijn nek gewikkeld. Op het nachtkastje naast zijn bed stond een beker kamillethee. Ze ging op de rand van het bed zitten en pakte zijn hand. Godzijdank had hij geen koorts. Waarschijnlijk was hij gewoon licht verkouden.

'En?' vroeg hij en hij keek haar meesmuilend aan. 'Wat heb je me op te biechten?'

'Niets,' antwoordde ze licht geïrriteerd. Hij had het dus allang geraden. En natuurlijk wist hij ook dat haar bezoek aan Sonja een fiasco was geweest. Hij kende zijn dochter.

'Ze heeft gebeld,' zei hij. 'Ze was nogal kwaad, vooral vanwege het dagboek.'

'Het was geen goed idee om haar te bezoeken,' gaf Franziska toe. 'Maar ik kon het niet laten. Ik wilde alleen maar...'

'Ik weet het,' zei hij en hij strekte zijn hand uit om over haar haar te aaien. 'Jij bent Franzi en daarom moest je het gewoon doen.'

Ze bewoog niet, genoot van zijn liefkozing en was enorm opgelucht dat hij niet boos op haar was.

'Het was onnadenkend, Walter. Ik wilde niet dat je door mij ruzie zou krijgen met Sonja.'

'Ach, het valt wel mee,' wuifde hij het weg. Hij wilde er nog iets aan toevoegen, maar werd overvallen door een hoestbui.

Jenny

TIK... TIK... TIK...
Jenny draaide zich op haar andere zij en schoof het hoofdkussen recht. Ze moest heel zachtjes zijn en zich niet in haar bed omdraaien, want dan merkte Juultje dat haar mama al wakker was. Het kon hooguit zes uur zijn, half zeven misschien...
Tik... tik... tik...
Wat was dat? Tikte de wekker ineens zo luid? Of waren het regendruppels? Verdorie, het regende inderdaad! Uitgerekend vandaag, de dag dat oma en Walter gingen trouwen, regende het pijpenstelen. Wat nou, 'mooie dag in mei'?
Jenny was in één keer klaarwakker, sprong haar bed uit en schoof het gordijn opzij. O nee! Helemaal grijs. De ruiten waren bespikkeld met druppels en op de plek waar een gat in de dakgoot zat, kwam een krachtige waterstraal naar beneden die luid in de voortuin op de grond kletterde. Beneden in de dorpsstraat ontstonden grote plassen. Jenny zag dat Gerda Pechstein zich op rubberlaarzen en met een paraplu door de dikke druppels haastte. Gistermiddag hadden ze nog de grote tent, die Kalle van de brandweer in Waren had geleend, aan de oever van het meer opgebouwd, direct naast het botenhuis. Het was een heel gedoe geweest, waar eigenlijk veel meer mensen voor nodig waren geweest, maar uiteindelijk was het gelukt. Vooral Walter had Jenny verbaasd, niet alleen omdat hij wist hoe je dat ding

opzette en telkens het overzicht behield, maar ook omdat hij voor zijn leeftijd nog flink de armen uit de mouwen kon steken. Ze waren apetrots geweest toen de tent eindelijk stond. Kalle had de drankkasten al naar binnen gedragen. Nu moest het alleen nog stoppen met regenen, anders zakte iedereen vanavond weg in de modder.

Juultje was wakker geworden en Jenny haastte zich om haar dochter een schone luier om te doen en een flesje te geven. Ze kon zich niet goed op de kleine concentreren. Haar gedachten dwaalden telkens weer af naar de bruiloft, waardoor ze ook bijna de deurbel niet hoorde. Irmi Stock, haar hospita, stond in haar ochtendjas met een stapel post voor de deur.

'Bijna alles is voor je oma,' zei ze. 'Wat een snertweer. Hopelijk houdt het gauw op met regenen.'

'O, vanmiddag is het vast wel weer droog,' zei Jenny optimistisch en ze pakte de post aan. Irmi liep snel weer naar beneden, want ze moest zich nog aankleden. Ze moest zo weg naar Röbel, waar ze drie dagen in de week in een supermarkt werkte. Ze vulde de vakken en plakte prijsstickers op augurkenpotten. Haar man, Helmut, had een baan in de grote bakkerij in Waren, maar hoe lang die nog zou blijven bestaan, wist niemand.

Jenny zette eerst een kop koffie voor zichzelf, smeerde een boterham en nam Juultje op haar schoot om de post door te nemen. Allemaal brieven voor oma, gelukwensen voor de bruiloft, rekeningen, aanmaningen, drie reclamebrieven en een brief van een verzekeringsbedrijf. Ongelofelijk. De postbode werd steeds luier. Hij bespaarde zich de weg naar het landhuis omdat hij wist dat Jenny er toch elke dag heen ging. Het had ook nadelen om in een piepklein dorp te wonen waar iedereen elkaar kende en wist wie wanneer waarheen ging. Hé, er was ook nog post voor haarzelf. Een ansichtkaart, aan Jenny Kettler gericht. Van wie? O, help. Van Ulli Schwadke uit Bremen. Dat ontbrak er nog maar aan. Die was hem gewoon naar het westen gesmeerd, zonder zelfs maar gedag te zeggen. Mine had verteld dat hij in Bremen een heel belangrijke en goedbetaalde baan had gekregen. En dat hij ook lid was van een roeivereniging. Hij zou zelfs met vrienden aan wedstrijden deelnemen.

Nieuwsgierig draaide ze de kaart om en las de tekst.

Lieve Jenny,

Ik hoop dat het goed met je gaat en dat het voorspoedig gaat met de verbouwing van het landhuis. Ik voel me hier in Bremen al helemaal thuis. Het werk is leuk en in mijn vrije tijd leer ik nieuwe mensen kennen. Van harte gefeliciteerd met de bruiloft van je oma. Lieve groeten aan Juultje en aan jou.

Ulli

Die had zeker niks beters te doen dan suffe dingen op te schrijven. Waarschijnlijk had hij heimwee, maar wilde hij dat niet toegeven. Zo eentje was hij er wel, die Ulli. Die zat 's avonds eenzaam in zijn kamer en dacht aan Stralsund en aan de Müritz, misschien ook aan zijn vrienden hier, en daarom schreef hij maar onnozele ansichtkaarten. Nou, het was zijn verdiende loon. Hij had ook hier kunnen blijven.

Ze wierp de kaart op de ontbijttafel, waar hij tussen de boter en de jampot belandde, en pakte oma's post uit Juultjes plakkerige vingertjes. Miste ze Ulli? Als ze eerlijk was wel, ja. Zelfs nu er de laatste tijd radiostilte had geheerst tussen hen. Helaas was hij veel te snel beledigd. Bij het minste of geringste was hij al op zijn teentjes getrapt en trok hij zich in zijn schulp terug. Jammer eigenlijk. In feite had hij heel wat in zich. En hij zag er ook goed uit...

Ze werd in haar overpeinzingen onderbroken doordat de telefoon rinkelde. Zodra ze de hoorn had opgenomen, begon Juultje hard te huilen, waardoor Jenny geen woord verstond.

'Ogenblik,' riep ze in de hoorn. Ze klemde hem tussen haar oor en schouder en nam haar jammerende dochter op de arm, die het volume vervolgens gelukkig iets verlaagde.

'Wat is er met haar aan de hand? Is ze ziek?' vroeg oma bezorgd.

'Alleen chagrijnig... Wat is er aan de hand op dit vroege tijdstip?'

'Het meer is buiten zijn oevers getreden. De tent moet zo snel mogelijk worden afgebouwd, hij staat al bijna in het water. Zoals je weet is hij geleend en ik heb geen zin om te betalen als hij beschadigd raakt.'

'Zal ik Kalle bellen?' Jenny zette Juultje terug in haar hoge kinderstoel en gaf haar een plastic lepel, waar ze zielig kijkend op begon te kauwen. Hopelijk had ze alleen last van haar tandjes en werd ze niet ziek.

'Dat heb ik al gedaan,' antwoordde Franziska. 'Maar ik kan hem niet bereiken.'

'Ik krijg hem vast wel te pakken.' Jenny fronste haar voorhoofd. 'Maar als de tent weg is, waar gaan we het feest dan vieren vanavond?'

'In de zaal. Dan moeten we maar even negeren dat het nog een bouwplaats is.'

Jenny zuchtte. Ach, het was niet eerlijk. Nu hadden oma en Walter elkaar na zo'n lange tijd weer gevonden en wilden ze elkaar eindelijk het jawoord geven, en dan gooide het weer roet in het eten.

'Ik kom er zo aan met Juultje,' zei ze haastig. Ze hing op en draaide Kalles nummer. Hij nam niet op. Jenny dacht na. Waarschijnlijk was hij in de voormalige LPG of in het half afgebouwde huis op het perceel van het voormalige rentmeestershuis, dat hij inmiddels echter had verpacht. Aan mevrouw Gebauer, werd er in het dorp gezegd, en dat had oma na haar gesprek met dat domme mens bevestigd. Ze wilde er een dierenasiel openen! Die vrouw was echt niet goed snik.

Zonder veel hoop belde ze naar de LPG en ze kreeg Kalles vriend Wolf aan de lijn, die daar voor de tractoren zorgde.

'Kalle is hier,' zei hij. 'We zouden met een paar vrienden van de brandweer kunnen komen. Het is alleen balen dat de tent helemaal nat is.'

Jenny knikte, ook al kon Wolf dat door de lijn natuurlijk niet zien. Plotseling kreeg ze een idee.

'O, Wolf, kun je Kalle even geven?'

'Geen probleem.' Jenny hoorde geritsel en daarna Kalles lage stem. 'Ja?'

'Hallo, Kalle, ik ben het, Jenny. Hé, luister, ik heb een idee... De tent is namelijk helemaal ondergelopen.'

'O god!'

'Ik weet het, het is echt balen. Maar laten we de tent afbreken en dan gewoon weer opbouwen in het landhuis. In de grote zaal, dat past makkelijk!'

Verblufte stilte. Daarna hoorde ze Kalle fluisteren. Kennelijk sprak hij met Wolf.

'Jenny?' vroeg hij toen. 'We vragen ons af of je nog wel goed wijs bent, maar... we doen het.'

'Joehoe!' jubelde Jenny. 'Ik wist dat ik op jullie kon rekenen. We zien elkaar in het landhuis. Tot zo!'

Ze zette Juultje snel in de auto en reed weg. Toen ze aankwam, waren Mücke en Anne Junkers op de eerste verdieping bezig om de woonkamer in te richten voor het 'kleine' bruiloftsmaal. Mücke stortte zich op Juultje en nam haar op de arm.

'Ha, schatje. Wat ben jij warm. Heb je soms koorts?'

'Ze heeft gehuild,' zei Jenny. 'Waarom ben je er nu al, Mücke? Heb je vrij genomen vanwege oma's bruiloft?'

'Nee,' zei Mücke. 'De kleuterschool in Waren is vandaag dicht. Buikgriep.'

'Bah!' Jenny huiverde. 'Wat naar!'

'Dat kun je wel zeggen.' Mücke zuchtte. 'Mine komt straks met de visstoofschotel. Dat wilde ze zich niet laten ontnemen. Je oma heeft goulash gemaakt. Mmm, die is zo lekker.'

Jenny liet Juultje bij Mücke en haastte zich naar haar oma, die in de keuken kruiden en champignons fijnsneed. Die zouden straks de finishing touch geven aan de reeds klaargemaakte en opgewarmde goulash.

'Kalle en de jongens van de brandweer komen straks met de tent,' verkondigde ze. 'We zetten hem gewoon in de grote zaal op.'

Oma staarde Jenny drie seconden lang sprakeloos aan. Toen begon ze te lachen.

'Wat heb jij toch altijd goede ideeën, meid. Als ik jou niet had! Loop even naar beneden en zeg het tegen Walter, want hij wilde daar een of ander behang opplakken.'

Aha, de bruidegom had ook goede ideeën. Maar haar idee was beter. Jenny liep de trap af en was precies op tijd beneden om de deur open te doen voor Kalle. Dat was snel, zeg!

'Hier komt alvast de eerste lading. Maar kijk uit, het is nat. Je moet alles afdrogen, anders hebben we straks een vijver in de zaal. De stangen en de rest van het tentzeil komen zo.'

Walter liet de rol met rauhfaserbehang vallen, die hij op de muur had willen aanbrengen. Zijn mond viel open toen Jenny hem haar plan uitlegde, waarna hij de behangtafel meteen opruimde.

'Zo opwindend had ik me mijn huwelijk nou ook weer niet voorgesteld,' mompelde hij, maar zijn mondhoeken krulden.

Er brak een ware veldslag uit om handdoeken en vaatdoeken. Oma pakte de laatste reservehanddoeken uit de dozen om het tentzeil af te drogen, maar hield ook een paar doeken apart voor de keuken. Even later kwam Kalle met de jongens van de vrijwillige brandweer binnen en ze gingen aan de slag. 'Meneer Iversen, kunt u deze stang even vasthouden?' vroeg hij aan Walter, maar oma schudde heftig haar hoofd. 'We moeten ons gaan omkleden en dan gaat het beginnen.'

'O ja, ik moet trouwen. Dat was ik in de drukte bijna vergeten.'

Jenny zag dat hij zijn Franzi een verliefde blik toewierp.

'Je moet niet!' was het enigszins vinnige antwoord.

'Maar ik wil het!'

Walter legde zijn arm om oma's schouders en liep samen met haar de trap op. Jenny, die getuige was, liep snel achter hen aan om zich op te frissen en de mooie kleren aan te trekken die ze voor de feestelijke gelegenheid had meegenomen.

'Kacpar is er met de auto!' riep Wolf een tijdje later van beneden.

Kacpar had aangeboden hen met de auto naar het stadhuis te brengen.

'Zeg hem dat hij nog even moet wachten!' riep Jenny terug. 'We zijn bijna klaar.'

Zo'n tien minuten later was Jenny klaar. Ze gaf haar dochter, die tevreden op Mückes schoot zat en in een prentenboek bladerde, een kus en klopte op de deur van oma's slaapkamer. De deur ging open en de bruid kwam in een lichtgroen voorjaarspakje uit de badkamer. Ze had haar haar gekruld, zich decent opgemaakt en was vreselijk nerveus. Nu kwam ook Walter de gang in. Hij zag er deftig uit in zijn donkere pak. Maar het mooist, vond Jenny, was de glimlach waarmee hij zijn toekomstige vrouw bewonderde.

Ineens werd er beneden aangebeld. Waarschijnlijk iemand die bloemen wilde afgeven. Want waarom zou iemand anders aanbellen terwijl de voordeur wagenwijd openstond?

'Ik ga vast naar beneden, oma. Hebben jullie allebei je paspoort bij je? Dag, lieve Juultje. Tante Mücke past goed op je!'

Wat een gekkenhuis. Als ze deze dag heelhuids doorkwam, zou ze drie kruisjes slaan en haar deken over haar hoofd trekken. Maar toen ze zich door de grote zaal naar de voordeur haastte, besefte ze dat de echte problemen nu pas begonnen.

Voor de deur stond Cornelia, naast een onbekende man met een grijs gemêleerd baardje en weinig haar op zijn hoofd. 'Mama!' stamelde ze volkomen perplex. 'Wat... wat doe jij hier?'

Cornelia droeg een spijkerbroek en een T-shirt met een druk patroon dat nat was bij haar schouders. De man naast haar had een gekreukelde donkerbruine corduroy broek aan en een bruin leren jack.

'Wat ik hier doe?' reageerde Cornelia nors. 'Ik heb een uitnodiging gekregen voor de bruiloft van mijn moeder.'

Jenny zweeg en deed twee stappen achteruit in de entreehal. Vanuit de zaal klonk gevloek – blijkbaar was het opzetten van de tent niet zo simpel.

'Kom binnen,' zei ze op een afstandelijke toon. 'Oma is boven. Maar we vertrekken zo naar het stadhuis in Waren.'

'Wil je je moeder niet op zijn minst even begroeten?' vroeg Cornelia.

Jenny kreeg een slecht geweten, want haar moeder leek echt van streek.

'Hallo, mama... eh... Conny,' mompelde ze. Ze wist dat haar moeder het haatte om 'mama' genoemd te worden. Toen Jenny nog maar heel klein was, had haar moeder er al op gestaan dat Jenny haar altijd bij haar voornaam noemde. 'Het spijt me, het overvalt me nogal.'

'Nou, kom, meid,' zei Cornelia en ze spreidde haar armen. 'Laat me je een knuffel geven.'

Ach, hemel. Haar moeder was ineens zo aardig en bijna hartelijk. Qua uiterlijk zag ze er ook anders uit. Ze had nu kort haar en haar gezicht was voller, en ook rond haar buik en boezem was ze dikker geworden. Jenny onderging de moederlijke omhelzing, maar echt prettig voelde ze zich er niet bij.

'En ik wil natuurlijk ook mijn kleinkind zien, Jenny. De kleine is al ruim een jaar en ik heb nog niet eens een foto gezien.'

Jenny's blik dwaalde naar de vreemde man naast haar moeder, die haar intensief opnam. Maar net toen ze hem een hand wilde geven en zich voor wilde stellen, aangezien Cornelia dat blijkbaar volledig vergeten was, kwamen oma en Walter arm in arm door de hal aangelopen. Toen oma Cornelia zag, liet ze Walter los en liep ze naar haar dochter.

'Conny! Je bent gekomen! O, wat fijn, mijn kind!'

Ze trok haar dochter tegen zich aan en gaf haar een stevige knuffel. Daarna stak ze haar hand uit naar de man naast Cornelia.

'Dit is een goede kennis, Bernd Kuhlmann,' stelde Cornelia hem voor. 'Je hebt hem, geloof ik, jaren geleden al eens ontmoet. Bernd, dit is Walter Iversen, de toekomstige man van mijn moeder, en dit is Jenny.'

Jenny gaf Bernd Kuhlmann een hand en gebaarde sussend naar Kacpar dat ze er zo aan kwamen, want hij gaf ongeduldig een lichtsignaal. Oma kon zich Bernd Kuhlmann niet herinneren, maar toen hij zei dat hij vroeger vol, donker haar en geen baard had, leek ze hem weer te kunnen plaatsen. 'O ja, Ernst-Wilhelm zei altijd "de revolutionaire fantast". Wat fijn dat we elkaar na zo'n lange tijd weer zien, meneer Kuhlmann.'

Op dat moment drukte Kacpar op de claxon.

Iedereen kromp geschrokken ineen. 'We hebben helaas een beetje haast. De ambtenaar van de burgerlijke stand wacht niet.'

'Wij gaan natuurlijk mee!' riep Cornelia luid. 'Ik wil er uiteraard bij zijn als mijn moeder trouwt.'

Jenny draaide zich om en rolde geïrriteerd met haar ogen.

Sonja

NATUURLIJK HAD ZE ER geen reden voor. Maar op de een of andere manier had ze toch een naar gevoel. Ze voelde zich achtergesteld. Buitengesloten. Iedereen was aanwezig op de bruiloft en zij was niet uitgenodigd. Hoewel ze duidelijk te kennen had gegeven dat ze niets met de familie te maken wilde hebben, had haar vader op zijn minst voor de vorm een uitnodiging kunnen sturen. Hoewel ze natuurlijk niet zou zijn gegaan. Toch wilde ze in elk geval wel uitgenodigd worden. Daar had ze recht op.

Ze had toch niet mee kunnen gaan naar het stadhuis, dan was het spreekuur. En 's middags had ze ook spreekuur. Ze had het geld nodig en kon niet zomaar de praktijk sluiten.

Maar 's avonds, dan had ze tijd gehad. Gewoon even een biertje drinken. Of desnoods een glas champagne. Van harte gefeliciteerd, papa. U ook, mevrouw... Ze heette nu zeker mevrouw Iversen. Nee, dan was het toch beter dat ze niet was uitgenodigd. Mevrouw Iversen. Haar moeder was mevrouw Iversen geweest. En het deed pijn dat nu een ander die naam droeg. Omdat ze met haar vader was getrouwd. Haar stiefmoeder.

Ik ben hysterisch, dacht ze en ze pakte een blikje bier uit de koelkast. Ze had niet veel in huis voor het avondeten, alleen een paar sneeën brood, twee tomaten en wat salami. Morgen zou ze boodschappen moeten doen, vandaag was het niet meer gelukt. Het was altijd hetzelfde met haar cliënten: als ze kwamen, kwamen ze ineens allemaal tegelijk. Ze had bijna twee uur lang met Tine zitten niksen, rekeningen uitgeschreven, de medicijnkast gecontroleerd en gekletst, tot de wachtkamer in het laatste half uur ineens vol was gestroomd, met twee honden, een drachtige kat en drie cavia's met mijten. Ze had dus overuren gemaakt en toen ze uiteindelijk ook de laatste hond had behandeld, waren de winkels al gesloten.

Sonja belegde twee sneetjes brood met salami, sneed een tomaat in plakjes, strooide er rijkelijk zout en peper op en ging ermee voor de tv zitten. Alweer een detective – een lijk in het moeras, helemaal bruin en plakkerig – niet zo fijn als je brood met salami zat te eten. Ze zapte verder, maar er was niks leuks, dus zette ze de tv weer uit.

Regende het eigenlijk nog? Nou ja, het motregende. Vanmiddag was het tussendoor wel even gestopt met regenen, maar de zon was niet tevoorschijn gekomen. Tja, je kon het weer nu eenmaal niet uitkiezen. Dat gold ook voor bruiloften. Het grote feest in de tent, waarover Kalle Pechstein had verteld, was vast in het water gevallen.

Zonder veel medelijden dronk ze de laatste slok bier uit het blikje en veegde de broodkruimels van de bank. Plotseling kreeg ze enorm veel trek in iets zoets. Gelukkig bewaarde ze voor noodgevallen altijd een paar repen melkchocolade met noten in de groene koektrommel. Het was echt vreselijk dat ze zo op vet en suiker moest letten, maar anders kwam ze meteen aan rond haar heupen. Maar ach, wat maakte het uit. Sonja stond op, pakte de chocolade uit het blik, propte hem naar binnen en liep naar het raam. Het meer was grijs in de regen en bedekt met laaghangende bewolking. Ze wierp een blik op de klok. Kwart over acht. Op de televisie begon zo de volgende detective. Nee, daar had ze vandaag echt geen zin in. Misschien moest ze even gaan lezen. Of vroeg naar bed gaan. Maar morgen was het zaterdag, dan kon ze lekker uitslapen. Ze kon eigenlijk wel even bij het toekomstige dierenasiel gaan kijken. Ze had tenslotte Kalles grond gepacht en was ervoor verantwoordelijk. Dat idee vond ze erg aantrekkelijk. Ze moest even weg uit haar appartement en de tank van haar auto was nog halfvol.

Even later zat ze in haar lichtblauwe Renault, met haar felgroene regenjas naast zich op de passagiersstoel, een bouwlamp en een blocnote om notities te maken. Het gebouw dat Kalle zelf had geconstrueerd, zag er niet heel stabiel uit. Een kennis uit het dorp had haar gewaarschuwd dat het gevaarlijk was om er langer in te vertoeven omdat de hele boel zomaar kon instorten.

Sonja dacht er anders over, hoewel het een raar bouwwerk was. De stenen waren kriskras door elkaar gemetseld. De balken die de golfplaten van het dak droegen, waren afkomstig van een afgebroken vakwerkhuis. Ze waren zeker driehonderd jaar oud en zouden waarschijnlijk nog wel een tijdje meegaan.

Even na Vielist trapte ze hard op de rem omdat er iets over de straat rende. Een ree? Ze keek in de achteruitkijkspiegel en zag een dier dat op een wolf leek. Een herdershond. Hij stond aan de rand van de straat in de motregen en keek haar auto na. Ze reed naar de zijkant van de weg, stopte, opende het portier en keek om zich heen.

'Falko? Het is niet te geloven. Hé, Falko!'

De herdershond kwam op een sukkeldrafje naar haar toe, liet zich aaien en schudde zijn natte vacht uit.

'Hé, schooier. Je ziet er helemaal uitgeput uit. Je bent hem zeker gesmeerd en achter een opwindend vrouwtje aan gerend, hè? Jullie jongens leren het ook nooit...'

Ze moest uitstappen en de stoel naar voren klappen zodat hij op de achterbank kon springen. Er lag wel een deken, maar wat had je daar nu aan bij een compleet vervuilde en natte hond van dit formaat, die drie keer op de zitting rond zijn eigen as draaide voordat hij ging zitten? Nou ja, dat droogde wel weer op en dan kon ze het eraf kloppen. Het was allemaal alleen maar goede bruine Mecklenburgse leemaarde. Alleen stom dat de zittingen in haar auto zwart waren. Maar daar kon Falko ook niets aan doen.

Typisch, dacht ze boos, terwijl ze verder in de richting van Dranitz reed. Ze vieren een bruiloft en kijken niet naar hun dieren om. Falko struinde vast vaker rond, anders had hij ook geen vlooien gekregen.

Het landhuis dook links van haar tussen de bomen op. Het was geen mooie aanblik in de lichte avondschemering, want op het dak na was er nog niets af. In feite zag het gebouw er erger uit dan ooit tevoren. Overal stonden auto's geparkeerd. Veel auto's stonden aan de rand van de straat, maar er stonden er ook een paar op het terrein van het landhuis, dat door de bouwvoertuigen doorgroefd en in een modderpoel was veranderd. De mensen zouden later nog verbaasd opkijken als ze in de modder vastzaten. Sonja parkeerde uit voorzorg aan de rand van de straat, liet de hond eruit en liep met hem naar Kalles perceel. Vanaf de straat kon ze de muziek al horen. Er werd blijkbaar uitgebreid gedanst in het landhuis. Kennelijk feestten ze daar waar vroeger de Konsum was geweest. In de vroegere, vorstelijke zaal. Ze wilde Falko terugroepen, die doelbewust naar de voordeur liep, maar liet het maar zitten en liep naar Kalles eigenzinnige gebouwtje.

Ze kon het niet laten om vanuit Kalles gebouw telkens weer naar het landhuis te kijken. Nu ging de voordeur open en ze herkende Kalle met zijn vriend Wolf op de drempel. Waarschijnlijk had Falko aan de deur gekrabd en geblaft omdat hij naar binnen wilde, want ze zag de hond snel het huis in lopen. Kalle staarde naar het toekomstige dierenasiel, waarvan de ramen door de bouwlamp werden verlicht. Hij zwaaide met uitgestrekte armen in haar richting. Bedoelde hij dat ze naar hen toe moest komen? Naar het landhuis? Nou, dat konden ze vergeten. Sonja draaide zich om en trok de stekker uit de contactdoos. Ze rolde het snoer op en wilde net de deur uitgaan toen Kalle in de deuropening verscheen, samen met Wolf.

'Alles zit dicht,' zei Kalle trots en hij wees met zijn duim schuin naar boven naar het dak van golfplaten. 'Zo goed en zo kwaad als het ging. Over drie maanden kunnen de eerste huurders hier intrekken.'

Daarmee bedoelde hij natuurlijk de dieren, waarvan er tot nu toe echter nog geen enkel exemplaar was.

'We willen mevrouw de dierenarts op een biertje trakteren,' zei Wolf en hij maakte een onhandige buiging.

'Daarginds, in de tent.'

'Welke tent?'

'De partytent. Binnen in de zaal. Dat was Jenny's idee. Je moet immers ergens heen met dit rotweer en bij het meer zouden we allemaal natte voeten hebben gekregen.'

'Zozo, die Jenny. Dat klinkt echt als een geweldig idee,' gaf Sonja met lichte tegenzin toe. Ze kon het meisje niet uitstaan, maar ze had wel goede ideeën, dat moest je haar nageven.

'Zonder Bernd hadden we het niet gered, hoewel Wolf en de jongens van de brandweer hebben geholpen,' vertelde Kalle.

Wolf knikte energiek.

'Wie is Bernd?' vroeg Sonja.

'Geen idee. Die stond plotseling voor de deur. Prima kerel. Komt gewoon binnen, helpt mee en dat is dat. Alleen die vrouw die hij heeft meegenomen...' Kalle streek hoofdschuddend over zijn kin.

'Wat is er met haar?' vroeg Sonja.

'Ze is raar. Ze heeft me een half uur lang lopen vertellen hoe geweldig het bij ons in de DDR was. En hoe fantastisch het nog zou kunnen zijn als Honecker niet alles kapot had gemaakt.'

Dat klonk interessant. Een overgebleven marxiste van het eerste uur?

'Hoe oud is ze dan?' vroeg ze.

Kalle haalde zijn schouders op. 'Nou, ongeveer zo oud als jij. Hoewel ze al oma is. Om precies te zijn is ze de oma van Jenny's Juultje.'

Sonja had een paar tellen nodig om het te begrijpen, maar toen viel het kwartje. Die gekke vrouw was Jenny's moeder. De dochter van barones Franziska von Dranitz.

'Kom mee,' onderbrak Kalle haar gedachten. 'Dan stellen we je aan haar voor.'

'Nee, daar heb ik geen behoefte aan. Ik ga nu naar huis.'

'Waarom? Ik dacht dat je hier was vanwege de bruiloft.'

Sonja schudde haar hoofd. 'Ik wilde alleen zeker weten dat het hier niet lekt.'

Ze merkte zelf hoe ongeloofwaardig het klonk.

'Ah, kom op, stel je niet zo aan.' Kalle gaf haar een vriendschappelijk klopje op haar schouder. 'Ik vind ook niet iedereen aardig die daar binnen zit. Vooral die kerel naast Mücke, Kacpar, die zou ik graag een klap voor zijn kop geven. Kom op, Sonja. Je kunt toch gewoon het gelukkige paar feliciteren en een of twee glaasjes champagne drinken? En als je dan echt weg wilt, kun je er weer vandoor gaan.'

Sonja vermande zich. Eigenlijk wilde ze er inderdaad graag bij zijn, maar aan de andere kant...

Kalle stak resoluut zijn arm door de hare en Wolf deed hetzelfde aan de andere kant. Zo stapten ze samen door de plassen, de modder en het bouwpuin naar het landhuis. Het was inmiddels gestopt met regenen.

Bij de voordeur sloeg haar het geluid van harde muziek en luid geroezemoes tegemoet, evenals een warme lucht die naar mensen, drank en uienbroodjes of iets dergelijks rook. Het bruiloftsfeest was beslist niet in het water gevallen. Integendeel, het halve dorp en nog een heleboel andere mensen waren gekomen. De grote feesttent stond mooi in de grote zaal, vond Sonja. Zo zag je tenminste het oude stukwerk op het plafond niet. Ze hadden de tafels en stoelen naar de rand geschoven, zodat er in het midden gedanst kon worden. Kalle liep meteen weg om een drankje te halen, terwijl zij aan een tafeltje ging zitten en het gebeuren gadesloeg.

'En? Ziet er goed uit, hè?' zei Kalle toen hij terugkwam. Hij gaf haar een biertje. 'Je krijgt de hartelijke groeten van mevrouw de barones. Ze is blij dat je bent gekomen.'

Sonja zweeg en nam een grote slok van het bier, dat ontzettend sterk was. Als ze dit glas zou leegdrinken, zou ze waarschijnlijk een alcoholvergiftiging hebben. Dat die kletskous van een Kalle ook meteen naar de barones moest lopen! Maar ach, het was haar eigen schuld. Ze had ook thuis kunnen blijven.

'Sonja! Wat fijn, je doet me een groot plezier. Laat me je omhelzen, mijn meisje.'

Haar vader had zich tussen de dansende mensen door een weg gebaand en stond nu voor haar. Zijn ogen straalden. Sonja sprong op en omhelsde hem.

'Ik blijf maar heel even,' mompelde ze. 'Ik ben blij voor je, papa. Ik wil graag dat je gelukkig bent. Dat wens ik je met heel mijn hart toe.'

'Jij ook, mijn Sonja,' antwoordde hij zacht en hij hield haar stevig tegen zich aan. 'En je zult ook gelukkig geworden. Dat weet ik heel zeker.'

Altijd die cliché-uitspraken! Maar hij bedoelde het goed. Alleen had ze zelf allang ontdekt dat ze geen talent had voor gelukkig zijn.

'Zullen we een vrij plekje zoeken?' vroeg hij en hij pakte haar bij haar arm om haar een stuk opzij te trekken, maar voordat hij zijn plan kon uitvoeren, werd hij door een vrouw in een groen T-shirt onderbroken. Ze had zo'n strakke spijkerbroek aan dat ze een soort zwembandje rond haar taille had.

'O, hier ben je, Walter! Ik loop je overal te zoeken, als de beroemde speld in de hooiberg.'

'Dit is Cornelia,' stelde Walter haar voor. 'Franziska's dochter en Jenny's moeder.' Hij wendde zich tot Cornelia en wees naar Sonja. 'En dit is Sonja. Zoals je misschien weet ben ik met Franziska's jongere zus Elfriede getrouwd geweest.'

Cornelia volgde hen naar een rustig tafeltje aan de rand van de feesttent en begon druk over haar moeder te praten. Sonja had maar een paar minuten nodig om een oordeel te vellen: dit mens was verschrikkelijk. Geen greintje tact. Ongevoelig tot op het bot. Stortte zich op mensen, overstelpte hen met haar idiote theorieën en gaf de ander niet eens de tijd om te reageren.

'O ja, ik herinner het me... Mama heeft verteld dat ze een jongere zus had. Maar die was aan tyfus overleden, dacht ik. En jij bent dus de dochter. En mama is jouw tante. Dan zijn wij nichtjes, nietwaar?'

Aan tyfus overleden! Zo gemakkelijk kun je het voor jezelf maken als je je fouten niet wilt toegeven. Wat was die Franziska toch een gevoelloos mens!

'Ja, dat zal dan wel,' zei ze afstandelijk.

Cornelia stak stralend haar hand over de tafel naar haar uit.

'Wat leuk je te leren kennen. Ik ben Conny, en die man daarginds, met de kale kop, is Bernd, mijn huidige levenspartner. Hij zit momenteel in een levenscrisis. Hij heeft alles laten vallen en zijn passie voor het landleven ontdekt. Toen hij hoorde dat mijn moeder weer in het bezit was van haar landhuis in Mecklenburg-Vorpommern, wilde hij per se mee. Want hij wil goedkoop land aankopen.'

Sonja zweeg. Ze wilde dat ze in het niets kon oplossen. Ze wierp een steelse blik op haar vader en zag dat hij medelijden met haar had. Er was ten minste iemand die haar begreep. Conny, haar nieuwe familielid, praatte ondertussen gewoon door.

'Spannend om zomaar ineens een nicht te hebben! Ben je getrouwd? Heb je kinderen?'

'Ik ben gescheiden en heb geen kinderen.'

Cornelia knikte begripvol en zei dat het huwelijk toch iets was wat allang achterhaald was. Waarop Walter krachtig zijn keel schraapte en Cornelia er snel aan toevoegde: 'Voor oudere mensen natuurlijk niet, maar onze generatie... Jij bent toch ook rond de veertig, denk ik?'

'Vijfenveertig, als je het precies wilt weten.'

Kalle kwam met een dienblad vol bierglazen langs en Cornelia pakte er een en nam een grote slok. 'Ah, dat doet goed.' Ze zette het glas weer neer en praatte verder tegen Sonja. 'Bij jullie in de DDR was alles nog oerconservatief, nietwaar? Daar trouwden de mensen nog. Bij ons was in de jaren zestig de vrije liefde helemaal in. Afgelopen met de muffe, echtelijke slaapkamers en gesteven witte lakens. Seks is iets heel natuurlijks, dat hoef je niet te verbergen! En in de jaren zeventig kwam de vrouwenbeweging. Nou, toen gingen alle remmen los, hoor!'

Sonja merkte geamuseerd dat de dorpelingen die om hen heen zaten hun hoofd in haar richting draaiden en fronsend naar haar keken.

Cornelia leek zich er niets van aan te trekken. 'Dat was een belangrijke tijd,' ging ze verder. 'Vooral op politiek vlak. Er waren immers nog een hoop nazi's aan het roer. O wee als je linksgeoriënteerd was, iets ergers bestond niet, zelfs als je alleen maar lid was van de jeugdorganisatie van de SPD. De angst voor de communisten, die had Adolf onze ouders nog ingeboezemd.'

Laat maar kletsen, dacht Sonja. Gewoon laten kletsen en zelf je mond houden. Ze had die jarenzestigtypes wel leren kennen, die verwaande snoevers die dachten dat ze altijd de wijsheid in pacht hadden. Die tijdens evenementen op de universiteit Marx of Heidegger citeerden, die alleen al vanwege de moeilijke terminologie bijna niemand begreep, en die de studenten die waren gekomen om een college bij te wonen als apolitieke dombo's bestempelden. Sonja kende de theorieën van Marx en Engels van de school in de DDR, daarmee kon niemand haar imponeren. Al helemaal niet die arrogante types die hun meisjes als een stuk vuil behandelden. Waar was een meisje voor? Om te neuken, te koken en te poetsen, en als ze hogerop kwam, mocht ze pamfletten uitdelen. Die uiteraard door de jongens waren geschreven.

'Nou ja, ik ben blij dat ik in het westen ben opgegroeid en niet hier,' zwamde Cornelia verder. 'Ik heb gewoon geluk gehad. Wij hebben tenminste geleerd om zelfstandig te denken, dat is veel waard in het leven. Maar dat zullen jullie hier in het oosten ook nog wel leren.'

Sonja had schoon genoeg van die stomme betweter. 'Wil je je vrouw van harte feliciteren namens mij?' zei ze tegen haar vader. Ze stond op en knikte naar Cornelia. 'Fijne avond nog.' Zonder Franziska's dochter een hand te geven liep ze snel naar de uitgang van de tent. Ze had dringend behoefte aan frisse lucht, anders zou ze nog ontploffen van woede over zo veel arrogante domheid. Nou ja, de appel viel niet ver van de boom.

Voor de deur stond een groepje jongeren uit het dorp, die luidruchtig kletsten en lachten. Ongezien liep ze langs hen heen naar haar auto, die aan de rand van de straat stond geparkeerd.

Franziska

VOOR ALLE MOOIE DINGEN in het leven moet je een prijs betalen, dacht Franziska toen ze de ochtend na de bruiloft wakker werd. Ze had 's nachts al stekende hoofdpijn gehad waardoor ze niet goed kon slapen, maar nu was de pijn haast niet te verdragen. Zacht kreunend ging ze rechtop in bed zitten. Ze schonk wat mineraalwater in het glas op haar nachtkastje. De lichtstralen die langs het gordijn haar kamer in schenen, staken in haar ogen als scherpe pijlen. O jee! Dat was de aankondiging van migraine. Zou het komen doordat ze gisteravond te veel had gedronken? Ze zwaaide haar benen over de rand van het bed en tastte met haar blote voeten naar haar pantoffels. Bukken kon ze niet, dan zou haar hoofd uit elkaar barsten. Het was wel een fijn feest geweest, vond ze. Misschien niet zozeer bij de lunch in kleinere kring, toen voornamelijk Cornelia had gepraat en de anderen vrij stil waren geweest, maar later in de tent, of eigenlijk in de zaal, was het heel druk geworden. Half Dranitz was gekomen, evenals vrienden uit Königstein im Taunus en Hannover, ex-collega's van Walter uit Rostock, Mücke met haar vriendinnen en ja, zelfs Sonja was eventjes langsgekomen. Helaas was het Franziska niet gelukt om even met haar te praten, maar dat had Walter gedaan, en wellicht was het ook beter zo. Franziska stak haar voeten in de pantoffels, trok haar ochtendjas aan en liep naar de badkamer. Walter sliep blijkbaar nog, de badkuip was droog en de handdoeken ook, dus hij was nog niet in de badkamer geweest. Hoe laat was het eigenlijk? Tien over negen. De hoogste tijd om het ontbijt voor te bereiden. Om tien uur zouden de gasten komen voor een uitgebreid familieontbijt, dus ze had nog net genoeg tijd om even snel te douchen. Toen ze klaar was, poetste ze nog gauw haar tanden en pakte het doosje pijnstillers uit het medicijnkastje. Ze kon er maar beter meteen twee nemen, dacht ze, en ze spoelde ze na met water uit de beker die op de wastafel stond. Ze wierp een blik op de klok en zag dat het inmiddels al half tien was.

Op weg naar de keuken klopte ze op Walters kamerdeur. 'Goedemorgen, Walter. Ben je al wakker? We ontbijten om tien uur!'

Ze hoorde hem drie keer zijn keel schrapen. Hopelijk was hij niet weer verkouden geworden.

'Ik kom zo!' riep hij hees. 'Ben je al klaar in de badkamer?'

'Ja, ik ga nu naar de keuken!'

Franziska liep de keuken in en vroeg zich af waar Jenny bleef. Ze zou ham, metworst en verse broodjes meenemen. Net toen ze koffie wilde zetten, rinkelde de telefoon.

'Oma?' vroeg Jenny in plaats van haar te begroeten. 'Juultje en ik komen iets later. We hebben ons bij wijze van uitzondering verslapen. Gaat het goed met je, mevrouw Iversen?'

'Afgezien van de hoofdpijn wel, ja.'

'Misschien had je niet zo veel moeten drinken? Nou ja, het belangrijkste is dat het leuk was, en dat was het. Ik probeer op te schieten, oma!' Ze hing op.

Toen de koffie doorliep, kwam Walter de keuken binnen, fris gedoucht en opgewekt, hoewel hij iets sleepte met zijn rechterbeen.

'Wat is er met jou gebeurd?' vroeg Franziska. 'Sinds wanneer loop je mank?'

Walter liet zich grinnikend op een keukenstoel zakken. 'Sinds ik gisteren niet alleen met mijn betoverende bruid, maar ook met haar kleindochter heb gedanst. Maar maak je geen zorgen,' zei hij sussend en hij stond meteen weer op toen hij haar bezorgde blik zag, 'ik kan je wel helpen de tafel te dekken.'

'Dat hoeft niet. Drink eerst maar even een kopje koffie,' zei Franziska en ze schonk twee kopjes in. Gelukkig nam de hoofdpijn iets af. 'Denk je dat Sonja komt voor het ontbijt? Dan zet ik er een extra bord bij.'

Hij schudde zijn hoofd en pakte zijn kopje op. Toen hij wilde antwoorden, ging de deurbel.

Franziska haastte zich de trap af en zag haar dochter met Bernd Kuhlmann voor de deur staan. 'Cornelia!' Franziska was heel blij dat ze waren gekomen om te ontbijten, ook al had ze nog niets voorbereid, behalve een glazen kan vol koffie.

'Goedemorgen, mama! En waar is de kersverse echtgenoot? Het was een geweldig feest gisteren.' Ze drukte Franziska een grote witte zak in haar hand. 'Hier, ik heb verse broodjes meegebracht.'

'Wat fijn dat je eraan hebt gedacht. Jenny zou ervoor zorgen, maar uitgerekend vandaag heeft ze zich verslapen.' Franziska liep voor hen beiden uit de trap op. 'Ik moet alleen nog even gauw de tafel dekken...'

In de keuken werden ze door Walter begroet, die al borden en kopjes uit de kast pakte en Mines heerlijke kersenjam, kaas, rookworst en boter op een dienblad zette. 'Dit hoeft alleen nog naar de eetkamer gebracht te worden,' zei hij en Bernd pakte het dienblad meteen van hem aan.

Wat gaat de tijd snel, dacht Franziska toen iedereen eindelijk aan tafel had plaatsgenomen. Mijn kleine meisje, mijn Conny. Het leek wel als de dag van gisteren dat ze nog op school zat. Ze zag haar voor zich, de trotse eindexamenkandidate in haar minirok bij het eindfeest. De recalcitrante studente die verhitte discussies voerde met Ernst-Wilhelm. En nu zit ze hier voor me, dacht Franziska, en is ze al oma. En ik? Ik ben oeroud. Een fossiel. Een relict uit vergane tijden...

'Je ziet er vreselijk bleek uit, mama,' zei Cornelia. 'Gaat het wel goed met je? Zo'n feest is inspannend, ook al was het nog zo geslaagd.'

Bij haar zorgzame woorden kreeg Franziska bijna tranen in haar ogen. Het lukte nog net om ze terug te dringen. Hoe lang had ze niet meer met haar dochter aan één tafel gezeten? En nu was Cornelia hiernaartoe gekomen om zich met haar te verzoenen. Was dat niet een teken dat de familie van nu af aan weer samen zou komen? Hier in het landhuis, waar de schaduwen van haar ouders en grootouders nog levendig waren?

'Deze oude tent ziet er nogal verwaarloosd uit,' onderbrak Cornelia haar gelukzalige gedachten. 'Heeft het wel zin om zo veel geld in deze ruïne te steken, mama?'

Franziska vermande zich, ze wilde nu beslist geen ruzie uitlokken. 'De basis is nog uitstekend,' zei ze daarom alleen. 'Nu het dak opnieuw gedekt is, kunnen we ons op de verbouwing van de binnenruimtes concentreren. De verwarming is zo goed als klaar en de elektriciens schieten ook al op.'

Cornelia besmeerde haar halve broodje dik met Mines kersenjam. Ze had al een broodje met kaas en een half broodje met gerookte metworst op.

'Wat moet het eigenlijk worden?' vroeg Bernd. 'Vroeger was het een landbouwbedrijf, nietwaar?'

'Natuurlijk. Een heel normaal landgoed. Koeien, varkens, geiten, een kleine paardenfokkerij, graan, weilanden, ook hout dat in de bossen werd gekapt. Van alles wat. Karpers in het meer. Eenden en ganzen. En jachthonden. Eén keer per jaar, in de herfst, werd er gejaagd.'

'Wat leuk,' zei Bernd en hij glimlachte dromerig.

Hij was blijkbaar een tikkeltje romantisch aangelegd. Maar hij was absoluut zeer sympathiek. Hopelijk bleef Cornelia langer met hem samen.

'Tja, de oude tijden zijn helaas voorbij,' zei Franziska, eveneens glimlachend. 'Het land dat ooit tot het huis behoorde, is nu van de

Treuhand en wordt door hen verpacht. Meer weet ik er niet over, ik heb er toch geen belangstelling voor. Het landhuis met het park en het meer is helemaal goed voor onze plannen.'

Ze vertelde dat ze samen met haar kleindochter Jenny een wellnesshotel van het landhuis wilde maken. Zoals te verwachten was, vertrok Cornelia haar gezicht.

'Jullie zijn volkomen geschift, Jenny en jij. Een wellnesshotel voor vuile kapitalisten met managersziekte! Massages en komkommermaskertjes voor overspannen luxewijven. En dat ook nog hier in de rimboe, waar helemaal niets te beleven valt. Dat kan alleen maar floppen.'

Franziska was blij dat Jenny er nog niet was. Bij deze vrijmoedige meningsuiting zou een moeder-dochterconflict onvermijdelijk zijn geweest. Jenny zou ontploft zijn. Ach, de vrouwen van Dranitz. Wat waren ze toch allemaal strijdlustig. Zijzelf vormde wat dat betreft geen uitzondering, maar zij had inmiddels geleerd zich in te houden.

'Waarom zou het niet goed gaan?' vroeg Walter voorzichtig.

Cornelia keek hem welwillend aan. Waarschijnlijk dacht ze dat de arme oude ossi geen idee had hoe de wereld van de kapitalisten werkte.

'Omdat je voor zoiets connecties nodig hebt,' antwoordde ze inderdaad wat neerbuigend. 'Begrijp je dat? Om zoiets op te zetten moet je iemand kennen die iemand kent die goede relaties heeft. Als de eerste miljonair hier is geweest, zou het kunnen gaan lopen. Maar alleen als het hem echt goed bevallen is.'

Laat haar maar kletsen, dacht Franziska. Niet tegenspreken, dat wakkert haar strijdlust aan. Ze keek bezorgd naar Walter, maar die bleef opmerkelijk gelaten.

'Is er eigenlijk een kaart waarop je kunt zien wat vroeger allemaal bij het landhuis hoorde?' vroeg Bernd. 'Ik bedoel, de weides en akkers en zo...'

Franziska was blij dat het gesprek een andere kant op werd geleid. Ze legde uit dat haar moeder destijds een kopie uit het kadaster had meegenomen. Daar stond exact op welke vlaktes bij het landgoed hadden gehoord. Het was ongeveer driehonderd hectare land en bosgebied geweest.

'De Russen hebben later alles versnipperd en onder de kleine boeren verdeeld,' vertelde ze. 'En in de jaren vijftig en zestig heeft de DDR-staat alle boeren gedwongen om zich bij de LPG's aan te sluiten, toen werd het land weer van hen afgepakt.'

'Maar daarginds is toch een LPG, of niet?' vroeg Bernd. 'Hoort daar dan geen land bij?'

'De LPG wordt opgeheven. Daarna zal het land wel naar de Treuhand gaan.'

'Zozo,' mompelde hij en hij keek uit het raam. 'Maar er groeit nog graan op de velden, toch?'

Ze hadden afgelopen herfst nog gezaaid. Maar of ze de oogst binnen zouden halen, was nog maar de vraag. Tot nu toe had niemand de weilanden gemaaid, behalve Kalle, die wintervoer voor zijn vijf koeien nodig had.

'En zijn de landbouwmachines er nog?' wilde Bernd weten.

Franziska knikte.

'Die staan daar zeker maar een beetje te roesten, of hoe moet ik me dat voorstellen?'

'Daar zorgt Wolf Kotischke voor. Hij was vroeger tractorbestuurder bij de LPG. U hebt hem gisteren op het feest leren kennen.'

'Ja, juist.' Bernd knikte peinzend en Franziska wilde hem net vragen waarom hij dit eigenlijk allemaal zo precies wilde weten toen Cornelia weer het woord nam.

'Het is zo zonde,' zei ze. 'Over twintig jaar herinnert waarschijnlijk niemand zich meer hoe het in de DDR is geweest. Weet je wat ik van het landhuis zou maken? Een museum. Met een verzameling van allerlei dingen die tot de DDR behoorden.'

'Zullen we gaan rijden, schat?' onderbrak Bernd haar. Het 'museumproject' leek hem totaal niet te interesseren. 'Ik wil graag nog even wat van de omgeving zien voordat we weer huiswaarts moeten.'

Cornelia aarzelde, maar stond toen toch op. 'Oké. Laten we van het zonnetje genieten. Gelukkig regent het vandaag niet. Bedankt voor het ontbijt, mama. We zien elkaar weer een andere keer.'

Bernd en zij namen afscheid van Walter. Franziska omhelsde haar dochter, gaf haar partner een hand en liep met hen mee de trap af naar de voordeur.

'Doe Jenny en de kleine meid de groeten van me!' riep Cornelia voordat ze in de auto stapte.

Bernd startte de motor, drukte twee keer op de claxon en reed behendig om een berg puin heen en over de oprijlaan naar de weg.

Ze waren nog geen tien minuten weg toen Falko, die muisstil onder de ontbijttafel had gelegen in de hoop dat er per ongeluk stukjes rookworst naar beneden zouden vallen, opsprong en de trap af liep naar de voordeur. Franziska stond op en keek uit het raam. Ja, de trouwe herdershond had het goed gehoord: Jenny's rode Kadett stopte aan de overkant van de straat. Franziska's kleindochter sprong eruit, zwaaide naar haar en haalde Juultje uit het kinderzitje. Met de kleine meid op haar heup liep ze vrolijk naar het huis toe. Nou, de grote witte zak met broodjes die ze in haar vrije hand had, zou ze alleen leeg moeten eten...

Ulli

HET WAS GOED. HELEMAAL goed. Nu begreep hij niet meer waarom hij zo lang had geaarzeld. Wat was er nou zo erg aan om een weekendje naar zijn geboortestreek te gaan? Het was toch heel natuurlijk dat je de omgeving waar je was opgegroeid, en vooral je vrienden en familie, wilde zien? Dat betekende nog lang niet dat hij heimwee had. Hij had gewoon wat tijd nodig om in Bremen te wennen. Twee maanden, dat was niks. Dan was je nog lang geen Bremer.

Wat waren zijn grootouders blij toen hij plotseling voor de deur stond! Hij was helemaal ontroerd, omhelsde hen dankbaar en merkte dat de twee oudjes steeds kleiner en op de een of andere manier ook lichter werden. Als twee vogeltjes, die op een dag nog maar zo weinig wogen dat ze wegvlogen. Ach nee, aan dat soort dingen wilde hij niet denken. Zijn grootouders waren er zolang hij leefde. Ze hadden hem in huis genomen toen hij plotseling wees was geworden. En ook later, tijdens zijn studie, in de eerste jaren dat hij werkte en toen hij getrouwd was, had hij altijd op Mine en Karl-Erich kunnen rekenen. Ze misten hun twee andere kinderen, die kinderloos in het buitenland woonden, en waren blij dat ze in elk geval hem hadden om lekker te verwennen.

'Ben je echt blij en gelukkig met je nieuwe baan?' vroeg Mine nadat ze hem het huis in had getrokken en hem in de goede fauteuil in de woonkamer had geduwd. Ze was helemaal van slag omdat hij zijn bezoek niet had aangekondigd, waardoor ze hem nu alleen Karl-Erichs koekjes met chocoladevulling kon aanbieden en niet de kersenkruimeltaart waar hij zo dol op was. Maar, zo had ze plechtig beloofd, die zou ze meteen morgenochtend vroeg bakken.

'Het gaat wel goed, oma,' verzekerde hij haar. 'Ik mag echt blij zijn dat ik daar een baan heb kunnen krijgen.'

Dat was in principe niet gelogen, maar het was ook niet helemaal de waarheid. Tuurlijk, hij had van tevoren geweten dat hij nieuwe dingen zou moeten leren, omdat het er in een westers bedrijf nu eenmaal anders aan toeging. Maar wat hem irriteerde, was de zelfingenomenheid van zijn collega's die dachten dat hij nergens verstand van had en hem elk kleinigheidje tot in detail wilden uitleggen. Wat dachten ze nou dat hij tijdens zijn opleiding had gedaan? Duimen gedraaid? Maar goed, hij was niet het type dat graag met zijn kennis liep te pronken. Hij bleef vriendelijk, bedankte hen voor hun advies en deed zijn werk. Misschien was dat verkeerd. Maar zo was hij nu eenmaal.

'Je had hier vast ook wel werk gevonden,' bleef Karl-Erich volhouden. 'In Rostock of zelfs in Stralsund. Ze bouwen de bedrijven hier weer op.'

Ulli geloofde er niet in. En sinds hij in Bremen werkte al helemaal niet meer. 'Je hebt geluk dat je hier bent,' had een collega beweerd. 'Bij jullie sluiten ze toch alles.'

Dat waren vast alleen geruchten, want ook hier wist niemand precies hoe het zat. Maar hoe dan ook, in Bremen had hij in elk geval meer zekerheid. En hij wilde toch niet terug naar Stralsund. Sinds de scheiding al helemaal niet meer.

'Nou ja, het belangrijkste is dat je tevreden bent, Ulli,' zei Mine en ze hield de schaal met koekjes nog een keer voor hem op.

Ulli tastte toe en daarna stond hij op en liep naar het open raam. Het was eind mei en ongewoon warm. Eigenlijk perfect weer om te zwemmen. Vroeger zouden ze nu met zijn allen naar het meer zijn gegaan, met een picknickmand vol belegde boterhammen, een paar augurken, gehaktballetjes en gele limonade. Maar die tijden waren voorbij, althans voor hem. Het meer was nu van mevrouw de barones en ook al zou zij er niets op tegen hebben als hij er met zijn grootouders ging picknicken of zoals vroeger over het gladde grijze watervlak roeide, hij had zijn redenen om het niet te doen. Omdat hij bepaalde mensen niet graag tegen wilde komen. Preciezer gezegd, een bepaalde roodharige dame die zichzelf beter voelde dan de rest van hen en het leuk vond om andere mensen te commanderen. En Mücke met haar Kacpar hoefde hij ook niet te zien. Wat vrouwen betrof had hij op dit moment trouwens helemaal geen interesse. Hij had nog genoeg te verwerken van zijn mislukte huwelijk met Angela.

'Wil je even uitrusten?' vroeg Mine. 'Je kunt op je bed gaan liggen. Het is lekker koel in die kamer, ik heb vanochtend vroeg nog gelucht.'

'Nee, nee, ik ben niet moe,' zei hij afwerend. 'Ik ga gewoon een beetje rondrijden, eens kijken wie ik zoal tegenkom.'

'Misschien kun je even langs Max Krumme gaan,' stelde Karl-Erich voor. 'Het gaat niet goed met hem. Hij belde me onlangs dat hij ernstig ziek is.'

'Ach! Wat naar.'

'Het is gewoon niet goed om helemaal alleen thuis te zijn,' ging Karl-Erich verder en hij legde zijn kromme reumahand op Mines arm. 'Dan kwijn je weg. In lichaam en geest.'

Ja, dacht Ulli, zo'n liefde zou hij ook graag willen. Vijftig jaar getrouwd en nog steeds gelukkig met elkaar. Dat bestond gewoon. Maar helaas nog maar zelden. Hij stond op, verdreef de sentimentele gedachten uit zijn hoofd en pakte zijn autosleutel. 'Tot later!'

'Kom niet te laat terug,' zei Mine. 'Ik maak soljanka. En zet iets op je hoofd, zodat je geen zonnesteek krijgt. O, en als je toevallig in Waren langs de supermarkt komt, neem dan twee flesjes bier mee.'

'Zes,' verbeterde Karl-Erich haar. 'Er zitten er toch altijd zes in een kartonnen doos.'

'Ik zal eraan denken!'

Ulli reed langs het landhuis en betrapte zichzelf erop dat hij keek of Jenny's rode Kadett er stond. Nee, de auto stond er niet. Teleurgesteld gaf hij gas en voegde in op de straat die langs het meer liep. Zou hij inderdaad even naar Ludorf rijden? Hij had Max Krumme een kaartje gestuurd vanuit Bremen en geschreven dat hij zijn aanbod helaas niet kon aannemen. Hij had geen antwoord gekregen, hoewel hij zijn adres er in blokletters onder had geschreven. Maar als de arme man inderdaad een ernstige ziekte had, had hij op dat moment misschien in het ziekenhuis gelegen. Of misschien was hij allang in Berlijn bij zijn dochter. Jammer dat hij Karl-Erich niet had gevraagd vanwaaruit Max had gebeld. Maar het kon geen kwaad om even snel langs Ludorf te gaan. Ook al zou Max Krumme niet thuis zijn, bij de voormalige botenverhuur kon je heerlijk zwemmen en als het slot aan de ketting van het botenhuis nog hetzelfde was, kon hij ook bij de roeiboten.

Hij besloot eerst even het bier te halen, zodat hij op de terugreis geen omweg via Waren hoefde te maken. Hij had de nieuwe supermarkt nog niet vanbinnen gezien, maar dat zou vast geen belevenis zijn, want de spullen zagen er toch allemaal hetzelfde uit. Hij kon meteen even cigarillo's voor opa meenemen en chocolade met nougat voor Mine, die vond ze het lekkerst.

In het gangpad met zoetigheden zag hij dat het bezoekje aan deze supermarkt toch een belevenis ging worden. Een belevenis die hij graag had gemist, maar die hij nu niet meer kon ontwijken.

Ulli kon niet kiezen tussen nougat met hazelnoten of met stukjes amandel toen hij vanuit zijn ooghoek zag dat er in een hoog tempo een vol winkelwagentje op hem afkwam. In het wagentje zat iets roodharigs te trappelen, wat keihard begon te krijsen toen het de kleurrijke verpakkingen van het snoep zag.

'Je kunt zo hard schreeuwen als je wilt, maar ik ga geen chocolade kopen,' zei de roodharige moeder gelaten. Jenny droeg een strakke spijkerbroek en een blauw tricot topje met spaghettibandjes. Zonder beha eronder. Dat zag je meteen omdat er binnen airco was. Ulli keek snel de andere kant op, maar het was al te laat.

'Hé, Ulli!' riep ze vrolijk toen ze hem ontdekte en ze remde abrupt af. 'Ben je hier op vakantie? Wat leuk je weer eens te zien!'

Het klonk oprecht enthousiast, waar hij blij mee was. Toch deed hij zijn best zo onverschillig mogelijk te kijken.

'Hallo, Jenny. Hallo, Juultje. Ook boodschappen aan het doen?'

'Nee, we doen hier altijd stemoefeningen... Juultje, je moet nu even stil zijn, ik kan Ulli totaal niet verstaan.'

Juultje, die Ulli ook had gezien, stopte meteen met krijsen en strekte haar armpjes naar hem uit.

'Tjonge, hoe is het mogelijk?' Jenny leek oprecht verbaasd. 'Ze is helemaal niet verlegen, terwijl jullie elkaar al een hele tijd niet meer hebben gezien.' Jenny trok een pakje vochtige doekjes uit de luiertas. 'Wacht, ik maak haar even snel schoon, dan kun je haar optillen.'

Jenny veegde Juultjes handjes en wangetjes af en keek Ulli toen vragend aan. Hij tilde de kleine voorzichtig op en drukte haar tegen zich aan. Ze rook naar babypoeder en vanille. Ulli slikte. Herinneringen aan een ander piepklein wezentje kwamen bij hem boven – een wezentje dat nooit het licht van de wereld had mogen aanschouwen. Hij had zich destijds enorm op de komst van het kind verheugd, maar Angela had een miskraam gehad. Het had gewoon niet zo mogen zijn. Misschien was zijn huwelijk daarom wel stukgelopen...

'Weet je wat?' haalde Jenny hem uit zijn gedachten. 'We trakteren je op een kopje koffie. Daarginds bij Konradi's. Heb je al gehoord dat ze binnenkort gaan sluiten? Vanwege de ijssalon ernaast en de nieuwe bakker met het bijbehorende café. Jammer, hè, vind je ook niet?'

Nee, daar had hij niets over gehoord. Hij kende de Konradi's goed. Hij had Falko destijds bij hen gehaald en hij had er twee keer met Angela in het café gezeten. Angela had de hond nooit leuk gevonden. Hij had het heel erg gevonden dat hij hem naar de Konradi's terug moest brengen. Misschien was hij wel altijd veel te soft geweest. Hij had alles gedaan wat ze wilde, ook al stuitte het hem zelf tegen de borst. En wat had het hem opgeleverd? Helemaal niets. Vrouwen wilden nu eenmaal mannen die hun eerbied inboezemden. Harde types. Mannen die wisten wat ze wilden en zich daar niet van af lieten brengen. Macho's...

'Zo, jij vindt het zeker wel gezellig bij pappie, hè?' zei een vrouw tegen Juultje.

Voordat Ulli iets kon zeggen, antwoordde Jenny met een stralende glimlach: 'Ja, ze is echt een vaderskindje.' Daarna wendde ze zich weer tot Ulli en vroeg: 'Heb je nog iets anders nodig behalve chocolade, schat?'

'Bier en cigarillo's,' zei Ulli verward.

'Het bier staat daarginds en cigarillo's liggen bij de kassa,' zei Jenny en ze fladderde weg.

Ulli volgde haar zwijgend, met Juultje op zijn arm. Hij kon Jenny wel vermoorden. Waar was ze nu op uit met die flauwe spelletjes?

'Boos?' vroeg ze toen ze met het winkelwagentje over de parkeerplaats liepen. Gelukkig had hij zijn auto onder een boom in de schaduw geparkeerd, dan zou de nougat straks in elk geval niet gesmolten zijn.

'Nee,' bromde hij en hij deed zijn best haar schuldbewuste blik te negeren. Ze kon zo ontroerend berouwvol kijken, maar hij trapte er niet in.

'Goed, dan gaan we,' zei ze toen ze haar boodschappen in de Kadett had gezet. 'Ze hebben daar limonade, Juultje, die vind je zo lekker.'

Juultje wilde per se door Ulli gedragen worden en ook al had hij niet veel zin om alweer voor een gelukkige vader aangezien te worden, hij kon toch geen nee zeggen tegen de kleine.

In Café Konradi bestelden ze twee kopjes koffie, twee stukken kwarktaart en een flesje citroenlimonade voor Juultje.

Jenny vertelde hem over haar oma, de bruiloft, haar lastige familie en haar moeder Cornelia. Op haar scheen ze nogal boos te zijn. 'Drie keer raden wat zij van het landhuis wil maken. Dat verzin je gewoon niet: een DDR-museum! En Bernd, dat is de man die mijn moeder dit keer bij zich had, is zo'n ecofreak. Hij wil alles biologisch-dynamisch, weet je wel? Ik geloof dat hij ervan droomt om hier een bioboerderij te beginnen, want hij wilde exact weten welke landerijen vroeger bij het landhuis hebben gehoord. "Alles bio" is momenteel immers de nieuwe trend van de wessi's.'

Ulli voerde Juultje hapjes kwarktaart en zei dat een biologische boerderij toch helemaal niet zo'n slecht idee was. De landbouw van de toekomst. Zonder chemische middelen die op de akkers werden gespoten.

'Wat nou, "toekomst"!' wond Jenny zich op. 'Die kerel hoort eerder in het verleden thuis. Dat hele ecogedoe is toch allang passé. Die idioten die erom ruzieden of een theezakje bij het oudpapier of in de biobak gegooid moest worden...'

'Is Bernd, die vriend van je moeder, dan boer?' vroeg Ulli.

Jenny haalde haar schouders op en steunde haar kin op haar handen. 'Ik heb geen idee wat hij doet. Weet je,' voegde ze er peinzend aan toe en ze zuchtte, 'normaal gaat mijn moeder om met jongere mannen. Maar Bernd is ongeveer van haar leeftijd. Ik had de hele tijd het gevoel dat ik hem al eens eerder had gezien. Maar dat is lang geleden.'

Ulli wist dat ze in van die gekke woongroepen was opgegroeid, waarin ze vrije liefde hadden gepredikt, en dat ze daar niet erg gelukkig was geweest. Misschien had ze daarom van die rare eigenschappen.

'Ik heb eens nagedacht over of hij het misschien zou kunnen zijn,' voegde ze er nu zacht aan toe.

Hij begreep niet wat ze bedoelde.

'Of hij wat zou kunnen zijn?'

'Mijn vader.'

Even was hij sprakeloos. Ze wist niet wie haar vader was! Hij moest twee keer zijn keel schrapen voordat hij de vraag durfde te stellen.

'Je moeder... Ik bedoel, heeft ze het nooit tegen je gezegd?'

Jenny glimlachte naar hem. Achter die glimlach schuilden berusting, zelfironie, trots en nog meer. 'Nee. Ze wilde het me vertellen als ik meerderjarig was. Maar toen was ik allang vertrokken.'

Hij vroeg maar niet of Jenny's moeder eigenlijk wel wist wie de vader van haar dochter was. Het zou goed kunnen dat er meer mannen in aanmerking kwamen.

'Dan zou je dat bij de eerstvolgende gelegenheid aan haar moeten vragen, Jenny. Ik vind dat je er recht op hebt het te weten. En je dochter zou het ook ooit moeten horen.'

Ze knikte. Ze dronk haar koffie op en schoof het kopje weg. 'Ik zou het fijn vinden als je het niet verder vertelt, Ulli,' zei ze toen. 'Soms klets ik te veel. Lief van je dat je hebt geluisterd.'

Ze kon er zo hulpeloos als een klein meisje uitzien. Hij merkte dat hij op het punt stond weg te smelten en vermande zich.

'Dat is toch logisch, Jenny,' zei hij en hij schraapte weer zijn keel. 'We zijn immers vrienden, toch?'

'Ja, dat zijn we, Ulli. Jammer dat je nu in Bremen woont. Ik mis je.'

'Tja, ik had het niet voor het kiezen.'

Juultje had genoeg van de limonade en taart. Ze vertrok haar gezicht en begon te huilen. Waarschijnlijk had ze buikpijn.

Jenny stond op, pakte de luiertas van de stoelleuning en liep met de kleine in de richting van het toilet. 'Ik geloof dat hier iemand verschoond moet worden.'

Nu of nooit, dacht Ulli. Als ik hier nog langer blijf zitten, kan ik nergens voor instaan. 'Ik moet er weer vandoor!' riep hij haar na en hij stond op. 'Misschien zien we elkaar morgen nog, ik vertrek 's middags pas.'

Jenny draaide zich even om en zwaaide naar hem. Daarna verdween ze achter de deur met het opschrift DAMES.

Hij betaalde, ook al had zij hem uitgenodigd. Op de een of andere manier vond hij het raar om het café te verlaten en de rekening aan haar over te laten. Maar hij moest nu wel opschieten als hij nog een paar rondjes wilde zwemmen, want hij mocht Mine en Karl-Erich niet te lang laten wachten. En Mines soljanka was ook zalig.

Aan de oevers van de Müritz was het een levendige boel met badgasten. De tentplaatsen waren lang niet meer zo vol als vroeger, maar in de kleine baaien en bij de zwemsteigers was het erg druk. Kano's peddelden voorbij, er waren een paar roeiboten te zien en helemaal in de verte tufte een motorjacht voorbij. Die zouden verboden moeten worden, in elk geval in de buurt van de oevers. Aan de andere kant lag nu het natuurpark. Dat was vroeger verboden terrein geweest. Ze hadden er wapens opgeslagen en getest en in de herfst werden er drijfjachten gehouden. Voor de partijbobo's natuurlijk, niet voor normale mensen. Honecker had er met Ceaușescu en andere staatshoofden van de bevriende socialistische landen op roodwild en wilde zwijnen gejaagd. Als het ware in navolging van de adellijke landheren, die immers ook het recht om te jagen voor zichzelf hadden opgeëist.

Op Max Krummes parkeerplaats stonden een paar auto's, maar de kiosk was nog gesloten en zag er nog steeds vervallen uit. Beneden op de steiger en bij de oevers zaten gezinnen op uitgespreide strandlakens. Ze bakten hun nog winters bleke lijven in de zon, dronken koffie uit thermoskannen en aten meegebrachte broodjes. Niemand had een roeiboot durven pakken, voor zover hij kon zien was de ketting aan de deur van het botenhuis niet aangeraakt.

Hij is vast niet thuis, dacht Ulli, anders had hij op zijn minst de boten eruit gehaald en verhuurd. Max had altijd voor de boten gezorgd en zijn vrouw had de kiosk geleid. Zonder veel hoop liep hij naar het tuinhekje en schoof het open. Hij tuurde door het kreupelhout naar het huis en zag een grote kat voor Max Krummes deur zitten. Hannelore liet de zon op haar vacht schijnen, likte haar poten en poetste ijverig haar oren. Toen Ulli dichterbij kwam, stopte ze even en staarde hem aan, waarna ze ongegeneerd verderging met likken. Hij drukte op de bel. Ze stond op, stak haar staart recht omhoog en keek vol verwachting naar de deur.

'Ik kom eraan!' riep iemand hees vanbinnen.

Ulli hoorde het geslof van pantoffels, de deur ging open en daar stond Max Krumme. Voor Ulli's gevoel was hij kleiner dan de vorige keer. Rimpeliger en vermagerd. Maar hij grijnsde breed en zijn flaporen waren rozig van de vreugde van het weerzien.

'Ah, daar ben je, Klaus. Kom binnen, ik heb al koffiegezet.'

Hij had koffiegezet? Had hij hem dan verwacht? Hannelore drong als eerste naar binnen en daarna kwam ergens een bolletje gekleurde vacht vandaan vliegen dat Waldemar bleek te zijn, die ook naar binnen wilde. Ulli ging het huis als laatste binnen en zag dat de twee katten hun stamplek op de bank al hadden ingenomen. Op de tafel stonden twee kopjes, een schaal koekjes – dit keer kerstkoekjes met noten – en een thermoskan waar vast koffie in zat.

'Ga zitten, jongen. Nu drinken we eerst eens een lekker kopje koffie samen. Neem maar een paar koekjes. Ik heb ze met kerst van de vrouw van de dominee gehad, maar ik hoef ze niet omdat de noten altijd in mijn gebit blijven hangen.'

'Bedankt, Max, maar ik heb net al een stuk taart op.'

Ulli nam uit beleefdheid een slokje koffie en vond dat Max Krumme er erg ziek uitzag. Arme man. 'Hoe gaat het, Max?' informeerde hij meelevend. 'Mijn grootouders zeiden dat je ziek bent.'

Hij knikte en keek Ulli met grote, ernstige ogen aan. 'Dat is zo, jongen. Waar men het minst verwacht, springt de haas uit de gracht. Het is de prostaat, dat ellendige ding. Ze hebben in me zitten snijden en een kapoen van me gemaakt. Maar in mijn hoofd ben ik nog steeds in orde. Dat is het belangrijkste, zei Mine vanochtend aan de telefoon. Als je hoofd nog in orde is...'

Nu begreep Ulli waarom Max koffie voor hem had gezet en koekjes had klaargezet. Mine, zijn slimme oma, die zo graag voor God speelde, had hem telefonisch aangekondigd. Dat had hij wel kunnen bedenken. De twee oudjes hoopten nog steeds dat hij terug zou komen en een botenverhuurbedrijf aan de Müritz zou beginnen.

'Nou, als ze je hebben geopereerd, is het ergste vast voorbij,' zei hij troostend. 'Dan gaat het vanaf nu bergopwaarts, Max.'

De oude man schudde zijn hoofd. 'Ik voel me nou niet bepaald in de bloei van mijn leven,' zei hij en hij hoestte. 'En mijn dochters zitten me op de hielen. Elly wil het stuk grond van me kopen, maar waarschijnlijk zit Gabi haar weer op de hielen. Die heeft gisteren gebeld en gezegd dat ik dat in geen geval mag doen, omdat het oneerlijk zou zijn tegenover haar en zij het ook graag wil hebben.'

Ulli zweeg bedrukt. De arme man was doodziek en de dochters probeerden nu al via allerlei trucjes aan de erfenis te komen.

'Maar ik laat me de wet niet voorschrijven, en al helemaal niet door mijn dochters,' ging Max Krumme verder en hij grijnsde eigenzinnig. 'Ik heb een tijdje overwogen om het aan Jörg, mijn zoon, na te laten. Maar dan zouden mijn dochters jaloers op hem zijn en is er weer ruzie. Nee, Klaus, ik wil het verkopen. Ik wil dat het stuk grond naar iemand gaat die het heeft verdiend en die hier hoort.'

'Ik heet Ulli,' mompelde Ulli, die het warm kreeg onder de doordringende blik van de oude man. Verdorie, oma had hem in een heel lastig parket gebracht. Maar in feite was het zijn eigen schuld, hij had immers niet hiernaartoe hoeven komen. 'Tja,' zei hij en hij stond op. 'Ik wil nog even gaan zwemmen. Tot ziens, Max.'

'Ik geef het je voor een appel en een ei. Omdat ik wil dat de juiste persoon het krijgt. En omdat ik niet wil dat mijn kinderen erom ruziën.'

Ulli was al opgestaan, maar Max Krummes stem had iets smekends, wat hem ontroerde. Hij had de oude man graag het plezier gedaan, en het stuk grond was vast ook een goede investering. Aan de andere kant zou hij zich gedoe met Max' kinderen op de hals halen, vooral met de dochters, die blijkbaar op het perceel aasden. En dan waren er ook nog de hoopvolle verwachtingen van zijn grootouders, die hij niet kon vervullen. Zijn toekomstplannen gingen in de richting van Bremen.

'Ik wil geen misbruik van je maken, Max,' zei hij. 'Het kan niet zo zijn dat je het stuk grond voor een appel en een ei weggeeft. Dat is niet goed.'

Max Krumme sprong van zijn stoel op en leek zijn reuma en andere malaise plotseling vergeten te zijn. 'Je mag me ook meer geven,' riep hij boos. 'Dat maakt me echt niet uit. Alleen levenslang woonrecht, dat is de enige voorwaarde. Wat denk je ervan, jongen? Vijftigduizend en alles is van jou!'

'Dat is veel te weinig.'

'Zestigduizend. Dat is mijn laatste aanbod!'

'Max, ik weet niet wat ik moet zeggen…'

'Je moet ja zeggen! Denk eraan dat ik een zieke man ben. Te veel opwinding kan voor mij mijn dood betekenen.'

Dit was volkomen absurd. De wereld op z'n kop. Hoe kwam hij hier in godsnaam ongeschonden uit?

'Nou ja, je zou eens een contract kunnen opstellen.'

Max Krumme stond nu vlak voor hem, ruim twee koppen kleiner, maar met een onverzettelijke wilskracht.

'De hand erop,' eiste hij. 'Contract is papier. Handslag is wet.'

Ulli legde zijn rechterhand in de magere, gelige hand van Max Krumme. En daarmee werd hij eigenaar van een tien hectare tellend stuk bos aan de westelijke oever van de Müritz.

Sonja

HET LICHT WAS VANDAAG perfect om te schilderen. Het was mei en de zon stond nog laag, maar was heel helder en creëerde scherpe schaduwen. Het vocht op de bladeren glansde, het jonge mos was fascinerend lichtgroen, tussen de stammen lichtten weelderige kussens van geel speenkruid op en op schaduwrijke plekken groeide her en der ook witte klaverzuring. Het zou niet meer lang duren tot het juni was. Dan werd het warmer en was het licht anders, feller.

Ze was 's middags naar Kalles gebouw gereden, maar ze was niet naar binnen gegaan omdat het bos met dit mooie weer veel te uitnodigend was. Uitgerust met een tekenblok en waskrijtjes liep ze het pad af naar de oude begraafplaats, waar haar moeder lag. De grafsteen was lang geleden door vandalen kapotgeslagen en ook de kleine privékapel van de adellijke familie Von Dranitz was bijna helemaal vervallen. Toen ze nog een kind was, had haar vader haar de begraafplaats laten zien. Ze waren hier een paar keer naartoe gegaan om 'mama bloemen te brengen'. Later wilde ze niet meer meegaan omdat ze de plek griezelig vond. Waarschijnlijk was Mine de enige die de graven nog steeds regelmatig bezocht en ook bloemen neerlegde. Mine was een trouwe bediende. Ze was nog steeds erg gehecht aan mevrouw de barones. Waarschijnlijk kon iemand die als dienstmeisje was opgevoed, die houding maar moeilijk laten varen.

Sonja had een paar schetsen gemaakt die ze thuis wilde uitwerken.

Ook van de begraafplaats. Ze wilde zich met die plek verzoenen. Ze voelde dat dat belangrijk was. Nu het heldere licht door het jonge loof viel, was er niets te merken van een duistere sfeer. Alleen verdriet over iets waar ze niet echt de vinger op kon leggen. Was het het onrecht dat haar zo kwelde? Haar moeder, Elfriede Iversen, had zo'n vroege en nare dood werkelijk niet verdiend. Sonja stapte over de vervallen muur van de begraafplaats en volgde het bospad dat in noordwestelijke richting vanuit het bos naar de weides leidde. Ze was hier in de afgelopen weken vaak geweest. Ze had de vijvers teruggevonden waar ze als kind met haar speelmaatjes watervlooien en kikkervisjes had gevangen en was het beekje gevolgd dat een paar kleine meren van water voorzag. Overal had ze schetsen en tekeningen gemaakt, niet alleen uit kunstzinnige interesse, maar ook ter voorbereiding op haar grote plan. Ze had een kadastrale kaart uit 1940 waarop het landbezit van het voormalige landgoed was aangegeven. Kalle had hem via een vriend geregeld die bij het kadasterbureau in Waren werkte, omdat hij destijds, toen hij het rentmeestershuis met de bijbehorende grond kocht, wilde weten waar hij aan toe was. Toen Sonja de grond van hem had gepacht, had hij haar zijn schat laten zien en zij had de oude kadastrale kaart geleend. Nu probeerde ze te ontdekken waar het terrein van de barones eindigde en het stuk bos begon dat nu niet meer bij het landhuis hoorde maar met andere landerijen door de Treuhand werd beheerd. Het bosbezit van het landgoed had helaas niet uit een samenhangend bos, maar uit een aantal kleine stukken bos bestaan, waartussen akkers, weiden, kleine dorpen en beekjes lagen. Op sommige plekken vormden de beken vennetjes en grotere meren. Daarom zou ze goed moeten nadenken welke percelen ze wilde pachten om haar grote plan uit te voeren.

Een dierentuin. Een terrein met grote verblijven voor inheemse diersoorten, met daartussen gebouwen voor kleine dieren, reptielen en insecten, een volière, misschien een aquarium. Natuurlijk ook zoals gebruikelijk een restaurant, speeltuin, geiten die door de kinderen geaaid konden worden, een aanlegsteiger voor boottochtjes door een kanaal, een beverkolonie en nog veel meer. Ze had talloze ideeën. Een opnamestation voor zieke dieren die verzorgd en vervolgens in de omliggende bossen uitgezet konden worden. En een fokkerij voor soorten die hier vroeger inheems waren en zich nu weer konden nestelen. Haar Dierentuin Müritz.

Het was iets groots, een levenswerk, de vervulling van een langgekoesterde droom. Als kind tekende Sonja al dieren. Toen ze tien was wilde ze directrice van een dierentuin worden en na haar scheiding kwam er maar één studie in aanmerking: diergeneeskunde. Die had ze cum laude afgerond en nu wilde ze haar grote levensdroom verwezenlijken. Gemakkelijk was het niet, want ze had geen geld. Een scepticus zou het een krankzinnig plan noemen. Maar als ze het ooit wilde doen, moest ze nu de mouwen opstropen en aan de slag gaan. In de sfeer van verandering die hier momenteel heerste, was alles mogelijk. Zelfs de gekste ideeën, de meest gewaagde plannen kon je uitvoeren. En als je slim en ambitieus was, konden ze ook lukken.

Vandaag had ze in elk geval vastgesteld dat het voormalige park vroeger omheind was geweest met een muur en op sommige plekken met een traliehek. De ijzeren tralies waren overal weggehaald en als waardevolle grondstof omgesmolten. Waarschijnlijk was dat al in het begin van de jaren vijftig gebeurd. Op enkele plekken was de muur nog onbeschadigd, hoewel hij overwoekerd was met mos en korstmos. Naar het dorp toe was de muur afgebroken, waarschijnlijk waren de bakstenen gebruikt om schuren of garages mee te bouwen. Het voormalige park behoorde tot het landhuis – Sonja's dierentuin zou aan de andere kant van die grens beginnen en zich in noordoostelijke richting uitstrekken. Hoe ver, dat hing af van welke stukken ze kon pachten.

Ze liep een hele tijd over het terrein. Daarna stopte ze de waskrijtjes in de buidel terug, sloeg het tekenblok dicht, deed er twee elastieken om en stopte alles in haar rugzak. Genoeg voor vandaag. Als het zo werd zoals op haar tekeningen, dan werd het een paradijs. Een paradijs voor dieren, waartoe mensen alleen als betalende bezoeker toegang hadden.

Ze volgde de oude muur van het landgoed tot die onder mos en struiken verdween. Ze zag het nieuw gedekte dak van het landhuis en een paar stappen verder Kalles lage gebouwtje, dat erg lelijk was. Het was niet bepleisterd en het dak bestond uit verschillende soorten golfplaten. Het was een wonder dat de regen er niet doorheen was gesijpeld. Als dat de ingang van haar dierentuin moest worden, moest er nog heel wat gebeuren. Het moest vooral geverfd worden. Maar ook de hele constructie moest aangepast worden. Meer glas, kleurrijke affiches, een mooie groenstrook. Een overdekt kassagedeelte met daarnaast een winkeltje met boeken, pluchen dieren, drankjes en de gebruikelijke souvenirs.

Stond daar niet Kalles Wartburg naast het gebouwtje? Kalle was dus hier. Hij was vast de vloerbedekking aan het leggen. Hij had onlangs verteld dat iemand hem een lading linoleum had geschonken. Ze maakte de deur van het gebouwtje open, liep naar binnen en ontdekte meteen een lekkage aan het dak.

Drup... pling... drup... pling...

De druppels vielen voor een deel op de grond en voor een deel op lege flessen die iemand had laten liggen. Lege flessen? Sonja trad dichterbij en zag dat het voornamelijk bierflesjes waren, maar er lagen ook twee kleine wodkaflessen, een Jägermeisterfles en een colafles tussen. Het ergste vrezend liep ze verder het gebouwtje binnen, rond een uitsteeksel aan de muur dat later een open haard moest worden. Daar zat Kalle op de grond, met zijn rug tegen de muur geleund, zijn benen uitgestrekt en zijn kin op de borst.

'Kalle!' Sonja bukte zich en schudde aan zijn schouder. 'Word wakker! Je loopt nog een longontsteking op in dit kille gebouw!'

Kalle opende knipperend één oog en sloot het meteen weer.

'Kom op! Ik weet dat je wakker bent, Kalle! Heb je de varkens gevoerd?'

Hij schudde kreunend zijn hoofd en kromp ineen, alsof hij moest overgeven.

'Weg hier!' snauwde ze en ze pakte hem bij zijn arm om hem van de grond te tillen. 'Ga naar buiten als je moet kotsen. Wat is er aan de hand? Waarom heb je je bezat?'

Kalle kreunde. Plotseling barstte hij in tranen uit. 'Alles is weg. Ik wil niet meer,' mompelde hij haast onverstaanbaar, terwijl de tranen door zijn baard op zijn hemd druppelden.

Niet goed wetend wat ze moest doen staarde Sonja een poosje naar het hoopje ellende voor haar voeten, maar ten slotte ging ze bij Kalle op de grond zitten. Ze wachtte tot hij was uitgehuild en trok een schone zakdoek uit haar broekzak.

'Hier!'

Hij snoot luidruchtig en uitgebreid zijn neus. Toen slikte hij en zei met een diepe zucht: 'Ze zijn in ondertrouw gegaan.'

Sonja begreep meteen over wie hij het had. Het kon niet anders dan dat hij het over Mücke en de architect had. Kacpar Woronski.

'Wie heeft dat gezegd?'

'Haar moeder... Ik wilde haar uitnodigen om samen naar de bioscoop te gaan. Ze zei dat ik het niet eens hoefde te proberen.'

'Wie wilde je uitnodigen voor de bioscoop? Tillie Rokowski?'

Verontwaardigd tikte hij op zijn voorhoofd.

'Nee, Mücke natuurlijk!'

'Je wilde Mücke uitnodigen om naar de bioscoop te gaan? Hoewel je weet dat ze een relatie heeft met Kacpar Woronski?'

'Waarom niet? We zijn toch oude vrienden. Al sinds de peuterspeelzaal! Ik ben gewoon niet goed genoeg voor die familie.' Kalle veegde met zijn hand over zijn baard, die nat was van de tranen. 'Vroeger maakte het haar niet uit dat ik boer ben, toen had ik mijn werk in de LPG en was alles goed. Maar nu, na die verdomde Wende, gaat alles mis.'

'Niet als je goede ideeën hebt en iets op poten zet!' sprak Sonja hem nadrukkelijk tegen. 'Denk aan mijn voorstel, Kalle. Als je goed meehelpt en hard werkt, zou je over een paar maanden al directeur van een dierentuin kunnen zijn.'

Hij staarde haar aan, knipperde een paar keer met zijn ogen en begon te lachen.

'Jij met je fantasieën! Directeur! Haha! Waarom niet meteen secretaris-generaal of president?'

'Wat valt er te lachen? God, Kalle, we leven nu in het kapitalisme en dat werkt volgens andere regels. Als je geen visie hebt, blijf je eeuwig een arme sloeber en moet je bij anderen gaan bedelen.'

Kalle trok zwijgend zijn knieën op. Hij geloofde er helemaal niets van en leek verbijsterd. Na een hele tijd zei hij weifelend: 'Je denkt toch niet serieus dat je hier een dierentuin kunt beginnen?'

'Waarom niet?'

'Nou, omdat je geen poen hebt. Daarom. Zo gaat dat namelijk in het kapitalisme. Alleen als je geld hebt, kun je iets in gang zetten.'

'Nee,' sprak Sonja hem tegen. 'Het is andersom. Alleen als je iets in gang zet, heb je geld. Omdat je voor een echt goed idee namelijk overal krediet krijgt. Snap je? De mensen lenen je geld omdat ze geloven dat ze het later met rente en rente op rente terugkrijgen.'

'Je bedoelt banken?'

'Onder andere,' zei ze. 'Maar subsidie is ook mogelijk. Misschien zelfs steun van het district omdat we het toerisme stimuleren. Bovendien ben ik van plan een vereniging op te richten die de zaak behartigt. En ik wil giften van bedrijven proberen te verkrijgen, het is goed als je grote sponsors hebt.'

Hij was zichtbaar onder de indruk. Ze had hem al eerder over haar plan verteld, maar tot nu toe waren er geen details ter sprake gekomen.

'We moeten vooral zorgen dat we land pachten, en wel zo snel mogelijk. De stukken bos zullen niet zo'n probleem zijn, want die wil toch niemand hebben. Maar de weiden en het akkerland, daar moeten we snel bij zijn.'

Het leek nu een stuk beter te gaan met Kalle. Hij ging met zijn handen door zijn haar en knikte peinzend. 'Trouwens, het schiet me nu te binnen dat ik nog geld van je krijg, Sonja. Voor de pacht. Je hebt pas één termijn betaald.'

'Zorg jij nu eerst maar eens dat het huis af komt en het dak gerepareerd wordt,' reageerde ze. 'Heb je niet gezien dat het lekt?' Ze schudde geïrriteerd haar hoofd. Dacht iedereen hier alleen maar aan het vullen van zijn zakken in plaats van zich op de toekomst te richten?

Kalle stond onzeker op. Sonja straalde een energie uit waar hij geen prettig gevoel bij had, net zomin als bij haar hoogdravende plannen.

'Je kunt alvast bedenken wie zich bij onze vereniging mee zou willen aansluiten,' zei ze. 'We hebben zeven mensen nodig voor de oprichting.'

'Ik ga even melken,' zei hij, om zo snel mogelijk weg te kunnen en eerst eens te zorgen dat hij weer helder kon denken. 'Wil je melk meenemen?'

Sonja haatte melk. Ze hield alleen van melk als het verwerkt was in een slagroomtaart of kaas. Maar ze wilde zijn aanbod ook niet afslaan. Ze kon het morgen aan Tine geven. 'Ja, graag, één volle kan, dat is genoeg.'

Hij had een hele verzameling oude melkkannen van blik op een van de vensterbanken staan. Terwijl je ze nu ook van plastic had, die waren lichter en gemakkelijker schoon te maken. Maar Kalle hield van die oude rommel en vergaarde enthousiast dingen die anderen bij het grofvuil zetten.

'Zeg,' zei hij toen hij al met zijn emmers en een kan bij de deur stond. 'In zo'n dierentuin, daar zou ik ook geiten kunnen houden, toch?'

O ja, hij had ooit van een geitenboerderij gedroomd. Geitenmelk en geitenkaas die hij dan in een winkeltje op het erf wilde verkopen. Sonja knikte. 'Natuurlijk kunnen we ook geiten houden. Die zijn niet schuw en de kinderen kunnen ze aaien.'

'Akkoord,' zei hij. 'Dan doen we dat!'

Ze keek hem na terwijl hij met zijn twee emmers, een kan en een melkkrukje naar het meer liep, waar zijn vijf koeien op de weiden van mevrouw de barones graasden. Ze slaakte een diepe zucht. Kalle was een lieve man. Maar hij had altijd iemand nodig die hem een flinke schop onder zijn kont gaf. Op den duur was dat nogal vermoeiend.

Walter

HIJ HAD WEER EENS slecht geslapen, zoals zo vaak sinds hij hier was ingetrokken. Misschien kwam het echt door de oude muren dat er zo veel herinneringen in hem opkwamen. Of het kwam door het uitzicht over het weidse, zomerse landschap. Er waren echter ook veel herinneringen die niets of slechts zijdelings met Dranitz te maken hadden. Vooral de nare herinneringen die hij jarenlang had onderdrukt tot hij dacht dat hij ze helemaal was vergeten. Ze kwamen terug, beeld voor beeld, woord voor woord, samen met de pijn, de vernedering, de schaamte. Zelfs overdag, als hij zich terugtrok voor een middagdutje, kwelden de demonen hem en lieten ze zich niet meer verjagen.

Ik moet het haar vertellen, dacht hij. In gepaste vorm natuurlijk. Alleen datgene wat ze kan verdragen. Maar er zijn een paar dingen die ze moet weten. Zelfs na al die jaren. Het is voor ons allebei belangrijk dat de cirkel zich sluit, dat er geen misverstanden zijn en geen stille wrok. Vooral dat laatste niet. Hij was blij met dit besluit. Hij had al nagedacht over de formuleringen en bedacht in welke volgorde hij het verleden aan haar zou verklaren. Hij had ook rekening gehouden met de vragen die ze hem zou stellen en had mogelijke antwoorden paraat.

'Ik wil graag met je praten, Franziska,' zei hij tijdens het ontbijt.

Franziska had de krant opengeslagen die de postbode de vorige dag had gebracht en tastte met haar rechterhand naar haar bril.

'Vertel,' zei ze verstrooid. 'Ik luister.'

Walter aarzelde.

'Het gaat om een aantal dingen die je zou moeten weten, Franziska,' zei hij een paar tellen later. 'Dingen uit het verleden die niet vergeten mogen worden. Omdat ze nog steeds van betekenis zijn. In elk geval voor ons tweeën...'

Ze keek van de krant op en nam hem met een onderzoekende blik op. Die intelligente, aandachtige blik had hem vroeger al geïntrigeerd, toen hij de jonge freule Von Dranitz had ontmoet.

'O, hemel,' zei ze.

Op dat moment ging de deurbel.

'Ah, verdorie,' zei ze. Ze legde de krant weg en wierp een blik uit het keukenraam. 'Ik vrees dat het gesprek moet wachten. Het is niet te geloven, maar het bedrijf dat het puin weg komt halen is er.'

'Het is belangrijk voor me, Franziska,' hield hij vol, maar ze haastte zich al de trap af. Berustend pakte hij de krant, las snel de koppen door en legde hem weer weg. Op de een of andere manier hadden ze nooit echt tijd voor elkaar. Het ging altijd om de renovatie van het oude familiehuis, waar ze zich met een passie op stortte die haast een obsessie leek. Hij voelde dat hij verbitterd raakte. Was dit oude huis zo veel belangrijker voor haar dan hij? Een hoop stenen, hout en dakpannen hadden voor haar meer waarde dan een mens van wie ze hield? Dat is onzin, dacht hij. Ze staart zich nu eenmaal blind op dit idee, maar ik zal er wel voor zorgen dat ze naar me gaat luisteren. En als we eenmaal een begin hebben gemaakt, zullen bij haar de sluizen ook opengaan. Want er zullen ook in haar leven dingen zijn geweest die ze me wil vertellen.

Tegen de middag kwam Kacpar Woronski. Dankzij zijn hulp gingen de bouwwerkzaamheden verbazingwekkend goed vooruit. Hij wilde zich nu bezighouden met de oude muren die tijdens het graafwerk in de kelder en rond het huis bloot waren gelegd. Mücke was met hem meegekomen.

Franziska was even gaan liggen en daarom vroeg Walter hun binnen te komen en bood hun een kopje koffie aan.

Mücke zag eruit alsof ze had gehuild, terwijl de jonge architect een verbeten en koppige uitstraling had. Had Jenny niet verteld dat ze binnenkort wilden trouwen? Blijkbaar was dat idee van één kant gekomen.

'Bedankt, maar ik hoef geen koffie,' zei Kacpar. 'Ik wilde alleen even snel de tekening ophalen die ik gisteren heb laten liggen. Ik moet meteen weer weg. Ik ga naar Schwerin, naar het bureau voor monumentenzorg. Daar wilde ik vanochtend al naartoe, maar de afspraak is verzet.'

'O,' zei Walter. 'Ik dacht dat het alleen om een paar oude muren ging. Staat het landhuis onder monumentenzorg?' Dat zou een ramp zijn, want dan kon Jenny haar hotelplannen wel vergeten.

Maar Kacpar schudde zijn hoofd. 'Het landhuis niet. Maar we moeten zeker weten dat het bij de muren niet om de restanten van een middeleeuws klooster met een kerk en kerkhof gaat, zoals sommigen in het dorp beweren. Er schijnen nog documenten te zijn…'

'Als ze iets belangrijks vinden, kunnen ze de hele verbouwing stilleggen,' wakkerde Mücke Walters zorgen verder aan. Ze liep langs hem heen naar de keuken en liet zich op een stoel zakken aan het tafeltje waar Walter en Franziska 's ochtends meestal zaten als ze samen ontbeten. 'Ik wil trouwens heel graag een kopje koffie, ook al wilde ik alleen even snel naar Jenny om haar aan te bieden om op Juultje te passen. De kleuterschool in Waren moest alweer sluiten, dit keer hebben ze bijna allemaal streptokokken. Waar zijn Jenny en Juultje eigenlijk?'

'Jenny is met Juultje naar het meer gegaan,' zei Walter in gedachten verzonken. 'Ze had even een pauze nodig van het lawaai van de verbouwing en zal pas tegen vijf uur terug zijn.' Hij wendde zich weer tot Kacpar. 'En wat als we de vondst gewoon niet melden? Hoe komt het eigenlijk dat het zo snel in het dorp is rondgebazuind?'

Kacpar snoof boos. 'Te laat. Blijkbaar is het bureau voor monumentenzorg allang op de hoogte. Dat kan alleen van Pospuscheit komen. Hij is zo kwaad dat hij monumentenzorg op ons dak heeft gestuurd voordat hij hem met het geld van de LPG is gesmeerd.'

Walter kon zich de ex-burgemeester Gregor Pospuscheit slechts vaag herinneren. Hij was hem in de tijd van de DDR één of twee keer tegengekomen toen hij in Dranitz bij Mine en Karl-Erich op bezoek was geweest. Toen hij hier nog met Sonja woonde, was boer Kruse de burgemeester. Maar die was inmiddels overleden en zijn weduwe huurde nu een woning op de begane grond van het lage flatgebouw waar Mine en Karl-Erich woonden.

'Nou, dan wens ik je veel geluk.' Hij klopte de jonge architect bemoedigend op de schouder.

'Het zal wel goed gaan,' zei hij. 'Tenslotte is een middeleeuws klooster niet heel bijzonder. Die heb je hier overal.' Hij wiep een blik op de klok. 'Nou, ik moet er gauw vandoor. Ik pak nog even snel de tekening uit de salon en dan ben ik weg. Tot later!' Hij boog zich naar Mücke, die aan de keukentafel zat, en wilde haar een kus op haar wang geven, maar ze draaide zich weg, waardoor de kus op haar achterhoofd belandde.

Toen hij weg was, barstte Mücke in tranen uit. 'Alle mannen zijn stom,' snikte ze. 'Het zijn allemaal lafaards en stommelingen.'

'Zeg, ho eens even!' riep Walter met gespeelde verontwaardiging. Hij onderdrukte een grijns, want hij had veel medelijden met Mücke, die zo'n liefdesverdriet had.

Hij liep zuchtend naar haar toe en streek onbeholpen over haar rug.

Op dat moment kwam Franziska de keuken in. Walter was blij dat hij nu vrouwelijke ondersteuning had, want dit waren vrouwengesprekken die hem hopelijk niets aangingen. Haastig trok hij zich in zijn kamer terug. Op de gang hoorde hij Mücke snikkend aan Franziska vertellen dat Kacpar zich blijkbaar door haar beperkt voelde. 'Dan weer ja, dan weer nee, ik begrijp mannen gewoon niet!'

Het was al tijd voor het avondeten toen Kacpar uit Schwerin terugkwam. Walter stond met Franziska in de keuken en hielp haar de *hoppelpoppel* klaar te maken, een stevige maaltijd van gekookte aardappelen, bacon, uien, eieren en wat kaas. Jenny was met Juultje terug van het meer en ging met Mücke naar de woonkamer, waar Mücke haar hart bij haar vriendin uitstortte totdat Franziska de twee jonge vrouwen vroeg of ze haar wilden helpen de tafel te dekken. Hopelijk was alles goed gegaan bij het bureau voor monumentenzorg, dacht Walter, anders kon Franzi niet de aandacht opbrengen voor het gesprek dat hij al de hele dag met haar wilde voeren.

Toen iedereen aan tafel zat en van het heerlijk ruikende eten opschepte, vertelde Kacpar dat er binnenkort twee heren van monumentenzorg zouden komen om bij wijze van proef te gaan graven. 'Tot die tijd mogen we de historische muurrestanten niet weghalen of erbovenop bouwen.'

'O, hemel,' kreunde Franziska. 'Hoe moet het dan verder met de werkzaamheden voor het zwembad?'

'Misschien gaan dat soort dingen ook wel je budget te boven,' waagde Walter voorzichtig te zeggen. 'Zouden we niet iets eenvoudiger kunnen beginnen, maar dan wel eerder opengaan zodat er ook eens geld binnenkomt?'

'En het zwembad later pas bouwen?' vroeg Jenny sceptisch. 'Wellness op de bouwplaats?'

'Ik vond het idee van je dochter niet eens zo slecht,' zei Walter peinzend en hij dacht aan Cornelia's stralende ogen toen ze haar plan had voorgesteld.

'Een DDR-museum?' Franziska liet verontwaardigd haar vork zakken. 'Alsjeblieft, zeg, Walter!'

'Nou, misschien,' zei hij. Hij aarzelde, want hij wilde zich niet met dingen bemoeien waarmee hij zich alleen maar gedoe op de hals haalde. 'Ik bedoelde eerder wat haar partner voorstelde, Bernd Kuhlmann. Ecologische teelt van gewassen, misschien ook groente. Daarmee zouden de lekkerste gerechten voor het restaurant van het hotel bereid kunnen worden. En de rest van de oogst zou je kunnen verkopen.'

Franziska pakte haar waterglas. 'Ach, dat zijn allemaal vage ideeën, Walter. Cornelia wisselt vaak van partner, misschien heeft ze allang een andere vriend.'

'In elk geval lijkt dat idee me veel realistischer dan Jenny's geldverslindende plannen. Weten jullie of zo'n hotel eigenlijk wel rendabel is? Jullie zullen een hoop personeel nodig hebben en die mensen willen allemaal salaris.'

Nu had hij het toch gezegd. Franziska's mond werd meteen een dun lijntje. Jenny sprong van tafel op en stormde verontwaardigd de kamer uit. 'Als hier toch niemand meer in mij en mijn plannen gelooft, kan ik maar beter meteen vertrekken!' riep ze over haar schouder.

Mücke sprong ook op, met Juultje in haar armen, en haastte zich achter haar aan, alleen Kacpar bleef verlegen aan de tafel zitten.

'Jenny staat me al sinds twee jaar trouw ter zijde, Walter,' zei Franziska met vaste stem. 'Zij is ook degene die dit huis en het park op een dag zal erven, daar zal ik voor zorgen. Ze is jong, capabel en ze is de toekomst van Dranitz. Daarom ben ik met haar plannen meegegaan.'

'Ook als Dranitz daardoor financieel te gronde gaat?'

Franziska schudde haar hoofd. 'Wat vindt u ervan, meneer Woronski? Zijn Jenny's plannen inderdaad zo extravagant?'

'Nou...' stamelde Kacpar, '... op sommige dingen zou misschien iets bezuinigd kunnen worden, maar het totale concept...'

'Zie je wel, Walter,' onderbrak Franziska de jonge Pool. 'In plaats van Jenny te bekritiseren zou je misschien eens met je dochter kunnen praten,' stelde ze voor. 'Een dierenasiel naast een wellnesshotel... Wat een idioot plan!'

'Daar heb ik helaas geen enkele invloed op. Sonja betrekt me niet bij haar plannen.'

'Kijk, daar heb je het al. En als je blijft twijfelen, ga ik je ook niet meer bij de onze betrekken.'

Walter pakte ongelukkig zijn servet. 'Ik heb inderdaad soms het gevoel dat ik niet met jou, maar met dit landhuis ben getrouwd,' flapte hij eruit.

Franziska staarde hem verbijsterd aan. Kacpar stond op en volgde de drie meisjes naar de woonkamer, waarbij hij zich zo onzichtbaar mogelijk probeerde te maken.

'Maar je wist toch waar je je mee inliet, Walter. Dit huis is een deel van mijn leven!'

'Zeg het maar gewoon, Franziska, het is je hele leven! Omdat je voor niets en niemand meer tijd hebt behalve voor je bouwplaats!'

Ze zweeg een poosje en daarna begon ze de lege borden op elkaar te stapelen. Na een tijdje tilde ze haar hoofd op en keek hem aan. Boos. Warempel, zijn altijd zo bedachtzame, intelligente Franziska kon boos worden.

'Ik had gehoopt op iets meer begrip van je!' zei ze nadrukkelijk. 'Maar helaas heb ik je blijkbaar overschat!'

Hij had nu moeten zwijgen. De rust bewaren. Het misverstand benoemen en ophelderen. Maar er was een dam in hem gebroken en hij kon niet anders dan haar met gelijke munt terugbetalen. 'Ook ik had op begrip gehoopt, Franziska. Ik probeer al dagenlang een gesprek met je te voeren, maar ik heb telkens de indruk dat al het andere belangrijker is. Dat kwetst me heel erg!'

'Nou, nu voeren we toch een gesprek!'

Zuchtend pakte Walter Franziska's hand. 'Maar zo had ik het me niet voorgesteld. Ik wilde je vragen om met mij op reis te gaan. Ja, op huwelijksreis. Zodat we elkaar na al die jaren beter leren kennen en de gaten kunnen dichten die het lot heeft geslagen. Er is zo veel tussen ons wat nog niet is gezegd. Op een reis zouden we de tijd hebben, dan zouden we ons eens niet met bouwpuin bezig hoeven te houden of met fundamenten die al dan niet onder monumentenzorg staan.'

Franziska keek hem indringend aan, daarna stond ze op en liep naar het oude eikenhouten dressoir, dat nog uit de inventaris van het landhuis afkomstig was. Ze trok een laatje open en haalde er een stapeltje kleurrijke brochures uit.

'Hier,' zei ze en ze drukte ze in zijn handen. 'Parijs. Venetië. Toscane. Andalusië... Bekijk ze maar in alle rust en laten we dan samen iets uitzoeken.'

Verbluft keek hij naar de reisbrochures.

'Ben je bij een reisbureau geweest?' zei hij verbaasd.

'Ik ga met je mee waar je maar naartoe wilt,' zei ze alleen en ze glimlachte. 'Maar dat wist je toch altijd al, Walter.'

Jenny

'tjonge, oma... doe nou niet zo moeilijk!'
Jenny kreunde en sloeg met haar vlakke hand tegen haar voorhoofd. Op de begane grond van het landhuis werden de wanden gestuct. Het zou niet lang meer duren tot de ruimtes waar het restaurant zou komen klaar waren.

'Ik kan je hier niet drie weken alleen laten, Jenny. Absoluut niet,' zei Franziska hoofdschuddend, ook al kon ze zich nauwelijks iets mooiers voorstellen dan met Walter op huwelijksreis gaan.

'En waarom niet? Ik red me heus wel. Ik ben tenslotte drieëntwintig en geen drie!'

Haar oma maakte een afwimpelend gebaar en begon de afgeknipte draden die de elektriciens hadden laten liggen in een plastic emmer te verzamelen. Jenny veegde met de bezem een kapot stopcontact uit de hoek en vond dat er wel een kern van waarheid zat in het gerucht dat de vrouwen van Dranitz bijzonder koppig waren. Het gold in elk geval zeker voor haar oma.

'Waar wil je op wachten, oma?' ging ze verder met haar poging om haar oma te overtuigen. 'Op het moment dat je hier op Dranitz niet meer nodig bent? Dan kunnen jullie op zijn vroegst over twintig jaar op huwelijksreis gaan.'

'Ach, Jenny,' zuchtte Franziska.

Nee, ze liet het niet los. Ze was nu eenmaal ook een Dranitz.

'Over twintig jaar ben je in de negentig, oma. En Walter...'

Franziska zette de witte plastic emmer op een muurtje dat ooit onderdeel moest gaan uitmaken van een ronde buffetkast.

'Ach, Jenny,' zuchtte haar oma opnieuw. 'Ik maak me zorgen om jou en Juultje.'

'Dat is absoluut niet nodig, oma. We redden ons wel. En mocht je je ook nog zorgen maken om dit landhuis: in de tijd dat jullie weg zijn, ga ik hier met Juultje wonen en het fort bewaken. En Kacpar komt tenslotte ook elke dag langs om de bouwvakkers te instrueren.'

'Misschien één week dan,' zei Franziska. 'Hooguit twee weken, maar zeker geen drie!'

'Jullie kunnen natuurlijk ook een weekendje aan de Müritz gaan kamperen en in een vouwboot rondpeddelen. Zo'n goedkope naoorlogse huwelijksreis heeft ongetwijfeld iets romantisch.'

'Doe niet zo flauw, Jenny!'

Het klonk nog afwijzend, maar in elk geval ging oma al een heel klein beetje overstag. Jenny begon nog fanatieker te vegen en hulde zich daarbij in een grijswitte wolk van fijnstof. Nog één, twee dagen en dan was het haar gelukt. Eigenlijk wilde haar oma gewoon héél graag met Walter op reis. Ze had alleen te veel plichtsbesef. Zo was de generatie die de oorlog had meegemaakt nu eenmaal opgevoed. Toen stonden begrippen als 'trouw', 'stiptheid', 'eer' en vooral 'plichtsbesef' nog hoog in het vaandel. Jenny zette de bezem tegen de muur, pakte veger en blik en deed het stof in een emmer.

Spannend, zo'n jong huwelijksleven bij oude mensen, dacht ze en ze veegde haar stoffige handen aan haar spijkerbroek af. Sinds oma bij het reisbureau brochures had gehaald, hadden ze elke avond met zijn tweetjes plannen gesmeed. Uiteindelijk was het Toscane geworden. Of dat oma's of Walters idee was geweest, wist Jenny niet. Misschien waren ze het ook wel gewoon meteen met elkaar eens geweest. In elk geval had het hun goedgedaan om de huwelijksreis te plannen, want ze liepen al dagenlang als een jong, verliefd stel rond.

Alleen nu het serieus werd, begon oma ineens terug te krabbelen. Maar Jenny zou wel zorgen dat haar oma ook de laatste horde nam en echt op reis ging, dacht ze.

Als alles zou gaan zoals gepland, zou dat voor haar natuurlijk ook een verandering betekenen. Maar liefst drie weken zou zij dan de baas over landgoed Dranitz zijn. Wat spannend! Natuurlijk zou ze Kacpar aan haar zijde hebben, maar de belangrijke beslissingen zou ze zelf moeten nemen. Alleen als er iets heel onverwachts zou gebeuren, zou ze proberen oma telefonisch te bereiken. Dat had ze Franziska beloofd.

'Ik ga nog even gauw naar boven om bij Juultje te kijken,' zei ze tegen Franziska, die met een lapje over een van de vensterbanken ging. Er lagen nog verse plakken pleisterkalk op de plek waar een stuk afdekfolie was gescheurd. 'Walter wilde met de kleine hoppaardje-hop spelen.'

Ze had nog maar net haar voet op de eerste trede gezet toen oma haar terugriep. 'O, Jenny...'

Jenny draaide zich om en bleef bij de deur van het toekomstige restaurant staan. 'Wat is er?'

Oma grinnikte en zag er plotseling enorm gelukkig uit. 'Als je naar boven gaat, kun je tegen Walter zeggen dat ik het reisbureau heb gebeld. Als jij het ermee eens bent en je echt denkt dat je dit alleen aankunt, kunnen we op 25 augustus vertrekken.'

'Natuurlijk kan ik dit aan!' Jenny liep naar Franziska, omhelsde haar stormachtig en rende met twee treden tegelijk de trap op om Walter het goede nieuws te vertellen.

's Avonds werd er bij Jenny thuis aangebeld en toen ze opendeed, zag ze haar vriendin Mücke staan.

'Is het waar?' vroeg Mücke ongelovig. 'Kacpar was net bij Heino om een biertje te drinken, vandaar dat ik het weet. Ik vind het zo ontroerend, een echte huwelijksreis, na zo veel jaar en dan ook nog naar Italië!'

'Kom binnen.' Jenny trok Mücke het huis in en liep voor haar uit naar de kleine woonkamer. In de andere kamer sliep Juultje in haar kinderbedje. Jenny had een glas rode wijn ingeschonken en haar post geopend. Op de tafel lagen de papieren van het onderwijsinstituut verspreid.

'Wat is dit nou?' Mücke keek fronsend naar de vele schriften. 'Wil je weer naar school gaan?'

'Zoiets. Ga zitten. Wil je ook een glaasje wijn?'

Mücke knikte. Ze pakte het glas wijn aan dat Jenny voor haar inschonk en liet zich op de aangewezen stoel zakken. Daarna vroeg ze wat Jenny van plan was en haar vriendin vertelde dat ze eerst haar eindexamen wilde halen en vervolgens wilde studeren.

'Dat is een geweldig idee,' zei ze bewonderend, hoewel ze wat sceptisch klonk. 'Weet je zeker dat je dat allemaal aankunt? Met een studie erbij, bedoel ik?' Maar Mücke zou Mücke niet zijn als ze niet ook meteen haar hulp zou aanbieden. 'Ik kan je helpen met Juultje, dat doe ik graag,' bood ze aan. 'Ook in de weekenden of op de dagen dat ik niet op de kleuterschool word ingeroosterd. Dan kun jij rustig studeren.'

'Je bent een schat!' riep Jenny blij en ze drukte Mücke het leerplan in de hand.

Gruwelend bekeek Mücke het curriculum. De regel van drie, nou ja. Engelse vocabulaire, poeh. Een opstel over een kort verhaal van Heinrich Böll, goeie help! 'Dat is niks voor mij, Jenny, maar ik zal voor je duimen. Jou kennende haal je dat makkelijk. Proost! Op je diploma!'

'En hoe zit het met jou, Mücke?' vroeg Jenny nadat ze hadden geproost. 'Wil jij je niet omscholen? Je zou lerares kunnen worden! Dan verdien je ook meer dan op de kleuterschool. Bovendien heb je nu geen vaste baan, maar werk je alleen als invalkracht.'

'Nee,' zei Mücke traag. 'Ik hou van mijn werk. Kleuterjuffen zijn altijd nodig en ze willen me binnenkort een vast contract geven. Er kan dus op de lange termijn niets misgaan. Dat zei Kacpar ook.'

Aha, dacht Jenny. Kacpar had dat gezegd. Dan hadden ze zich zeker weer verzoend.

'Weet je wat we hebben bedacht, Kacpar en ik?' ging Mücke onbevangen verder. 'In de tijd dat je grootouders op huwelijksreis zijn, zouden wij in het landhuis kunnen trekken. Kacpar zei dat het niet goed is om het huis onbewoond te laten. En er moet tenslotte ook iemand voor Falko zorgen.'

'Ho! Wacht eens even.' Jenny stak afwerend haar handen in de lucht. 'Kacpar en jij willen voor drie weken in het landhuis trekken? Het is dus weer goed tussen jullie?'

Mücke straalde. 'Alles is weer in orde,' verkondigde ze. 'We hebben de bruiloft voorlopig uitgesteld. Kacpar krabbelde ineens terug omdat...'

'Omdat...?' vroeg Jenny.

'Nou ja,' zei Mücke zacht en ze veegde een druppel wijn uit haar mondhoek. 'Hij heeft het eergisteravond aan me bekend en dat veranderde alles. Maar je mag het tegen niemand vertellen, oké? Ik vertel het ook alleen aan jou. Zelfs mijn ouders mogen het niet weten. Omdat hij zich verschrikkelijk schaamt. Is dat niet schattig?'

'Mijn hemel! Wat heeft hij dan? Is hij soms impotent?'

'Dat zeker niet,' zei Mücke droog. 'Maar stel je voor, Jenny, de arme man is een onechtelijk kind. Zijn vader is onbekend en zijn moeder wilde hem niet hebben. Hij is bij zijn grootouders opgegroeid.'

'Nou en?' Jenny haalde haar schouders op. 'Wat heeft dat met jullie bruiloft te maken?'

Mücke kreunde omdat Jenny zo traag van begrip was. 'Dat is toch logisch, Jenny! Hij moet dan zijn geboorteakte laten zien en daarin staat dat het onbekend is wie zijn vader is. Begrijp je het nu?'

Jenny schudde haar hoofd. 'Nee. Is het vanwege je ouders?'

'Natuurlijk. En ook vanwege de rest...'

Jenny begreep maar één ding: Kacpar had een smoes gevonden om het huwelijk uit te stellen. Om wat voor reden dan ook. Tot nu toe had Jenny eigenlijk het gevoel gehad dat Kacpar het serieus meende met Mücke. Maar op de een of andere manier was deze man moeilijk te doorgronden. Maar als hij Mücke ongelukkig maakte, dan was hij nog niet jarig. Dan zou Jenny geen blad voor de mond nemen – of hij nu de architect was of niet.

'Maar vroeg of laat zal hij toch met de waarheid op de proppen moeten komen,' zei ze aarzelend. 'Of plannen jullie ook een verlovingstijd van vijftig jaar?'

Mücke lachte vrolijk. Zo lang zou het nu ook weer niet duren. Kacpar wilde gewoon rustig met haar ouders praten en alles uitleggen. Ergens in de komende dagen zou hij naar ze toe gaan, misschien dit weekend al.

Jenny stelde verder geen vragen. Als Mücke Kacpars beloftes wilde geloven, dan moest ze dat maar doen. Zoals bekend maakte liefde blind, daar kon ze zelf een droevig woordje over meepraten. Daarom had ze ook geen reden om te denken dat ze het beter wist. Ze luisterde zwijgend naar Mücke, die de loftrompet over haar geliefde afstak. Sinds ze zich weer met elkaar hadden verzoend, was hij blijkbaar compleet veranderd. Hij was zo lief. En zo attent. Hij had haar bloemen gegeven. Een bos rode rozen met wit sluierkruid.

'Het ziet eruit als een bruidsboeket, Jenny. Zo mooi!'

Jenny schonk rode wijn bij en hield de opmerking dat mannen alleen bloemen gaven als ze een slecht geweten hadden voor zich. Simon had de bloemist op de hoek van de straat in elk geval rijk gemaakt. Waarom moest ze nu weer aan Simon denken? Die had ze toch allang uit haar leven verbannen. Een jeugdzonde. Duur betaald en afgeschreven.

'Nou ja, wat het landhuis betreft,' pakte ze de draad weer op. 'Ik wil er met Juultje intrekken als oma en opa op reis zijn.'

Dat vond Mücke helemaal fantastisch. Ze klapte enthousiast in haar handen en riep: 'Jullie ook? Zou het niet geweldig zijn als we alle vier in het landhuis wonen? Met Falko natuurlijk, die hebben we nodig als waakhond. En dan loop ik 's ochtends naar Kalles koeien en melk ik een liter warme koeienmelk.'

'Geweldig!' mompelde Jenny, die de geur van warme melk niet kon uitstaan. 'Ik denk er even over na, Mücke.'

Ze vroeg zich af of ze nog snel een glas water voor Mücke moest inschenken, maar haar vriendin was al opgestaan.

'Ik ga er weer vandoor. Ik moet morgen invallen op de kleuterschool in Waren. Laat het me weten, Jenny, goed? Ik verheug me er heel erg op!'

Toen Mücke weg was, pakte Jenny Mückes glas, bracht het naar de keuken en keerde met de papieren van het onderwijsinstituut terug naar de woonkamer. Ze vroegen een hoop geld, maar oma had gezegd dat ze zelfs haar laatste centen zou geven voor de opleiding van haar kleindochter en dat ze ervan overtuigd was dat Cornelia er net zo over dacht. Jenny had oma nog net op tijd kunnen laten beloven dat ze er niets over zou zeggen tegen haar moeder. Jenny had geen zin in een triomfantelijk ik-zei-het-toch. Ze ordende de schriften naar vak en legde ze in de juiste volgorde. Ze bekeek de stapel kritisch. Dit moest ze allemaal binnen enkele weken doorwerken en dan terugsturen naar het instituut. Daarna zouden zij pas besluiten of ze de cursus wel mocht volgen. Nou ja, het meeste was niet moeilijk, maar voor de opstellen had ze wel tijd nodig en natuurlijk ook voor de leesteksten. Eigenlijk was het allemaal heel interessant. Waarom had ze zich vroeger altijd zo verveeld op school?

Ze wierp een blik op de klok, schonk het restje rode wijn voor zichzelf in en besloot een tijdschema te maken. Hoeveel dagen had ze nog over? Achtentwintig, inclusief zon- en feestdagen. Nou, dan moest ze er flink tegenaan! Ze schreef het schema netjes en overzichtelijk op een stuk papier en prikte het met twee spelden op het behang. Daarna dronk ze haar rode wijn op en bleef nog even zitten mijmeren. Wat Mücke nu weer had bedacht! Het liefdespaar Mücke en Kacpar in Walter Iversens bed. Direct naast oma's kamer, waar ze zelf met Juultje zou slapen. Nee, dat ging echt niet. Daarvoor waren de muren te dun. Ze was niet jaloers en al helemaal niet preuts, maar ze had geen zin om de hele nacht Mücke te horen kreunen van genot. Ze zou het voorstel van haar vriendin afwijzen met als reden dat Walter niet wilde dat er iemand anders in zijn bed sliep. Dan speelde ze hem wel de zwartepiet toe, maar dat vond hij vast niet erg. Hij was momenteel enorm gelukkig omdat hij zich zo op de reis verheugde. Jenny zag de foto's uit de reisbrochure voor zich: de glooiende heuvels van Toscane, het warme groen, pittoreske boerderijtjes in terracotta kleuren, schilderijen, beelden, roodachtige koepels, de traag stromende rivier met een smal bruggetje erover waarop kleine gebouwen stonden. En daartussen oma en Walter. Sprookjesachtig, zo'n vakantie met zijn tweeën. Benijdenswaardig. Natuurlijk hadden ze het meer dan verdiend, maar toch was het benijdenswaardig.

Ze pakte het lege wijnglas op en voelde zich ineens erg eenzaam. Overal gelukkige stelletjes, alleen zij zat hier met een leeg glas tussen allemaal stapels boeken.

Onzin, dacht ze. Ik heb tenslotte Juultje. En oma en Walter, goede vrienden en vooral Mücke. En het hotel. En ik ga eindexamen doen! Nee, een vriend zou alleen maar in de weg staan. Trouwens, er is toch niemand in de buurt die ik leuk zou kunnen vinden. Hooguit...

Ze trok een laatje open en hoefde niet lang te zoeken. Daar was de ansichtkaart. Ze draaide hem in haar hand om, bekeek de foto van het stadhuis van Bremen en dacht aan wat Mine haar trots had verteld. Ulli had van een oude bekende een stuk grond aan de Müritz gekocht. Waarschijnlijk als investering, had oma gezegd, want de waarde zou de komende jaren gegarandeerd stijgen. Slimme jongen, die Ulli.

Maar stel dat het was wat Mine hoopte? Stel dat hij echt heimwee had?

Jenny pakte nog een ansichtkaart uit de lade. Hij was al oud: op de voorkant stond Waren in de oude DDR-tijd. Vastberaden pakte ze een pen, ging aan de tafel zitten en schreef:

Lieve Ulli,

Ik hoop dat het goed gaat met jou en met je werk. Waarschijnlijk zullen de eerste gasten al in het komende jaar in ons hotel kunnen slapen. Ik studeer hard om mijn eindexamen te halen, omdat ik hierna bedrijfseconomie wil studeren.
Als je weer eens in Dranitz bent, kom dan gerust eens bij ons langs.

Hartelijke groeten,
Jenny

Zou hij de ansichtkaart uit de DDR-tijd leuk vinden? Ze had tussen het afval voor de kantoorboekhandel in Waren een hele stapel ontdekt en meegenomen. Het was zonde om die oude kaarten gewoon weg te gooien.

Ze besloot naar bed te gaan. Morgen, als ze weer nuchter was, zou ze die kinderachtige ansichtkaart verscheuren. Of misschien ook niet...

Sonja

'DAN GAAN WE NU over tot de verkiezing van het bestuur!'
Sonja keek naar haar medestrijders en zag dat er weer eens niemand had geluisterd. Met veel moeite had ze het voor elkaar gekregen dat ze allemaal de voorbereide statuten van de nieuw op te richten vereniging hadden ondertekend, maar toen had Tine Koptschik de taart uitgedeeld en waren de gesprekken afgedwaald. Ze had *Schneewittchenkuchen* meegenomen: chocolade zo zwart als ebbenhout, vanilleroompudding zo wit als sneeuw en zure kersen zo rood als bloed. Het was tenslotte zondagmiddag en in de woonkamer van de Pechsteins, waar ze bijeen waren gekomen, was de koffietafel gedekt.
'Is dit kokosvet met chocolade?'
'Nee, kant-en-klare couverture. Die is verkrijgbaar in de supermarkt.'
'Die heeft wel heel veel calorieën...'
'Er zit nauwelijks boter in, het meeste is pudding.'
Sonja wierp Tine een geïrriteerde blik toe, waar ze echter totaal niet van onder de indruk was. Als Tine iemand blij kon maken met taart, was ze zielsgelukkig. Sonja deed een nieuwe poging.
'Volgens onze statuten bestaat het bestuur uit vier personen: voorzitter, plaatsvervanger, secretaris en penningmeester.'
'Eet nu eerst maar eens wat, Sonja,' zei Tine.
Mine verdeelde de taartpunt op Karl-Erichs bord in kleine stukjes

zodat hij ze met het taartvorkje kon opprikken. Sonja zuchtte geresigneerd. Ze moest geduld hebben, Rome was tenslotte ook niet in één dag gebouwd.

'Jullie kunnen wel alvast nadenken wie jullie als voorzitter willen voorstellen.'

Kalle slikte een half stuk taart door, schraapte zijn keel en zei dat dat toch wel duidelijk was. 'Ik word president. Dat hadden we toch al afgesproken, of niet soms?'

'Ik zal jou voorstellen, Kalle,' zei Sonja instemmend. 'Maar je moet officieel gekozen worden. Anders telt het niet.'

Kalle ging rechtop zitten en keek fronsend om zich heen. 'Als iemand er iets op tegen heeft, kan die het maar beter meteen zeggen!'

Niemand gaf gehoor aan zijn verzoek. Zijn moeder, Gerda, knikte hem bemoedigend toe. Tine Koptschik nam een derde stuk taart en Mine en Karl-Erich waren het sowieso overal mee eens. Ze waren alleen gekomen omdat meneer Iversen dat vlak voor zijn vertrek had gevraagd. Het was heel belangrijk voor Sonja, had hij gezegd.

'Moeten we dan "meneer de president" tegen je zeggen?' vroeg Wolf grijnzend. 'Ik vind grootheidswaan een ernstige kwaal. En trouwens, is dit allemaal niet nogal veel gedoe voor twee varkens en vijf koeien?'

'Er komen toch nog andere dieren bij,' zei Kalle. 'Reeën en zo.'

Hij keek vragend naar Sonja, die bevestigend knikte. Naast het behoud van bedreigde diersoorten, zoals oude paardenrassen, ging het er vooral om dat de bezoekers een beeld kregen van de inheemse dierenwereld, dus roodwild, vossen, dassen, marters en andere bos- en weidebewoners. Ze zuchtte. Ze had het allemaal al haarfijn uitgelegd. Maar Gerda Pechstein was tussendoor over haar buurvrouw begonnen die ging scheiden en dat was natuurlijk veel interessanter geweest.

'De inheemse dierenwereld, die loopt toch al in het bos rond?' zei Karl-Erich. 'Waarom zou je daarvoor een dierentuin moeten oprichten?'

Tine legde het laatste stuk taart op Mines bordje, terwijl Gerda koffie bijschonk.

'Maar wolven en lynxen, die heb je hier niet meer,' zei Tine. 'En wilde katten ook niet.'

'Wacht eens even,' zei Kalle. Zijn taartvorkje bleef in de lucht hangen. 'Jullie willen toch zeker geen roofdieren in de dierentuin zetten? Dat gaat niet. Straks eten ze Artur en Suusje nog op!'

'Zo gaat dat nu eenmaal in de natuur,' grapte Wolf. 'Het varken is het voedsel en de wolf...'

'Misschien kunnen we ook kippen houden en de eieren verkopen,' onderbrak Gerda Pechstein hem.

Sonja had het gevoel dat het uit de hand liep. Het werd de hoogste tijd om de formaliteiten af te ronden.

'Goed, ik leid de verkiezing en luister naar jullie voorstellen.'

'Ik vind dat we ook braadkippen moeten aanbieden,' stelde Gerda voor.

'We kiezen nu de voorzitter,' zei Sonja luid en duidelijk. 'Heeft iemand een voorstel?'

Niemand zei iets.

'Ik,' zei Kalle na een tijdje. 'Ik stel mezelf voor.'

'Heel goed,' prees Sonja hem. 'Aangezien er geen andere kandidaten zijn, kiezen we gewoon door onze hand op te steken. Wie is er voor dat Kalle Pechstein onze voorzitter wordt?'

Dit was niet helemaal volgens de statuten, want eigenlijk moesten er stembriefjes gebruikt worden, maar zo ging het sneller. Iedereen behalve Wolf stak zijn hand op.

'Hoe zit het met jou?' vroeg Kalle verontwaardigd aan zijn vriend.

'Ik onthoud me van stemmen.'

'Waarom?'

'Voor de gein. Ik moest vroeger in de LPG altijd mijn hand opsteken. Nu onthoud ik me van stemmen. Dat is mijn recht.'

'Lafaard. Waarom heb je je er toen niet van onthouden? Toen durfde je het niet. Maar bij mij...'

'Het is al goed,' riep Wolf en hij stak zijn hand op. 'Het was maar een geintje.'

'Wat een stomme grap,' bromde Kalle.

Sonja verklaarde dat Kalle Pechstein unaniem tot voorzitter van de Vereniging Dierentuin Müritz was gekozen.

'Dan komen we nu bij de verkiezing van de plaatsvervanger,' ging ze verder. 'Ik stel mezelf voor.'

'Alleen maar mensen die zichzelf voorstellen.' Karl-Erich grijnsde.

Sonja werd unaniem tot plaatsvervanger gekozen.

'Wil iemand een glaasje aalbessenlikeur?' vroeg Gerda. 'Hij is nog van voor de Wende.'

'Nu niet!' zei Sonja boos. 'Als we klaar zijn. We kiezen nu de secretaris. Ik stel Tine Koptschik voor.'

Tine liet van schrik bijna de thermoskan met koffie vallen.

'Maar ik... Mijn god... Ik kan toch helemaal niet...'

'Je kunt zeker beter melken dan schrijven, nietwaar?' vroeg Karl-Erich, die veel lol beleefde aan deze verkiezing.

'Alsjeblieft!' onderbrak Sonja hen. 'Tine, accepteer je die rol?'

'Eh, ja... Maar niet... eh... niet zo officieel...'

'Wie is voor Tine Koptschik als secretaris?' kortte Sonja het proces in. 'Iedereen? Jij ook, Tine?'

'Ik weet helemaal niet of ik...'

'Daarmee ben je unaniem tot secretaris gekozen. Ik stel Gerda Pechstein als penningmeester voor. Is daar iemand op tegen?'

'Ja!' protesteerde Gerda. 'Ik! Ik wil niets doen wat met geld te maken heeft. Als er dan iets misgaat...'

'Je gaat het gewoon doen, mama!' beval Kalle boos. 'Ik bepaal dat nu als voorzitter. En stel me nu niet teleur!'

Sonja trok een papieren zakdoekje uit haar broekzak en wiste er het zweet mee van haar voorhoofd.

'Gerda Pechstein is dus penningmeester. Daarmee heeft de Vereniging Dierentuin Müritz een bestuur.'

'We hebben toch nog helemaal niet gekozen!' kwam Gerda in opstand.

Sonja negeerde haar protest en verkondigde dat de oprichtingsvergadering hiermee was beëindigd. Ze zei dat het bestuur ervoor moest zorgen dat de nieuw opgerichte vereniging in het verenigingsregister werd geregistreerd.

'Elk lid ontvangt de notulen van de oprichtingsvergadering, die moeten jullie ondertekenen. De eerste bestuursvergadering vindt bij mij thuis plaats, daar krijgen jullie nog een uitnodiging voor.'

Ze had zich de woorden kunnen besparen, want Gerda was opgesprongen en had een paar flessen op de tafel gezet. Kalle pakte de borrelglaasjes uit de kastenwand. Behalve de reeds aangeprezen aalbessenlikeur was er ook kummellikeur, Nordhäuser jenever, groene pepermuntlikeur en Russische wodka.

'Proost!'

'Op Dierentuin Müritz!'

'Op onze voorzitter. Op Kalle Pechstein!'

'Je mag wel president zeggen, Sonja.' Kalle knikte minzaam naar iedereen en gunde zich een glaasje wodka.

Met een bedrukt gevoel stond Sonja op. Hopelijk ging het goed, want haar medestrijders leken de kwestie niet erg serieus te nemen. Maar ze zou dit varkentje wel wassen. Tot nu toe was alles haar gelukt wat ze zich in het hoofd had gezet.

'Ik ga nu,' zei ze tegen de anderen, die met elkaar proostten, en ze liep het huis uit naar haar auto.

Ze reed al op de weg naar Waren toen ze bedacht dat ze nog wel even naar het stuk wei kon kijken. Ze wist namelijk nog niet goed hoe de grens daar liep. Ze reed een veldweg op en hobbelde langs braakliggende akkers vol onkruid en distels. De akkers waren zowel in de herfst als in het voorjaar niet bebouwd. Zonde, maar de velden schenen nu verpacht te zijn, had ze gehoord. Ze kon alleen maar hopen dat hier niet een of ander bedrijf met lelijke magazijnen of zoiets zou komen. Als mevrouw de barones slim was geweest, had ze deze landerijen, die vroeger immers bij het landgoed hadden gehoord, gepacht om zo'n aantasting van het landschap te voorkomen. Maar mevrouw knutselde alleen aan haar landhuis en keek niet verder dan haar neus lang was. Over het 'dierenasiel' had ze zich opgewonden, maar dat iemand een groot magazijn of een stinkende varkensfokkerij voor haar neus kon zetten, kwam niet bij haar op.

Bij de rand van het bos moest Sonja de auto laten staan en te voet verdergaan. Ze nam haar fototoestel mee en liep met grote stappen weg. Ze genoot van het dichte kreupelhout, bleef aan de rand van de weg staan om de groenachtig witte bloesems van een orchideeënsoort te bewonderen en ademde diep door haar neus in om te ruiken of het al naar paddenstoelen rook. Jonge eekhoorntjes flitsten door de takken en daar waar de wei al door de stammen heen te zien was, was een ijverige specht aan het werk. Wat was het hier vredig. Je hoorde niets anders dan de geluiden van de natuur: de vogels kwetterden, de wind waaide licht ruisend door de bomen, het beekje dat door het bos en de wei slingerde klaterde. Ze zou deze idylle met een muur omheinen en een paradijstuin creëren. Precies zoals ze het als kind al voor zich had gezien. Ja, dat ging ze doen.

Ze maakte een foto van de twee gebouwen van de oude oliemolen, die de decennia verbazingwekkend goed hadden getrotseerd. In 1873 had een of andere Dranitz de marktwaarde van plantenolie erkend en de molen bij het beekje laten bouwen. Ze hadden beukennootjes, hennep, noten en zonnebloemen verwerkt, maar blijkbaar was de handel na de Eerste Wereldoorlog niet meer rendabel geweest. De molen werd niet meer gebruikt en was vervallen.

Ze maakte veel foto's van de omgeving, vooral van de weide aan de andere kant van de beek, waarvan ze niet goed wist of die nog tot dit of al tot het volgende perceel behoorde. Nou ja, als ze het eenmaal pachtte, zou ze de wei aan de overkant gewoon claimen.

'Hallo? Mag ik u iets vragen?' hoorde ze plotseling iemand achter zich zeggen en ze kromp geschrokken ineen. Ze had de man niet horen aankomen. Hij stond aan de rand van het bos en gebaarde naar haar. Een lange man in een donkere jas. Aan zijn broekspijpen plakten talloze lichtgroene klissen. Hij kwam dichterbij en ze zag dat hij rond de vijftig was. Zonder twijfel een wessi, dat zag je meteen aan zijn dure kleren.

'Ik hoop dat ik u niet heb laten schrikken...'

'Nou ja, ik leef nog,' antwoordde ze niet bepaald vriendelijk, maar hij liet zich niet afschrikken en wees glimlachend naar haar fototoestel.

'U fotografeerde dit mooie, oude gebouw. Is dit soms een stilgelegde molen?'

'Het was een oliemolen, maar hij is allang niet meer in bedrijf. Kan ik u helpen? Bent u soms verdwaald?'

Hij bekeek de wei, de beek en de bosranden met een blik waar Sonja uit opmaakte dat deze man zich de omgeving zeer goed inprentte. Verdomd. Vast een speculant. Dat ontbrak er nog maar aan.

'Een beetje,' zei hij traag. 'Ik ben een beetje gedesoriënteerd. Hier in de buurt ligt het voormalige landhuis Dranitz, toch?'

Sonja knikte.

Hij wachtte even. Waarschijnlijk hoopte hij op een nadere omschrijving, maar omdat Sonja niets zei, vroeg hij door. 'Is het nog ver?'

Ze haalde haar schouders op. 'Een half uur te voet.'

'O,' zei hij en hij keek naar het bos. 'En met de auto? Ik sta daarginds op een bosweggetje.'

'Dan moet u terug naar de weg en dan linksaf. Dan is het vijf minuten.'

Dat beviel hem een stuk beter. Ze had hem blijkbaar goed ingeschat: hij was zeker niet geïnteresseerd in een wat langere boswandeling. Hij voerde iets in zijn schild, dat voelde ze. Wat zou hij op Dranitz willen?

'Prachtig landschap,' zei hij. 'En veel mooie oude gebouwen. Dat hebben wij in het westen allang niet meer. Het is een pure schatkist, deze omgeving. Kastelen, landhuizen, villa's, oude burchten...'

Nu was het helemaal duidelijk. Deze man was een onroerendgoedspeculant uit het westen. Iemand die voor een lage prijs gebouwen kocht, ze renoveerde en voor veel, heel veel geld weer verkocht.

'Dit hoort zeker allemaal bij het landgoed, of niet?' vroeg hij en hij maakte een weids gebaar.

'Nee,' antwoordde Sonja. 'Dit is van de Treuhand en die heeft het land verpacht.'

'Ah,' zei hij en hij knikte. 'De Treuhand, juist.'

Sonja was het zat. Ze was geen inlichtingenbureau! Al helemaal niet voor zo'n type.

'Ik moet nu verder. Fijne dag nog, meneer...'

'Strassner,' zei hij. 'Simon Strassner uit Berlijn.'

Sonja stak haar hand op en liep weg.

Ulli

KARL-ERICH KON HET GEWOON niet laten. Hij knipte elk artikel over de Volkswerft Stralsund uit de *Nordkurier* en spitte ook de *Ostsee-Zeitung* door, waar Helmut Stock een abonnement op had. Eens in de drie weken stuurde hij een dikke envelop naar Bremen, zodat Ulli op de hoogte was. Ulli had die troep eigenlijk meteen in de prullenmand moeten gooien, maar dat verkreeg hij niet over zijn hart. Misschien omdat hij te nieuwsgierig was. Of omdat het toch om zijn geboortestreek ging. Hij las de artikelen grondig, ergerde zich, wond zich op en kwam elke keer weer tot de conclusie dat er alleen maar onzin in de krant stond.

Zes miljard mark belastinggeld voor de werven in het oosten en nog eens drie miljard zodat ze in staat waren te concurreren. Wie geloofde dat nu? Hooguit zijn collega's van de Bremer Vulkan. Die hadden onlangs gemopperd dat het belastinggeld allemaal naar het oosten ging om daar nutteloos weg te sijpelen in de zieltogende bedrijven. En hier in het westen moesten ze maar zien hoe ze de concurrentie het hoofd boden.

Ulli was er een of twee keer tegen ingegaan. Het was nog maar de vraag, had hij gezegd, want de werven in het westen hielden zich al jaren staande op de internationale markt, terwijl de werven in het oosten onder heel andere omstandigheden hadden gewerkt en eerst helemaal moesten omschakelen. Slechts enkele collega's waren het met hem eens geweest, de meesten vonden dat het oosten een bodemloze put was. De ossi's zouden alleen geld beuren en vervolgens net als vroeger lui achteroverleunen. Een van hen had zelfs gezegd dat ze de grens wat hem betrof gerust weer mochten sluiten, waarop heel wat collega's instemmend hadden geknikt. Dat was in de lunchpauze in de kantine geweest. Ulli had zijn dienblad gepakt en was opgestaan om aan een ander tafeltje te gaan zitten. Sindsdien waren ze voorzichtiger. Ze roddelden alleen nog achter zijn rug over de verrotte economie in het oosten, maar de sfeer op de ontwerpafdeling, waar hij werkte, was er niet veel beter op geworden. Hoewel hij moest zeggen dat er ook daarvoor niet veel te merken was geweest van kameraadschap en gemeenschapszin. Dat was hier in het westen anders dan in het oosten, waar iedereen elkaar had gesteund en ook in de vrije tijd met elkaar om was gegaan. Het menselijke, dat ontbrak hier. Na het werk rende iedereen een andere kant op en deed iedereen zijn eigen ding. Als hij de roeivereniging niet had gehad, zouden zijn weekenden wel erg saai zijn geweest.

Hij had een paar goede vrienden gekregen bij de vereniging. Er waren ook meisjes bij, maar geen van hen vond hij echt leuk. Hij zat inmiddels in het team, want ze hadden gemerkt dat hij heel wat in zijn mars had, en ze hadden het twee keer erg goed gedaan bij wedstrijden. Bij de vereniging voelde hij zich op zijn gemak. Hij hoorde erbij en werd altijd hartelijk begroet als hij kwam. Maar binnenkort was het herfst en dan kwam de lange winter, en als hij niet kon trainen, werd zijn wereldje misschien wel erg klein.

Toch had hij al met al geen reden tot klagen. Hij verdiende hier niet slecht en omdat hij zuinig was en niet veel uitgaf, kon hij flink sparen. Met zijn vrienden in Stralsund ging het veel minder goed. De Volkswerft moest 'afslanken', stond in de *Ostsee-Zeitung*, wat betekende dat geleidelijk aan twee derde van het personeel ontslagen werd.

In de *Nordkurier* stond dat de Treuhand de werf binnen afzienbare tijd zou verkopen. Nou ja, dat was eigenlijk wel te verwachten geweest. De Noren hadden belangstelling, waaronder de rederij Jahre uit Oslo. Maar bij hen was te vrezen dat ze zich alleen maar wilden ontdoen van de concurrentie, omdat zij ook vistrawlers bouwden. Verder was ook de Bremer Vulkan geïnteresseerd. Die wilden kennelijk het halve oosten opkopen, want ze boden ook op Rostock en loerden naar Warnemünde.

Ulli legde het krantenartikel weg en liep naar de keuken om een boterham te smeren. Terwijl hij boter, worst en augurkjes uit de koelkast pakte en twee plakken brood afsneed, bedacht hij dat Karl-Erich en Mine vast hoopten dat de Bremer Vulkan zou winnen. Waarschijnlijk dachten ze dat Ulli zich dan gewoon weer naar Stralsund zou kunnen laten overplaatsen.

Misschien was dat ook niet eens zo verkeerd. Hij bracht zijn eten naar de woonkamer en ergerde zich eraan dat zijn keukentje zo klein was. Er paste niet eens een stoel in. Hij moest altijd alles naar de grote kamer dragen en aan de salontafel eten. Het was onhandig en ongezellig. Hij miste Mines keuken en de tafel met het zeil waar hij zo vaak aan had gezeten. Ja, hij voelde zich eenzaam. Hij was waarschijnlijk nog niet helemaal over de scheiding van Angela heen. Maar daar waren middelen tegen. Hij kon de tv aanzetten of de krant lezen. Bovendien had hij een paar boeken gekocht. Die zou hij ook weer eens in moeten kijken, ze hadden tenslotte geld gekost.

Hij belegde twee sneetjes brood met worst en kaas, deed er een paar augurkjes bij en klapte de twee sneetjes op elkaar. Daarna pakte hij een van de boeken uit de kast, een ooggetuigenverslag over de laatste nacht van de Titanic. Hij sloeg het open en ving de ansichtkaart die als boekenlegger diende maar die er nu uit viel. Te laat merkte hij dat hij zichzelf weer eens om de tuin had geleid. Hij draaide de ansichtkaart om. Eigenlijk had hij hem allang weg moeten gooien, maar de foto had hem daarvan weerhouden. Tenminste, hij dacht dat het door de foto kwam. Waren an der Müritz in de DDR-tijd. Zo had het er daar in zijn kindertijd uitgezien: het café, de viswinkel, de Konsum en de kiosk met souvenirs, tijdschriften en drankjes. Vakwerkhuizen. Daarvoor stonden auto's geparkeerd, vooral Trabi's. Geen enkele westerse auto. Stomme nostalgie. Sentimenteel gedoe. Het was niet goed voor hem om zo veel alleen te zijn. Hij was er niet voor gemaakt om 's avonds eenzaam met een boterham in de woonkamer te zitten.

Als bij toeval draaide hij het kaartje om en las de tekst. En weer merkte hij dat hij geïrriteerd raakte. Nee, hij hoefde zich niets in te beelden omdat ze hem een kaartje had gestuurd. Zo was ze gewoon. Ze flirtte de ene keer met de een, dan weer met de ander en dus ook met hem. Maar goed, ze wilde in elk geval eindexamen doen. Dat had hij eigenlijk niet van haar verwacht. Nou, eerst maar eens afwachten of het haar zou lukken. Hoog van de toren blazen, dat kon ze wel. Maar eindexamen doen via schriftelijk onderwijs, dat was vast niet makkelijk. Nou ja, ze zou wel weten wat ze deed. En hij wist ook wat hij ging doen. Of eigenlijk: níét ging doen. Hij zou beslist niet even bij haar 'langskomen', daar had hij geen enkele reden voor. Toch was het wel aardig dat ze het aan hem vroeg. Misschien zou hij toch... Natuurlijk alleen als het zo uitkwam... Misschien kon hij even vijf minuten mee naar boven gaan als hij Mine en Karl-Erich naar het landhuis moest brengen... En hij wilde Falko ook graag weer zien. Zou de hond hem nog herkennen?

Hij legde de ansichtkaart terug in het boek en klapte het dicht. Hij mocht nu niet zwak worden. Als kind had hij weleens heimwee gehad in het vakantiekamp, dat was oké geweest en had ook nooit lang geduurd. Maar nu was hij een volwassen man en was er geen excuus voor zulke kinderlijke bevliegingen. Hij zette het boek in de kast, liep naar de keuken om een biertje uit de koelkast te pakken en besloot vandaag eens niet te lezen, maar de tv aan te zetten. Met het biertje in zijn hand ging hij ontspannen op de bank zitten.

'Schoenen uit!' hoorde hij in gedachten Angela's stem zeggen.

Je kunt de pot op, dacht hij en hij hield zijn schoenen aan. Dit was zijn bank, helemaal alleen van hem, en als er vlekken op kwamen, dan waren het zíjn vlekken. Dat ging niemand wat aan.

Er waren alleen stomme programma's op tv. Hij zapte door de kanalen, belandde midden in een detective, zag de laatste vijf minuten van een documentaire over Nigeria, geraakte in een quiz en vluchtte verder naar de NDR, die een programma over files op de autosnelweg uitzond. Daarbij schoot hem te binnen dat hij nog brochures in zijn aktetas had. Hij stond snel op, haalde de tas uit de gang en kiepte de brochures op de tafel.

Hij had dit jaar nog recht op tien vakantiedagen en ze hadden hem aangeraden die snel op te nemen. Ze wilden namelijk niet dat hij in de herfstvakantie weg was, als de medewerkers die een gezin hadden op vakantie gingen. Daarom had hij aangegeven dat hij ze in september zou opnemen en was hij na het werk nog even langs het reisbureau gegaan.

Hij ordende de brochures en legde ze netjes naast elkaar op de tafel. Hij keek naar de foto's en pakte een brochure op, bladerde erin, gooide hem op de bank en pakte de volgende. Waarom stond er op elke foto een of ander gelukkig stel? Ze stonden voor glinsterende watervallen en hielden elkaars hand vast. Ze zaten in een restaurant aan een diner bij kaarslicht, proostten met hun glas rode wijn en keken elkaar diep in de ogen. Ze slenterden over bazaars, verwonderden zich over exotische kruiden, tapijten en gouden ringen. En altijd straalden ze het volkomen geluk uit dat ze samen deelden. Om niet goed van te worden! Boos veegde hij de brochures van tafel en, ja hoor, per ongeluk ook de afstandsbediening die eronder had gelegen. Hij vloog over de vloerbedekking en verdween onder de kast. Ulli stond op, ging plat op de vloer liggen en probeerde hem er weer onderuit te vissen, wat lastig was omdat zijn hand haast niet in de opening tussen de kast en de vloer paste. Net toen hij het zwarte apparaatje te pakken kreeg, rinkelde de telefoon. Dat was vast Mine. Hopelijk was er niets ernstigs. Hij trok de afstandsbediening naar zich toe, maar hij gleed uit zijn vingers.

'Verdomme!'

De telefoon rinkelde nog steeds.

Hij sprong op, stootte zijn hoofd tegen het tafelblad en greep de hoorn. 'Schwadke.'

Niets. Waarschijnlijk had de beller al opgehangen. Mensen hadden ook geen geduld. Hij wilde net de hoorn weer op de haak leggen toen hij gekreun hoorde. 'Hallo? Met wie spreek ik?' riep hij bezorgd in de hoorn.

Iemand hoestte en rochelde zwaar. Het klonk eerder als een man dan als een vrouw. Hij werd bang dat er iets met Karl-Erich was gebeurd; zijn opa had al eens een hartinfarct gehad.

'Karl-Erich? Hallo? Hoor je mij?'

Aan de andere kant van de lijn schraapte iemand zijn keel. Duidelijk een man. Maar niet Karl-Erich.

'Klaus? Ben jij dat, Klaus?' zei een oudemannenstem hees.

'Nee. Verkeerd verbonden!'

Hij wilde al ophangen toen hij zijn naam hoorde.

'Ulli! Ach, dat verwissel ik steeds. Ulli Schwadke. Dat ben jij toch?' De man aan de andere kant van de lijn hoestte hijgend.

'Dat ben ik.'

Langzaam begon het hem te dagen wie hij aan de lijn had. O, help. Hij was toch ziek? Iets met zijn prostaat, als hij het zich goed herinnerde. Of was het iets anders? Dit klonk eerder als stevige bronchitis of zelfs longontsteking. Het moest vreselijk slecht met hem gaan.

'Waar ben je, Max? Ben je bij je dochter in Berlijn?'

'Bij Elly?' De oude man hoestte weer. 'Nee, ik heb ruzie met haar. Ik ben hier.'

'Waar is hier?'

'Nou, hier in mijn huis. Waar anders? Er moet toch iemand voor Hannelore en Waldemar zorgen?'

Ulli moest even nadenken, maar toen schoot hem weer te binnen dat dat zijn katten waren. Max was dus in zijn huis aan de Müritz. Dat was niet goed. In zijn toestand moest hij dringend naar een ziekenhuis gebracht worden.

'Heb je iemand die boodschappen voor je doet? Af en toe eten voor je kookt? Komt er een dokter bij je langs?'

Max snoof luidruchtig, blijkbaar snoot hij zijn neus. 'Ik heb geen dokter nodig. Frisse lucht en mijn rust, dat is het beste medicijn. Luister, Ulli. Ik moet je iets laten zien.'

Wat een koppige oude man. Hij liet niemand toe, ook al ging het nog zo slecht met hem. Waarom zorgde zijn zoon niet voor hem als zijn dochters niet naar hem omkeken?

'Ik moet je iets heel belangrijks laten zien, Ulli,' klonk het rochelend uit de hoorn. 'Want nu is alles hier immers van jou. En ik ben de enige die het weet. Als ik er niet meer ben, Klaus, dan weet niemand het meer, mijn kinderen sowieso niet. Dus kom zodra je kunt. Misschien heb ik niet lang meer en dan is het te laat.'

Ulli slaakte een diepe zucht. Wat had hij zich in hemelsnaam op de hals gehaald met dat stuk grond aan het meer in Ludorf? 'Rustig aan, Max,' zei hij langzaam, zodat de oude man het begreep. 'Ik heb een baan en kan niet zomaar weg. Begrijp je dat?'

Hij hoorde vermoeid gesnuif aan de andere kant van de lijn. 'Maar in het weekend, dan kun je toch weg? Het duurt niet lang, maar het is echt belangrijk. Je moet absoluut komen voordat ik voor altijd mijn ogen sluit. Iemand moet het tenslotte weten…'

Wat voor een geheim wilde hij hem onthullen? Lag er soms een oliebron onder het perceel? Ulli schoot bijna in de lach. Ulli Schwadke, de oliemiljadair van Müritz. Waarom niet? Dan zou Angela zich van ergernis voor de kop slaan omdat ze de miljarden misliep. Alleen zou dan wel de schoonheid van de ongerepte natuur in de regio voor altijd verloren gaan.

'Over twee weken heb ik vakantie, dan kan ik wel even langskomen. Maar echt maar heel kort, want ik wil een paar daagjes weg, naar Italië of Griekenland.'

'Over twee weken? Goed, Klaus, kom gewoon langs, het liefst tegen drie uur 's middags, dan kunnen we koffie drinken.' Hij hing op.

Ulli staarde nog even peinzend naar de hoorn. Daarna legde hij hem terug op de haak, slaakte een diepe zucht en pakte een lange liniaal uit zijn aktetas om die stomme afstandsbediening onder de kast vandaan te vissen. Maar hij kon zich niet meer op de tv concentreren. Zijn gedachten dwaalden telkens af naar Max Krumme en zijn geheim.

Twee weken later zat hij in de auto, op weg naar zijn geboortestreek. Hij had alle reisbrochures in de prullenbak gegooid en één tas met kleren en één met proviand gepakt. Voor vertrek had hij een *Autoatlas Europa* gekocht en geld van de bank opgenomen. Het idee om het gewoon op zijn beloop te laten was hem uiteindelijk het beste bevallen. Maar natuurlijk had hij – fatsoenlijk als hij was – eerst Max Krumme gebeld en hij was opgelucht geweest toen hij de oude man hoorde hoesten. Hij leefde dus nog en het leek ook niet heel veel slechter met hem te gaan.
'Gaat het goed, Max?'
'Ah, Klaus! Naar omstandigheden gaat het prima. Om drie uur? Ik zet koffie.'
'Doe vooral geen moeite, Max. Tot later.'
Tegen half drie kwam hij in Waren aan. Hij parkeerde de auto en liep door het oude centrum naar de stadshaven, waar hij over het meer uitkeek, dat blauw en stil als een zee voor hem lag. Het was prachtig weer om te roeien, maar de meeste mensen waren met waterfietsen of kleine motorbootjes onderweg.
Ulli haalde diep adem en liep terug naar zijn Wartburg om naar Ludorf te rijden. Beloofd was beloofd. Ook al zou het waarschijnlijk tot niets goeds leiden.
Het eerste wat hij zag toen hij de parkeerplaats op reed, was een groot bruin gevaarte van zeker tweeënhalve meter hoog en een paar meter lang, dat naast de aanlegsteiger op het water deinde. Ulli bleef even in de auto zitten en staarde naar het vreemde ding, dat wel de ark van Noach leek. Het was blijkbaar een vlot, met een rechthoekige houten opbouw met aan de voorkant een overdekt plekje met zit-

gelegenheid en... Was dat soms een roer? Ulli besloot uit te stappen om de merkwaardige constructie beter te bekijken. Hij liep langs de vervallen kiosk naar het water, stapte op de steiger en bekeek de drijvende houten kist die kennelijk een blokhutboot was. Er waren patrijspoorten waardoor je naar binnen kon kijken en toen hij op zijn tenen ging staan, zag hij een soort bedbank met daarnaast een ingebouwd keukenblok met een spoelbak en een gasfornuis. Zo, dat was niet mis! Had Max Krumme soms bezoek? Van zijn dochter uit Berlijn? Was zij in deze houten kist over de Müritz-Havelwaterstraat hiernaartoe gevaren? Het zou kunnen, als het weer meewerkte.

'Ah, daar ben je! En? Wat vind je ervan?'

Max stond bij zijn tuinhekje opgewonden naar hem te zwaaien. Ulli sprong snel van de steiger op de oever om naar de oude man toe te lopen en hem te ondersteunen, zodat hij niet van zwakte om zou vallen. Maar dat bleek niet nodig te zijn. Max Krumme liep wat moeizaam vanwege zijn heupzenuw, maar voor de rest leek hij geen problemen te hebben. Zijn flaporen glommen rozig in de middagzon.

'Mooi, hè? Een maat van me heeft hem voor me gebouwd. Ik heb exact getekend hoe ik de ark wil hebben.'

Ulli staarde hem verbluft aan. 'Is deze.... deze ark van jou?' vroeg hij voorzichtig.

'Nee,' zei Max. 'Hij is van ons allebei. En als ik er niet meer ben, is hij helemaal van jou. Dat heb ik zo in mijn testament vastgelegd.'

Ulli zweeg. Dit moest hij eerst verwerken.

'Kom, Klaus,' zei Max. 'Ik laat je alles zien.' Hij stapte op de aanlegsteiger, trok de schommelende blokhutboot naar zich toe en voordat Ulli hem kon helpen, was hij al over de reling gestapt. Niet bepaald elegant, maar wel behendig. 'Kom maar. Pas op dat je je hoofd niet stoot. Voor jonge jongens is de luifel een beetje laag.' Hij viste een sleutelbos uit zijn broekzak en maakte de deur van de kajuit open. Daarachter bevond zich een rechthoekige ruimte met een slaapbank en een houten tafel, een keukenblok, een kast en in de achtersteven zelfs een afsluitbaar toilet en een douche. Geen overbodige tierelantijntjes, maar er was duidelijk goed over nagedacht. 'Hij heeft een buitenboordmotor met werkschroef. Vijf pk.'

'Vijf pk?'

Max knikte trots. 'Het is natuurlijk geen motorjacht. Hier kan iedere domoor mee navigeren. In de vooruit en in de achteruit. En een boegschroef voor het aanmeren.'

Ulli hoorde dat Max dit fantastische vaartuig had betaald met het geld dat Ulli hem voor zijn perceel had gegeven.

'Niet voor het hele bedrag. Ik heb nog genoeg geld over. Tjonge, wat ben ik blij dat je eindelijk bent gekomen, jongen! Wacht even, ik haal de koffiekan en de fles…' Hij stapte soepel over de lage reling en strompelde naar zijn huis.

'O, Max! Ik kan het toch ook halen!' riep Ulli hem na.

'Ik ben zo terug. Zet maar vast koffiebekers op de tafel.'

Ulli keek hem na terwijl hij zich naar het tuinhekje haastte en achter het struikgewas in zijn voortuin verdween. Langzaam drong tot hem door dat Max Krumme misschien toch niet zo ziek was als hij had gedacht. Zoals hij rondliep, leek hij zich zelfs prima te voelen. Bovendien had hij tot nog toe geen enkele keer gehoest. Had de oude man hem soms bij de neus genomen? Hoofdschuddend liep hij de kajuit weer in en ging op zoek naar bekers. Hij vond ze in het wandkastje boven het keukenblok en zette ze op de tafel. De kajuit was slim ingericht. De tafel kon naar beneden worden geklapt en worden omgevormd tot een bed, waarna je er vanaf de slaapbank een dun schuimplastic matras overheen trok. Net als in de caravan van een vriend van de roeivereniging.

'Pak eens aan, Klaus!' Max stond op de steiger, met in zijn ene hand de koffiekan en in de andere een fles champagne.

'Ik heet Ulli!'

'Ook goed. De koffie is voor ons. De champagne is voor de doop.'

Hij wilde de ark dopen! Ulli, die net nog een beetje bozig was geweest op de oude man, vond de situatie ineens ontzettend komisch.

Hij, Ulli Schwadke, was eigenaar van een halve ark van Noach! Een vlot met een kajuit en een boordmotor met maar liefst vijf pk. Als iemand dat vanochtend tegen hem had gezegd, zou hij diegene voor gek hebben verklaard.

Hij zette de koffiekan naast de bekers op de tafel en sprong bij Max op de steiger om samen met hem het schip te dopen.

'Hoe zullen we haar noemen?' vroeg Max.

'Ik dacht dat je al een naam had bedacht.'

'Dat wel. Maar jij moet meebeslissen, Klaus, eh, Ulli. Het is immers ook jouw boot.'

Ulli haalde zijn schouders op. Met dit soort dingen was hij niet erg fantasierijk.

'Gertrud,' stelde hij voor. Zo heette de vrouw van Max.

Maar Max schudde zijn hoofd. 'Nee, dat maakt me te verdrietig. Wat vind je van Mücke?'

Aha, daar zat Mine achter. Dat had hij kunnen bedenken. Zijn oma zat in het complot. Ze bedoelde het natuurlijk goed, dat begreep hij wel. Maar geniepig was ze wel.

'Nee,' zei hij fel. 'Ik ben voor Mine.'

Max Krumme hield zijn hoofd schuin en zei toen dat hij Mine prima vond. Hij gaf de champagnefles aan Ulli. 'Sla jij hem ertegenaan, Ulli. Jij hebt een langere arm.'

Dat vond Ulli goed. Max was nog prima ter been, maar bij deze actie had hij makkelijk in het water kunnen vallen.

'We dopen je dus met de mooie naam Mine en wensen je immer een behouden vaart!'

De champagne schuimde flink toen de fles brak en Ulli bedacht te laat dat ze nu het zand met glasscherven hadden vervuild. Wat vervelend, die moest hij eigenlijk meteen weer uit het water vissen.

'Oké, lijnen los!' riep Max. 'Kom aan boord, voordat ik zonder jou afvaar!'

De eigenzinnige oude man wilde de maidentrip maken. Goed, dacht Ulli, een klein rondje konden ze wel maken. De Müritz was spiegelglad. Er waren een paar roeibootjes op het meer en een eindje verderop voer een zeilboot, die amper vooruitkwam omdat er nauwelijks wind stond.

'Echt zeewaardig is hij niet bepaald,' grapte hij terwijl Max afvoer. Langzaam gleed de Mine het water op, schrok een groepje eenden op die langs de oever paddelden, en voer toen met volle kracht vooruit naar het midden van het meer. De boot schommelde heftiger dan verwacht en Ulli moest snel de koffiekan redden. Ze gingen onder het afdakje op de boeg zitten, dronken koffie en Ulli probeerde het roer uit.

'Een vistrawler is natuurlijk heel wat anders,' hing Max de vakidioot uit.

'Een speedboot ook.'

'Het is ook geen cruiseschip.'

'Nee, daarvoor zijn er te weinig bedden.'

Ulli begon te lachen. De oude man had humor, dat was hem nog niet eerder opgevallen. Ze maakten grapjes en later openden ze twee blikjes goulashsoep. Ze verwarmden de soep op het gasfornuisje en aten hem op hun plek voor op de boeg op. Af en toe moesten ze een onvoorzichtige roeier waarschuwen, maar omdat ze zo langzaam voeren, kon er niet al te veel gebeuren.

'Met een zeil zou het sneller gaan,' bedacht Max.

'Maar alleen als er wind staat.'

'Maar zonder wind kun je roeien.'

Ulli grijnsde. Het was heerlijk op het meer. Het glinsterende water, het dichte, ruisende oeverriet, de bomen die in het donkere wateroppervlak weerspiegeld werden. Misschien konden ze naar de Kölpinsee varen en dan verder over de Fleesensee, de Malchower See en de Petersdorfer See naar de Plauer See. Of ze konden zich lekker rustig laten drijven. 's Avonds ergens aanmeren, uit eten gaan, op de boot overnachten... Het idee was aanlokkelijk. Wie dwong hem naar Zwitserland te rijden? De Alpen te overwinnen? Zijn arme auto te mishandelen?

Max trok twee flesjes bier aan een touw omhoog dat hij aan de reling had gebonden om ze in het meer te koelen.

'Op onze botenverhuur!' riep hij. 'Woonboten en motorjachten. Dat is de toekomst, Ulli. Luister, ik heb al bouwplannen voor de nieuwe aanmeersteiger. En die barak moet weg, daar komt een nieuwe kiosk.'

'Rustig aan, zeg!' Ulli boog zich naar voren om met Max te proosten. Wat een idiote fantast!

'Niks ervan!' riep de oude man. 'Ik heb nog twee van deze woonboten besteld. En ik heb een maat, die regelt een motorjacht voor me. Die is niet meer helemaal nieuw, maar hij krijgt hem wel weer goed. Volgend voorjaar gaan we van start, Klaus!'

'Ik heet Ulli.'

'Ulli. Dat bedoel ik.'

Max grijnsde tevreden en nam een grote slok bier. Ulli geloofde er geen snars van, maar nam zich voor om de oude man goed in de gaten te houden, zodat hij geen domme dingen deed.

Jenny

'GOEDEMORGEN, JONGEDAME. HIER IS een hele stapel voor u. Iets van het onderwijsinstituut, een hoop rekeningen en een ansichtkaart uit München, van uw oma.'

Jenny nam haar post in ontvangst en had veel zin om de postbode een trap tegen zijn dikke kont te geven. Wat een irritante kerel. Parkeerde zijn gele postauto voor het landhuis en bleef dan minstens tien minuten in de auto zitten om uitgebreid haar post door te kijken.

'Tja, dan ga ik maar weer. Het beste, juffrouw Kettler. Tot morgen!'

Hij perste zich weer achter het stuur, sloeg het portier dicht en startte de motor. Falko rende een stukje achter de wegrijdende auto aan en blafte boos.

'Zo, schooier?' zei Jenny en ze krabbelde in de dikke vacht in zijn nek. 'Kom binnen. Juultje wil met je spelen.' Ze wierp nog een blik over de straat in de hoop dat de cv-monteur eraan kwam, maar er was geen rood-geel bestelbusje te zien. Verdorie! Nu hadden ze een spiksplinternieuwe verwarmingsketel, maar werkte hij gewoon nog steeds niet goed. Ontstemd liep ze de trap op. Boven ging ze aan de eettafel zitten, waar de papieren van het onderwijsinstituut op lagen uitgespreid. Het kostte haar erg veel energie om alles op rolletjes te laten lopen, voor haar dochter te zorgen en daarnaast ook nog de opdrachten af te ronden die ze moest maken om tot de cursus toegelaten te worden.

Helaas was Mücke ondanks haar belofte geen grote hulp bij de zorg voor Juultje. Sinds Jenny het voorstel van haar vriendin, die samen met Kacpar in Walters slaapkamer wilde logeren in de drie weken dat oma op huwelijksreis was, had afgewezen, was Mücke beledigd en liet ze zich amper nog zien. Ook met Kacpar leek het niet goed te gaan. Hij had Jenny gisteren verteld dat Mücke en hij hadden besloten om een tijdje een 'time-out' in te lassen.

Zuchtend ging ze met haar vingers door haar rode haar en ze begon de post door te nemen. Als eerste pakte ze de ansichtkaart uit München. In plaats van het geijkte toeristische plaatje – het Mariaplein, de Viktualienmarkt of de Chinese toren in de Engelse tuin – stonden er verschillende marmeren beelden op de foto. Wauw, dacht Jenny, het leek wel een studiereis! Nieuwsgierig draaide ze het kaartje om. Eens kijken wat oma en Walter schreven.

Lieve Jenny en Juultje,

We genieten volop van onze reis. Vandaag waren we in het schilderijenkabinet en straks gaan we na een uitgebreide wandeling door de stad uit eten. Morgen rijden we over de Brennerpas naar bella Italia.

Zorg goed voor jezelf en lieve groeten van
Oma Franziska

Daaronder had opa Walter heel klein 'Lieve groeten' gekrabbeld. Wat fijn dat ze zo van hun huwelijksreis genoten.

Jenny maakte de rest van de brieven open en slikte toen ze behalve rekeningen en offertes ook een paar aanmaningen zag. Blijkbaar was oma vergeten de bouwvakkers te betalen. Wat raar. Normaal was ze altijd zo nauwkeurig als het om geld ging... De offertes zou ze met Kacpar bespreken, maar nu ging ze eerst voor Juultje en zichzelf wat te eten maken.

Het was fris geworden, dacht ze, en ze trok rillend oma's gebreide vest strakker om zich heen. Ze wierp een blik uit het raam en zag dat de lucht was betrokken. De eerste regendruppels spatten tegen de ruit.

Jenny stond op en tilde Juultje uit het spijlenbedje, waar Falko kwispelend voor zat en zich door de kleine aan zijn oren liet trekken. Ze zette Juultje in de hoge kinderstoel zodat ze kon kijken terwijl haar moeder aan het koken was. Jenny maakte een flesje melk voor haar dochter klaar en zette een pan water op voor wat macaroni. Op dat moment ging de keukendeur open en kwam Kacpar met een brede grijns op zijn gezicht binnen.

'De verwarming doet het,' verkondigde hij, duidelijk opgelucht. 'Hij was alleen verkeerd ingesteld, maar nu zou hij het goed moeten doen.'

'Godzijdank.' Jenny haalde diep adem. 'Als er nog meer complicaties zijn, vrees ik dat we binnen de kortste keren blut zijn. Ik hoop echt dat het allemaal opschiet zodat we gauw open kunnen. Op de eettafel liggen trouwens een paar offertes. Ook een voor het zwembad.'

Kacpar liep naar de tafel om de offertes te pakken en ging ermee aan het kleine keukentafeltje zitten. 'Dit zou weleens een degelijk aanbod kunnen zijn,' mompelde hij.

'Wil je ook wat macaroni?' vroeg Jenny.

Hij knikte afwezig. 'Het wordt allemaal erg duur. Misschien zouden we toch nog eens het idee...'

Hij werd echter onderbroken door de rinkelende telefoon. Jenny liep naar de gang, nam de hoorn op en zei haar naam.

'Hallo, Jenny,' hoorde ze de stem van haar moeder. 'Hoe gaat het met mijn kleine lieve schat?'

'Die drinkt net haar melk. Dat kan ze al heel goed zelf, maar Kacpar is bij haar in de keuken.'

'Is Franziska er dan niet?' vroeg Cornelia.

'Nee, die is met Walter op huwelijksreis en komt pas over tweeënhalve week terug.'

Daar was Cornelia even stil van, tot genoegen van Jenny. Dat had Cornelia vast niet gedacht van Franziska!

'Luister, Jenny,' zei haar moeder even later resoluut. 'Het gaat om het landgoed. Om Dranitz. Bernd is vastbesloten om het land over te nemen en er een biologische boerderij te beginnen. Ik vind het maar niks, maar ik krijg die onzin niet uit zijn hoofd gepraat.'

Jenny's geduld raakte langzamerhand op. Waren ze nu allemaal gek geworden? Eerst Kalle met dat lelijke gebouw en zijn stomme koeien en varkens, toen Sonja met haar zotte idee om een dierenasiel te beginnen en nu ook nog de partner van haar moeder die uitgerekend hier een biologische boerderij wilde beginnen?

'Hou op me zulke onzin te vertellen, Conny,' snauwde ze in de hoorn. 'Hier komt een hotel en geen boerderij. Is dat duidelijk?'

Haar moeder liet zich niet zo snel uit het veld slaan. Ze was tenslotte een Dranitz.

'Het hotel interesseert ons niet, Jenny, maar onder ons gezegd denk ik dat dat toch geen kans van slagen heeft. Maar goed, het gaat om het akkerland dat vroeger bij het landgoed heeft gehoord. Dat wil Bernd pachten. En het zou helpen als Franziska de aanvraag zou indienen. Omdat zij als oud-eigenaresse bij de uitgifte van de pacht voorrang krijgt.'

'Weet je wat, mama? Bespreek het gewoon met oma. Ik kan je echt niet verder helpen. Bovendien moet ik nu ophangen. De macaroni kookt.'

'Het zou fijn zijn als je alvast op Franziska in zou kunnen praten, Jenny. Dit plan ligt Bernd echt zeer na aan het hart, moet je weten.'

'En mij ligt ons hotel zeer na aan het hart.'

'Denk er op z'n minst over na, Jenny!' riep haar moeder.

'Daar hoef ik niet over na te denken, want ik weet nu al dat ik het geen goed idee vind,' antwoordde ze. Ze wilde net ophangen toen Cornelia iets zei waardoor ze midden in haar beweging verstarde.

'Hij is tenslotte je vader!' hoorde ze haar moeder zeggen.

Een paar tellen lang stond Jenny als aan de grond genageld. Toen de betekenis van die vijf woorden eindelijk tot haar doordrong, had haar moeder al opgehangen. Langzaam legde Jenny de hoorn op de haak.

'De macaroni is klaar. Welke saus zal ik erbij doen?' riep Kacpar vanuit de keuken. Toen Jenny geen antwoord gaf, liep hij de gang in.

'Je ziet eruit alsof je een geest hebt gezien,' zei hij. 'Wat is er aan de hand?'

Jenny liep terug naar de keuken, liet zich naast Juultje op een keukenstoel zakken en staarde zwijgend naar de macaroni die Kacpar voor haar had neergezet. De eetlust was haar vergaan. Wat niet voor Kacpar gold; hij tastte flink toe en werkte de macaroni met saus lustig naar binnen. Bernd was haar vader. Ze had het ergens wel vermoed, maar had het niet willen geloven. Echt wat voor haar moeder om het terloops mede te delen en dan ook nog om haar te chanteren. Hemel, wat een idiote familie waren ze.

Ze schoof het bord opzij en wilde Kacpar net vertellen wat ze zojuist had gehoord toen de bel ging.

'Let jij even op Juultje?' vroeg ze en ze rende de trap af. Ze zwaaide de deur open in de hoop dat de stukadoors er waren, die vandaag verder zouden gaan met de muren in de grote zaal. Ze wilde hem een goedendag wensen, maar de woorden bleven in haar keel steken. Ze kon niet meer uitbrengen dan een ongelovige kreet.

'Jenny!' zei Simon met een warme stem. 'Wat fijn je te zien. Hoe gaat het met ons kleintje?'

Nu zag ze echt spoken, dacht ze, en zonder antwoord te geven sloeg ze de deur voor zijn neus dicht.

Franziska

HET MOMENT DAT ZE 's ochtends de deur naar het terras opende en het prachtige, in gouden kleuren gehulde landschap in liep! Wat een licht! De lucht boven Toscane had de felle, krachtige blauwe kleur die de Italiaanse kunstenaars zo schitterend op hun doek hadden geschilderd. En het heuvelachtige land eronder leek totaal niet op de heuvels van haar eigen streek Mecklenburg. Waren het de schaduwen, die zo zacht en donker op de helling lagen? De slanke cipressen die de wegen omzoomden? Of de romantisch aandoende boerderijen, lage, roodachtige gebouwtjes die her en der op de heuvels verstrooid lagen? Franziska liep naar de stenen balustrade en ademde de kruidige ochtendlucht diep in.

'En, mooie dame in ochtendjas? Weer eens als eerste op?' klonk het achter haar. 'Ik zal even koffiezetten.'

Walter liep naar haar toe en legde liefdevol zijn armen om haar heen, kuste haar op de wang en liep de vakantiewoning weer in. Op hun eerste ochtend hier had hij nog naast haar gestaan en samen met haar de Toscaanse heuvels bewonderd. Vol verbazing hadden ze naar de wolken gekeken die de opkomende zon zachtroze had geverfd.

'Als iemand zoiets zou schilderen,' had Walter gezegd, 'zou iedereen het kitscherig vinden.'

Het verbaasde Franziska dat hij niet net zo enthousiast was als zij over het landschap en de mensen hier in Italië. Althans dat gevoel had ze. Maar misschien kon hij zijn gevoelens gewoon minder makkelijk tonen dan zij. Raar, hoe de rollen veranderd waren. Was Franziska vroeger niet degene geweest die meer terughoudend en altijd beheerst was, terwijl de jonge majoor Walter Iversen in vuur en vlam kon raken voor dingen? Tja, ze waren allebei veranderd door wat ze in hun leven hadden meegemaakt.

'Wat een rare geur, hè?' riep hij, terwijl hij met het Italiaanse koffiezetapparaat in de weer was. 'Heel scherp. Ik geloof dat ze 's ochtends hun afval verbranden. Je kunt de deur maar beter dichtdoen, Franzi.'

Nu rook zij het ook. Achter een van de heuvels steeg dunne rook op, die zij voor ochtendnevel had aangezien.

Ze dekte de tafel en sneed het brood, pakte kaas, ham en mortadella uit de koelkast, zette er een schaaltje olijven bij en sneed een tomaat in plakjes.

'Wat een ontbijt,' zei hij glimlachend en hij keek naar de gedekte tafel. 'We zullen wel afkickverschijnselen krijgen als we weer thuis zijn.'

Hij is in elk geval wel enthousiast over het eten in Italië, dacht Franziska. Mannen zijn misschien gewoon wat nuchterder. Ook Ernst-Wilhelm had niet veel gevoel voor de schoonheid van het Lago Maggiore gehad. Voor hem was het belangrijkste dat het eten goed en het hotel netjes was. Nou, wat dat betrof hadden Walter en zij het hier, in de gerestaureerde boerderij, heel goed getroffen. Het huis was verbouwd tot drie vakantiewoningen die zo van elkaar gescheiden waren dat je de andere gasten nauwelijks tegenkwam en elkaar ook niet stoorde. Het oudere echtpaar uit Hamburg, dat de woning boven hen had, hadden ze meteen op de eerste dag begroet, de twee jonge mensen met een klein kind in de uitgebouwde schuur hadden ze maar één keer gezien.

'We zouden vandaag naar Siena kunnen gaan,' stelde ze voor. 'Of wil je nog een keer naar Florence?'

'Siena is een goed idee,' vond hij. 'Hoewel ik moet toegeven dat ik Florence ook erg leuk vind. We zijn bijna de hele tijd in het Uffizi geweest, van de stad hebben we amper iets gezien.'

'Dat is waar.'

Ze konden het goed met elkaar vinden als ze samen steden ontdekten. Waarbij Walter zonder twijfel degene was die zich het best kon oriënteren en geïnteresseerd was in de structuur en architectuur van een stad, terwijl zij onvermoeibaar door de musea kon lopen om schilderijen en beelden te bewonderen. Bovendien had zij oog voor romantische plekjes, mooie fonteinen en terrasjes. Ze had al drie fotorolletjes volgeschoten.

'Hier komt je oude passie voor fotografie weer boven,' had Walter voor de grap gezegd. Als jong meisje was ze een tijdlang in Berlijn geweest om een fotografieopleiding te volgen.

Ze gaven elkaar de ruimte voor hun eigen interessen, hielden rekening met elkaar en waren blij als ze iets gemeenschappelijks vonden. Deze reis was inderdaad best spannend, want in deze mooie maar vreemde omgeving konden ze niet aan elkaar ontkomen. En dat wilden ze ook niet, want uiteindelijk was het doel van deze reis juist om elkaar beter te leren kennen. Vooral Walter leek zich van tevoren te hebben voorgesteld dat ze over het verleden zouden praten, maar tot nu toe maakte hij geen enkele aanstalten om dingen van vroeger op te rakelen. Was hij soms bang dat die dingen een kloof zouden vormen? Of misschien zelfs een afgrond? Tot nu toe hadden ze alleen gepraat over bouwwerken en schilderijen, grapjes gemaakt en gekletst over verse olijven, Toscaanse ham en Italiaanse rode wijn. 's Nachts sliepen ze dicht tegen elkaar aan gevlijd in het Franse bed. Op dat punt had ze eindelijk toegegeven en tot haar verrassing vond ze het zelfs fijn om zijn warme, ademende lichaam zo dicht naast haar te voelen. Hij snurkte af en toe, maar toen ze er heel voorzichtig een opmerking over maakte, zei hij dat zij ook geluiden maakte in haar slaap.

'Snurk ik?' riep ze ontzet.

'Ja, lieverd. Heeft nog nooit iemand dat tegen je gezegd?'
O, hij kon nog steeds zo ondeugend lachen en was heel listig.
'Wie zou dat tegen me gezegd moeten hebben?'
'Nou ja, je man bijvoorbeeld.'
'Absoluut niet.'
Ernst-Wilhelm had nooit zoiets gezegd. Wat natuurlijk zou kunnen komen doordat ze de laatste jaren gescheiden slaapkamers hadden gehad.
'En later?'
Het was de eerste keer dat hij dit soort dingen vroeg. Onschuldig en zogenaamd terloops. En toch de eerste, voorzichtige stap in het verleden.
'Later was er niemand. Ik heb geen liefdesrelaties gehad, als je dat soms bedoelt.' Ze klonk een beetje beledigd, wat niet haar bedoeling was. Ze was waarschijnlijk gewoon te preuts. De streng zedelijke opvoeding van een freule had het haar niet altijd makkelijk gemaakt in het leven.
'Zo'n vermoeden had ik al,' antwoordde hij grinnikend.
Tot zover de eerste poging. Hoewel ze natuurlijk een brandende vraag had, die ze echter niet durfde te stellen. Want ook zij had in dit opzicht zo haar vermoedens. Walter had na Elfriedes dood wel zijn dochter opgevoed, maar dat betekende nog niet dat hij als een monnik geleefd moest hebben. En waarom zou hij ook? Hij was een aantrekkelijke man geweest – dat was hij nog steeds – en hij was op jonge leeftijd zijn vrouw verloren.
'Als we vandaag naar Siena gaan of nog een keer naar Florence, moeten we niet vergeten een paar boodschappen te doen,' zei ze terwijl ze naar de koelkast keek.
Walter leunde op zijn stoel naar achteren en keek peinzend uit het raam. De zon was aan de hemel opgeklommen, het terras lag in de felle zon, de schaduwen van de cipressen naast het huis versmolten tot ovale vlekken. Het zou weer een hete dag worden.
'Ik heb me gisteravond nog in Mines herinneringen verdiept,' zei

hij zonder haar aan te kijken. 'Een heel bijzonder huwelijksgeschenk.' Mine had hun een boekje cadeau gegeven waarin ze herinneringen van vroeger had opgeschreven.

Franziska knikte. Hij had dus nog gelezen toen zij al sliep.

'Mine is een verbazingwekkende vrouw,' ging hij verder. 'Ze heeft zo veel talenten. Als de oorlog er niet was geweest, zou haar leven er heel anders uit hebben kunnen zien. Toch heeft ze nooit geklaagd, maar heeft ze gewoon aanvaard dat het zo gelopen is.'

Franziska was diep ontroerd geweest door Mines cadeau. Er was een halve eeuw verstreken sinds Franziska was gevlucht en toch was Mine de familie Von Dranitz altijd trouw gebleven.

'Toen ik met mijn moeder naar het landgoed terug moest keren, was zij onze enige redding. Het wemelde in het landhuis van de vluchtelingen. De Russische soldaten vielen bij ons binnen wanneer ze maar wilden. Zonder Mines levensmiddelen zouden we verhongerd zijn.'

'Ze heeft ook voor Elfriede en mij gezorgd,' vertelde hij. 'Vooral in het begin. Ze bracht melk, eieren en meel. Hoe ze dat toch voor elkaar heeft gekregen? Karl-Erich zat in die periode in gevangenschap en ze had drie monden te voeden.'

Mine woonde in die tijd met haar kinderen op de boerderij van haar ouders. Haar vader was al eerder overleden, haar moeder stierf kort voor het einde van de oorlog. Omdat ze niet in haar eentje voor de boerderij kon zorgen, had ze een gevlucht gezin, de familie Kruse, bij zich opgenomen. Mine kon het goed vinden met boer Kruse, zijn vrouw en de kinderen. Pas toen Karl-Erich uit krijgsgevangenschap terugkeerde, waren er moeilijkheden geweest, want hij vond het maar niks om het huis met zo veel mensen te moeten delen. Later was de boerderij aan de LPG toegewezen. Mine vond dat destijds best omdat Karl-Erich geen affiniteit met de landbouw had en blij was dat hij bij de LPG werk kreeg als wagenmaker.

'Die kwestie met de kleine Grete,' zei Franziska. 'Dat was een heel ongelukkige geschiedenis. Ik wil niet dat je daarom slecht over mijn broer denkt. Ja, hij was lichtzinnig, maar als hij niet gesneuveld was, zou het heel anders gelopen zijn. We zouden het meisje niet in de steek hebben gelaten. Zo ging dat niet bij ons op het landgoed, we zorgden voor onze personeelsleden.'

Walter knikte glimlachend. Hij accepteerde haar verklaring, want hij begreep dat ze haar overleden broer moest verdedigen.

'Ik kan me haar gek genoeg nog goed herinneren,' zei hij. 'Een vrolijk jong meisje, met rode vlechten, dat op een van de grasvelden in het park achter een bal aan rende. Ze droeg een blauwe jurk met een wit schortje. Ik heb geen idee waarom ik dit beeld nog voor ogen heb.'

'Nou ja,' zei Franziska. 'Je zult haar wel leuk hebben gevonden. Ze was een knap meisje en leek erg op Elfriede.'

Daar was hij weer, die stomme jaloezie. Ze ergerde zich aan zichzelf, maar kon het niet helpen. Hij had van Elfriede gehouden, misschien zelfs van begin af aan.

'Op Elfriede?' vroeg hij en hij fronste zijn voorhoofd. 'Nee, joh. Hooguit de haarkleur. Voor de rest was ze veel eenvoudiger. Ze was nu eenmaal een boerenmeid met rode wangen.'

'Ja, inderdaad,' zei Franziska. 'Elfriede was bleek omdat ze zo vaak ziek was. En ze was zelden vrolijk. Meestal was ze ontevreden en ergerde ze zich aan alles en iedereen.'

Hij zweeg. Waarschijnlijk vond hij haar beschrijving te kil, maar hij wist dat haar relatie met haar zusje niet makkelijk was geweest. Ondanks alle genegenheid die er ook tussen hen was geweest.

'Ze kon af en toe gemeen zijn,' gaf hij toe. 'Ik herinner me dat ze me eens een naïef-kinderlijke liefdesbrief heeft geschreven. Ze heeft ook heel wat moeite gedaan om ervoor te zorgen dat we nog geen minuut met elkaar alleen konden zijn, weet je nog?'

Hij keek haar grinnikend aan, nieuwsgierig naar haar reactie, en ze stelde hem niet teleur.

'Ja,' zei ze. 'Ik ben blij dat je je dat nog herinnert. Het lot van mijn arme zus heeft me erg aangegrepen, maar daarom zouden we haar nog niet moeten verheerlijken. Ze heeft van begin af aan geprobeerd ons uit elkaar te drijven, Walter. En ik vrees dat het haar ook is gelukt.'

'Hoe kom je daar nu bij?' weersprak hij haar. 'Dat is onzin. Elfriede was een kind. Ik heb haar kleine intriges nooit serieus genomen.'

Daar was het. De kloof. De afgrond waarin ze nu zouden storten. Ze stonden vlak bij de rand en er was geen weg terug.

'En waarom heb je je na onze verloving dan teruggetrokken? Waarom bedacht je telkens nieuwe redenen om niet met mij te hoeven trouwen? Wil je serieus beweren dat dit gedrag niets met Elfriede te maken had?'

'Natuurlijk had het niets met haar te maken, Franziska.'

'Dat geloof ik niet, Walter. Op de dag nadat we ons verloofden stortte ze zich in het meer. Heb je dat ook "niet serieus" genomen?'

'Jawel,' gaf hij toe. 'Ik ben toen erg geschrokken. Maar dat was niet de reden dat ik afstand nam.'

Hij bleef rustig, terwijl zij zich steeds verder opwond. De pijn van zijn afwijzing was plotseling weer heel levendig. De tranen, de nachten waarin ze heen en weer was geslingerd tussen woede, wanhoop en verlangen. O, hij had haar diep gekwetst. Dieper dan ze ooit tegenover zichzelf had toegegeven.

'Wat was dan de reden?' riep ze opgewonden. 'Ik heb het nooit begrepen. Je schreef me prachtige brieven, Walter. Dat ik jouw hoop was. Je enige liefde. De reden waarom je nog wilde leven. Dat soort dingen. Waarom ben je dan niet met me getrouwd?'

'Ik was in Rusland.'

'Pas vanaf de zomer van 1941. En zelfs toen was er de mogelijkheid geweest van een huwelijk bij volmacht.'

'Daar heb ik inderdaad een tijdje over nagedacht. Maar ik vond het onwaardig. Ik, bij mijn regiment in het Russische moeras, met mijn dode kameraden voor mijn ogen, de brandende dorpen, de doodgeschoten Russische boeren. Een veldpredikant met de Bijbel, die zalvende woorden zegt. De gedachte aan een huwelijk met jou in al die oorlogsellende. En jij op het bureau van de burgerlijke stand in Waren, die eeuwige liefde en trouw belooft aan een soldaat. Nee, onze bruiloft moest anders zijn.'

Dat begreep ze, want ze had het net zo gevoeld. Maar toch.

'In februari 1942 ben je in Dranitz geweest. Je kwam terug omdat je gewond was geraakt. Toen hadden we kunnen trouwen. Mijn vader heeft met je gepraat, maar nee, je wilde niet. Je voerde allerlei zwakke redenen aan, de oorlog, je slechte gezondheid, de taken die in Berlijn op je wachtten…'

'Je hebt gelijk,' zei hij. 'Ik had ernstige gewetenswroeging toen ik terugging naar Berlijn. Maar dat heb ik je ook geschreven.'

'Dat zou kunnen…'

Hij stond op en liep om de tafel heen, trok een stoel bij en kwam naast haar zitten.

'Wat heb ik toen tegen je gezegd, Franzi?' vroeg hij en hij pakte haar hand. 'Dat ik gewond was aan mijn ruggengraat, toch?'

'Ja. Ik heb me heel veel zorgen gemaakt, maar je zei dat het erger leek dan het in werkelijkheid was. Wil je me nu soms vertellen dat jouw verwonding je ongeschikt maakte voor het huwelijk?'

Hij lachte.

Franziska fronste verontwaardigd haar voorhoofd. Dit kon toch niet waar zijn. Hoe kon hij om zoiets lachen?

'Dat had je me toch kunnen vertellen, Walter?' wond ze zich op. 'Denk je nu echt dat ik je daarom in de steek zou hebben gelaten?'

'Maak je geen zorgen, mijn schat,' zei hij en hij streelde kalmerend haar arm. 'In dat opzicht was ik volkomen gezond. En ik had ook niets aan mijn ruggengraat.'

Verbluft staarde ze hem aan. Had hij soms gelogen?

'Was je niet gewond dan?'

'Het wordt tijd dat je afscheid neemt van het beeld van de stralende jonge held, Franziska,' zei hij. 'Ja, ik heb tegen jullie gelogen. Ik heb een letsel verzonnen omdat dat me eervoller leek dan wat er in werkelijkheid was gebeurd.'

Ze zag hem plotseling voor zich, zoals hij in het park naast haar liep. Heel slank en heel bleek. Een beetje voorovergebogen en met zijn rechterhand op zijn rug. Wat een acteur!

'En wat was er dan wel gebeurd? Of kun je het nu, na al die jaren, nog steeds niet vertellen?'

'Iets heel simpels, Franziska. Ik had plotseling last van gehoorverlies. Ik was een paar dagen bijna doof en vreesde nooit meer goed te kunnen horen. De artsen waren radeloos, ze gaven me bromium en andere kalmeringsmiddelen en stuurden me naar een sanatorium bij Freiburg. Daar ben ik maar een paar dagen gebleven, omdat mijn gehoorvermogen gelukkig snel terugkwam.'

Ze keek hem niet-begrijpend aan. Tijdelijk gehoorverlies. Nou ja, ze had er weleens van gehoord. Haar beste vriendin had uitgerekend op de ochtend van haar vijftigste verjaardag last gehad van plotseling gehoorverlies. Een kleine ramp, want ze had alle verjaardagsgasten moeten afzeggen.

'Maar dat had je toch gewoon kunnen zeggen,' zei ze. 'Tijdelijk gehoorverlies is niets oneervols.'

'Maar zo voelde het toen niet voor mij, Franziska. Het kwam niet zozeer door de aandoening zelf, maar meer door de omstandigheden die ermee te maken hadden.'

'Ik begrijp het niet...'

'Ik zal proberen het aan je uit te leggen. Het is niet makkelijk. Nog steeds niet, hoewel het al zo lang geleden is. Het heeft ermee te maken dat ik destijds vol enthousiasme naar het front ben gegaan. Mijn vader was adjudant van Hindenburg geweest, ik ben in een militaristische geest opgevoed. In die tijd gold dat de oorlog het edele ambacht van de man was en dat de geschiedenis nooit anders dan met bloed werd geschreven.'

Ze knikte. Ook zij had die pittige leuzen in haar jeugd gehoord. Haar broers waren in dezelfde sfeer opgevoed en waren allebei een zinloze dood gestorven.

'Ik was niet naïef, Franziska,' ging hij verder. 'Ik besefte toen heel goed dat een oorlog donkere kanten heeft. Als kind heb ik de oorlogsinvaliden van de Eerste Wereldoorlog aan de rand van de straat zien zitten en zien bedelen. Later las ik de roman *Die Waffen nieder!* van Bertha von Suttner, waarin ze de ellende van de grote slagvelden beschrijft. Maar dat alles heeft me er niet van weerhouden om voor een militaire loopbaan te kiezen.'

Hij pauzeerde even, stond op, deed de deur open en stapte het zonovergoten terras op. De heuvels glansden in het middaglicht, naast een hoeve stond een kudde zwart-witte geiten te grazen, een auto reed over het landweggetje met een stofwolk achter zich aan. Een vrolijke, vredige wereld.

'Ik ben met mijn eenheid naar Moskou getrokken, zoals de legerleiding beval,' zei hij, zonder zich naar haar om te draaien. 'In de herfst waren alle wegen drassig van de regen. We zwoegden door de modder, weerden ons tegen talloze muggen, kakkerlakken, wantsen en vlooien die de tyfus overbrachten. Ik heb veel van mijn mensen aan infectieziekten zien sterven. Ook dat hoorde bij de oorlog, bij de vuile kant ervan. Maar erger was datgene wat ons dagelijks werk was: het oprukken naar Moskou, wat in het Duitse journaal zo heldhaftig werd voorgesteld.'

Plotseling begreep ze het. En ze besefte ook hoe moeilijk het voor hem moest zijn om al deze beelden weer boven te halen. Ze ging naast hem staan en pakte zijn hand. Ze wilde zeggen dat het genoeg was, maar hij schudde zijn hoofd.

'Het was een gevecht tegen onschuldige mensen. Boeren die zich met hun vrouw en kinderen in hun huis verscholen. Die wij doodschoten omdat ze met een bijl hun vee tegen ons verdedigden. Kinderen die gillend wegrenden omdat wij de hutten in brand staken. Rusland is groot, oneindig groot. We trokken van dorp naar dorp, een spoor van verwoesting achterlatend, terwijl we slechts zelden een Russische eenheid tegenkwamen die tegenstand bood.

In september kwam het bevel om de verovering van Moskou op te schorten en eerst het Donetsbekken in te nemen. Wat met grote verliezen lukte. Daarna trokken we weer verder naar Moskou. Het was al oktober en de Russische winter brak aan. Duizenden van onze soldaten bevroren in hun dunne zomeruitrusting. Het zou zinvol zijn geweest om ons terug te trekken, maar we hadden het bevel op te rukken, te veroveren. En dus vochten we om elk dorpje, we doodden en we brandschatten. Terwijl we wisten dat we wat we vandaag hadden veroverd de volgende dag al weer zouden moeten opgeven omdat de Russische troepen ons terugdreven. Zinlozer kan een oorlog niet zijn. 's Avonds zaten we vaak met de artsen te praten, die onze eenheid begeleidden. Dat waren intelligente en goed opgeleide mannen, die er nog erger aan toe waren dan wij, want wij konden tenminste vechten. De artsen en verpleegkundigen zagen alleen de ellende van gewonde en stervende mensen, terwijl ze nauwelijks konden helpen. Ik heb toen een arts leren kennen die een vaderlijke vriend van me werd en aan wie ik later mijn leven te danken had. Dokter Johannes Krug, was zijn naam, een man van rond de vijftig. Hij was chirurg geweest in een groot ziekenhuis in Hannover, maar hij vertelde me dat hij in zijn jeugd eigenlijk pianist wilde worden. Zijn moeder had hem gedwongen medicijnen te studeren en hij had gehoorzaamd, maar had de muziek nooit helemaal opgegeven. 's Avonds zaten we vaak bij elkaar, wetend dat de volgende dag een van ons zou kunnen sterven – of wij allebei. Je wordt pragmatisch in zo'n situatie. Je bent over je doodsangst heen, want je maakt maar al te vaak mee dat de kameraad met wie je gisteren nog vrolijk hebt zitten kaarten vandaag met een kapotgeschoten schedel in de sneeuw ligt. Leven is het devies op dat soort momenten. En leven betekent meer dan in leven zijn. Dat heeft Johannes me in de paar uur dat we samen waren laten zien. We praatten over Beethoven, over Furtwängler en Bayreuth, over het karakter van muziek en de betekenis ervan in de maatschappij.

"Alles moet ten onder gaan, zodat er iets nieuws kan groeien," zei hij tegen me. "Maar wat niet zal vergaan, zijn de grote meesters van de muziek. Bach en Händel, Beethoven en Mozart, Franz Schubert en ook Richard Wagner. Ze zullen blijven bestaan omdat ze ons uit de ellende verheffen en de deur naar een beter, mooier bestaan openen." Hij was er toen al vast van overtuigd dat deze oorlog tot de ondergang zou leiden, wat hij echter alleen in vertrouwen tegen enkele goede vrienden zei. Het deed me enorm goed om er met hem over te praten, want ook ik had dat soort gedachten.

"Is het niet krankzinnig?" vroeg hij en hij glimlachte op zijn bijzondere manier naar me. Droevig en alwetend tegelijk. "Morgen zul je jouw mensen het commando geven om die heuvel op te gaan en wij zullen in de tussentijd het lazaret opbouwen. Meteen achter de linie, zoals we het dagelijks doen. En we weten nu al dat een aantal van de mannen die hier nu een drankje drinken of zitten te kaarten, morgen onder de doden zullen zijn. Of onder de gewonden die we naar huis zullen laten brengen. Maar dat komt op hetzelfde neer, want maar heel weinig mensen overleven het transport."

Hoeveel avonden hebben we met elkaar doorgebracht? Ik weet het niet meer, maar we waren algauw heel vertrouwelijk met elkaar, als hechte vrienden.

"Als ik hier levend uit kom," zei hij tegen me, "dan wil ik me de rest van mijn leven aan de muziek wijden. Dan wil ik alleen nog pianospelen, les geven, zorgen dat de muziek in de nieuwe, betere wereld overleeft. En jij, mijn vriend, zult met jouw Franziska trouwen en met haar kinderen krijgen. Maak eerlijke mensen van hen en laat hun de dingen zien die er echt toe doen: moed, vriendschap, liefde en de muziek die ons vleugels geeft."

We brachten kerstavond met elkaar door, deelden de voorraden met de kameraden, spraken over vrede, die voor mijn mannen gelijkstond met de Duitse eindzege, lazen brieven van thuis die we al een hele tijd met ons meedroegen omdat de veldpost ons al wekenlang niet meer had bereikt. De volgende ochtend was er een nieuwe aanval gepland. Het doel was een hoeve op een heuveltje, waar nog vee scheen te zijn dat voor ons zeer welkom was als proviand. Maar voor mij was die ochtend de veldtocht naar Rusland ten einde. Ik werd wakker door sterk geruis, vergelijkbaar met een waterval die vlak naast me naar beneden stortte. Verbaasd ging ik rechtop zitten en het drong tot me door dat het geruis alleen in mijn hoofd was, en dat ik de woorden die mijn assistent tegen me zei niet kon horen. Ik greep naar mijn oren, schudde mijn hoofd, dacht nog dat het zo weer over zou zijn, maar het geruis bleef. Het werd sterker en veranderde in diep gebrom. Ik riep dokter Krug.

Ik kon niet verstaan wat hij tegen me zei. Maar hij glimlachte en wees met zijn duim over zijn schouder. Naar het westen. Met het volgende transport naar huis. Op een briefje schreef hij deze woorden:

Maak je geen zorgen, het komt weer goed. Ik wens je dat je leeft. Vergeet nooit de muziek. Voel je omarmd door een vriend.

Twee dagen later zat ik tussen gewonde en stervende kameraden op een vrachtwagen die zich moeizaam een weg door de sneeuw terug naar het westen baande. De aanlokkelijke hoeve bleek een val van de Russen te zijn, die zich daar hadden verscholen en ons opwachtten. Ik herinner me dat ik het commando aan een luitenant heb overgedragen, maar zelf mee naar voren ben gestormd. Geweerkogels sloegen vlak naast mijn hoofd in de sneeuw. Ik staarde verwonderd naar de kleine gaten, maar hoorde alleen dat vervloekte geruis in mijn hele hoofd. We moesten ons met grote verliezen terugtrekken, vochten verbeten om elke meter en zochten uiteindelijk onze toevlucht in een verlaten boerderij. Onder de slachtoffers van de mislukte actie was tot mijn grote wanhoop ook mijn vriend Johannes. Een verstrooide groep Russische strijders was het geïmproviseerde lazaret binnengevallen en had twee artsen doodgeschoten.'

Walter zweeg en staarde in gedachten verzonken voor zich uit. Franziska wist niet wat ze moest zeggen. Maar ze begreep ineens hoe elke soldaat of officier zich gevoeld moest hebben die uit de ontmenselijkte, gruwelijke wereld van de oorlog voor een paar verlofdagen terugkwam bij zijn familie. Hoe vreemd die ongeschonden, mooie wereld voor hem moest zijn geweest. Ze begreep nu hoe broos geluk was. En dat de vertrouwde mensen, die de gruwelijkheden van de oorlog niet kenden, ineens vreemden voor hen waren.

'Waarom heb je me er niets over verteld?' vroeg ze zacht.

'Ik kon het niet. De gedachten en gevoelens die ik toen had, pasten niet bij het beeld van de uitblinkende, dappere officier die het thuisfront tegen de Russische invasie beschermde. En ik had duidelijk het gevoel dat je me zo wilde zien. Waarom zou ik je over mijn twijfels vertellen, over de angstdromen die ik 's nachts had? Over mijn tranen om mijn verloren vriend?'

Franziska schudde radeloos haar hoofd. Hoe was het mogelijk dat ze destijds niets van die verandering had gemerkt? Ontsteld moest ze nu inzien dat haar zusje het diepere inzicht had gehad, want Elfriede was Walters innerlijke toestand niet ontgaan. Dat had Franziska in haar dagboek gelezen. Ach, misschien was het inderdaad wel zo dat Elfriede de gevoeligere was geweest van hen tweeën. Degene die Walter beter begreep. Die hem meer had verdiend.

'Je hoeft jezelf niets te verwijten, Franziska,' zei hij en hij pakte troostend haar hand. 'Zelfs als je me vragen had gesteld, zou ik gezwegen hebben.'

Die woorden raakten haar nog meer. Zo weinig vertrouwen had hij dus in haar gehad. Wat voor een liefde was dat tussen hen geweest, als hij had gedacht dat hij een rol moest veinzen om haar niet te verliezen?

'Ik zou hebben gezwegen om je te beschermen, Franziska. Jou en jouw familie, die ik in geen geval in mijn lot wilde betrekken.'

Ze dacht aan wat er een paar jaar later was gebeurd en ze begreep het. Dus toen al.

'In het sanatorium was de naam van dokter Johannes Krug bekend. Een van de artsen – zijn naam is me ontschoten – sprak met mij over Johannes en nodigde me later uit voor een avondje bij hem thuis. Daar kwam een groep gelijkgezinden bijeen. Mannen en vrouwen die op een einde van de naziheerschappij zonnen en van wie ik dingen hoorde die ik tot dan toe niet had willen zien. Ze openden me de ogen en voor het eerst besefte ik dat ik een misdadig regime diende. Wat moet ik je erover vertellen? Daar, in de afgeschermde ruimte van het sanatorium, nog maar net genezen van het tijdelijke gehoorverlies, kwam ik tot de overtuiging dat ik alleen waarachtig kon leven als ik al mijn energie erop richtte om dat regime ten val te brengen. Zodat dat wat Johannes altijd voor ogen had gehad, de nieuwe, betere wereld, op de puinhopen kon ontstaan.'

Hij zweeg een poosje, terwijl Franziska somber voor zich uit staarde. Nee, deze nieuwe uitleg troostte haar nog minder.

'Het klinkt nogal hoogdravend, nietwaar?' vroeg hij met een scheve lach. 'Maar ik verzeker je dat dit besluit mijn leven toen heeft veranderd.'

Franziska moest haar gevoelens ordenen voordat ze antwoordde. Ze was boos op hem, voelde zich meer dan ooit buitengesloten en behandeld als een dom, ijdel kind.

'Je zegt dat er in die groep ook vrouwen waren,' stelde ze tenslotte vast en ze perste haar lippen op elkaar. 'Er waren dus ook mannen die hun verloofden of echtgenotes in vertrouwen namen.'

'Die waren er wel...'

'Maar jij vond dat je tegen mij moest zwijgen. Om mij te beschermen, zoals je zelf zegt! Heb je enig idee hoe erg je me daarmee kwetst?'

Nu was het gebeurd. De afgrond gaapte voor haar, verzwolg haar. Ze zag dat zijn lippen bewogen, dat hij zich van haar afwendde, een paar passen wegliep, weer terugkeerde en een hulpeloos gebaar maakte.

'Als je slechts één woord had gezegd, Franziska. Eén woord van twijfel. Eén woord dat tot nadenken stemde. Iets waardoor ik had kunnen weten dat je ook niet meer in de leuzen van de machthebbers geloofde. Maar er was niets...'

'Natuurlijk niet,' antwoordde ze vinnig. 'Hoe kon ik ook, als je bij mij de dappere officier uithing?'

Hij liet zijn hoofd zakken. Daarna keek hij naar het bloeiende, zonovergoten landschap en zweeg.

Jenny

'JENNY?'

Ze stond in de schemerachtige gang, met haar rug tegen de muur geleund om houvast te zoeken. Dit was niet waar. Het kwam vast door de stress. Ze beeldde het zich gewoon allemaal in.

Er werd op de deur geklopt. 'Jenny? Alsjeblieft, kleintje. Ik wilde je niet laten schrikken.'

Jenny sloot haar ogen.

'Jenny, mijn schat, hoor je me? Ik ben toevallig in de buurt, op zoek naar gunstige objecten. En toen dacht ik: ik kom even aanwippen...'

Het had geen zin om haar kop in het zand te blijven steken. Jenny deed haar ogen open en kwam tot de conclusie dat daar, aan de andere kant van de deur, echt Simon Strassner stond. In levenden lijve. Verdomme, ze had ergens gehoopt dat deze hele kwestie zich vanzelf zou oplossen als ze gewoon deed alsof het probleem er niet meer was.

'Hoor je me, Jenny? Zeg nou eens wat, alsjeblieft!'

O nee, in die valkuil zou ze niet stappen. Ze zou geen kik geven en in geen geval op een gesprek ingaan.

'Ik rij nu terug naar Waren, daar heb ik een kamer gehuurd. Heel leuk, pal aan de haven. Morgenochtend kom ik weer langs. Tegen die tijd zul je wel van de schrik bekomen zijn.'

Boven begon Falko boos te blaffen.

'Tot morgen, Jenny,' riep Simon luid om boven het geblaf uit te komen. 'En groetjes aan onze dochter!'

Zou hij nu eindelijk weggaan? Jenny sloop de trap op naar de keuken, naar Kacpar, Juultje en Falko, en keek onopvallend uit het raam. Inderdaad, aan de overkant van de straat stapte Simon Strassner in zijn zwarte Mercedes, waar aan de onderkant de bruine aarde van Mecklenburg-Vorpommern aan kleefde. Simon knalde het portier dicht, liet de motor ronken en reed weg in de richting van Müritz. Wat had hij gezegd? Hij wilde morgen terugkomen. O help!

Kacpar was opgesprongen en naast haar komen staan. 'Dit kan toch niet waar zijn,' zei hij verbijsterd. 'Wat moet die nou hier?'

Eigenlijk wist hij dat maar al te goed. Tenslotte was hij degene geweest bij wie ze in Berlijn haar hart had uitgestort. Kacpar had haar overgehaald het kind van Simon te houden. En daar was ze hem oneindig dankbaar voor. Ze liet zich op een stoel zakken en probeerde de chaos in haar hoofd te ordenen.

Simon was hiernaartoe gekomen, naar Dranitz. Hoe was hij aan het adres gekomen? Ongetwijfeld van oma, die had hem destijds een geboortekaartje gestuurd. Verdomme. Ze had toen al tegen haar oma gezegd dat ze dat niet moest doen, maar die vrouw deed wat ze zelf wilde. En wie zat er nu met de gebakken peren? Natuurlijk. Jenny.

Wat had Simon hier te zoeken? Wat wilde hij van haar? Het was immers uit tussen hen. Hij was vol berouw teruggegaan naar Gisela en Jenny had de consequenties getrokken. Waarom dook hij hier dan op?

Domme kip, dacht ze. Vanwege Juultje natuurlijk.

Was hij soms van plan het kind van haar af te pakken? Kon hij dat eigenlijk wel? Waarom niet? Simon had geld, hij kon de beste advocaten betalen.

Kacpar kwam bij haar zitten.

Juultje, die aanvoelde dat haar moeder gespannen was, begon te jengelen. Jenny tilde haar uit de kinderstoel en drukte haar stevig tegen zich aan. 'Ja, je bent moe, lieverdje,' zei ze sussend. Aan Kacpar gericht voegde ze eraan toe: 'Het is tijd voor haar middagslaapje. Ik leg haar even gauw in bed. Als je zin hebt, kun je meekomen. Ik lees haar nog een verhaaltje voor, dan valt ze sneller in slaap.'

Zonder iets te zeggen legde Jenny de kleine in haar bedje. Vanuit haar ooghoek zag ze dat Kacpar een van de boeken pakte die Mücke had meegebracht. Hij sloeg het open en begon met een rustige stem te lezen: 'Er was eens een kleine kikker. Hij woonde in een vijver vlak bij de stad...'

Juultje straalde en strekte haar handjes uit naar de dikke kartonnen bladzijden.

Jenny's gedachten dwaalden af naar Simon en ineens vielen de schellen haar van de ogen. Natuurlijk, hij wilde haar dochter, dat was een ding dat zeker was. Het besef benam haar bijna de adem. Wat was hij schijnheilig vriendelijk geweest. Helemaal op de onschuldige toer. *Ik ben toevallig in de buurt... ik kom even aanwippen...* En morgen zou hij terugkomen. De vermurwende tactiek. Vriendelijk maar volhardend. Zorgen dat hij telkens een heel klein stukje dichterbij kwam, totdat hij uiteindelijk had wat hij wilde.

Ze kon hem op den duur niet voor de deur laten staan. Gelukkig zou Kacpar er morgen ook zijn, hoewel hij zich altijd door Simon had laten ondersneeuwen toen hij voor hem werkte. Nee, ze had iemand anders nodig. Iemand die haar moedig zou steunen, iemand die net zo dapper was als oma. O, wat balen dat zij er niet was! Aan haar had hij niet zo makkelijk voorbij gekund. Plotseling kreeg ze een idee. Eigenlijk kwam er maar één persoon in aanmerking: Mücke. Maar Mücke was beledigd.

Jenny stond zachtjes op, sloop de kamer uit en pakte de hoorn van de telefoon in de gang op. Ze draaide Mückes nummer en wachtte. Ze wilde net ophangen toen haar vriendin eindelijk opnam. 'Rokowski.'

Hè, hè, eindelijk. Op de achtergrond was de tv te horen. Een voetbalwedstrijd.

'Mücke? Je spreekt met Jenny.'
'Jenny? Ach nee.'
Dat klonk niet erg enthousiast. Maar dat was ook niet te verwachten geweest.
'Luister, ik heb je nodig. Het is dringend.'
Stilte. Misschien had ze anders moeten beginnen. Haar eerst zeggen dat het haar speet.
'Als babysitter, zeker?' hoorde ze Mücke vragen. 'Dat kun je vergeten.'
'Nee, Mücke. Er is iets gebeurd. Iets ergs.'
Nu was haar nieuwsgierigheid tenminste gewekt. Jenny merkte het omdat de tv zachter werd gezet.
'Wat is er dan?'
'Simon was hier. Hij wil Juultje van me afpakken.'
'Simon? Die gast uit Berlijn?'
'Ja, die. Hij stond plotseling voor de deur. Hij wil morgen terugkomen. O, Mücke, ik ben zo bang.'
'Ik ben zo bij je.' Mücke hing op.
Jenny bleef nog een paar tellen in de gang staan en kromp ineen toen Kacpar van achteren zijn hand op haar schouder legde. 'Ze slaapt, Jenny. Ik moet gauw weg, want ik heb nog een afspraak bij een keukeninstallateur voor een eerste kostenberaming voor de inrichting van de restaurantkeuken.' Hij gaf een vriendschappelijk kneepje in Jenny's bovenarm.
'Dank je wel, Kacpar. Mücke komt zo meteen hiernaartoe, dan zien we wel verder.'
'Je bedenkt wel een manier om van die kerel af te komen. Kop op, Jenny. Tot morgen!'
Ze zwaaide hem na toen hij de trap af liep. Daarna liep ze naar Juultje, ging bij haar slapende dochter zitten en wachtte op Mücke.
Ach, die Mücke! Ze was en bleef haar enige echte vriendin. Jenny vond het ineens verschrikkelijk dat ze ruzie hadden gehad.
Een half uur later stond Mücke beneden voor de deur, met een

grote tas vol kleren, toiletspullen, beddengoed en andere dingen over haar schouder.

'Tjonge, het is ook altijd wat met jou!' begroette Mücke haar.

'Tja, dat kun je wel zeggen. Ik ben zo blij dat je er bent, Mücke!'

'Ik laat je toch niet in de steek,' verzekerde Mücke haar en ze gaf haar een knuffel. Jenny begon te snikken van ontroering. 'Kom, we gaan naar de keuken en dan vertel je me alles. En wel van voor af aan.'

Jenny zette koffie en schonk twee bekers in.

'Heeft hij gezegd dat hij Juultje mee wil nemen?' vroeg Mücke.

'Natuurlijk niet. Maar daar moet het wel om gaan. Waarom zou hij hier anders zijn?'

'Misschien mist hij je.'

'Beslist niet.'

'Nou, maak je maar niet druk. Morgen voelen we hem aan de tand en dan zien we wel verder.'

De rustige manier waarop Mücke de dingen aanpakte, zorgde ervoor dat Jenny weer kalmeerde. Tuurlijk, Mücke had volkomen gelijk. Eerst maar eens afwachten. Misschien was er helemaal niets aan de hand. Ze waren nu met zijn tweeën, dat was heel anders. Als hij haar nu met een of andere leugen wilde overrompelen, had ze een getuige. Handtastelijk zou hij niet worden, dat was niet zijn stijl. En mocht dat wel zo zijn, dan had ze Falko.

'Weet je wie ik gisteren in Waren zag?' vroeg Mücke ineens.

'Toch niet Simon Strassner?'

Haar vriendin schudde haar hoofd. 'Die ken ik toch helemaal niet. Nee, ik zag Ulli. In een blokhutboot. Het zag eruit als een vlot met een houten kist erop.'

'Wát?! Weet je zeker dat het Ulli was? Hij is toch in Bremen?'

'Absoluut zeker. We hebben zelfs naar elkaar gezwaaid. Hij had twee katten bij zich. En een oude man. Met nogal grote flaporen…'

'Twee katten en een man met flaporen? Dat heb je zeker gedroomd, of niet?'

Ze moesten allebei giechelen. Het gegiechel werd gelach en omdat ze niet meer konden stoppen, sloegen ze hun hand voor hun mond om Juultje niet wakker te maken.

'Ulli op de ark van Noach,' zei Jenny met verstikte stem.

'En Kalle is nu president,' zei Mücke, die niet meer bijkwam van het lachen.

'Van de carnavalsvereniging zeker?'

Ze proestten het uit en veegden de lachtranen van hun wangen. 'Nee. Van de Vereniging Dierentuin Müritz. Die heeft mevrouw Gebauer opgericht. Erg leuk. Ze wil een echte dierentuin oprichten.'

In één klap was het lachen Jenny vergaan. Een dierentuin? Sonja? 'Ik dacht dat ze op het terrein van het oude rentmeestershuis een paar dieren wilde stallen. Dat ze een soort dierenasiel wilde beginnen. Maar meteen een hele dierentuin? Waar moet die dan komen?'

'Kalle zei dat ze behalve zijn perceel ook de bosgebieden en een paar weiden wil pachten die vroeger bij het landgoed hebben gehoord.'

Het schoot Jenny te binnen dat haar moeder ook over velden en weiden had gesproken, die Bernd, haar vader dus, graag wilde pachten. Blijkbaar had ineens iedereen het op het land voorzien dat ooit tot het landgoed had behoord.

'Ik vind het echt een goed idee,' zei Mücke. 'Ik ben zelf lid geworden van de vereniging. Kalle is helemaal veranderd. Hij zet nu echt iets op poten. En mevrouw Gebauer is helemaal niet zo verkeerd.'

'Ze is een stomme tuthola,' zei Jenny. Ze stond op en liep naar de kamer ernaast omdat Juultje luid schreeuwend kenbaar maakte dat ze wakker was.

'Juultje zou al naar de crèche kunnen!' riep Mücke Jenny na. 'Als je wilt, regel ik een plekje voor haar. Dan kun je in alle rust je eindexamen doen en je met de verbouwing bezighouden.'

'Geen sprake van!'

'Waarom niet? Dat doet iedereen hier en het heeft geen kind geschaad! Je zou zelfs een baantje kunnen zoeken en geld verdienen.'

'In de supermarkt achter de kassa zeker?'
'Nou en? Eigen geld is altijd goed.'
'Maar niet als ik mijn kind daarvoor weg moet geven!' Wat dat betreft was Jenny heel stellig. Haar kind moest een mama hebben die er altijd voor haar was en niet meemaken wat ze zelf had meegemaakt. In de woongroepen was er weliswaar altijd iemand geweest, maar er had nauwelijks iemand echt voor haar gezorgd. Dat wilde ze haar dochter niet aandoen. 'Ik red het ook wel zonder crèche.'
'Als je denkt...'
Tien minuten later kwam Jenny terug met Juultje, die een schone luier aanhad. Mücke nam Juultje voor de rest van de dag over en ging met haar en Falko wandelen, waardoor Jenny tijd had om te studeren.
Toen ze 's avonds met zijn drieën in oma's grote bed lagen, had ze er weer vertrouwen in. Ze zou Simon Strassner, die arrogante blaaskaak, eens flink op zijn nummer zetten.

De volgende ochtend kwam Simons zwarte Mercedes tegen elf uur aanrijden. Hij reed langzaam naar het landhuis toe en parkeerde helemaal aan het begin van de oprit, om niet in de door de regen doorweekte, modderige bandensporen weg te zakken. Jenny en Mücke stonden met Juultje bij het raam en keken toe terwijl Simon zijn zwarte leren aktetas en een grijze paraplu uit de kofferbak haalde. Hij stapte behendig over de plassen en begroette met het joviale gebaar van een opdrachtgever de twee stukadoors die in hun auto hun boterhammen zaten te eten. Simon had al talloze bouwplaatsen bezocht in zijn leven en een aantal daarvan ook geleid. Hij was er bekend mee.
'En op die kerel was je ooit verliefd?' vroeg Mücke verbaasd. 'Hij is oeroud. Hij heeft al wit haar bij zijn slapen.'
Jenny begreep zelf ook niet wat ze zo leuk had gevonden aan Simon. 'Het is ook al lang geleden...'

'Zakken!'

Te laat. Simon stond voor de voordeur en keek naar boven, en natuurlijk zag hij hen alle drie achter het keukenraam staan. Jenny kreeg een knalrood hoofd. 'Shit. Wat gênant,' zei ze.

'Nou en?' vroeg Mücke schouderophalend. 'Het is toch jouw huis, dus jij kunt uit het raam kijken zo veel je wilt.'

De deur beneden stond open vanwege de bouwvakkers en ze hoorden zijn soepele voetstappen op de trap, haastig en licht. Even later werd er beschaafd maar hoorbaar op de keukendeur geklopt. Mücke ging met Juultje aan de tafel zitten en Jenny deed de deur open.

'Goedemorgen, Simon, kom binnen.'

Hij zag er nog precies hetzelfde uit als twee jaar geleden. Iets magerder misschien. Maar zijn glimlach was nog even charmant.

'Hallo, Jenny! Wat fijn dat ik langs mag komen. Wat een rotweer!'

Wat was hij onbevangen. Helemaal de aardige, vrolijke, oude bekende. Hij schudde Mücke de hand en gaf Juultje een geel badeendje. Met een kreetje van blijdschap pakte ze het aan.

'Wat een schatje is onze Julia!' riep hij enthousiast. 'Ik ben nu al helemaal verliefd! Ik heb een paar bonbons meegebracht, ik hoop dat jullie van marsepein houden. Mag ik plaatsnemen? Dank je. Wat een leuke hond.' Hij strekte zijn hand uit en aaide Falko, die kwispelend naast hem stond.

Ongelofelijk! Zelfs de anders zo waakzame herdershond zag niet eens de vijand achter het vriendelijke masker. Simon liet zich door Jenny een kopje koffie inschenken en begon te kletsen. Hij vertelde over verschillende kastelen en landhuizen die hij had bekeken, was enthousiast over de onaangetaste natuur van Mecklenburg-Vorpommern en liet doorschemeren dat hij in diverse aankooponderhandelingen zat.

'Een wellnesshotel?' vroeg hij glimlachend aan Jenny. 'Dat is een fantastisch idee, Jenny. Goedverzorgde ontspanning in mooie natuur in landherenstijl. Het had zomaar een idee van mij kunnen zijn.

Is het meer ook van jullie? Ah. En het voormalige park. Nou, daar kun je heel wat moois van maken…'

Natuurlijk wist Jenny dat Simon een vleier was, maar toch deed het haar goed om eindelijk eens geprezen te worden voor haar idee.

'Ik krijg bijna zin om deel te nemen.'

Aha, uit die hoek waaide de wind.

'Bedankt, maar we hebben al een architect in het team.'

'O ja? Ken ik hem?'

'Natuurlijk. Kacpar Woronski.'

Simon liet niet merken wat hij daarvan vond, maar zei alleen dat hij dat haast al had vermoed. 'Een begaafde jongeman… Hij nam plotseling ontslag en was echt moeilijk te vervangen.'

'Ben je op de terugweg?' vroeg Jenny en ze stond op om de bezoektijd te verkorten.

Hij negeerde de vraag en richtte zich op Juultje. Helaas kon hij goed met kinderen omgaan. Hij maakte zijn dochter aan het lachen en strekte zijn armen naar haar uit. 'Geef de kleine schat eens aan mij. Wat lijkt ze veel op je, Jenny…'

Voordat Jenny kon reageren, had hij Juultje al op zijn arm genomen en liep met haar door de kamer. Daarna zette hij haar op de grond en ging naast haar zitten. Hij waggelde op zijn hurken als een eendje en was blij toen Jule moest lachen. Ze mocht op zijn rug paardjerijden en vond het geweldig.

'Zo, nu breng ik je weer naar mammie.'

Hij zette Juultje op haar schoot en Jenny omhelsde haar kind stevig met beide armen. Simon veegde het zweet van zijn voorhoofd, ging met zijn vingers door zijn haar en trok zijn overhemd, stropdas en broek recht. Mücke moest stiekem grijnzen.

'Ik ben nog een paar dagen in de buurt,' verkondigde hij, terwijl hij zijn aktetas pakte. 'Voor zaken. Wat dachten jullie ervan om gezellig samen koffie te drinken in Waren? Ik logeer direct bij de haven in een pension. Hebben jullie misschien zin in een boottochtje? Natuurlijk kom ik ook graag hier langs, het landhuis is een heel bijzonder object. Wat fijn dat het binnenkort in nieuwe luister zal schitteren.'

Hij gaf Mücke een hand, knielde voor Jenny om Juultje gedag te zeggen en keek toen diep in Jenny's grijsblauwe ogen. 'Ben je alles vergeten wat er ooit tussen ons was?' zei deze blik.

'Oké, dag,' nam Jenny koel afscheid van hem.

'Tot gauw, kleintje.'

Ze haalde opgelucht adem toen hij eindelijk de trap af liep en keek van achter het raam toe terwijl hij in zijn Mercedes stapte.

'Een hoop heisa om niets,' zei Mücke en ze haalde haar schouders op. 'Die man is toch volkomen onschuldig.'

Jenny schudde langzaam haar hoofd. Als Simon Strassner iets niet was, dan was het 'onschuldig'.

Mine

'NEE,' ZEI KARL-ERICH. 'Hij komt niet. Ik moet je de groeten doen en je vertellen dat hij op een blokhutboot overnacht.'

Mine moest de hoorn voor hem op de haak leggen, want dat kon hij met zijn kromme vingers niet meer. Straks viel de hoorn nog achter het dressoir en moest Mine hem aan het gedraaide snoer omhoogtrekken.

'Op een blokhutboot?' vroeg ze verbaasd. 'Sinds wanneer heeft Max Krumme een blokhutboot? Hij verhuurt toch roeiboten?'

'Tja,' zei Karl-Erich. 'Blijkbaar heeft hij er nu een. En roeien wilde vroeger ook al niemand.'

Dat was waar. Daarom hadden ze ook gehoopt dat Ulli een of twee motorboten zou aanschaffen. Om mee te beginnen. En een zeilboot. Zodat hij de toeristen uit het westen iets te bieden had.

'Wat is dat eigenlijk, een blokhutboot?' vroeg Mine zich af. 'Een boot met een huis erop? Wat moet je daar nu mee?'

Karl-Erich haalde zijn schouders op. Hij hield niet zo van Mines intriges, dat wist ze wel. Hij vond het niet goed dat ze Ulli samen met Max achter zijn rug om manipuleerde.

'Bemoei je er nou niet mee,' bromde hij. 'Ulli is een volwassen man. Hij moet zelf weten waar en hoe hij wil leven. Je kunt hem niet aan de leiband laten lopen. En dat hij een paar dagen vakantie viert aan de Müritz, betekent nog niet dat hij hier wil blijven en Max

Krummes botenverhuur wil voortzetten. Ulli heeft in Bremen immers een prima baan als scheepsbouwingenieur.'

'Ik doe toch helemaal niets,' zei Mine en ze liep weer naar het fornuis. Ze was pruimen aan het inkoken. 'Ik laat hem echt wel zelf beslissen. Maar Max is niet dom, die heeft altijd van zijn botenverhuur geleefd en er zijn gezin van kunnen onderhouden. En Ulli lijkt het leuk te vinden, anders was hij niet gebleven. Terwijl hij het eergisteren nog had over een reis door de Alpen naar Zwitserland.'

'Zonde.' Karl-Erich schudde spijtig zijn hoofd. 'De Alpen! Italië! De Via Mala... Nee, dat Ulli dat allemaal laat schieten om in een boot over de Müritz te varen. Daar gaat hij nog spijt van krijgen.'

Mine draaide zich om en streelde zijn arm. Ach, ze wist wel dat Karl-Erich als jongeman een heleboel dromen had gehad. Hij had naar Berlijn willen gaan, naar de hoofdstad waar het leven zich afspeelde. Maar daar was niets van terechtgekomen. Vanwege de liefde. Vanwege haar.

'Ulli is nog jong,' zei ze. 'Hij kan altijd nog naar Italië en Zwitserland. Nu is immers alles mogelijk.'

'Ja,' antwoordde hij en hij grijnsde ironisch. 'Alleen niet voor een oude invalide zoals ik.'

Ze hield er niet van als hij medelijden had met zichzelf. Dan liet hij zich ook niet troosten en hoe meer ze ertegen inging, hoe meer hij in zijn zelfmedelijden zwolg. Terwijl hij veel geluk had gehad in zijn leven. Hij was heelhuids uit de oorlog teruggekomen, had weer kunnen werken in het beroep waarvoor hij had geleerd en had een vrouw en drie kinderen gehad. Alleen die toestand met Olle, Ulli's vader, was nog altijd erg moeilijk. Maar dat gold ook voor haar. Olles ongeval, waarbij ook zijn vrouw, Ulli's moeder, om het leven was gekomen, was het ergste wat ze in haar leven had meegemaakt. Ze waren met hun Trabi tegen een boom gebotst. Mine en Karl-Erich hadden Ulli in huis genomen en grootgebracht. En dat was een groot geluk voor hen geweest.

'Alles is mogelijk,' haalde Karl-Erich haar uit haar gedachten.

'Tenminste, dat denkt iedereen. Iedere fantast denkt dat hij zijn ding kan doen. Mevrouw de barones bouwt een hotel, Max Krumme koopt een blokhutboot en Sonja wil een dierentuin openen. Als je het mij vraagt, zijn het allemaal hersenspinsels!'

Mine wist dat ze hem beter zijn frustratie kon laten uiten omdat hij daarna weer normaal zou zijn. Toch kon ze vandaag haar mond niet houden.

'Waarom zou het niet lukken? De omstandigheden zijn nu toch heel anders? De tijd van de DDR is voorbij. Nu heeft iedereen de kans iets op touw te zetten.'

Karl-Erich schudde eigenwijs zijn hoofd. 'Dat denken ze maar, Mine. Maar er zal niets van terechtkomen. Dat weet ik zeker. Ze zullen allemaal op de fles gaan met die grootse ideeën van ze.'

Nu moest Mine zich beheersen om niet boos te worden. Hij zei het immers niet om haar te ergeren. Het was zijn verdomde reuma waardoor hij zo pessimistisch was geworden. De reuma en de leeftijd.

'En hoe weet je dat zo zeker?'

Hij gaf niet meteen antwoord, maar wreef peinzend met zijn kromme vingers over zijn grijze baardstoppels. 'Dat was altijd al zo, Mine,' zei hij ten slotte en hij keek uit het raam. 'Want hoe was het vroeger? Toen was alles hier van de landheer. Al het land in één hand. Iedereen had een inkomen en niemand hoefde te verhongeren. Daarna hebben de Russen het land verdeeld. Ze hebben het in een heleboel kleine stukjes gehakt. Slechts enkele boeren hebben het overleefd, dat waren degenen die altijd al landbouw hadden bedreven. De anderen hebben er de brui aan gegeven en het land verwaarloosd. En toen kwam de LPG en was alles weer in één hand. En dat was goed zo, omdat iedereen weer een inkomen had. Ik zeg je één ding, Mine,' voegde hij eraan toe en hij keek haar nadenkend aan. 'Over een paar jaar zal alles weer in één hand zijn. Omdat al die kleine mensen snel zullen zien hoe de grote jongens er met de buit vandoor gaan. En weet je ook van wie alles hier dan zal zijn?'

Mine haalde haar schouders op.

'Het zal allemaal van de banken zijn, Mine,' voorspelde hij. 'En die zullen het dan aan de Chinezen verkopen. Over een paar jaar zie je hier alleen nog spleetogen rondlopen. Zo zal het gaan, Mine. En ik ben blij dat ik dat niet meer hoef mee te maken.'

Nu bazelde hij echt. Spleetogen... 'Is er vandaag voetbal op tv?' vroeg ze om hem af te leiden.

'Op dinsdag niet natuurlijk,' bromde hij. 'Alleen in het weekend.'

'O. Maar misschien is er een sportjournaal?'

'Nee. Je hoeft niet te proberen me de keuken uit te jagen. Je zult wel zien dat ik gelijk heb, ook al vind je het misschien maar niks!'

Toen hij in de woonkamer in zijn fauteuil zat, haalde Mine de ingekookte pruimen van het vuur. Ze deed ze in grote glazen potten. Daarna deed ze de koelkast open om worst en kaas voor het avondmaal te pakken. Daardoor zag ze dat het bier op was.

'Ik loop even snel naar Heino Mahnke!' riep ze naar de woonkamer. 'Het bier is op.'

'Ik hoef geen bier,' mompelde hij. 'Je hoeft voor mij niet door het donker te lopen.'

'Het is nog vroeg,' zei ze terwijl ze haar jas al aantrok. 'Dan kan ik meteen melk en yoghurt meenemen voor morgen. Trouwens, ik kan eigenlijk wel tot diep in de nacht in het café blijven!' grapte ze.

'Dan kom ik je halen, meid,' dreigde hij.

Ze dacht aan de tijd dat hij met Hannes Mauder had gevochten omdat die naar haar gelonkt zou hebben. Die was later in de oorlog gesneuveld, de arme man. Wat was dat allemaal al lang geleden. Een andere tijd. Een ander leven.

Het was al donker toen Mine de straat op liep. In het schijnsel van de straatlantaarns zag ze de regen, schuine grijze strepen die een beetje fonkelden in het licht. Mine trok haar hoofddoek strakker en klapte de kraag van haar jas omhoog. Een paraplu had ze niet nodig. Dat kon ook niet, omdat ze straks de zware boodschappentas met bier, melk en yoghurt zou moeten dragen. Een paraplu was alleen maar onhandig.

Heino Mahnkes café lag aan het eind van de dorpsstraat. Vroeger was het alleen een kiosk met een toog geweest, maar nadat zijn vrouw was overleden, had Heino de voormalige woonkamer leeggeruimd, een bar laten inbouwen en tafeltjes en stoelen neergezet. Hij leefde nu alleen nog voor zijn café en in het dorp ging het gerucht rond dat hij zelf zijn beste klant was.

Toen Mine het huis naderde, hoorde ze dat Heino nog gasten had. In de steeg kon ze de vrolijke stemmen al horen. Ze was blij dat ze niet direct naast Mahnke woonde, ze zou dat lawaai elke avond vreselijk irritant hebben gevonden. Ze schudde de regendruppels van haar hoofddoek en bond hem opnieuw om haar hoofd voordat ze naar binnen ging. Binnen sloegen de warme cafélucht en het luide gelach haar tegemoet. Aan de lange tafel zaten vijf mannen bier en kummel te drinken. Het waren Helmut Stock en Valentin Rokowkski, Paul Riep, Wolf Kotischke en de waard zelf. Achter in de hoek zaten nog twee gasten. Een van hen was Kalle Pechstein, de ander kende Mine niet.

'Hé, Mine!' riep Heino naar haar. 'Dat je om deze tijd nog buiten rondloopt! Het is al donker! Kom bij ons zitten, ik geef net een rondje.'

'Nee, bedankt!' riep ze lachend terug. 'Ik ben geen caféganger. Nooit geweest en nu ik boven de tachtig ben, ga ik dat ook niet meer worden.'

Ook de anderen aan de tafel kregen lol in het spelletje. Ze gebaarden Mine dat ze moest komen, nodigden haar uit voor een biertje en een glaasje jenever en amuseerden zich omdat ze nu toch begon te blozen.

Mine wees het aanbod af en liep naar de bar, waar Angie Kunkel, de kleindochter van Paul Riep, hielp met bier tappen. Angie was pas negentien en had een overbeet, maar als ze niet praatte, zag je het niet. Dan zag ze er heel leuk uit met haar korte blonde haar en haar grote lichtblauwe ogen.

'Ik wil graag twee flesjes bier,' zei Mine. 'En als er nog wat over is, dan ook graag twee potjes yoghurt en een kan melk.'

'Heino, kun je even snel helpen?' riep Angie. Ze pakte twee flesjes bier uit de horecakoelkast en zette ze op de bar. 'Mine wil graag twee potjes yoghurt en melk. Ik kan niet tegelijk tappen en naar achteren gaan!'

Nee, dat konden die jongelui natuurlijk niet, dacht Mine, maar ze hield zich in en zei er niets over. Als ze bedacht wat zij op die leeftijd allemaal tegelijk had moeten doen op het landgoed. Dat was vaak echt zwaar werk geweest, maar geen van de personeelsleden had geklaagd.

Mines blik dwaalde door het café en bleef bij de vreemdeling hangen die iets ter zijde naast Kalle zat.

'Heb je die man daar gezien?' vroeg Angie terwijl ze een nieuw rondje tapte. 'Hij zei dat hij uit Berlijn komt. En raad eens wat hij hier wil doen.'

'Hij zal wel land willen kopen. Of pachten,' vermoedde Mine en ze keek onopvallend naar de chic geklede man.

'Nee, helemaal niet.' Angie boog zich naar Mine toe. 'Dat is meneer Strassner. Hij wil met Jenny Kettler van het landhuis trouwen.'

'O?' vroeg Mine. 'Is dat soms…'

'Inderdaad. Hij is de vader van haar kind. Hij heeft me net verteld dat hij lang heeft geaarzeld, maar dat hij nu weet dat hij niet zonder Jenny en zijn dochtertje kan leven.' Angie glimlachte dromerig en liet het bier overschuimen. 'Soms duurt het gewoon wat langer voordat iemand weet bij wie hij hoort, nietwaar? Jenny heeft veel geluk. Hij heeft een hoop poen, hij heeft al twee rondjes gegeven…'

Mine gluurde weer naar Kalle en meneer Strassner. Ze mocht die man niet. Te glad, te geforceerd. Bovendien was hij veel te oud voor Jenny. Hij had wel haar vader kunnen zijn. Hoe kwam hij er nu ineens bij om met haar te trouwen? Het enige wat zou kunnen was dat hij eerst van een ander had moeten scheiden. Dat was hier niets bijzonders. In de DDR trouwden de mensen vroeg, maar gingen ze vaak ook weer scheiden. Dat was geen probleem, aangezien de vrouwen ook allemaal werkten en de staat voor crèches en kleuterscholen zorgde. In het westen was dat waarschijnlijk niet zo makkelijk.

Maar het was goed nieuws. Jenny zou dus met de vader van haar kind trouwen en de arme Ulli met rust laten. En Ulli kon zich dan eindelijk op de vrouw richten die volgens Mine voor hem was bestemd, Mücke Rokowski.

Achter de bar ging de keukendeur open en Heino kwam binnen met de gevulde melkkan en twee glazen potjes met yoghurt.

'Je hebt geluk, Mine. Maar de melk is van vanochtend, die kun je beter even koken.'

Dat wist Mine als boerendochter natuurlijk wel. Heino zette de flesjes bier, de potjes yoghurt en de gevulde melkkan in haar boodschappentas. 'Dat is dan zes mark.'

Mine betaalde, groette de gasten en liep naar buiten, de donkere straat op. Ook meneer Strassner uit Berlijn had haar vriendelijk 'Fijne avond nog' toegeroepen. Toch mocht ze hem niet. Het was puur een onderbuikgevoel. Hij was te glad. Te gemaakt.

Jenny

'JENNY! TELEFOON!'

Mückes stem schalde opgewonden door het trappenhuis. Blijkbaar moest Jenny snel komen. Verdorie. Altijd op het verkeerde moment. Ze was net bezig om de stukadoors de les te lezen, want Kacpar had in de grote zaal deuken in de muren ontdekt. Daar waar de elektrabuizen liepen, hadden de jongens het niet goed opgevuld.

'Zo kan het niet blijven, hiervoor betaal ik geen cent!' zei ze tegen de twee bouwvakkers, die somber kijkend voor haar stonden en het probleem probeerden goed te praten. 'Ik ben zo terug...'

Jenny rende de trap op naar Mücke en pakte de hoorn aan. 'Wie is het?' fluisterde ze met haar hand over de spreekhoorn.

'Je oma,' fluisterde Mücke.

'Godzijdank,' zei Jenny opgelucht. 'Ik was al bang dat het mijn moeder was.' Ze haalde haar hand van de spreekhoorn. 'Hallo, oma, met Jenny. Hoe gaat het met jullie?'

Oma's stem klonk vrij zacht. Logisch, want ze was natuurlijk erg ver weg.

'Met ons gaat het goed. We zijn in Firenze.'

'Ik dacht dat jullie in Toscane waren?'

'We zijn in Florence, in het postkantoor.'

'O.'

'Hoe gaat het bij jullie? Zijn jullie allemaal nog gezond? Zijn de stukadoors gekomen?'

'Het gaat prima, oma. Beneden is al bijna alles klaar. Als je terugkomt, kunnen we de spullen bestellen voor de inrichting.'

Heel even kwam Jenny in de verleiding om de deuken in de muren te noemen, maar ze deed het toch maar niet. Oma kon zich over dat soort dingen vreselijk druk maken en dat was niet de bedoeling op haar huwelijksreis.

'En verder?' vroeg oma. 'Redden jullie het wel? Drie weken is best een lange tijd.'

'Ach, oma!' riep Jenny verontwaardigd in de hoorn. 'Het gaat hier prima, je hoeft je absoluut geen zorgen te maken. Geniet liever van de mooie reis met Walter. Het gaat toch wel goed met jullie?'

'Jaja. Het gaat heel goed met ons...'

'En het vakantiehuis? Is dat ook in orde?'

'O ja, dat is heel mooi. Vanuit het raam heb je prachtig uitzicht over de groene heuvels van Toscane.'

Groene heuvels. Die had ze hier ook. Maar ze leek het naar haar zin te hebben en dat was het belangrijkste.

'Dan wens ik jullie nog een fantastische en onvergetelijke huwelijksreis. En doe Walter de groeten van me!'

'Dank je wel,' hoorde ze nog net, daarna werd de verbinding verbroken. Waarschijnlijk waren oma's muntjes op. Hoeveel lira zou zo'n interlokaal telefoongesprek wel niet kosten? Ze moest even denken aan de aanmaningen die helemaal onder in het laatje in oma's dressoir lagen, maar die zou oma zodra ze terug was vast snel in orde brengen.

Jenny gaf Juultje, die jengelde omdat ze per se met Mücke hoppaardje-hop wilde spelen, een kus op haar bolle babywangetje en liep toen snel naar beneden om te kijken hoe het daar ging. 'Nu niet, schatje,' hoorde ze Mücke zeggen. 'We gaan lekker naar buiten om de eendjes op het meer te voeren. Kom, we doen je jasje aan en zetten je mutsje op.'

Inmiddels was Kacpar binnengekomen. Hij begroette Jenny vriendelijk en pakte haar bij haar arm. 'Ik zou graag even met je willen praten, Jenny.'

Ze had al zo'n vermoeden wat hij op het hart had. De time-out met Mücke leek niet makkelijk voor hem te zijn en dat gold niet alleen voor hem...

'Laten we naar boven gaan,' stelde ze voor. 'Daar worden we niet gestoord. Mücke wilde toch net met Juultje naar buiten gaan.'

Op de trap kwamen ze elkaar tegen. Juultje zag er mooi uit in het knalroze jackje dat oma uit de catalogus had besteld, ook al vond Jenny dat het nu al behoorlijk krap zat. Toen Mücke Kacpar zag, verstarde ze, maar meteen daarna zette ze een geforceerd vrolijke glimlach op.

'O, hallo, Kacpar,' zei ze en ze keek hem recht aan. 'Mijn moeder zei dat je je spullen moet pakken. Ze heeft de kamer nodig voor haar naaispullen. Het zou fijn zijn als je morgen weg bent!'

Kacpars blik werd hard.

Mücke wierp hem nog een geringschattende blik toe en liep toen met opgeheven hoofd weg met Juultje. Het einde van een liefde, dacht Jenny droevig. Wat jammer. Ook al was het waarschijnlijk beter zo. Mücke en Kacpar hadden nooit echt goed bij elkaar gepast.

Ze trok Kacpar de keuken in en duwde hem op een stoel. Het was duidelijk aan hem te zien dat hij de situatie vreselijk gênant vond. 'Als je weer hier in wilt trekken...' zei ze ten slotte en ze schraapte haar keel.

'Ik heb al een kamer gevonden. Dank je.'

Ze knikte. Godzijdank. Als hij echt in het landhuis was ingetrokken, had ze misschien weer ruzie met Mücke gekregen. Het leek erop dat haar vriendin er nog lang niet overheen was, anders zou ze niet zo bot tegen hem doen.

'Koffie?' vroeg ze en ze begon het apparaat al te vullen.

'Ik wilde met je over gisteren praten, Jenny,' zei Kacpar.

'Je bedoelt over Simon Strassner? Niet over Mücke?' vroeg Jenny verbaasd.

'Ja.' Kacpar knikte. 'Het was nogal schrikken om hem zo onverwachts te zien. Ik vroeg me af wat hij met zijn bezoek beoogt.'

Jenny haalde haar schouders op. 'Kennelijk is hij toevallig in de buurt omdat hij hier verschillende objecten bekijkt. En daarom wilde hij zijn dochter een keertje zien.'

'En dat geloof jij?'

'Nee, ik geloof hem niet. Maar hij was heel relaxed. Hij heeft met Juultje gespeeld en ging daarna weer weg.'

'Wil hij terugkomen?'

'Hij heeft een kamer gehuurd in Waren en ons uitgenodigd voor een boottochtje.'

'Aha.' Kacpar knikte peinzend.

Jenny begon zo langzamerhand haar geduld te verliezen. 'God, Kacpar, ik weet ook wel dat er iets achter schuilt. Maar ik heb geen idee wat hij van plan is en daar word ik doodzenuwachtig van. Ik ben gewoon bang dat hij Juultje van me af zou kunnen pakken.'

'Dat lukt hem niet.' Kacpar schudde heftig zijn hoofd. Jenny zette een kopje koffie voor hem op de tafel en hij legde geruststellend zijn hand op haar arm.

'Maar ik vrees iets heel anders,' voegde hij eraan toe. 'En daarom heb ik gistermiddag Angelika gebeld. Angelika Kammler. Herinner je je haar nog?'

'Natuurlijk!'

Zozo, die Kacpar. Hij had gewoon Simons secretaresse in Berlijn gebeld. Dat had ze niet van hem verwacht.

'Ze heeft me heet van de naald verteld dat ze op zoek is naar een baan omdat Simons bedrijf wordt verkocht. De arme Simon zit midden in een uiterst moeilijk scheidingsconflict. Gisela geeft hem niets en daarin wordt ze gesteund door haar invloedrijke ouders. Wat zeg je daarvan?'

'Ik sta perplex!'

Wat een acteur! Geen stom woord had hij erover gezegd. In plaats daarvan had hij de elegante zakenman gespeeld die toevallig langskwam om een 'paar objecten' te bekijken. Terwijl het water hem in werkelijkheid aan de lippen stond.

'Ik vrees dat Simon het weer op jou heeft voorzien, Jenny,' zei Kacpar en hij keek haar betekenisvol aan.

Ze begon te lachen. 'Op mij? Dat geloof ik niet. Dan had hij toch wel wat gezegd? Dat hij nu gaat scheiden. Dat hij zich eenzaam voelt. Gewoon, van die dingen die mannen zeggen als ze iets van een vrouw willen.'

Kacpar grijnsde. Natuurlijk wist hij heel goed dat Simon haar maandenlang van alles had wijsgemaakt, tot haar eindelijk de ogen waren geopend. En Jenny wist dat hij het wist. Tenslotte was hij degene geweest die haar in Berlijn had bijgestaan.

'Ik denk dat hij langzaam en voorzichtig te werk gaat,' zei Kacpar en hij stopte met grijnzen. 'Maar als hij zich hier nog in de omgeving ophoudt en je binnenkort wil uitnodigen, is dat een teken dat hij iets van plan is.'

Jenny dacht na. Simon was al een keer naar haar gevlucht toen Gisela met een scheiding dreigde. Dacht hij soms dat ze zo dom was om hem voor de tweede keer op te nemen? Dat zou wel heel raar zijn. Zelfs iemand die zo van zichzelf overtuigd was als Simon kon niet zo naïef zijn.

'Ik laat in elk geval niet meer met me sollen!' zei ze boos. 'Ik rij nu naar Waren en vertel hem dat hij van mij niets hoeft te verwachten.'

Kacpar keek haar geschrokken aan. Met zo veel besluitvaardigheid had hij duidelijk niet gerekend.

'Nee, wacht!' probeerde hij haar tegen te houden. 'Ga nu niets overhaasts doen, Jenny. Simon Strassner is gehaaid, vooral in de omgang met vrouwen.'

'Ben je soms bang dat hij me met zijn mannelijke charme kan verleiden zodat ik uiteindelijk met hem in een hotelbed beland?'

'Eh, nee,' zei hij snel en hij bloosde. 'Ik bedoel alleen dat je van tevoren goed moet nadenken over wat je zegt.'

'Waar moet ik nou over nadenken?' zei ze en ze zocht in haar handtas al naar haar autosleutels. 'Ik zeg hem waar het op staat en dan weet hij het. Duidelijkheid scheppen. Schoon schip maken. Geen gemene spelletjes.'

'Wat vind je ervan als ik meerijd?'

'Dat vind ik geen goed idee. Jij moet de bouwvakkers in de gaten houden en straks de deur opendoen voor Mücke en Juultje, ze hebben geen sleutel.'

Jenny pakte oma's huissleutel uit het dressoir en gaf hem aan Kacpar. Hij pakte hem slechts aarzelend aan.

'Ik ben over uiterlijk een uur weer terug.'

'Ik vind het geen goed idee, Jenny,' hoorde ze Kacpar waarschuwend zeggen, maar ze was al op de trap.

De benzinewijzer stond op RESERVE. Ze moest dringend tanken, anders bleef ze straks nog ergens in het bos steken. In Waren werd overal gebouwd en gerenoveerd. Steigers en de wagens van leveranciers blokkeerden de straten en namen alle parkeerplaatsen in beslag. Het lawaai van de bouwmachines was niet te verdragen. Jenny parkeerde haar auto in een zijstraat, liep te voet naar de haven en vroeg zich af waar Simon zou logeren. Helaas waren er diverse pensions waar in het raam het bordje KAMERS TE HUUR hing, er zat dus niks anders op dan ze allemaal af te lopen. Vier keer had ze geen geluk, maar toen, bij een bakstenen huis met witte kozijnen, was het raak. De oudere, nogal corpulente vrouw die binnen de vloer dweilde, kende de naam Simon Strassner.

'Hij heeft hier een kamer gehuurd,' zei ze en ze pakte de lap van de schrobber om hem in de emmer uit te spoelen. 'Tot gisteren.'

'O! Is hij al vertrokken?'

Jenny was erg teleurgesteld. Nu had ze de kwestie voor eens en voor altijd willen oplossen en was hij er niet meer.

'Heeft hij gezegd waar hij naartoe ging?'

'Nee, het gaat mij niets aan waar de gasten naartoe gaan.'

'Natuurlijk niet. Evengoed bedankt.'

Teleurgesteld liep Jenny de straat weer op. Ze slaakte een diepe zucht en knipperde met haar ogen tegen de zon, die het water in de haven zilverblauw kleurde. Een paar witte jachten lagen naast elkaar aan de kade, een boot waarop RONDVAARTEN stond dobberde links van haar in de haven. Het was op-en-top een vakantiedecor. Ze liep een paar passen naar het water en bleef besluiteloos staan. Toeristen liepen langs de kade, kletsten en wezen met hun vinger, kinderen hadden een ijshoorntje in hun hand, een hongerige wesp vloog in een duikvlucht langs haar heen. Hij was dus vertrokken. Dan zat het misschien toch heel anders in elkaar. Blijkbaar had Simon helemaal geen duistere bedoelingen met betrekking tot haar of Juultje en had hij echt alleen zijn dochter willen zien. Zijn eigen situatie had hij verzwegen omdat hij niet met een zielig verhaal bij haar wilde komen aanzetten. Logisch. Met zo'n ellendig verhaal ging een Simon Strassner niet lopen leuren. Dat vond hij veel te pijnlijk. Hij hield liever zijn mond en speelde de succesvolle zakenman. Ze kreeg haast medelijden met hem, de arme man. Hij zat nu flink in de penarie. Hoewel hij die misère zelf veroorzaakt had.

'Halve kracht vooruit. Klaar om aan te meren!'

Ze kromp ineen en keek in de richting waar de stem vandaan was gekomen. Direct uit het havenbekken. Daar was nu tussen de mooie witte jachten een vreemd bruin gevaarte opgedoken, dat deed denken aan een drijvende kartonnen doos. Een heel grote doos, maar dan van hout. En met ramen en een deur. Een soort ark van Noach. O, hemel, een blokhutboot.

'*Aye aye*, kapitein!' riep Ulli. 'Aanmeertouw klaar...'

Er ontstond enige oproer onder de toeristen die al een tijdje naar de blokhutboot hadden staan kijken. Jenny werd naar achteren geduwd, behulpzame toeristen vingen het touw op, legden het om een van de lage meerpalen en begonnen een gesprek met de twee mannen op de boot.

'Waar kun je zoiets huren?'

'Zit er ook verwarming in?'

'Heb je hier een vaarbewijs voor nodig?'

'Mammie, ik wil op die boot!'

Het duurde een poosje voordat Jenny zich naar voren had gewerkt. Dat ding was niet verkeerd. Ze kende dat soort boten uit Berlijn, waar ze overal op de watertjes dobberden. Veel van die boten waren avontuurlijker gebouwd dan dit eenvoudige vlot met een blokhut erop. Ulli stond wijdbeens op de boeg en was bezig met het aanmeertouw.

'Ulli?' riep ze. 'Ben jij het echt?'

'Jenny?' vroeg hij verbaasd. 'Wat een toeval!'

Hij leek niet extreem blij te zijn haar te zien. Typisch Ulli. Toen ze laatst samen koffie hadden gedronken, was hij heel anders geweest. Echt aardig en begripvol. En nu deed hij weer alsof ze een besmettelijke ziekte had. Jenny ergerde zich.

'Leuke boot,' zei ze desondanks en ze glimlachte naar hem. 'Mag ik hem bezichtigen? Gewoon als oude vriendin, bedoel ik.'

Eigenlijk wilde hij het niet, dat was duidelijk aan hem te zien. Maar hij wilde haar ook niet afwijzen.

'Tuurlijk,' zei hij traag en hij stak zijn hand naar haar uit om haar aan boord te helpen.

Zijn maat op de boot was veel hartelijker. Een vreemde man, klein, mager en met enorme flaporen. Dat had Mücke dus niet verzonnen.

'Welkom aan boord!' riep hij. 'Oude vriendinnen krijgen natuurlijk een gratis rondvaart!'

'Dit is Max Krumme, mijn partner,' stelde Ulli hem voor. 'We wilden eigenlijk net iets gaan eten, maar nu je er eenmaal bent... Je kunt hier gaan zitten.' Jenny nam plaats en hij draaide zich naar de toeristen om. 'Lijnen los!'

'En van wie is deze ark van Noach?' vroeg Jenny nadat Ulli de motor had gestart en naar het open water tufte.

'Dit is de Mine en ze is van Max en mij,' vertelde Ulli, die naast haar ging zitten en het roer aan zijn partner overliet.

De Mine kwam op snelheid en Jenny voelde de boot deinzen en schommelen. Ze genoot ervan. Ze keek over het gladde oppervlak van het meer, dat nergens leek te eindigen. Wat was het heerlijk om deze weidsheid in te glijden en je door het water en de lucht te laten omsluiten.

'Ik dacht dat je in Bremen was,' zei ze, met haar gezicht naar de zon gekeerd.

'Ik ben op vakantie.'

'En dus heb je een boot gekocht?'

Ulli schudde zijn hoofd. Nu ze op het water waren, ontdooide hij. Ineens was hij ontspannen en bijna vrolijk.

'Max heeft de boot aangeschaft. Heel sluw, want ik ben er meteen verliefd op geworden. Ik kom niet meer van de Mine af. Het liefst zou ik een jaar lang over alle rivieren en meren varen. Idioot, hè?'

'Hm.' Jenny knikte. 'Dat kan ik begrijpen.' Ze sloot haar ogen en voelde de lichte bries.

'En jij?' vroeg Ulli. 'Lukt het allemaal in je eentje met de verbouwing en de kleine? Ik hoorde dat je oma op huwelijksreis is.' Hij zat zo dicht bij haar dat zijn arm telkens haar wang raakte. Want de boot schommelde en een echte zeeman volgde de bewegingen van zijn boot. Het was niet onaangenaam. Eerder opwindend. Ze schoof onopvallend nog een centimeter naar hem toe.

'Ja,' zei ze traag. 'Het is niet makkelijk. Maar Kacpar Woronski is er en Mücke helpt me. Bovendien zijn oma en Walter over twee weken al weer terug.'

Zwijgend voeren ze verder over het blauwe meer dat glinsterde in de zon. Oevergewassen en bossen trokken aan hen voorbij. Ze zag de grijze daken van de dorpen. Een rode boei en verderop een groene. Kleine bootjes, die verstrooid om hen heen dobberden. En boven alles de diepblauwe lucht die aan de horizon lichter werd. Het was zo ontspannen, zo bevrijdend dat Jenny ineens het gevoel had dat ze moest huilen.

Ze voelde dat Ulli's ogen op haar waren gericht. Welke kleur hadden ze eigenlijk? Grijs? Groen? Of iets ertussenin? Hij glimlachte. Ineens strekte hij zijn arm uit en hield haar sjaal vast, die in het zachte briesje was losgeraakt. Hij legde er een knoop in zodat hij niet wegwaaide.

'Is dat een zeemansknoop?' vroeg ze.

'Daarvoor heb ik een touw nodig, geen zijden sjaal.'

'Kun je een zeemansknoop maken?'

'Tuurlijk.'

'Wil je het me leren?'

'Misschien.'

Opnieuw stilte. De golven kabbelden en klotsten tegen de boot. Ze tilden de boot op, droegen haar op hun rug, lieten haar weer zakken en gaven haar door aan de volgende golf die haar verder droeg. Af en toe spatte er een golf over de rand, die hun voeten natmaakte met zijn schuim en zich dan snel weer terugtrok in zijn element. De geur van water en van de zomer die ten einde liep hing in de lucht.

Ze snoof.

'Hé, Jenny,' zei Ulli zacht. 'Wat is er?'

Nu pas merkte ze dat er tranen over haar wangen liepen. Ze veegde ze met de rug van haar hand weg, maar er kwamen nieuwe. Haastig woelde ze in haar handtas op zoek naar een papieren zakdoekje.

'Sorry, ik ben gewoon op. Ik denk dat het allemaal toch een beetje te veel was,' stamelde ze en ze barstte in snikken uit.

'Huil maar, meisje. Dat helpt.'

Zijn warme arm om haar schouders, de geur van de boot en de wind op het meer, zijn zachte stem in haar oor. Het was alsof er een sluis was geopend en alles waar ze mee zat er in zoutige tranen uit kwam. Hij hield haar vast en de golven wiegden haar op en neer, terwijl Max Krumme de boot met een onverstoorbare kalmte over het spiegelende water stuurde.

'Sorry,' zei ze hees tegen Ulli's borst.

'Geeft niet. Het was gewoon even nodig, nietwaar? Dat ken ik wel. Ik voel me ook weleens uitgeput.'

Hij was zo ongecompliceerd. Hij maakte er geen grote ophef van, maar accepteerde het gewoon. Zoiets kon gewoon gebeuren. Het was menselijk.

'Kunnen we alsjeblieft weer terugvaren?' vroeg ze. 'Ik kan Mücke niet de hele dag als oppas inzetten.'

'Prima. Hé, Max. Laten we omkeren! Ze moet terug naar Waren.'

'Aye aye, sir!'

De rechthoekige boot maakte een grote halve cirkel over het meer, kwam gevaarlijk dicht bij een groepje kanoërs en voer in de richting van Waren. Heel in de verte kon je de huizen al zien, die grotendeels met grijze en blauwe dekzeilen verhuld waren. Ulli's rechterarm lag losjes op haar schouder. Gewoon zomaar. Uit voorzorg.

'Kan ik iets voor je doen?' vroeg hij.

'Ik red me wel, dank je.'

Ulli knikte. Hij deed zijn mond open om iets te zeggen, maar bedacht zich. Hij slikte twee keer. En toen zei hij het toch.

'Ik ben nog tot zondag hier, Jenny. Als er iets is, kun je Max Krumme bellen. We zijn 's avonds meestal in Ludorf.'

Ze glimlachte naar hem. Ze zag er vast afschuwelijk uit met haar opgezwollen ogen en rode neus van het huilen. Toch beantwoordde hij haar glimlach. Ach, die Ulli. Ze stelde zich voor dat hij tegenover Simon stond, een hele kop groter, met zijn handen in zijn zij. Simon zou er als een haas vandoor gaan. Omdat hij een lafaard was.

'Lief van je,' zei ze.

'Ik meen het serieus, Jenny.'

'Ik ook, Ulli. Bedankt.'

Waren leek naar hen toe te drijven, de grijze havendam met de jachten en een paar motorboten kwam in zicht. Een van de schepen voer af voor een rondvaart, Jenny zag de kleurrijk geklede toeristen op het zonnedek zitten.

'Het duurt nog een tijdje, maar ben je met kerst in Dranitz?' vroeg ze.

Hij knikte.

'Kom dan even bij ons langs, goed?'

'Ik zal kijken...'

'Beloof het me!'

Hij keek haar met een vreemde blik aan. Verwijtend en blij tegelijk. Hij wilde zich niet vastleggen, maar leek toch heel veel zin te hebben haar wens te vervullen. 'Goed dan,' zei hij zacht. 'Ik beloof het.'

'Afgesproken.' Ze stak haar hand naar hem uit, die hij lang vasthield.

'Zo, jongedame, we zijn er,' zei Max Krumme en hij gooide het touw om een meerpaal.

Jenny stond op, bedankte hem en liet zich door Ulli aan wal helpen.

'Het ga je goed, Jenny,' zei hij en hij omhelsde haar bij het afscheid. 'Hou je taai.'

Jenny gaf hem een knuffel, maakte zich weer van hem los en liep weg. Na een paar passen draaide ze zich om. Ze zag dat hij nog op dezelfde plek stond en haar nakeek.

'Stuur je me een kaartje vanuit Bremen?' riep ze.

Hij knikte, maakte het touw los, sprong op zijn boot en voer weg zonder nog een keer om te kijken.

Sonja

ZE ZETTE HET PENSEEL licht op het papier en keek hoe de verf vervloeide. Te nat. Ze had nog moeten wachten. Waarom was ze ook zo ongeduldig? Maar de bruine tint was perfect, licht naar oker toe, zeker met het donkere, haast olijfkleurige groen erbij en het heldere rood ertussen. Een klein beetje rood maar, een paar stipjes. Die zou ze later zetten, anders verpestte ze het schilderij helemaal. Ze deed een stap naar achteren en bekeek haar werk kritisch. Niet slecht. Het warme herfstlicht kwam goed naar voren. Vallende, op en neer dansende bladeren, dwarrelend herfstloof in de gouden zonneschijn. Een beetje kitscherig, dat wel, maar zo zag het er nu eenmaal uit. Ze had foto's gemaakt en zich daardoor laten inspireren. Bovendien wilde ze geen kunstprijs winnen, maar haar dromen en fantasiebeelden tot leven brengen. Wat ze schilderde, ging niemand iets aan. Dat was puur voor haarzelf.

Ze zette het penseel in het water en keek op haar horloge. Het was al bijna twee uur – en het was dinsdag. Verdorie. Tine was al beneden in de praktijk. Oef! Er was iets kapotgevallen. O jee, het klonk als glas. Hopelijk niet de ruit van de schuifkast waarin de watjes, desinfecteermiddelen en verbandspullen werden bewaard. Het zou vast niet makkelijk zijn om die ruit te vervangen.

Ze verruilde de lichtblauwe schildersjas voor haar doktersjas en liep de trap af naar de praktijk.

Tine Koptschik was bezig met stoffer en blik. De glazen pot met watjes was gevallen en in duizend scherven uiteengebarsten.

'Het spijt me heel erg,' verontschuldigde Tine zich. 'Er staat ook altijd iets in de weg.'

'Het geeft niet. Ik wilde er toch een blikje voor kopen.'

'Ik ga ook meteen even zuigen vanwege de splinters.'

Sonja trok zich in de kleine operatiekamer terug en wachtte tot Tine klaar was. Gisteren had ze twee jonge katers gecastreerd en bij een terriërteef een bijtwond gehecht. Zo langzamerhand werd het bekend dat ze goed werk leverde. De eigenaresse van de teef was zelfs uit Parchim gekomen.

'Klaar? Dan kun je de eerste cliënt binnenroepen,' zei ze toen ze zag dat Tine de stofzuiger in de kast opborg.

'Dat zou kunnen. Alleen is er niemand.'

Sonja's stemming zakte meteen tot een dieptepunt. Zo ging dat nu eenmaal: zodra je blijdschap voelde over een succes, kreeg je meteen daarna weer een dreun. Als ze pech had, zat ze hier tot zeven uur, moest ze Tine tien mark per uur betalen en kwam er geen enkele cliënt.

'Ik heb een aardbeienrol voor ons meegebracht,' zei Tine opgewekt. 'Biscuitdeeg met room, de aardbeien had ik nog in de vriezer. Hij is voor vanavond.'

Er was die avond een bestuursvergadering gepland. Kalle had aan de telefoon al geheimzinnige toespelingen gemaakt, blijkbaar had hij groot nieuws te verkondigen. Ze kon alleen maar hopen dat hij uit enthousiasme voor zijn nieuwe rang als 'president' geen domme dingen deed. Pff, het was helemaal niet zo makkelijk om de dingen in de juiste richting te leiden en het gaf vooral een hoop stress.

'Ik kan de ramen wel weer eens poetsen,' stelde Tine voor. 'Dat is wel nodig. Je ziet de slierten van de regen van laatst.'

Het was in elk geval wel fatsoenlijk van Tine dat ze haar geld niet wilde verdienen met niksen. Ze was sowieso een eerlijk mens. En ze vond poetsen heerlijk.

Net toen ze de emmer en een lap wilde pakken, ging de bel van de praktijk. Er kwam een vrouw binnen met een kat die haar pootje tussen de deur had geklemd. Een half uur later, toen Tine weer de emmer wilde pakken, kwam er een jongen met een hoestende pincher. Daarna kwam er nog iemand met twee cavia's met te lange tandjes en een cliënt met een bijtgrage teckel met een uitgescheurde hubertusklauw. Tegen zeven uur, toen Tine de praktijk al wilde sluiten, kwam Irene Konradi nog langs, die antiwormtabletten wilde voor drie volwassen herdershonden en zeven welpjes van een half jaar oud.

'Zo, we hebben vandaag flink verdiend, nietwaar?' vroeg Tine blij. 'Laten we naar boven gaan, ik wil de aardbeienrol in plakjes snijden. En koffie zetten. De anderen kunnen elk moment komen. Is er nog bier? Kalle wil vast een biertje.'

Sonja vond dat Kalle Pechstein beter limonade of koffie kon drinken, maar hield haar mond.

'Gerda neemt hapjes mee...'

Sonja raakte geïrriteerd. Er moesten belangrijke beslissingen genomen worden, waar haar levensdroom van afhing, en deze mensen dachten alleen aan eten. Boven in haar keuken moest ze echter toegeven dat Tines aardbeienrol wel heel erg verleidelijk was. Een roze roomspiraal in het luchtige geelachtige biscuitdeeg, bestrooid met poedersuiker dat eruitzag als vers gevallen sneeuw. Om te schilderen zo mooi. En die geur!

Geleidelijk aan druppelden de anderen binnen. Gerda Pechstein zette de mooi gedecoreerde hapjes op de tafel: leverworst en bloedworst met augurkjes, kaasblokjes met een druif, gerookte vis met ingemaakte uien.

Toen iedereen in Sonja's kleine woonkamer had plaatsgenomen, opende ze de vergadering.

'Goed, dan zal ik even vertellen wat ik allemaal al heb opgestart,' begon Kalle. Hij leunde op de bank naar achteren en sloeg zijn benen over elkaar.

'Wacht even,' onderbrak Sonja hem. 'We hebben een agenda.' Ze wees met haar vinger naar de vellen papier die ze had uitgedeeld. Kalle pakte een blad op, las de tekst snel door en zei dat zoiets onder vrienden totaal overbodig was.

'Er zijn bepaalde regels waar je je bij verenigingswerk aan moet houden,' hield Sonja vol. 'Tine, jij moet aantekeningen maken, want jij moet de notulen uitwerken.'

Tine haalde een schoolschrift en een pen uit haar handtas. 'Dat dacht ik al,' bromde ze.

'Mooi,' zei Sonja. 'Als je wilt, help ik je straks.'

Kalle schonk een glas bier in. 'Hier staat "bericht van de voorzitter"... Moet ik nu iets vertellen of niet?'

Sonja zei dat ze bij wijze van uitzondering bepaalde formaliteiten zoals het vaststellen van de besluitenlijst wel konden negeren en glimlachte uitnodigend naar hem. 'Ga je gang, Kalle. We zijn allemaal heel benieuwd!'

Kalle wierp het blad met de agenda op de tafel, waar het vanaf dwarrelde. Gerda kon het nog net opvangen. Daarna begon hij te praten.

'Goed, allereerst heb ik inmiddels vijfendertig leden bij elkaar weten te verzamelen. En dat is pas het begin. Ruim twintig mensen denken er nog over na, maar zijn er in principe voor. Vijf anderen willen wel meedoen, maar willen die ene mark per maand niet betalen...'

Tine zwaaide met haar arm. 'Stop, Kalle, niet zo snel. Zeg die getallen nog eens. Maar dan langzaam, zodat ik mee kan schrijven.'

Kalle toonde verbazingwekkend veel geduld. Hij dicteerde alles in een heel langzaam tempo voor Tine en ging daarna verder met zijn verhaal. 'Stel je voor, ik heb al een heleboel donaties vergaard. Ten eerste van mijn vader. Hij geeft tien mark. En Wolf heeft gezegd dat hij tegen een gunstige prijs een tractor voor ons kan regelen.'

'Wat moeten we nou met een tractor?' vroeg Tine en ze schudde haar rechterhand uit.

'Die is altijd handig,' zei Kalle. 'Herbert Spiess geeft ons zijn vier koeien en van Karl Willert krijgen we drie geiten.'

Gerda Pechstein onderbrak hem door te zeggen dat haar buurman, Jochen Lüders, vier jonge katjes had die hij de vereniging wilde schenken. Maar hij wilde wel een ontvangstbewijs. Hij moest het morgen weten, anders zou hij ze tegen de muur smijten. Iedereen was verontwaardigd, en Kalle zei luid dat hij morgen naar hem toe zou gaan en Lüders zelf tegen de muur zou smijten, zodat die man eens voelde hoe dat was. Sonja, die zelf ook boos was, moest de gemoederen tot bedaren brengen.

'Zeg tegen hem dat wij de katten nemen. En dat ik zijn kat gratis castreer.'

'Dan hebben we alleen nog kippen nodig,' zei Tine. 'Zal ik mijn schoonzus in Torgelow eens vragen?'

Sonja moest weer ingrijpen, anders ging het helemaal de verkeerde kant op.

'Rustig aan. We willen immers geen boerderij beginnen, maar een dierentuin voor de inheemse dierenwereld. Bovendien kunnen we op dit moment alleen noodgevallen opnemen, omdat we financieel nog niet op eigen benen staan.'

Kalle rekende uit dat zestig leden per jaar zevenhonderdtwintig D-mark zouden inbrengen. Dat was toch al een mooi begin.

'En verder,' zei hij en hij keek geheimzinnig, 'heb ik nog een contante donatie in ontvangst genomen.'

Hij tastte in de binnenzak van zijn jasje en trok er een envelop uit, die hij met een groots gebaar aan zijn moeder overhandigde.

'Wat moet ik daarmee?' vroeg Gerda Pechstein verward.

'Jij bent de penningmeester. Of niet soms?'

'O ja. Dat was ik helemaal vergeten!'

Gerda nam de envelop voorzichtig aan en vroeg haar zoon of het om een anonieme donatie ging.

'Nee. Hij wil een ontvangstbewijs van zijn schenking. Hij heeft er al een formuliertje bij gedaan.'

Vier paar ogen volgden gespannen hoe Gerda de envelop openscheurde. Er vielen bankbiljetten uit, vier bruine en een blauwe.

'Driehonderd mark!' riep Gerda verbaasd. 'Nou, die heeft kennelijk geld zat. Wie is die nobele donateur?'

Kalle straalde van trots. Sinds hij president was, was zijn leven fundamenteel veranderd. Niet alleen had hij Mücke en haar ouders als leden geworven, hij had ook een zakenman uit het westen voor de vereniging geënthousiasmeerd.

'Het is een heel aardige man. Simon Strassner, heet hij. Hij woont nu bij Heino, boven in de gastenkamer.'

'Een wessi. Nou, bedankt,' zei Tine. 'Die wil alleen maar geld verdienen. Mijn nicht is door zo iemand overgehaald om voor een appel en een ei haar huis te verkopen. Die man heeft het meteen met de grond gelijkgemaakt en zet er nu een hotel met vier verdiepingen op.'

'Ach, onzin!' riep Kalle. 'Simon is een prima kerel. Hij wil met Jenny van het landhuis trouwen. Omdat hij de vader van haar kind is.'

Er kwam een herinnering bij Sonja boven. De oliemolen. De eenzame wandelaar, die naar het landgoed Dranitz had geïnformeerd. Hij had zich voorgesteld en ze had zijn voornaam onthouden omdat ze die op de een of andere manier apart had gevonden. Simon. Precies.

'Een slanke man met een donkere mantel en grijs haar bij zijn slapen?'

Kalle staarde haar verbaasd aan en knikte toen. 'Hij heeft inderdaad grijs haar. Ken je hem?'

'Ik ben hem een keer tegengekomen,' zei Sonja. 'Niet mijn type. Je kunt beter voorzichtig zijn, Kalle.'

'Wat hebben jullie er nu allemaal op tegen?' wond Kalle zich op. 'Dit is driehonderd mark in contanten en hij wil ook lid worden. Beter kan het toch eigenlijk niet?'

Ook Gerda was van mening dat ze niet alleen mensen konden accepteren die ze sympathiek vonden.

'We hebben geen behoefte aan aasgieren,' zei Tine. 'Daar krijg je alleen maar gedonder mee.'

'Maar als hij met Jenny gaat trouwen, kunnen we toch niet om hem heen,' zei Gerda. 'Dan heeft hij hier een hoop te zeggen en zouden we weleens last van hem kunnen krijgen.'

Sonja raakte in een gewetensconflict. Wat Gerda zei, was niet helemaal uitgesloten. Hoewel Sonja er vrijwel van overtuigd was dat mevrouw de barones zich niet de kaas van het brood zou laten eten door de man van haar kleindochter. Maar de oude dame had de tijd niet mee, dus wat dat betrof was het zeker slim om de komende generatie voor de zaak van de dierentuin te winnen.

'Je hebt helemaal gelijk, Gerda,' zei ze. 'Als hij zich voor de dierentuin wil inzetten, is dat een goede ontwikkeling.'

'Nou, zie je wel.' Kalle ontspande zich weer.

'Zo,' hernam Sonja het woord. 'Als Kalle klaar is, komt nu mijn bericht. Ik heb een paar handtekeningen van jullie nodig.'

Ze had een brochure voor de toekomstige dierentuin ontworpen, met een plattegrond van het terrein, de gebouwen en de dierenverblijven, geïllustreerd met foto's en plaatjes. De plaatjes had ze natuurlijk zelf geschilderd en Sonja was verrast dat haar medestrijders er zo enthousiast over waren.

'Je bent een echte kunstenares, Sonja!' riep Tine geestdriftig.

Sonja was van plan er een paar kopieën van te maken en die naar een collega in Berlijn te sturen, die beloofd had er een paar honderd van te laten drukken, tegen een kwitantie voor een schenking, en daarvoor had ze nu de handtekeningen van de anderen nodig. Als de brochure af was, zou Sonja collega's en bedrijven benaderen. De vereniging had dringend geld nodig.

'Bovendien hebben we voor drie stukken bos en een weide de gunning van de Treuhand gekregen. We mogen de percelen pachten. Dat hebben we aan Kalle te danken!'

Iedereen begon te applaudisseren. Kalle grijnsde en maakte een buiging als een acteur.

Dit was voorlopig het belangrijkste. Sonja had bovendien inschrijfformulieren ontworpen en gekopieerd, die Tine aan alle nieuwe leden zou sturen, waarna ze de ingevulde formulieren in een map zou bewaren. Voor de rest had ze op naam van de vereniging een bankrekening geopend bij de Raiffeisenbank, waarvoor Gerda een paar formulieren moest ondertekenen.

'Goed, ik hou het geld dus bij me en stort het morgen op de rekening, oké?' zei Gerda. 'Met getuigen erbij. Ik wil niet dat iemand zegt dat ik er nieuwe lingerie van heb gekocht.'

'Wilden we niet een nieuwe tv aanschaffen?' vroeg Kalle voor de grap.

Gerda keek haar zoon boos aan. 'Zeg dat nou niet! Je brengt me in de problemen!' mopperde ze.

Tine kreunde en legde de pen weg. 'Ik kan niet meer!'

'Dit hoort sowieso niet in de notulen,' stelde Sonja haar gerust. 'Kalle, je moet de vergadering nu officieel sluiten.'

'Goed,' zei Kalle. 'De vergadering is gesloten, we gaan nu eten. Waar zijn de leverworsthapjes?'

Terwijl de verenigingsleden zich op het eten stortten, verzamelde Sonja nog snel de papieren, waar absoluut geen aardbeienroom- of leverworstvlekken op mochten komen. Al met al was ze tevreden met hoe de avond was verlopen. Als het in dit tempo verderging met het werven van leden, was dat erg fijn. Nu moesten alleen haar collega's en vooral de bedrijven mee gaan doen, anders werd het lastig met de pacht, want die zou binnenkort betaald moeten worden. De bospercelen en de wei besloegen meer dan de helft van het areaal dat ze voor de dierentuin nodig had. Die moest ze hoe dan ook vast zien te houden. Desnoods – dat had ze al bedacht – zou ze een tweede hypotheek op haar huis nemen.

De gesprekken van haar medestrijders waren inmiddels allang van het dierentuinproject afgedwaald. Gerda Pechstein vertelde dat ze een paar dagen geleden had gezien dat meneer Woronski met een koffer en een rugzak uit het huis van de Rokowski's was gekomen.

'Ze hebben hem eruit geschopt. Terwijl Tillie me laatst nog vertelde dat ze met Mücke naar Berlijn wilde rijden. Voor een bruidsjurk. Want hier in de buurt schijn je niets moois te kunnen krijgen.'

'Hij zal nu wel in het landhuis moeten gaan wonen,' voegde Kalle er hatelijk aan toe. 'Hij wilde de gastenkamer boven de kroeg van Heino huren. Maar daar woont Simon nu immers.'

Tine deelde de stukken aardbeienrol uit en vertelde over haar schoonzus, die laatst door een gladde makelaar uit het westen bij de verkoop van haar huis was bedonderd.

'Ja, bij de verkoop van onroerend goed moet je een fijne neus hebben,' riep Kalle opschepperig. 'Dat is net als in de liefde, dan voel je ook zo'n speciaal gefladder in je buik. Laatst dacht ik dat ik een hele bijenkorf had ingeslikt...'

'Laatst?' vroeg Sonja. 'Wat bedoel je met "laatst", Kalle? Wat voor onroerend goed heb je dan verkocht?'

Kalle nam een slok koffie en deed alsof hij haar vraag niet had gehoord.

Sonja kreeg een naar voorgevoel. 'Ik vroeg wat je bedoelt met "laatst", Kalle!' hield ze vol.

De anderen lieten hun gebaksvorkje zakken en verstomden.

Kalle grijnsde verlegen. Toen slaakte hij een diepe zucht en zei: 'Nou, goed dan. Vroeg of laat moet je het toch weten. Oké, het zit zo: ik heb het perceel van het voormalige rentmeestershuis inclusief het gebouwtje aan Simon verkocht.'

Sonja's adem stokte. Het rentmeestershuis. Het perceel waarop Kalles eigen gebouw stond, dat ooit het entreegebouw van de dierentuin moest worden. Hij had de entree van haar dierentuin afgepakt! Deze idioot had haar mooie plan vernietigd!

'Maar je hebt het perceel toch aan mij verpacht!' riep ze wanhopig. 'Dat is mijn huis! Dat kun je niet zomaar van me afpakken!'

Kalle haalde zijn schouders op. 'Jawel, Simon zegt dat dat kan omdat we het pachtcontract op handslag hebben bezegeld en nooit bij de notaris zijn geweest. De pacht die je me tot nu toe hebt betaald, geef ik je natuurlijk terug.'

Sonja staarde hem verbijsterd aan. 'En wat... wat wil die Simon ermee?' vroeg ze ten slotte.

Kalle straalde. 'Het is zijn huwelijksgeschenk voor zijn Jenny!'

Walter

HIJ MAAKTE ZICHZELF VERWIJTEN. Had hij niet lang genoeg de tijd gehad om zich voor te bereiden op haar mogelijke reactie? Om op een goede manier te reageren op haar wrevel en de reden voor zijn gedrag te verklaren? En haar uit te leggen dat hij zijn connectie met het verzet tegen Hitler alleen had verzwegen om haar en haar familie te beschermen?

Dat wat zij als vertrouwensbreuk ervoer, was voortgekomen uit liefde en zorgen. Hadden latere, nare gebeurtenissen niet bewezen dat hij juist had gehandeld? Het ergste, het gruwelijkste van alle martelingen en vernederingen die ze hem hadden aangedaan, had hij nog niet verteld. Alleen al omdat het voor hemzelf ontzettend moeilijk was om die gebeurtenissen weer in zijn herinnering boven te halen.

Franziska was een lange wandeling gaan maken om haar teleurstelling en boosheid te verwerken. Ze was pas laat in de middag, toen het licht al lange schaduwen wierp en de kleuren van de heuvels mat werden, naar de vakantiewoning teruggekeerd, waarna ze samen hadden gegeten.

Walter had tijdens haar afwezigheid rusteloos door de kamer lopen ijsberen. Hij had telkens weer uit het raam gekeken. Tussendoor had hij een tijdschrift en een boek gepakt om zichzelf af te leiden, maar hij had die toch weer weggelegd. Ze was niet meer de jongste. Wat onvoorzichtig om helemaal alleen in een onbekende omgeving rond te lopen. Zeker omdat het behoorlijk warm was. Straks kreeg ze nog een zonnesteek, of erger.

Maar ze leek niet uitgeput of moe toen ze terugkwam. Ze glimlachte naar hem en zei dat het goed met haar ging en dat ze gauw nog even een paar boodschappen had gedaan voor het avondeten. Ze ging douchen en kleedde zich om terwijl hij het eten voorbereidde. Vers witbrood, olijven, tomaten, een paar soorten kaas, een fles wijn. De avond verliep harmonieus. Ze vertelde over de in het zwart geklede oude vrouwen die in de steegjes zaten en met elkaar kletsten, en over de mannen en vrouwen die op de wijnbergen de ranken snoeiden. Ze dronken de fles leeg en sliepen die nacht als verdoofd naast elkaar. Pas de volgende ochtend durfde hij haar aan te raken. Ze trok zich niet terug.

Florence was een orgie van renaissance, eersteklas kunstwerken zoals die alleen in welvaart en overvloed konden ontstaan, bijzondere tederheid en grote lust, en schoonheid die de prikkel des doods in zich draagt. Ze slenterden hand in hand over de Ponte Vecchio en hij kocht een leren brillenetui met een kleurrijke opdruk voor haar. Ze gingen de kathedraal in en stonden teleurgesteld in het schemerachtige licht in het grote bouwwerk dat vanbuiten veel mooier en luisterrijker leek dan vanbinnen. Later dronken ze op een terrasje een espresso, bestelden er een groot glas water bij, en Franziska liep naar het tegenoverliggende *ufficio postale* om 'even heel kort' naar Duitsland te bellen. Hij begreep dat ze liever alleen was als ze belde en koos in het winkeltje ernaast een paar ansichtkaarten uit. Daarna hadden ze nog net tijd om door het Palazzo Pitti te lopen, waar de muren vol hingen met ongelofelijk mooie schilderijen. Als je alleen al die schilderijen rustig en aandachtig wilde bestuderen, zou je een hele dag nodig hebben. Overweldigd en moe keerden ze in hun vakantiewoning terug.

'Nee,' zei ze toen hij voorzichtig voorstelde om nog een uitstapje naar het verleden te maken. 'Vandaag niet. Niet na al die fantastische indrukken. Ik ben er nog helemaal beduusd van.'

Hij accepteerde het en lag naast haar in bed, terwijl zij de kunstgids doorkeek die ze hadden gekocht. Hij praatte met haar over Michelangelo en Leonardo da Vinci, deelde haar enthousiasme en was blij dat ze veel dezelfde interesses hadden.

Toen ze de volgende ochtend klaar waren met ontbijten en hij de kaart van Toscane pakte om de route naar Pisa uit te zoeken, zei ze op haar korte, vastberaden manier vier woorden: 'Laten we verdergaan.'

Hij keek haar verbaasd aan. Ze knikte glimlachend, dapper, avontuurlijk. Dit keer was ze erop voorbereid.

'Vertel me iets wat ik nog niet weet van jou,' stelde ze voor.

Hij had al iets bedacht. Hij had alleen gewacht op het juiste moment om het te vertellen. Dit keer wilde hij haar geen nare dingen vertellen. Niet iets waar ze van zou schrikken of verdrietig van zou worden. Iets onschuldigs, wat hij haar, als ze toen waren getrouwd, ongetwijfeld in de loop van hun huwelijk verteld zou hebben. Ook al had hij het tijdens hun verlovingstijd steeds terloops afgedaan.

'Je hebt vast een fijne jeugd gehad op landgoed Dranitz,' begon hij.

Ze keek peinzend uit het raam naar de groene en gele heuvels, die nog in de ochtendnevel lagen. De zon was een gloeiende witte cirkel in de mist, die in je ogen brandde als je ernaar keek.

'Ik denk het wel,' antwoordde ze met een dromerige glimlach. 'We zijn streng opgevoed, vooral mijn broers en ik. Met Elfriede was het een ander verhaal, omdat ze zo moeilijk en ziekelijk was. Mijn moeder heeft bij haar veel dingen door de vingers gezien die ik niet mocht. Maar je hebt gelijk, ik heb geen reden tot klagen. We kregen liefde en werden gestimuleerd. De kindermevrouw en de juffrouw waren er alleen voor ons. En onze ouders en grootouders zorgden ook voor ons. Het was een strenge maar gelukkige en geborgen kindertijd.'

Hij knikte. Zijn vriend Jobst von Dranitz had hem over zijn ouderlijk huis verteld. Veel dingen was hij in de loop van de jaren weer vergeten, maar wat hem was bijgebleven, was de indruk van een goed geordend, liefdevol gezinsleven. Had dat hem zo tot Jobst aangetrokken? Zijn vriend was geen gemakkelijke man geweest. Walter had meer dan eens voor hem de kastanjes uit het vuur moeten halen als Jobst weer eens op zijn botte manier kameraden of zelfs leidinggevenden voor het hoofd had gestoten.

'En jij?' vroeg Franziska nieuwsgierig. 'Was jouw kindertijd anders? Heb je me die vraag daarom gesteld?'

'Dat heb je goed geraden,' zei hij. 'Mijn kindertijd was niet ongelukkig, maar er was een grote breuk, een verlies dat ik destijds niet kon begrijpen en dat lange tijd een duister geheim voor me was.'

'Vertel het me,' zei ze. 'Ik luister.'

Hij leunde op zijn stoel naar achteren en sloot even zijn ogen. Hij probeerde zich zijn allervroegste herinneringen voor de geest te halen, de kleurloos geworden beelden, de schimmen, de toonloze stemmen.

'Ik zie mijn moeder nog duidelijk voor me. Ze was heel jong, had donker haar en lachte vaak. Soms ging ze op de grond zitten om met me te spelen. Dan stapelde ze blokken op of wond ze de blikken auto op zodat hij over het tapijt ratelde. Ik weet nog dat ze 's avonds, als de kindermevrouw me al in bed had gelegd, mijn kamer binnenkwam en me een goedenachtkus gaf. Soms droeg ze ritselende zijden jurken en gouden armbanden. En ik herinner me nog een platte ring met een ronde robijn. Als ze zo gekleed was, ging ze met mijn vader naar een officieel feest of een officiersbal. Dan was ze nerveus en opgewonden. Ze schudde me en noemde me haar "lieve kleine schat", kuste me liefdevol, stond snel van mijn bed op en draaide een rondje om haar eigen as. "Zie ik er mooi uit, mijn schat?"

Ik was nog heel klein, maar ik geloof dat ik zoiets zei als: "Je bent mooi, mama," waarvoor ik nog een haastige kus kreeg. Meestal hoorde ik in de gang al het ongeduldige gekuch van mijn vader en de vraag: "Ben je zover, Charlotte?" Dan liep ze snel naar hem toe en hoorde ik even later een koets wegrijden.

Mijn vader zag ik maar zelden. Ik geloof dat hij niet zo goed met kinderen kon omgaan. De Eerste Wereldoorlog brak uit toen ik vier was. Vanaf dat moment kwam hij alleen nog heel af en toe voor een paar dagen thuis. Dan mocht ik de maaltijden samen met mijn ouders in de eetkamer nuttigen. Ik herinner me dat mijn vader me onderzoekend opnam.

"Zou hij niet al met mes en vork moeten eten, Charlotte?"

"Hij is nog klein, Eduard…"

Ik was denk ik al vijf, maar mijn moeder vond het leuk om me als een klein kind te behandelen. Ze speelde nog steeds met me. We ravotten in de tuin of in de kamer en ik mocht op haar rug paardjerijden.

"Hij is erg verwend, Charlotte."

In de paar uur dat hij thuis was trachtte mijn vader me serieuze taken te geven. Hij gaf me raadsels op, liet me de landkaart zien, legde aan me uit wat het Duitse keizerrijk was en wees met zijn vinger de weg aan die zijn regiment naar het binnenland van Frankrijk had afgelegd.

"Hij is intelligent, Charlotte. Het wordt tijd dat hij een gedegen opleiding krijgt."

Er werd een huisleraar aangenomen, een jongeman die vanwege een longaandoening niet het leger in kon. Mijn moeder en ik haatten hem uit de grond van ons hart, wat de arme man beslist niet had verdiend. Het kwam vast door zijn ziekte dat hij zo somber en ongenaakbaar was. Ik geloof dat hij het er erg moeilijk mee had dat zijn leeftijdsgenoten voor het Duitse keizerrijk naar het front mochten trekken. Maar toen ik een jaar of zeven was, gebeurde het ongeluk dat mijn vader als allerhoogste heldendaad werd aangerekend. De auto waarin veldmaarschalk Von Hindenburg zat, raakte in Frankrijk in een hinderlaag. Geweerkogels doorzeefden de lucht. Mijn vader, die als adjudant naast Von Hindenburg zat, wierp zich voor de veldmaarschalk. De kogels die voor de opperste bevelhebber waren bedoeld, raakten mijn vader in zijn rug. De heldendaad leidde tot een dwarslaesie en sinds die dag was mijn vader aan een rolstoel gekluisterd.'

'O, wat verschrikkelijk,' zei Franziska vol medelijden. 'Ik dacht altijd dat je vader bij die aanslag om het leven was gekomen. Hoe kwam ik daarbij? Waarschijnlijk heeft mijn vader zoiets gezegd.'

'Dat zou goed kunnen.' Walter knikte en ging toen met verbittering in zijn stem verder: 'Ik ben er heilig van overtuigd dat mijn vader liever de heldendood was gestorven. Het leven dat hem nu restte, moet hem, de geestdriftige officier en krijgsman, het gevoel hebben gegeven dat hij op een smadelijke manier wegkwijnde. Ik kan het slechts gissen, want het was voor mij streng verboden om zijn ziekenkamer binnen te gaan. Maar ik weet dat hij elke ochtend door een verpleger in de rolstoel door de tuin werd geduwd, met zijn militaire pet op zijn hoofd en een geruite wollen deken over zijn knieën. Niemand mocht op dat tijdstip in de tuin zijn, niemand van het personeel, zelfs mijn moeder niet, en ook voor mij was het strikt verboden. Maar ik stond boven bij het raam, verscholen achter het gordijn, en keek met een mengeling van medelijden en ontzetting naar de bleke, seniel lijkende invalide in de rolstoel, die nauwelijks nog op mijn vader leek.

Er moeten zich in die tijd nog andere gebeurtenissen in mijn ouderlijk huis hebben afgespeeld, die mij niet werden verteld. Maar die gebeurtenissen waren waarschijnlijk de reden waarom mijn ouders mij na de oorlog, toen er in Duitsland ellende, werkloosheid en politieke onrust heersten, naar een Zwitsers internaat hebben gestuurd. Voor mij was het een bevrijding, want hoewel daar hoge eisen werden gesteld en er een uiterst streng regime heerste, was ik verlost van de nare sfeer van mijn ouderlijk huis en was ik met leeftijdsgenoten samen. Het duurde wel een poos totdat wij jongens het met elkaar konden vinden, maar de vriendschappen die ik daar heb aangeknoopt, zijn heel lang, tot in de Tweede Wereldoorlog, in stand gebleven.'

Hij pauzeerde even, deed twee suikerklontjes in zijn koud geworden koffie, die nog van het ontbijt over was, en dronk het kopje leeg.

'Dan was dat toch een goede beslissing van je vader,' zei Franziska.

'Ondanks zijn nare toestand heeft hij waarschijnlijk wel gezien wat voor zijn zoon belangrijk was.'

Walter trok weifelend zijn wenkbrauwen op.

'Hij heeft ongetwijfeld een zware tijd gehad, niet alleen vanwege zijn lichamelijke gebreken, maar ook om andere redenen. Waarschijnlijk werd daarom beslist dat ik in de zomervakantie in het internaat moest blijven. Ook de daaropvolgende paasvakantie moest ik daar blijven. Het waren trieste dagen, zo zonder mijn vrienden, die allemaal naar hun familie gingen. Mijn gezelschap in de lege ruimtes van het grote gebouw bestond uit twee andere leerlingen, die echter een paar klassen hoger zaten dan ik, en een oudere leraar die toezicht op ons moest houden. In de maanden daarna gebeurde er iets onbegrijpelijks: de wekelijkse brieven van mijn moeder bleven uit. Ik stuurde wanhopig brieven vol vragen aan mijn vader, maar kreeg geen enkele informatie. In de zomervakantie werd ik eindelijk thuis ontboden. Daar herinnerde niets meer aan mijn moeder. Haar jurken, haar meubels en de tapijten waren verdwenen, ja, ze hadden zelfs het behang in haar kamer eraf laten halen.

"Waar is mijn moeder?" schreeuwde ik tegen mijn vader, die met opgeheven hoofd in zijn rolstoel zat, met zijn armen op de leuningen. Hij was magerder geworden, maar zijn gelaatskleur was niet meer zo bleek als een jaar eerder. Hij leek zichzelf weer onder controle te hebben. Hij keek me ernstig maar kalm aan.

"Je moeder is dood," zei hij. "Ze is er niet meer, we zullen ons zonder haar moeten redden."

Ik was tien, maar ik zal nooit meer de pijn vergeten die ik voelde toen hij dat zei. Toen ik hulpeloos in tranen uitbarstte, gaf hij zijn bediende een teken dat hij de rolstoel in mijn richting moest duwen. Waarschijnlijk wilde hij me in zijn armen nemen, maar ik rende woedend en wanhopig weg.'

'Ongelofelijk!' riep Franziska ontzet en ze pakte zijn hand. 'Hoe kon hij je zoiets verschrikkelijks op zo'n harde manier mededelen? Een kind van tien jaar!'

'Hij dacht waarschijnlijk dat er geen andere manier was om me de nieuwe situatie duidelijk te maken,' zei Walter zacht. 'Ik geloof dat ik urenlang in het huis heb rondgelopen en naar mijn moeder heb geroepen. Het leek wel een nachtmerrie, want nergens vond ik een spoor van haar. Zelfs het personeel was vervangen zodat er niemand was die me iets kon vertellen. Het was alsof ze nooit had bestaan. Ik heb me in mijn kamer opgesloten en twee dagen geweigerd te eten. Maar uiteindelijk waren de honger en de wil om te leven sterker dan alle vertwijfeling. Op de ochtend van de derde dag liep ik naar beneden naar de eetkamer en trof ik mijn vader aan de overvloedig gedekte ontbijttafel aan, waar hij op me had gewacht. "Kom bij me, Walter," zei hij. "We hebben het een en ander met elkaar te bespreken."

Hij repte met geen woord over mijn moeder, maar zei tegen me dat hij vanaf nu voor mijn opleiding zou zorgen.

"Ik heb bij het internaat inlichtingen over je ingewonnen," zei hij. "Je prestaties zijn goed, maar niet uitmuntend. Volgens je leraren heb je bijzonder veel talent voor de vakken Duits en wiskunde en op kunstzinnig gebied. Dat vond ik erg fijn om te horen, want het betekent dat er veel wegen voor je openstaan."

Tot mijn overgrote verdriet zei hij dat ik voortaan naar een gymnasium in Berlijn zou gaan waar ik – hopelijk – met goede cijfers mijn eindexamen zou halen. Mijn bezwaar dat ik daardoor al mijn vrienden kwijt zou raken, wees hij hoofdschuddend af.

"Je vindt wel nieuwe vrienden, Walter. Ik wil graag dat je hier in mijn buurt bent, zodat ik je met raad en daad ter zijde kan staan."

Later begreep ik pas dat ik de enige reden voor hem was om als invalide door te gaan met zijn leven.'

'Maar waar was je moeder gebleven?' vroeg Franziska. 'Was ze echt overleden?'

'Voor mijn vader wel,' antwoordde Walter met een droevige glimlach. 'Hij leefde nog volledig in de traditie van de vorige eeuw. De ontrouw van een echtgenote was onvergeeflijk, vooral in de kringen van ambtenaren en officieren. De bedrogen echtgenoot kon zich alleen zuiveren van de schande als hij terstond de consequenties trok: een scheiding en de opgelegde voorwaarde de gezamenlijke zoon nooit meer te mogen zien.'

'Ik begrijp het,' zei Franziska bedrukt. 'Je moeder had het feit dat hij zo veranderd was niet kunnen verdragen en was verliefd geworden op een andere man. Is het zo gegaan?'

'Misschien. Wat zich echt tussen mijn ouders heeft afgespeeld, ben ik nooit te weten gekomen. En eerlijk gezegd wilde ik het ook niet weten. Maar die plotselinge scheiding van mijn moeder heb ik hun beiden, zowel mijn vader als mijn moeder, nooit kunnen vergeven.'

'Heb je ooit gehoord hoe het verder is gegaan met haar?'

Hij keek naar buiten, naar het landschap dat door de zon werd beschenen, ontdekte een kudde zwart-witte geiten tussen de donkere cipressen van een hoeve en keek een tijdje naar ze terwijl ze stonden te grazen. Daarna wendde hij zijn blik af omdat er plotseling tranen in zijn ogen opwelden. God, het was nu al zo lang geleden. Maar de pijn was nog steeds aanwezig en zou nooit meer weggaan.

'Ja. Maar pas een paar jaar later, want ze heeft zich streng aan het bevel gehouden. Pas na de dood van mijn vader, vlak voor de Tweede Wereldoorlog, heeft ze mijn adres in Berlijn achterhaald en me een brief gestuurd. Er zaten foto's bij van haar en haar tweede echtgenoot, een welgestelde Belgische eigenaar van een werf, met hun drie kinderen. Ze zei dat het haar erg speet dat ze me al die jaren niet had mogen zien en wenste me voor de rest van mijn leven het beste. Meer niet.'

Franziska kon het niet geloven.

'Wilde ze je niet zien? Heeft ze je niet uitgenodigd? Is ze niet naar jou in Berlijn gegaan?'

Hij schudde zijn hoofd.

'Nee. Ik neem aan dat haar echtgenoot het niet wilde. En eerlijk gezegd had ik ook niet de behoefte haar na al die jaren weer te zien. Ik heb het haar niet kunnen vergeven, toen niet en nog steeds niet. Dus wat had ik tegen haar moeten zeggen?'

'Dat ze ondanks alles je moeder was,' wond Franziska zich op. 'En dat ze dat bleef zolang ze leefde!'

Hij glimlachte om haar boze reactie en streelde haar schouder. 'Daar zou niemand iets aan hebben gehad, Franziska.'

'Mijn hemel,' zei ze geërgerd. 'Wat een geluk dat je vader zich tenminste wel over je heeft ontfermd. Je zegt dat jij de reden van zijn bestaan was. Hij is dus nooit hertrouwd?'

'Nee. Dat had ook niet gekund door zijn lichamelijke toestand. Maar ik denk ook dat hij er altijd een bepaald wantrouwen jegens vrouwen aan over heeft gehouden. Hij leefde volkomen teruggetrokken, kreeg slechts zelden bezoek van voormalige officierskameraden en ging ook nauwelijks het huis uit. Overigens had hij er niets op tegen als ik vrienden van school mee naar huis nam. Integendeel. Dan liet hij de huishoudster limonade en koekjes of belegde boterhammen brengen. Als ik jarig was, waren er grote feesten, waar later ook meisjes aan deelnamen. Ook als ik bij vrienden op bezoek ging of met hen naar het theater of de bioscoop ging, hield hij me nooit tegen. Alleen verwachtte hij wel dat ik hem liet weten waar ik was en hij waarschuwde me vaak voor excessen die destijds in bepaalde kringen gebruikelijk waren. In jouw beschermde omgeving in Mecklenburg zul je hooguit iets in de krant over dat soort dingen hebben gelezen, maar in Berlijn kon je als jongere makkelijk verslaafd raken aan morfine of cocaïne, als je de verkeerde mensen ontmoette. Nog afgezien van de andere verleidingen van de grote stad...'

'Dank je wel,' zei ze grinnikend. 'Aardig dat je me als een onnozele boerenmeid bestempelt. Ik heb tenslotte een tijdje in Berlijn gewoond om de kunst van de fotografie te leren.'

'Dat was later, schat,' zei hij glimlachend. 'Toen waren de nationaalsocialisten al aan de macht en waren de roaring twenties allang voorbij. Toen heerste Duitse discipline en orde.'

'Hou er alsjeblieft over op!'

Hij was niet van plan op het thema nationaalsocialisme in te gaan. Niet vandaag.

'Ik zal het verhaal van mijn kindertijd en jeugd afmaken. Zoals mijn vader wilde slaagde ik met vrij goede cijfers voor mijn eindexamen. Daarna stonden alle wegen voor me open, want mijn vader heeft nooit verlangd dat ik voor een militaire loopbaan koos. Nee, hij stelde juist voor om medicijnen te gaan studeren. En hij zou zelfs een studie aan de kunstacademie hebben gesteund, maar daarvoor voelde ik me niet getalenteerd genoeg. Mijn tekeningen waren niet slecht, maar ik miste iets speciaals, iets kunstzinnigs. Bovendien had ik geen zin om mijn leven aan de schilderkunst te wijden. Ik wilde een officiersloopbaan.'

'Daar moet je vader toch blij mee zijn geweest,' zei Franziska. 'Je wilde in zijn voetsporen treden. Niet iedere zoon wil zijn vader navolgen.'

'Aan de ene kant vond hij het denk ik wel leuk, maar toch raadde hij het me af. Er was een nieuwe tijd aangebroken, zei hij, die hem niet beviel. Hij was erg voorzichtig met zijn uitspraken, maar ik begreep dat hij niets ophad met Adolf Hitler en zijn aanhangers. Als ik me niet vergis, waarschuwde hij me er zelfs voor om officier bij de Wehrmacht te worden, omdat hij vermoedde dat er weer een oorlog zou uitbreken. Die oorlog zou de Wereldoorlog wat gruwelijkheden betrof overtreffen en ons allen in diepe ellende storten. Nou, ik vond het allemaal nogal overdreven wat hij zei en weet het aan zijn lichamelijke gebreken en zijn sombere stemming die daarmee gepaard ging. Feit was dat hij door allerlei kwalen werd geplaagd: hij had maagklachten, zijn nieren werkten niet goed en hij had doorligplekken doordat hij alleen maar lag en zat. Hij klaagde nooit, maar ik hoorde het van zijn verpleger, een jonge oorlogsinvalide die zijn studie medicijnen had afgebroken en na de oorlog niet meer had voortgezet. Ik heb mezelf later vaak verweten dat ik tijdens mijn militaire opleiding zo zelden naar huis ging en liever met mijn kameraden optrok, maar ik raakte gedeprimeerd van de aanblik van mijn zieke vader. En het huis was zo stil, ik voelde me er eenzaam. En natuurlijk had ik weleens een avontuurtje, waar ik liever niet met mijn vader over sprak. Waarschijnlijk vermoedde hij dat wel, want in onze gesprekken, die steeds schaarser werden, maakte hij soms voorzichtige toespelingen.'

'Je hebt dus, zoals men zo mooi zegt, "je wilde haren verloren",' zei Franziska. 'Dat werd toen van een jongeman verwacht. Terwijl de vrouw als maagd het huwelijk in diende te gaan, was het vanzelfsprekend dat de jonge echtgenoot op een hoop ervaring kon bogen.'

Hij keek haar onderzoekend aan en zag dat ze grinnikte. Terwijl hij er vrij zeker van was dat zij ook helemaal volgens deze principes was opgevoed.

'Het was "niets serieus", zoals men zegt,' ging hij verder, wetend dat hij zich op glad ijs waagde. 'Wat waarschijnlijk meer aan mij dan aan de meisjes lag. Ik was nogal een losbol, een gewetenloos type, een jongeman die geen hoge dunk had van vrouwen. Misschien kwam het door de shock omdat ik mijn moeder was verloren, ik weet het niet. Maar in elk geval was ik destijds niet in staat tot een liefdevolle relatie.'

Ze slaakte een kleine zucht en merkte dat ze medelijden had met de jonge meiden die hij waarschijnlijk ongelukkig had gemaakt.

'Nou ja,' zei hij grijnzend. 'Misschien heb ik sommigen van hen ook heel gelukkig gemaakt.'

Ze gaf hem speels een klapje op zijn hand. 'Je was dus een "losbol" toen je voor de bruiloft van Jobst naar Dranitz kwam?' pakte ze de draad weer op. 'En ik, als de onnozele boerenmeid die ik was, heb dat helemaal niet aan je gemerkt. Stel je voor, ik beschouwde je als een sympathieke, fatsoenlijke jongeman en in mijn onervarenheid ben ik zelfs verliefd op je geworden.'

'Toen ik naar Dranitz kwam, was ik allang iemand anders, Franziska,' zei hij. 'Een jaar eerder was mijn vader overleden. Hij had tijdens zijn laatste maanden ijverig de oude contacten hernieuwd om voor mij gunstige omstandigheden te creëren zodat ik snel promotie kon maken. Wat hem ook lukte. Hij overleed toen ik aan een cursus in München deelnam. Ik kreeg dispensatie en reisde terug naar Berlijn om alles te regelen. Ik geef toe dat ik om hem heb gehuild, om elk uur dat ik niet met hem heb doorgebracht. Maar toen ik hem op zijn sterfbed zag liggen – klein, wasachtig, met kromme vingers – besefte ik dat de dood voor hem een verlossing betekende.'

Hij zweeg, want hij wist waar ze nu aan dacht. Haar vader was meegenomen door de Russen. Hoe en wanneer hij was overleden, was haar familie nooit te weten gekomen. Maar het was zo goed als zeker dat baron Heinrich von Dranitz in een of andere Russische gevangenis was verhongerd of door uitputting was overleden. Vergeleken met dat lot was zijn vader een goede, zachte dood gegund.

'Toen ik je voor het eerst zag,' ging hij verder, 'was ik verbaasd over je onbevangenheid en de hardnekkige manier waarop je je eigen mening verdedigde. Weet je wat ik toen dacht?'

'Je vond me een koppige, eigenzinnige boerenmeid,' antwoordde ze grinnikend.

Hij knikte glimlachend. 'Voor een freule had je helemaal niets mondains. Je was geen verleidster, maakte je nooit op en lonkte niet naar me. Je was helemaal jezelf. Open en eerlijk, strijdbaar, maar ook verstandig, slim en snel in je oordeel. En je had de vanzelfsprekende houding van een jonge adellijke vrouw. Daarmee heb je zo'n diepe indruk op me gemaakt dat ik wekenlang aan ons korte gesprek terug moest denken.'

Was ze nu teleurgesteld? Had ze verwacht dat hij meteen tot over zijn oren verliefd was? Ze zweeg een poosje en schoof in gedachten verzonken met haar vingers de broodkruimels over het tafelblad heen en weer. 'Je hebt het toen tegen Jobst verteld, nietwaar?'

Walter knikte weer. 'Ja, dat heb ik. Ik geloof dat hij enthousiast was. In elk geval zei hij tegen me dat hij het leuk zou vinden als we ooit familie zouden worden.'

'Zozo,' zei ze traag. 'Dus Jobst heeft geprobeerd ons te koppelen.'

'Misschien,' antwoordde hij. 'Maar denk je nu echt dat ik je alleen om Jobst een plezier te doen om je hand heb gevraagd?'

'Natuurlijk niet. Je hebt me om mijn hand gevraagd omdat je het op ons vermogen had voorzien.'

Ze keek hem ondeugend met half samengeknepen ogen aan en hij was heel even verbluft. Toen sloeg hij lachend zijn vuist op tafel. 'Natuurlijk! En ik wilde de adellijke titel.'

'Die had je niet eens gekregen als aangetrouwde echtgenoot...' Franziska giechelde.

'O jee!' riep hij uit. 'En dat zeg je me nu pas? Dus ik heb toen voor niks zo veel moeite gedaan?'

Franziska moest hard lachen en hij lachte vrolijk mee.

'Weet je dat ik je die avond, toen we in het schijnsel van de lampionnen op het terras zaten, dolgraag wilde verleiden?' vroeg hij toen ze weer op adem waren gekomen.

'O ja?' Franziska keek hem vol verwachting aan. 'En waarom heb je het niet gedaan?'

'O, daar waren een aantal redenen voor. Ten eerste gunde je zusje ons geen moment alleen...'

'En verder?'

'Daarna was er om de een of andere reden niet echt een goed moment voor.'

Franziska herinnerde het zich. Alle gasten waren in het landhuis in verschillende kamers ondergebracht. Walter sliep met Jobst en Heinrich-Ernst op een kamer, die waarschijnlijk vroeger de kamer van baron Heinrich was geweest.

'Ik heb het wel overwogen,' gaf hij toe. 'Ik had zelfs uitgevogeld in welke kamer jij sliep. Maar je was daar niet alleen.'

'Nee. Brigitte, de verloofde van Jobst, en Elfriede sliepen er ook.'

'Precies. Ik had geen kans.' Hij zuchtte.

'Op die avond zeker niet,' zei ze. 'Maar later wel. Ik heb tot op de dag van vandaag niet begrepen waarom je het niet hebt gedaan.'

Het was een half jaar na hun verloving geweest dat hij voor een kort bezoekje naar Dranitz was gekomen. Ze hadden 's avonds met zijn allen gegeten en nog lang op het terras gezeten, want het was een van de eerste warme avonden in mei geweest. Toen haar ouders en Elfriede naar boven waren gegaan en Mine nog de kussens en stoelen opruimde, was Franziska over het bedauwde gras naar het meer gelopen. Het was geen stiekem afspraakje geweest, maar een spontane ingeving, een uitnodiging die hij maar al te graag had aangenomen. Ze hadden elkaar onder het met houtsnijwerk versierde afdakje van het botenhuis ontmoet en gedaan wat ze al de hele avond hadden willen doen, maar wat hun strenge opvoeding hun verbood. Ze vielen in elkaars armen en kusten elkaar. Het was een lange kus waar geen eind aan leek te komen, een lichamelijke aanraking waar ze al heel lang naar had verlangd. Franziska had hem versteld doen staan. Zo beheerst als ze overdag was, zo hartstochtelijk was ze nu ze alleen waren. Hij moest zich enorm inhouden om niet te ver te gaan.

'Heb je daar toen voor het botenhuis op gewacht?' vroeg hij onzeker.

'Eerlijk gezegd wel, ja.'

'Wilde je dat ik je verleidde? Op het bankje voor het botenhuis?'

'Mijn hemel,' zei ze ongeduldig. 'Waar dan ook. Op het bankje of in het vochtige gras. Het zou me totaal niet hebben uitgemaakt. Als je het maar had gedaan.'

Hij had inderdaad op het punt gestaan om haar bloesje open te knopen. Of had hij het bovenste knoopje al opengemaakt? Had zij het gedaan? Waarom had hij geaarzeld? Omdat hij haar niet wilde nemen op de manier waarop hij dat eerder met de anderen had gedaan? Stiekem op een parkbank. In een koets. Tussen de bagage in een gang van een hotel. Het had hem onwaardig geleken, want zij zou zijn vrouw worden. De vrouw aan zijn zijde die hij zou liefhebben en respecteren. Wat een ouderwetse gedachten had hij toen gehad!

'Ik was een idioot,' mompelde hij. 'Stel je voor, ik droomde van een huwelijksnacht met een maagdelijke bruid in een witte jurk.'

Franziska begon te lachen. 'Stel je voor, daar droomde ik ook van. En toch zou ik in die prachtige nacht in mei daaronder aan het meer met je geslapen hebben.'
'Zonder enige weerstand?'
'Heb jij iets van weerstand of verzet bij mij gemerkt?'
'Eigenlijk niet... Nee, totaal niet.'
Ze zwegen allebei, staarden voor zich uit en waren ieder in hun eigen gedachten verzonken. Na een poosje slaakte Franziska een diepe zucht en zei: 'Nou ja, het heeft nu eenmaal niet zo mogen zijn!'
Haar droevige blik deed hem pijn. Het was allemaal al zo lang geleden en toch was het verdriet nog steeds aanwezig.
'Wees niet verdrietig, mijn schat,' troostte hij haar. 'Daarom lig ik nu elke nacht bij je.'
'Dat is waar.' Haar blik klaarde op. 'Alleen is dat niet meer helemaal hetzelfde...'

Jenny

'JUULTJE? HALLO, LIEVERDJE, JUUUUULTJE...'
Jenny ging rechtop zitten in bed en gluurde in het spijlenbedje. Juultje was wakker, dat was duidelijk, maar ze reageerde nauwelijks op haar moeder. Jenny sprong haar bed uit en boog zich over haar kind. Juultje had rode wangen en koortsachtig glanzende ogen. Toen Jenny haar optilde, begon ze te huilen. O god, ze gloeide helemaal!

Jenny gaf haar dochter een slok lauwwarm water uit het flesje dat 's nachts altijd naast het bed stond en liep naar de gang om de kinderarts te bellen. Het was beter om meteen een afspraak te maken. Stel dat Juultje iets ernstigs had. Mücke vertelde altijd de ergste horrorverhalen over de kleuterschool.

Toen ze langs de keukendeur liep, zag ze vanuit haar ooghoek iets groots, iets geels. Stond daar nu een graafmachine voor de deur? Nou ja. Daar zou ze zich later in verdiepen. Jenny wilde net de hoorn van de haak pakken toen de telefoon rinkelde. Zou het oma weer zijn? Of Ulli misschien? Ach nee, die was allang weer in Bremen en dacht niet meer aan haar.

'Hallo?'
'Hallo, Jenny, ik ben het, Mücke. Ik wilde alleen...'
'Ik moet met Juultje naar de kinderarts,' onderbrak Jenny haar vriendin. 'Ze heeft hoge koorts. Ik maak me echt zorgen!'

'Kan ik met jou mee terugrijden? Ik wilde je vragen om me op te halen. Ik sta in een telefooncel in Waren. Ze hebben me op de een of andere manier naar de verkeerde kleuterschool gestuurd en ik kon meteen weer naar huis. Soms is het echt stom als invalster...'

Mücke was vrij, wat een geluk. 'We zien elkaar bij de kinderarts. Ik ga haar nu bellen, kleed me gauw aan en maak Juultje klaar. Ik denk dat ik er over een half uur ben.'

Jenny kreeg de doktersassistente aan de lijn en legde de situatie uit. Daarna kleedde ze zichzelf en Juultje aan en pakte een paar spullen in die ze absoluut mee moest nemen voor onderweg: schone luiers, een schoon rompertje, een spuugdoekje, twee flesjes thee, haar handtas met haar portemonnee, ook al zat er nauwelijks nog geld in...

Met Juultje op haar arm trok ze de deur naar het trapportaal open en liep bijna Kacpar omver, die sinds een paar dagen weer in het landhuis woonde. Hij had eigenlijk de gastenkamer bij Heino Mahnke willen huren, maar die was niet beschikbaar.

'Goedemorgen, jullie tweeën,' begroette hij haar. 'Heb je de graafmachine gezien die voor het huis staat?'

'Graafmachine?' vroeg ze verstrooid. 'Heb jij die besteld om het erf eindelijk eens te egaliseren?'

Kacpar keek haar verward aan. 'Nee, ik heb geen graafmachine besteld,' zei hij. 'Waar moet jij zo gehaast naartoe?'

'Juultje heeft koorts. Ik ga nu naar de kinderarts.'

'O jee! Zal ik jullie brengen?'

'Nee, doe maar niet. Ik neem op de terugweg Mücke mee.'

'O. Oké. Dus jij weet ook niets van die graafmachine?'

Jenny schudde haar hoofd, haastte zich de trap af en trok de voordeur open. Op het erf stond inderdaad een middelgrote gele schepradgraafmachine. Er was alleen nergens een bestuurder te bekennen. Vreemd. Maar daar zou ze zich later mee bezighouden, als Kacpar het dan niet allang had geregeld. Ze klikte Juultje in het kinderstoeltje vast en zag in de achteruitkijkspiegel dat de Poolse architect met een notitieblok in zijn hand om de graafmachine heen liep. Blijkbaar wilde hij het telefoonnummer van het bouwbedrijf noteren om er meer over te weten te komen.

Enige tijd later zat Jenny met Juultje in de spreekkamer van de kinderarts in Waren. De arts zei gelukkig dat er niets ernstigs aan de hand was: Juultje had de zesde ziekte, een infectieziekte die vaak voorkwam onder kleine kinderen, maar die niet gevaarlijk was en met een koortsdrankje weer zou overgaan. Jenny hoefde zich ook geen zorgen te maken als Juultje rode huiduitslag kreeg, verzekerde de arts haar, dat was heel normaal.

Toen Jenny met Juultje op haar arm en het recept voor het koortsdrankje in haar hand de spreekkamer uit kwam, zag ze Mücke in de wachtkamer zitten. Ze zat met een jonge moeder te praten wier zoon in een van haar kleutergroepen zat. Mücke sprong meteen op toen ze Jenny zag en nam Juultje van haar over, zodat haar vriendin nog gauw naar de apotheek kon om het medicijn te halen.

Op de terugweg viel de kleine in slaap. Mücke, die merkte hoe opgelucht Jenny was, begon vrolijk te kletsen.

'Mine vertelde dat Ulli een blokhutboot heeft gekocht,' zei ze. 'En weet je, Jenny? Hij blijft niet in Bremen. Hij komt terug omdat hij nu dat botenverhuurbedrijf heeft.'

Jenny overwoog even om Mücke over haar tocht over de Müritz met Ulli te vertellen, maar deed het toch maar niet. Ze had zich vreselijk gênant gedragen. Ze had tranen met tuiten gehuild en hij had haar heel lief getroost. Ulli was een aardige jongen. Als hij maar niet aan Mine en Karl-Erich had verteld dat ze moest huilen! Maar hij was niet het type dat zoiets rondbazuinde. Morgen zou ze hem een kaartje sturen. Gewoon zomaar. Ze waren tenslotte vrienden.

Toen ze het landgoed naderden, werd ze abrupt uit haar gedachten gehaald door een luide gil.

'Ik geloof dat ik gek word! Dit kan toch niet waar zijn!' riep Mücke.

Jenny trapte instinctief op de rem. Achter haar toeterde een bestelwagen, die bijna tegen haar op was gebotst. Geschrokken sloeg ze links af de oprit op naar het voormalige rentmeestershuis. Ze hobbelde een stuk over Kalles weg, die vol gaten zat, en bracht de auto tot stilstand.

Voor hen steeg een geelgrijze stofwolk op, waaruit stukken golfplaat, balken en losse muren opdoemden. Af en toe zagen ze de graafmachine, die eerder op het erf van het landhuis had gestaan en nu in korte afstanden naar voren en weer naar achteren reed. Als een terriër die zich telkens weer op zijn buit stortte, toehapte, losliet en voor de volgende aanval inzette.

Jenny en Mücke staarden met pure ontzetting naar het onvoorstelbare gebeuren. De acties van de graafmachine gingen gepaard met doffe klappen. Muren vielen met veel kabaal om, vensterruiten versplinterden, golfplaten vielen rinkelend op de puinhoop.

'Kalle moet compleet gek zijn geworden,' mompelde Mücke. 'Mijn god, hij heeft hier weken en maanden aan gebouwd. En het was zo moeilijk om al dat materiaal bij elkaar te sprokkelen. Bovendien heeft hij het huis en het bijbehorende perceel aan Sonja verpacht voor haar dierenasiel, toch? Ik snap er niks van...'

Juultje was wakker geworden van het lawaai en begon te huilen. Jenny startte de motor en manoeuvreerde haar rode Kadett achteruit de weg op, waarna ze naar het landhuis reed en voor de voordeur stopte. Daar stond Falko met zijn oren plat tegen zijn kop gedrukt. Hij begroette hen kwispelend met zijn staart. Ook hij leek het lawaai akelig te vinden, want toen Jenny de deur openmaakte, rende hij meteen naar binnen en de trap op.

'Draag jij Juultje naar boven, Mücke?' vroeg Jenny over haar schouder. 'Ik neem de tas en... Mücke? Hé, Mücke!'

Maar Mücke was er niet meer. Ze was de auto uit gesprongen en naar Kalles perceel gelopen. Jenny zette verontwaardigd haar armen in haar zij en wilde iets onvriendelijks roepen toen ze Kalle ontdekte. Hij stond met zijn rug naar haar toe op het stuk gras dat de scheiding vormde tussen het voormalige rentmeestershuis en het erf van het landhuis. Zijn houding drukte vertwijfeling uit. Er klopte iets niet.

Alleen had Jenny helaas geen tijd om zich met de merkwaardige gebeurtenissen bij haar buurman bezig te houden, want haar zieke dochter moest dringend naar bed.

'Zo, schatje, we gaan naar boven en jij krijgt een lekker koortsdrankje.'

Ze klikte de kleine uit het kinderstoeltje, hing de tas met luiers en andere spullen om haar nek, deed de auto op slot en liep naar de voordeur. Daar draaide ze zich nog een keer om. Ze zag dat Mücke naast Kalle was gaan staan en druk op hem inpraatte. Op zijn terrein reed een vrachtwagen achteruit naar het puin dat ooit Kalles bouwwerk was geweest. Er stapten een paar arbeiders uit, die het puin in de vrachtwagen begonnen te laden.

Dat gaat razendsnel, dacht Jenny terwijl ze de trap op liep. Dat past helemaal niet bij Kalle. Bij hem gaat altijd alles volgens het motto 'kom ik vandaag niet, dan kom ik morgen.'

Ze gaf Juultje het koortsdrankje en lauwwarme kamillethee. Daarna legde ze haar in bed en gaf Falko zijn voer, waarbij ze de deuren van haar kamer en de keuken wijd open liet staan zodat ze het kon horen als de kleine begon te huilen. Toen ze na twintig minuten bij haar ging kijken en voorzichtig haar voorhoofd voelde, stelde ze vast dat de koorts duidelijk was gezakt. Net toen ze zich afvroeg wat ze voor de lunch kon klaarmaken, werd er aangebeld. Het waren Kalle en Mücke, en ze waren allebei vreselijk opgewonden.

'De varkens zijn weggelopen,' zei Mücke.

'O, help.' Jenny zuchtte. 'Dat is ook geen wonder met die herrie. Waarom laat je eigenlijk alles afbreken, Kalle?'

Kalle gebaarde dat hij zichzelf wel iets kon aandoen.

'Ik?' zei hij hees. 'Ik niet. Dat heeft die klootzak laten doen. Hij heeft me belazerd en bedrogen. Maar hij zal ervoor moeten boeten. Als ik hem te pakken krijg...'

'Laat nou maar, Kalle,' zei Mücke en ze streelde troostend over zijn rug. 'We gaan nu eerst zorgen dat we Artur en Suusje vangen. Straks rennen ze nog de weg op en worden ze aangereden.'

Kalle kreunde. Dat mocht niet gebeuren. 'Heb je ergens een halsband? Of een touw?'

'Een halsband voor een varken? Nee, maar wacht, beneden in de kelder liggen de koorden van oma's gordijnen nog. Daar kun je een varkenstuig van knopen.'

Kalle liep snel de keldertrap af en kwam terug met oma's zijden gordijnkoorden in goud en mosgroen. Hij bedankte haar gehaast en rende weg. Falko was ook naar buiten gerend en nam enthousiast deel aan de varkensjacht. Jenny hoorde hem blaffen. Waarschijnlijk dreven ze de weglopers in de richting van het meer, in elk geval weg van de straat. Hopelijk konden varkens zwemmen, mochten ze besluiten het water in te vluchten. Hoofdschuddend liep Jenny de trap weer op. Wat had Kalle bedoeld toen hij zei dat die 'klootzak' hem had belazerd en bedrogen? Welke klootzak? Tjonge, wat een dag, alleen maar rampen en chaotische toestanden. En het duurde nog een hele week voordat oma en Walter weer terugkwamen!

Toen ze halverwege de trap was, hoorde ze de bel weer. Verdorie nog aan toe! Lieten ze haar vandaag dan helemaal niet meer met rust? 'Wat is er nu weer?' snauwde ze toen ze de voordeur opentrok, maar ze verstomde meteen. Niet te geloven. Voor haar stond Simon.

'Hallo, Jenny,' zei hij en hij glimlachte innemend. 'Ik kom even sorry zeggen voor het lawaai en de troep. Ik heb je vanochtend vroeg gebeld, maar kreeg je helaas niet te pakken.'

Jenny hield zich aan de deurknop vast. 'Wat... wat doe jij hier?' stamelde ze met een naar voorgevoel. 'Ik dacht dat je allang vertrokken was.'

'Ik moest alleen iets regelen,' zei hij met een vaag gebaar. 'Gaat het goed met onze kleine Julia?'

Wat had hij gezegd? Dat hij sorry kwam zeggen voor het lawaai? Waarom hij?

'Juultje? Die is ziek. De zesde ziekte.'

Zijn glimlach ebde weg. 'Ach, hemel, de arme meid.'

Plotseling begreep ze het. Simon had opdracht gegeven Kalles gebouw af te breken. Zonder twijfel. Simon was de klootzak die Kalle te pakken wilde krijgen. Maar waarom?

'Wat heb jij met die sloop te maken, Simon?'

Waarschijnlijk keek ze hem zeer vijandig aan, want hij stak meteen sussend zijn handen in de lucht.

'Ik zal het je allemaal uitleggen, Jenny. Laten we even naar boven gaan, hier aan de deur is het wat lastig uit te leggen.'

Vanaf het meer klonken Falko's geblaf en opgewonden gekrijs. Hopelijk waren Artur en Suusje niet echt in het water beland.

'Voor mijn part. Als je niet bang bent aangestoken te worden...'

'Maak je geen zorgen, ik heb het al twee keer meegemaakt,' zei hij. 'Ik ben immuun.'

Jenny dacht even na. Zijn kinderen, Jochen en Claudia, moesten inmiddels vijftien en elf zijn. Wat zouden die ervan vinden als ze erachter kwamen dat ze een halfzusje hadden? Boven keek ze eerst naar Juultje en voelde haar voorhoofd. Het ging goed. Daarna vroeg ze hem mee naar de keuken te gaan.

Simon wierp een blik uit het raam om de voortgang van de sloopwerkzaamheden te bekijken en ging toen op de stoel zitten die ze hem aanwees. 'Heb je een kop koffie voor me?' vroeg hij toen. 'Ik denk dat we het een en ander te bespreken hebben.'

Met tegenzin vulde Jenny het koffiezetapparaat. Ze zette twee bekers, koffiemelk en suiker op het kleine keukentafeltje en ging bij hem zitten. 'Heb jij Kalles gebouwtje af laten breken? En zo ja, waarom?' vroeg ze met kalme stem en ze keek hem strak aan.

Simon stond op, pakte de halfvolle glazen koffiekan, schonk koffie voor haar in en schoof de koffiemelk en suiker naar haar toe. Daarna schonk hij ook voor zichzelf een beker in.

'Het is heel simpel,' zei hij luchtig. 'Ik heb het perceel van Kalle gekocht. We zijn nu buren, Jenny.'

Ze had het bijna gevreesd, maar had het niet willen weten. Wat was Kalle toch een sukkel! Wat had hij dan gedacht? Dat Simon zijn gebouw op de monumentenlijst zou plaatsen?

'Maar Kalle heeft het perceel met het gebouw toch aan Sonja verpacht, aan dokter Gebauer, die er een dierentuin van wilde maken?' vroeg ze. 'Ook al vind ik dat een stom idee, contract is contract.'

'Dat is helaas niet zo, Jenny,' weersprak Simon haar. 'Of moet ik godzijdank zeggen? Een handslag heeft geen juridische waarde. Zonder notaris heeft dat allemaal geen enkele betekenis.'

Ze staarde in haar beker, waarin de koffiemelk witte slierten vormde. Simon, haar buurman! Wat verschrikkelijk! Kalle was al erg genoeg geweest, maar Simon zou de hel zijn. Arme oma. Ze kon maar beter in het mooie Toscane blijven. Hier op Dranitz wachtten er alleen maar rampen op haar.

'Je zegt helemaal niets, Jenny,' zei Simon bezorgd. 'Ik dacht dat je op z'n minst een heel klein beetje blij zou zijn.'

Nou, dan had hij het mooi mis! Het werd tijd dat ze eens onomwonden met elkaar praatten. Dat ze niet langer om de hete brij heen draaiden.

Jenny haalde diep adem. 'Ten eerste,' begon ze, 'ten eerste ben ik van mening dat we niets meer met elkaar te maken hebben, Simon Strassner. En ten tweede weet ik dat Gisela van je gaat scheiden en dat je je bedrijf hebt verkocht. We kunnen dus open kaart spelen!'

Hij was lang niet zo onder de indruk als ze had gehoopt. Hij vertrok zijn gezicht heel even, maar meteen daarna keerde zijn innemende glimlach terug.

'Wel,' zei hij en keek droevig naar de grond. 'Dan ben je op de hoogte van mijn situatie. Ik had het je sowieso verteld, Jenny. We zouden geen geheimen voor elkaar moeten hebben, of wel soms?'

'Waarom niet?' vroeg ze onvriendelijk.

'Omdat er nog veel dingen zijn waardoor we met elkaar verbonden zijn.'

Wat een rotzak! Zo meteen zou hij weer over Juultje beginnen. Over het recht haar te mogen bezoeken. Of zelfs over voogdijschap. Maar wat hij zei, maakte haar sprakeloos.

'Bijvoorbeeld het stuk grond aan de overkant. Ik heb foto's verkregen, kijk maar. Wat een mooi gebouw, typisch laat achttiende-, vroegnegentiende-eeuws. Het bovenste gedeelte doet een beetje denken aan een Russische datsja met dat mooie houtsnijwerk. Dat had het oude botenhuis trouwens ook, dat helaas is afgebroken en waarvoor een nieuwe in de plaats is gekomen.' Hij haalde drie foto's uit de binnenzak van zijn colbertje en gaf ze over de koffiekan heen aan haar. Het waren zwart-witfoto's, die hij waarschijnlijk had laten reproduceren. Ze toonden het landhuis met de twee hovelingenhuisjes ervoor en de laan, die tussen verzorgde grasvelden door naar het erf leidde. Was dat dezelfde foto die in oma's slaapkamer boven haar bed hing? Nee, deze foto was vanaf een andere plek genomen, want je zag een deel van het oude rentmeestershuis. Op de andere twee foto's was het huis nog duidelijker te zien. Het oude rentmeestershuis was door een witgeverfd hek omheind en er waren bloeiende planten en een grote moestuin te herkennen. Op de achtergrond ontdekte Jenny een aantal bijgebouwen, waarschijnlijk hield de vrouw van de rentmeester kippen en klein vee.

'Hoe kom je aan die foto's?'

Hij grijnsde trots en vertelde dat er in Neustrelitz een oudere dame was die een archief had aangelegd van de herenhuizen in de omgeving. Hij had de tip gekregen van zijn hospita in Waren. Dat kon alleen die dikke vrouw met de schrobber zijn geweest. Ongelofelijk hoe het Simon elke keer weer lukte om de vrouwen te charmeren!

'Ik ben van plan om dit mooie kleine pand volgens de oude details te herbouwen,' zei hij en hij borg de foto's weer op. 'Ik denk dat het jou en je oma wel zal bevallen.'

Dat klonk geweldig. Jenny staarde Simon aan om te ontdekken of hij haar iets op de mouw speldde. Maar dat was eigenlijk niet Simons aard. In elk geval niet op zo'n lompe manier. Toch was wantrouwen op zijn plaats.

'Dit zal wel een hoop geld kosten,' zei ze. 'Ik dacht dat jouw financiële situatie momenteel een beetje precair was. Vanwege de scheiding, bedoel ik.'

Hij slaakte een diepe zucht en keek haar van onder halfgesloten oogleden bedroefd aan. Vroeger smolt ze voor die blik, nu vond ze hem hooguit amusant.

'Nou ja,' gaf hij toe. 'De scheiding is nog lang niet rond, maar het is duidelijk dat ik flink wat veren zal moeten laten. Ik heb echter een goede advocaat en geniet het vertrouwen van mijn bank. Ik zal niet als een arme sloeber eindigen.'

Dat had ze eigenlijk wel kunnen bedenken. Waarschijnlijk had Simon Strassner een groot deel van zijn vermogen op een of ander mooi, stil eiland geparkeerd.

'Ik begrijp het,' zei ze. 'Nou ja, ik kan je niet tegenhouden. Je doet maar wat je niet laten kunt.'

Nu zag hij er oprecht teleurgesteld uit.

'Maar Jenny,' zei hij met vaderlijk verwijt in zijn stem. 'Ik doe dit allemaal voornamelijk voor jou en onze dochter. Bovendien zal het heropgebouwde rentmeestershuis een stijlvolle toevoeging zijn aan jullie hotel.'

'Dat hangt ervan af. Wat ben je ermee van plan? Wil je het verhuren? Een museum inrichten? Een souvenirwinkeltje? Een bordeel?'

Hij bleef verbazingwekkend gelaten, alleen bij het laatste voorstel gingen zijn wenkbrauwen heel even omhoog.

'Interessante ideeën, Jenny. Echt, je fantasie is bewonderingswaardig. Maar nee, het is heel saai: ik wil daar gewoon in gaan wonen. Zodat ik mijn dochtertje zo vaak mogelijk kan zien.'

Jenny voelde paniek opkomen. Simon wilde pal naast haar gaan wonen. Hij zou Juultje dagelijks zien, met haar spelen en haar inpalmen zoals hij met alle vrouwen deed. Hij zou haar dochter van haar afnemen, haar met cadeaus overladen, haar verwennen, haar mee op reis nemen, over haar schoolopleiding beslissen, haar in vuile zaakjes betrekken.

Haar blik straalde vast verbijstering uit, want hij sprak sussend verder. Hij was van plan in een van de grotere steden in de omgeving een architectenbureau op te richten en een tweede woning te huren.

'Ik zal jullie dus hooguit in de weekenden op de zenuwen werken,' beloofde hij ironisch. 'En ik beloof plechtig dat ik me op geen enkele manier met Julia's opvoeding zal bemoeien. Dat is helemaal jouw zaak, Jenny.'

Dat klonk al beter. Hoewel er natuurlijk geen enkele garantie was dat hij zich aan zijn beloftes zou houden.

'Daar sta ik op,' antwoordde ze vechtlustig. 'Bovendien zul je Juultje alleen met mijn toestemming mogen zien. En alleen als ik erbij ben. Is dat duidelijk?'

Hij knikte snel. 'Vanzelfsprekend, Jenny. Ik ga overal mee akkoord. Denk alsjeblieft niet dat ik op enige wijze aanspraak zal maken op het kind.'

'Als je dat wel wilt doen, Simon, zal ik mijn dochter met hand en tand verdedigen.'

Hij maakte geschrokken een afwerend gebaar. Wat dat betrof hoefde ze zich geen enkele zorgen te maken.

'Het is goed dat we deze kwestie hebben besproken en opgehelderd,' zei hij. Hij dronk zijn koffie op en stond op. 'Ik zal je tijd niet langer in beslag nemen. Dank je wel voor dit fijne gesprek.'

Hij wilde gaan. Aan de ene kant was ze daar blij mee, aan de andere kant liet hij haar met een heleboel zorgen en problemen achter. Ze stond op om hem naar de voordeur te begeleiden. Simon liep naar zijn Mercedes, die hij weer bij de straat had geparkeerd, en stapte in. Voordat hij het portier dichtsloeg, draaide hij zich nog één keer om. 'O ja, wat ik nog wilde zeggen: wees voorzichtig met Kacpar Woronski. Hij heeft geen goede bedoelingen, Jenny.'

'Kacpar? Wat een onzin!' riep ze hem na, maar hij knalde het portier al dicht, startte de motor en scheurde weg.

Ulli

NEE, HET KWAM NIET door Jenny. Dat zou echt belachelijk zijn geweest. Het was gewoon een opeenstapeling van allerlei dingen: boosheid, misverstanden, irritatie, valse hoop. En dat alles broeide in hem. Jenny was alleen de prikkel geweest. De kurkentrekker die de geest uit de fles had gelaten.

Toch moest hij constant aan haar denken. Het beeld van haar kwam gewoon telkens boven en als hij niet oppaste, nam zijn fantasie een loopje met hem. Het kwam vast door de Müritz of door wat hij allemaal in zijn vakantie had meegemaakt.

Water, besefte hij, had altijd al een bijzonder effect op hem gehad. Zonder een meer of de zee in zijn buurt zou hij waarschijnlijk verdorren en wegkwijnen. Het was een gevoel van oneindige vrijheid geweest om met Max op de Mine over het water te tuffen. Pure levensvreugde, vandaag hier, morgen daar, voor niets en niemand verantwoordelijk te zijn, alleen rekening te hoeven houden met de wind en het spiegelende water. Precies, dat was het. Hij had in een roes verkeerd. In de Müritz-roes. Hij had zichzelf niet in de hand gehad. Alleen daarom was het haar gelukt om op zo'n geniepige manier een plekje in zijn hart te veroveren.

Toen ze op de Müritz in tranen was uitgebarsten, had hij haar in zijn armen genomen om haar te troosten, maar hij had algauw gemerkt dat die omhelzing nog andere gevoelens in hem opwekte, waar een man zich niet tegen kon weren. Gelukkig had ze het niet gemerkt, dat zou hij vreselijk gênant hebben gevonden. Hij was niet zo iemand die eerst zijn troostende schouder aanbood om zich vervolgens op een meisje te storten. Hoe dan ook, hij had Jenny op die ongelukkige dag in zijn hart gesloten en innemend als ze nu eenmaal was, wilde ze die plek blijkbaar niet meer verlaten.

Maar dit was bijzaak. Het was iets voor hem persoonlijk. Het ging niemand wat aan.

Nee, het was vooral het benauwde kantoor in Bremen-Vegesack dat hem op de zenuwen werkte. Zelfs nu de zomer in rap tempo plaatsmaakte voor de herfst, was het er nauwelijks uit te houden als de zon op de ramen brandde en je in je eigen zweet gaarkookte. De airco deed het niet. En het was ook geen goed idee om het raam open te doen, want dan waaiden alle papieren van de tafel en werden zijn twee collega's boos. Het enige goede was dat je daarvandaan de haven en de Wezer kon zien, maar dat was dan ook het enige. Vroeger in Stralsund was hij medeverantwoordelijk geweest voor de constructie van de vistrawlers en moest hij vaak op de werf zijn. Het was fijn geweest om in de frisse lucht te werken en in half afgebouwde schepen te klimmen, naar problemen te luisteren en oplossingen te vinden. Hij vond het leuk om met mensen te praten en contact te hebben met de arbeiders. Maar hier in Bremen had hij andere taken. Hij was verantwoordelijk voor de toeleveranciers, moest offertes controleren, prijzen calculeren en onderhandelen, en dat ging meestal telefonisch. Soms kwam hij dagenlang zijn kantoor niet uit. Dan bedacht hij een smoes om naar de werf te lopen en een luchtje te scheppen in de haven. Was het geld dat hij verdiende dit trieste bestaan eigenlijk wel waard? Anders gezegd, hoeveel moest een werkgever hem betalen als die ruim een derde van zijn leven wilde kopen?

Gek, over dit soort dingen had hij vroeger nooit gepiekerd. Maar toen was Angela er. In de eerste jaren van hun relatie waren ze nog verliefd op elkaar geweest en hadden ze in een gezamenlijke toekomst geloofd. Nu zat hij 's avonds veel te vaak in zijn eentje thuis en tobde hij wat af.

En op een van deze avonden pakte hij plotseling een vel papier en schreef een tekst. Hij schrapte her en der iets, voegde er een paar zinnen aan toe en schreef alles opnieuw. Daarna verkreukelde hij het blad tot een propje en gooide het in de prullenbak. Drie keer haalde hij het propje er weer uit, om het vervolgens opnieuw weg te gooien. De vierde keer streek hij het glad, vouwde het op en stak het in een envelop. Gewoon zomaar. Voor de zekerheid. Als steun voor als hij zich weer eens neerslachtig voelde.

Zoals vandaag. Weer zo'n dag waarop niets lukte. Zijn ene collega was ziek, de andere had een sterfgeval in de familie en moest naar Hamburg voor de begrafenis. En dus zat hij in zijn eentje in zijn broeikas, nam de telefoontjes van zijn collega's aan en deed werk dat niet tot zijn taken behoorde. Waarbij hij natuurlijk met zijn eigen werk achter raakte. Tegen elf uur kwam zijn secretaresse binnenstormen, die van de baas moest vragen waarom de opdracht aan de firma Klüger niet was verstrekt en moest hij aanhoren dat de viskotter door zijn schuld drie weken later gereed zou zijn. Wat niet helemaal waar was, maar als een leidinggevende dacht dat hij gelijk had, had hij nu eenmaal gelijk. Dat was in het kapitalisme niet anders dan in de planeconomie. Dus telefoneerde hij zijn vingers blauw, ging akkoord met een woekerprijs en ergerde zich daar vervolgens groen en geel aan.

Chagrijnig liep hij in de lunchpauze naar de kantine, droeg zijn dienblad met braadworst, kool en aardappelen naar een leeg tafeltje bij het raam en gunde zichzelf er een biertje bij. Vijf minuten lang kon hij rustig eten en naar de haven kijken, daarna kwam een collega van de buitendienst bij hem zitten. Een van de collega's die hij maar af en toe zag omdat ze meestal onderweg waren.

'Ah, hallo, ik kom er even bij zitten, is dat goed?'

Ulli knikte.

'U bent toch de ossi? En, bent u al helemaal gewend hier? Het is hier anders dan in het oosten, nietwaar? Hier wordt echt gewerkt en flink tempo gemaakt.'

Hij was rond de veertig, droeg een colbertje met een bijpassend overhemd en strekte ongegeneerd zijn benen onder de tafel uit. Hij grijnsde naar Ulli en hakte onhandig in zijn braadworst. Het vet spatte op Ulli's bierglas. Ulli veegde het met zijn papieren servet af. Hij haatte vuile bierglazen.

'In Stralsund werkten we ook echt,' antwoordde hij kort aangebonden.

Hij kende de vooroordelen van zijn collega's. Hij had zich er vaak genoeg over opgewonden, maar ook in moeten zien dat ze in veel gevallen terecht waren. Maar niet altijd.

De collega van de buitendienst prikte wat in zijn groente en zei dat het spul veel te gaar was gekookt.

'Die troep is amper te eten. Ik ben blij dat ik zo vaak weg kan. Als u eens een geheime tip voor een goed restaurant wilt, ik ken er een heleboel tussen Bremen en Hamburg.'

Benijdenswaardig. Hij kon reizen terwijl Ulli zijn tijd op kantoor uitzat. Maar zijn collega leek zijn vrijheid voornamelijk te benutten door lekker uit eten te gaan. Op kosten van de baas natuurlijk. Zonder gêne.

Misnoegd keerde hij naar zijn bureau terug, maar zijn gedachten dwaalden telkens af. Drie keer kwam hij in de verleiding om zijn aktetas te pakken en die ene brief eruit te halen. Alleen om hem nog een keer te bekijken. Want dat kon soms rustgevend werken, hoewel het ook beangstigend was. Vandaag hield hij zich in en liet de brief in zijn tas zitten. Ineens moest hij aan Max Krumme denken. Die sluwe vos! Hij had gedaan alsof hij doodziek was, alleen zodat Ulli nog één keer bij hem op bezoek ging. Uit vriendschap en uit medelijden. En vervolgens bleek het gewoon een list te zijn. Er mankeerde hem niets, hij had hooguit last van reuma in zijn knieën, maar dat was normaal op die leeftijd. Vergeleken met zijn opa was Max topfit. De oude slimmerik had hem in de boot genomen. Hij had hem op die leuke kleine blokhutboot weten te krijgen, waar hij tien fantastisch mooie dagen niet meer van af was gekomen. Het was niet te geloven, maar het was echt geweldig geweest. In het komende voorjaar wilden ze weer de trossen losgooien en gaan varen. Op het schommelende water drijven, tussen de hemel en de golven. Langs stille bossen en eenzame oevers glijden. De reigers in het oeverriet en het roodwild observeren dat 's avonds naar de oever kwam om te drinken. Hij had een slecht geweten omdat hij tegen Jenny had gezegd dat ze 's avonds bijna altijd in Ludorf waren, terwijl ze elke nacht op een andere ligplaats hadden doorgebracht. Max was een ontzettend fijne kameraad, iemand die luisterde en de juiste vragen stelde. Met wie je grappen kon maken en krom kon liggen van het lachen. En als hij over zijn fantastische ideeën vertelde, beschreef hij alles zo kleurrijk en aanlokkelijk dat het Ulli moeite kostte om met beide benen op de grond te blijven. Een botenverhuurbedrijf met camping en kiosk, dat liep alleen in de zomer. Hooguit van april tot september. Daarna was het een stille boel en moest je van je reserves leven. Dat had die slimme Max niet genoemd, maar als je een goede baan op moest geven voor zo'n onzekere business, moest je daar ook aan denken.

Op de laatste avond had hij zijn grootouders nog bezocht en bij hen overnacht. Hij kon het de twee lieve oudjes niet aandoen om dagenlang op de Müritz rond te varen zonder nog één keer bij hen langs te gaan. Natuurlijk had Mine zich uitgesloofd in de keuken en een overheerlijke gepaneerde snoek uit de Oostzee, komkommersalade en aardappeltjes met dille klaargemaakt. Het recept, vertelde ze, had ze vroeger afgekeken van Hanne Schramm, de kokkin op landgoed Dranitz. Misschien miste er nog een of ander kruid, want Hanne hield haar recepten strikt geheim, maar zo was het ook wel te eten, zei Mine.

'Het is verrukkelijk, oma!' prees Ulli haar en dat was niet overdreven. 'Ik heb zelden zoiets lekkers gegeten.'

Toen straalde ze natuurlijk. En dat had ze ook verdiend. In elk geval wat het eten betrof. Wat het tafelgezelschap betrof had zijn oma weer eens een klein complot gesmeed. Mücke was de vierde persoon aan tafel. Mücke, die nu geen relatie meer had met Kacpar Woronski. Dat had Mine hem meteen aan de telefoon verteld.

'Ik wilde iets goeds doen voor het meisje en heb haar uitgenodigd. Zo'n teleurstelling in de liefde, dat vreet aan zo'n jonge meid!'

Oma had niet helemaal ongelijk. Mücke was niet meer de vrolijke, mollige meid die hij van vroeger kende. Ze was dun geworden, en ook ernstiger. Ze gebruikte nu make-up rond haar ogen.

'Ik vind het echt heel lief dat jullie me voor zo'n lekkere maaltijd hebben uitgenodigd,' zei ze. 'God, Ulli, ik denk dat jij het gevoel moet hebben dat je in de zevende hemel bent, nadat je dagenlang alleen op blikvoer hebt geleefd, of niet soms?'

Ze sloeg de spijker op de kop. Wat het eten betrof waren Max en hij vrij bescheiden geweest, ook al hadden ze zichzelf aan land af en toe op iets lekkers getrakteerd.

'Dat klopt,' zei hij. 'Maar het was geweldig. Zo'n blokhutboot is iets heel anders dan een motorjacht. Hij glijdt gewoon over het water. Het is als fietsen vergeleken met autorijden. Omdat het langzamer gaat, geniet je meer van de omgeving.'

'Zo zie je maar hoe gehecht hij is aan zijn eigen streek.' Karl-Erich grijnsde. 'De hele wereld ligt aan zijn voeten en wat doet de jongeman? Dobberen op de Müritz.'

'Nou en?' wond Mine zich op. 'Het is toch ook mooi bij ons? De mensen komen hiernaartoe om hun vakantie door te brengen. Max is een slimme man, die wil zijn botenverhuur echt groots opzetten, nietwaar, Ulli?'

Ulli pulkte een lange graat uit zijn vis en legde hem voorzichtig op de rand van zijn bord. 'Ja, dat wil hij,' bevestigde hij. 'Max heeft een heleboel ideeën.'

'En een huisje staat er ook. Precies goed voor een jong gezin,' ging Mine verder en ze legde nog een stuk vis op Mückes bord. 'Daar hoeven jullie geen huur te betalen, dat is tegenwoordig belangrijk. Aangezien de huren overal stijgen.'

Mücke prikte wat in haar aardappelen. Ze wisselde een korte blik met Ulli en begon te blozen. Ulli voelde dat hij ook rode oren kreeg. Tjonge, Mine kon je echt in verlegenheid brengen.

'Ach, oma,' zei hij met een licht geïrriteerde zucht. 'In dat huisje woont Max met zijn twee katten. Bovendien zou ik niet weten welk jong gezin erin zou moeten trekken.'

Mine antwoordde onschuldig. 'Dat bedoelde ik ook. Omdat Max daar vroeger met zijn vrouw en kinderen heeft gewoond.'

'Als ik nog jong was,' mengde Karl-Erich zich in het gesprek, 'zou ik naar Amerika vliegen, naar Karla. Of naar Australië. En naar Nieuw-Zeeland. En ik zou nog een keer naar Vinzent in Hongarije gaan, dat zou leuk zijn. Dat zou ik doen als ik nog fit was.'

'Dat zou je helemaal niet doen.' Mine schudde heftig haar hoofd. 'Jij stapt niet in een vliegtuig.' Ze draaide zich naar Mücke. '"Iets wat boven is, kan naar beneden vallen," zegt hij altijd.' Haar blik zweefde naar de lijstjes met de foto's van haar drie kinderen in het kleine boekenrekje, naast de alpenviooltjes aan de keukenwand. Er was ook een foto van Ulli bij, tussen zijn ouders, grijnzend, waardoor je kon zien dat hij een paar tanden miste. 'Ik hoef niet op wereldreis.' Mine wendde haar blik af. 'Ik ben hier heel tevreden. En als ik andere landen wil zien, kan ik voor de tv gaan zitten.'

'O, ik zou wel graag op reis willen,' zei Mücke verlangend. 'Naar Frankrijk, de kastelen bekijken. Of naar Italië. Naar de Adriatische Zee. En natuurlijk naar Rome. Vanwege de fantastische winkels daar. Nou ja, en ook vanwege de oude Romeinen...'

'Mevrouw de barones en meneer Iversen, die hebben het goed voor elkaar,' hield Karl-Erich vol. 'Die hebben alles achtergelaten en zijn hup, naar Toscane gegaan. Dat moet je doen zolang je nog soepel in je benen en helder van geest bent. Als je te lang wacht, kan het te laat zijn.'

Mine deelde de rest van de vis uit en zorgde dat Ulli de grootste portie kreeg.

'Het is niet zo makkelijk voor Jenny,' zei Mücke. 'Zo helemaal alleen met Juultje in dat grote huis. Ik ga regelmatig naar haar toe en help haar met haar kleintje.'

'Hm.' Ulli knikte. 'Het zal inderdaad niet makkelijk zijn.'

Meer zei hij niet. Die kwestie met Jenny op de blokhutboot hield hij voor zich. Dat was niet iets wat je rondbazuinde. Dat was veel te privé. Dat hoefde niemand te weten.

'Ze is niet helemaal alleen,' corrigeerde Mine haar. 'Meneer Woronski is er ook. Hij is immers de opzichter van de verbouwing en zal zich dus ook wel een beetje over Jenny Kettler ontfermen. In elk geval overdag...'

Dat wist Ulli natuurlijk, maar nu zijn oma het nog eens zo nadrukkelijk noemde, kreeg hij een wee gevoel in zijn maag. Juist, Kacpar Woronski. Die nu geen relatie meer had met Mücke.

'Hij woont nu bij Jenny in het landhuis,' verkondigde Mücke doodkalm. 'Hij moest er bij ons uit omdat mijn moeder de kamer nodig had. En bij Heino was ook geen plek. Daarom is hij weer in het landhuis getrokken. Lekker dicht bij zijn werk!'

'Woont Jenny in het landhuis?' vroeg Ulli verward. 'Ik dacht dat ze bij de Stocks woonde?'

'Dat is ook zo. Ze woont nu alleen in het huis van haar oma zodat het niet drie weken leegstaat.'

Ulli moest dit nieuws eerst eens verwerken. Verdomd, die architect woonde nu bij Jenny en de kleine in het landhuis. Dat beviel hem helemaal niet.

'Waarom was er bij Heino geen plek? Hij heeft toch nooit een gast?'

Mücke haalde haar schouders op. 'Misschien wilde hij Kacpar niet hebben. Heino is eigenaardig, die accepteert niet iedereen.'

Mine schonk appelsap bij en schroefde de fles omslachtig weer dicht. 'Dat klopt niet,' zei ze. 'Heino heeft wel een gast. Ik heb hem zelf gezien. Een bleke man met grijs haar bij zijn slapen. En Angie heeft me verteld dat hij de vader van Juultje is. En dat hij hier is omdat hij met Jenny van het landhuis wil trouwen.'

Ulli staarde haar aan en begreep er helemaal niets van. Ook Mücke was zeer verbaasd over wat Mine vertelde.

'Dat zijn weer eens alleen maar dorpsroddels,' wond ze zich op. 'Het is wel waar dat Simon hier is geweest, maar hij was alleen op bezoek. Van trouwen was totaal geen sprake. Daar is geen woord over gezegd. Ik was er zelf bij.'

Mine haalde haar schouders op en zei dat ze alleen maar doorgaf wat Angie haar in vertrouwen had verteld. 'Maar die man stond me niet aan. Hij is te chic. Te glad. En veel te oud voor Jenny. Hij zat druk met Kalle te kletsen.'

Mücke rolde met haar ogen.

'Is die ex van Jenny niet getrouwd?' vroeg Ulli, die zijn best deed om zijn ongerustheid niet te laten merken.

'Hij wás getrouwd,' antwoordde Mücke. 'Jenny was eerst ongelofelijk bang dat hij de kleine van haar af wilde pakken. Maar dat is hij helemaal niet van plan. Hij kwam gewoon langs om zijn dochter te leren kennen. Verder niks. Al het andere is geroddel. Echt wat voor Angie...'

'Woont die kerel nog steeds bij Heino?' vroeg Ulli wantrouwend. 'Of is hij inmiddels vertrokken?'

'Ik denk dat hij weg is,' vermoedde Mücke. 'Wat zou hij hier in Dranitz ook moeten?'

Maar Mine schudde haar hoofd. 'Hij is nog hier. Ik ging vanochtend bij Heino yoghurt halen en toen zat de ex van Jenny aan tafel te ontbijten. Hij begroette me vriendelijk, alsof hij me al jaren kent.'

Nu mengde Karl-Erich zich ook in het gesprek. 'Dat is toch ook goed zo?' zei hij met volle overtuiging. 'Een gezin hoort bij elkaar te zijn. En als hij de vader van de kleine is en met Jenny wil trouwen, is dat heel goed!'

'Maar hij wil helemaal niet met Jenny trouwen,' riep Mücke boos. 'Geef je bord eens, Ulli. En je bestek ook.'

Mücke droeg de lege borden naar de gootsteen en liet er wat water over lopen zodat de etensresten niet aankoekten. 'En Jenny wil hem ook niet,' ging ze verder. 'Ze wordt al niet goed als ze hem alleen al ziet.'

Ondertussen pakte Mine de glazen schaal met het frambozenroomtoetje uit de koelkast en zette hem op de tafel.

'Die jonge vrouwen,' zei Karl-Erich hoofdschuddend. 'Eerst laat ze hem een kind bij zich verwekken en vervolgens wordt ze niet goed als ze hem alleen al ziet.'

De volgende ochtend had Ulli afscheid genomen van zijn grootouders en was hij teruggereden naar Bremen. Dat was nu ruim een week geleden. En nu zat hij hier in zijn benauwde kantoor en droomde hij van de Müritz en van Jenny. Hij staarde uit het raam naar de Wezer. Het weer was omgeslagen, alles was grauw en heiig, de huizen, de schepen in de haven, de rivier en de lucht. Die vooral. Die hing zwaar boven de stad als een natte wollen deken. Hij stond op, deed het raam open om wat frisse lucht binnen te laten en volgde de weg van een waterdruppel die via talloze omwegen kriskras over de ruit dwaalde om uiteindelijk helemaal onderaan het glas te verdwijnen.

De herfst kwam inderdaad razendsnel. Grijs. Waterkoud. Somber. En als het eenmaal winter was, zou hij niet eens meer kunnen roeien.

Hij wendde zich met een zucht van het raam af en liet zijn blik door het kleine kantoor dwalen. Onder de tafel stond zijn tas. Met de bruine A4-envelop. Waar zijn ontslagbrief in zat.

Maar niet nu natuurlijk, nu de winter voor de deur stond, dacht hij. Na de kerst. In de lente. Als hij het al deed...

Sonja

DE KAART WERD STEEDS verder gevuld, er waren nog maar weinig plekjes over. Blauw betekende: in eigendom van Dranitz. Groen waren de percelen die ze voor de dierentuin had gepacht. Zwart betekende: hier zit een andere pachter of eigenaar. De percelen die voor zover zij wist nog niet vergeven waren bleven wit. Sonja deed een stap naar achteren om haar werk van een afstandje te bekijken. Het terrein van de toekomstige dierentuin leek op een groene draak met een dikke kop, slank lijf en gekrulde staart. De staart had Kalle nu gecoupeerd. Het geplande entreegebouw van de dierentuin was gesloopt. Dat stuk grond was voor Sonja verloren. Natuurlijk kon ze de ingang ook op een andere plek maken, maar in een stuk bos kreeg je waarschijnlijk geen bouwvergunning. Ze kon daar hooguit een houten hut neerzetten, maar geen winkel en al helemaal geen expositieruimte. En een parkeerplaats zou daar ook wel lastig zijn. Sonja snoof boos. Ze had wel geweten dat Kalle niet te vertrouwen was. Hij was zeker niet dom, maar als hij dronken of in een rare bui was, kon hij de stomste dingen doen. Hoewel ze niet mocht vergeten dat die Simon Strassner een heel gluiperige kerel was. Die slijmerige, uitgekookte wessi had het perceel van het voormalige rentmeestershuis ingepikt. Om Jenny Kettler daarmee te strikken. Hemel! Die meid was dom genoeg geweest om zich op te laten schepen met een kind van hem. Als ze nu ook nog met hem trouwde, was ze echt niet goed snik.

Sonja kleurde het perceel van het voormalige rentmeestershuis, dat eerst groen was geweest, zwart op haar kaart. Weg droom. Hoewel, er was nog een sprankje hoop. Als Jenny haar ex ondanks dit fantastische cadeau de bons gaf, zou Simon Strassner het perceel misschien weer verkopen. Alleen zou hij er dan vast een hoop geld voor vragen. Vooral als hij merkte hoe hard ze het land nodig had.

Maar goed, dat was van latere zorg. Veel ernstiger was een andere zwarte vlek op haar kaart, dat een groot gat vormde in het lijf van haar groene draak. Het was meer dan een gat: deze zwarte vlek deelde haar draak in tweeën. Het was als het ware een gordel die om de toch al slanke taille van haar draak zat en hem doormidden sneed in een voorste deel met een grote kop en een achterdeel zonder staart. Dat was het perceel waar de oliemolen op stond. Een of andere idioot had de Treuhand aangepraat dat het om een historisch waardevol gebouw ging en daarom was het niet verpacht, maar verkocht. Aan een van de oude eigenaren, zo veel was ze al te weten gekomen.

De oude eigenaren waren de familieleden van Dranitz. Potverdorie! Nu had ze Kalle zogenaamd als leider van de voormalige LPG naar voren geschoven om beter aan de percelen te kunnen komen, en verkochten ze de oliemolen inclusief de grond aan de adellijke familie uit het westen. Ze behoorde zelf, als dochter van Elfriede von Dranitz, ook tot de oude familie. Waarom had ze dat argument niet gebruikt? Ze kon zichzelf wel voor de kop slaan. Wat ze ook deed, ze deed het altijd verkeerd.

Wie zou de molen gekocht hebben? Franziska von Dranitz beslist niet. Jenny kwam ook niet in aanmerking. Dan kon het alleen Cornelia zijn. Was er op de bruiloft niet sprake geweest van een biologische boerderij? Tuurlijk, die stille man met die half kale kop en dat baardje had iets over biologisch-ecologisch-dynamisch boeren gezegd. Dat was in principe niet verkeerd, dat kon hij gerust doen. Maar niet uitgerekend bij de oliemolen. Wat wilde hij daar nu verbouwen, midden in het bos? Daar vrat het roodwild alle jonge aanplant op en woelden de wilde zwijnen de akker om. Misschien wilde hij het land als veeweide gebruiken en van de oliemolen een schuur of onderkomen maken? Sonja zette het penseel terug in het glas water en ging in haar fauteuil zitten om na te denken. In feite was die bioman best oké geweest. Met hem kon je onderhandelen. Franziska's dochter was echter van een heel ander kaliber: een zwetskous die zichzelf geweldig vond en niets anders liet gelden dan haar jarenzestigcommunegebazel. Dat waren de hardnekkigste types, die nooit inbonden. Zoals Sonja de situatie inschatte, zou ze het met Cornelia moeten zien te regelen, niet met Bernd. Misschien moest ze hun een andere wei te ruil aanbieden. Een die dichter bij het dorp lag. Sonja slaakte een diepe zucht. Het zou lastig zijn om met Cornelia te onderhandelen.

Ze steunde met haar kin op haar handen.

Wacht eens even. Waarom zou zij dat eigenlijk moeten doen? Waarom zou zij met dat weerspannige mens moeten bakkeleien? Wie was nu de voorzitter die de Vereniging Dierentuin Müritz naar buiten toe vertegenwoordigde? Dat was Kalle, meneer de president. Sonja dacht even na en kwam tot de conclusie dat Kalle en Cornelia het waarschijnlijk prima met elkaar zouden kunnen vinden. Ze namen allebei geen blad voor de mond en konden tegen een stootje. Op een grove kwast heeft men een scherpe beitel nodig. En dat was precies wat Kalle was. Een scherpe beitel. En een jonge man, dat was in elk geval een voordeel. Cornelia hield van mannen die jonger waren dan zijzelf. Dat had Sonja opgemaakt uit een opmerking van Jenny, die ze toevallig had opgevangen.

Vastberaden stond Sonja op. Ze voelde dat ze weer nieuwe energie kreeg. Ja, dit was echt een goed idee! Ze zou meteen met Kalle gaan praten. Ze moest hem de juiste argumenten influisteren, de rest zou hij zelf wel voor elkaar krijgen. Hij had tenslotte een enorm domme fout goed te maken, dus dit was een mooie kans om te laten zien wat hij in zich had. Sonja pakte de telefoon en belde de Pechsteins op.

'Kalle? Die is niet thuis,' zei Gerda. 'Ik denk dat hij bij de varkens is. Hij heeft ze nu bij de koeien in de wei aan het meer gezet. Bij het botenhuis. Hopelijk krijgt hij geen gedoe met mevrouw de barones als ze van haar huwelijksreis terugkomt.'

Sonja grinnikte. Nou, haar vaders deftige nieuwe vrouw zou wel enthousiast zijn. Koeien en varkens die het grasveld bij het meer deelden met de rijke wellnessgasten...

Sonja herinnerde Gerda aan de bestuursvergadering van die vrijdag en nam afscheid.

'Ik heb het genoteerd,' riep Kalles moeder in de hoorn. 'O, Sonja, ik heb nog een vraag over...'

Sonja hing snel op. Ze had nu geen tijd om naar Gerda's problemen met het ledenbeheer te luisteren. Sonja moest trouwens voor vrijdag nog bedenken hoe ze aan het geld voor de pacht moest komen. Maar ze moest stap voor stap te werk gaan. Eerst Kalle en Cornelia. Ze borg de plattegrond op, trok stevige schoenen en een jas aan en stapte in de auto om naar Dranitz te rijden.

Het was nazomers weer. Een oudewijvenzomer, noemden sommige mensen het. Mooie, milde dagen in de vroege herfst. De akkers waren al geoogst, blauwzwart glanzende kraaien zochten op de velden naar wormen. De bossen waren donkergroen, alleen op sommige plekken wezen geelachtige vlekken erop dat het jaar al weer bijna om was. In de tuinen bloeiden gele en paarse heesters, en felgekleurde dahlia's en roze winden strekten hun bloemen uit over de hekjes. In het dorp Dranitz waren nauwelijks mensen op pad. Geen wonder, het was lunchtijd, dan zaten de meeste mensen in de keuken hun soep op te lepelen. Bij de bushalte stapten scholieren van diverse leeftijden uit en gingen luidruchtig uit elkaar om op tijd voor de lunch thuis te zijn.

Het landhuis doemde rechts aan de straat op, het nieuw gedekte dak glansde in de middagzon. Daarachter lag het park, dat nog steeds verwilderd was. Het begon bij de heuvel en eindigde pas ruim een kilometer achter de oude familiebegraafplaats. Niet ver van het landhuis glinsterde het meer tussen de bomen door. Het was helaas het enige grotere meer in de nabije omgeving, wat erg jammer was, want Sonja had graag zo'n meer in haar dierentuin gehad. Misschien kon ze het water van een van de kleine beken of stroompjes stuwen.

Toen ze bij Kalles perceel aankwam, moest ze eerst een paar keer slikken. Het was heel wat anders om van de mensen in het dorp te horen dat het gebouwtje met het golfplaten dak was gesloopt dan het met eigen ogen te zien. Sonja hapte naar adem. Alles was weg. En erger nog, voor haar voeten gaapte een diep gat. Blijkbaar hadden ze bij de sloopwerkzaamheden de kelder van het oude rentmeestershuis blootgelegd. Nee, er was niets aan te doen. Die domme Kalle ook!

'Goedendag, mevrouw Gebauer. Kijkt u uit dat u niet in het gat valt!' hoorde ze plotseling een stem een eindje voor zich uit zeggen. Ze keek op.

Aan de andere kant van de kelder stond een jonge meid met groene laarzen aan en een blikken emmer in haar hand. Sonja kende haar. 'Goedendag... U bent mevrouw Rokowski, toch?'

'Inderdaad. Noemt u me maar Mücke. Ik ben lid van de dierentuinvereniging.'

'Daar ben ik blij om, Mücke,' zei Sonja glimlachend. 'Dierentuin Müritz ligt me zeer na aan het hart en ik weet zeker dat het ons gaat lukken.'

Mücke knikte, zwaaide met haar emmer en zei dat ze de varkens ging voeren. 'Tot ziens!' riep ze en ze liep weg.

'Wacht, Mücke! Is Kalle bij het botenhuis?' riep Sonja haar haastig na.

'Nee, hij is met Simon Strassner naar de oliemolen. Want die is nu immers van hem...'

Sonja bleef vol ongeloof staan. Er was toch gezegd dat de oude molen aan een vroegere eigenaar verkocht moest worden? Wat had die onroerendgoedbaas uit het westen met het voormalige eigendom van de familie Von Dranitz te maken? Had hij het soms van Cornelia gekocht, misschien wel voor het tienvoudige van de eigenlijke waarde? Die walgelijke, vuile kapitalisten! Sonja vermande zich, liep terug naar haar Renault en stapte in. Nadat ze van kwaadheid twee keer de motor had laten afslaan, lukte het haar eindelijk de auto te starten. Ze gaf gas en reed met hoge snelheid over de weg in de richting van Teterow. Ter hoogte van de oliemolen remde ze af, sloeg een bosweg in en bracht de auto tot stilstand. Het liefst had ze gescholden en geschreeuwd, en van woede en teleurstelling met haar vuisten op het stuur geslagen, maar daar had ze ook niets aan. Ze moest nadenken, haar hoofd vrijmaken om actie te kunnen ondernemen. Wat was Simon Strassner van plan? Waarom vond die kerel dat hij uitgerekend dit perceel moest hebben? Wilde hij zijn toekomstige bruid behalve het rentmeestershuis ook nog een gerestaureerde oliemolen voor hun huwelijk schenken? Of wilde hij zich gewoon als een reuzeninktvis in de omgeving nestelen en het ene na het andere stuk land met zijn hebberige tentakels omstrengelen?

En wat had Kalle eigenlijk precies met hem te maken, behalve dat hij het rentmeestershuis aan hem had versjacherd en zomaar hun pachtcontract overboord had gegooid?

Ze besloot de koe bij de hoorns te vatten en dwars door het bos naar de oliemolen te lopen. Terwijl ze door het bruine najaarsgebladerte stapte, kwamen er jeugdherinneringen bij haar boven. Hier hadden ze vroeger indiaantje gespeeld. Ze hadden takken afgebroken om er wigwams van te bouwen, met daken van wollen dekens. Ze had maar een tijdje meegedaan, want later had ze ruzie met haar speelkameraadjes gekregen. Toen was ze alleen door het bos gelopen, op een zondagochtend in alle vroegte, om de dieren te observeren. Ze was op een uitkijktoren geklommen en had naar de reeën gekeken die aan het grazen waren. Nu kon ze door de stammen het vervallen gebouw van de oliemolen zien. Sonja bleef staan en gluurde ernaar. Er bewoog niets. Ze had momenteel zo veel tegenslagen te verwerken – het zou zomaar kunnen dat Kalle en Simon Strassner hier helemaal niet waren geweest of al weer op weg naar huis waren. Toch baande ze zich een weg naar de molen toe. Ze gleed uit doordat het terrein naar de weide toe afliep, en kon zich nog net aan een boomstam vasthouden. Daar! Had zich daar niet iets bewogen, naast het molenrad? Jazeker. Dat waren onmiskenbaar Kalles bruine krullen en zijn blauw-wit-rood gestreepte trui. Hij stond voor de oliemolen en gebaarde wild met zijn handen terwijl hij praatte. Dan kon de man in het lichte pak die nu naast hem kwam staan niemand anders zijn dan Simon Strassner. Sonja kwam achter de boomstam vandaan, gleed uit en glibberde over de helling naar de wei. Vlak bij de plek waar de mannen stonden hervond ze haar evenwicht weer. De twee mannen sprongen geschrokken opzij.

'Jemig, Sonja!' riep Kalle toen hij haar herkende. 'Jij bent het. Ik dacht al dat er een wilde zeug van de helling kwam aangegaloppeerd!'

Gegeneerd wreef Sonja de modder van haar schoenen. 'Hallo, Kalle,' zei ze daarna zo luchtig mogelijk. 'Ik was paddenstoelen aan het zoeken.'

'En vanwaar die haast? Die dingen lopen toch niet weg?'

Sonja negeerde zijn opmerking en wendde zich tot Simon Strassner, die haar geamuseerd aankeek. 'Goedendag, meneer Strassner. Maakt u ook gebruik van de mooie nazomerse dag om een wandelingetje te maken?'

Hij grijnsde, die walgelijke kerel. Maakte zich vrolijk ten koste van haar, waar hij helaas ook alle reden toe had. Strassner stak zijn hand naar haar uit, die ze beleefdheidshalve wel moest schudden.

'Mevrouw Gebauer, wat leuk u weer te zien.'

Sonja knikte alleen en wendde zich tot Kalle. 'En wat voert jou hiernaartoe?' vroeg ze. 'Laat je meneer Strassner de oude oliemolen zien?'

Kalle bevestigde dat. 'We zijn al helemaal bezig met de planning. De molen wordt vanaf de grond gerestaureerd en herbouwd. De muur aan de noordzijde is halfvergaan, die moet vervangen worden. De andere muren kunnen behouden blijven en het oude molenrad moet in elk geval in stand blijven.'

'Het maalmechanisme werkt nog enigszins,' zei Simon Strassner.

'Dat zou weer in orde gebracht kunnen worden. Maar dat is wel een precisiewerkje.'

'Dat krijg ik wel weer in orde,' mompelde Kalle.

Sonja keek van de een naar de ander en kwam tot de conclusie dat Strassner de goedmoedige Kalle blijkbaar als goedkope arbeidskracht in wilde zetten. Nou ja, Kalle was sinds de opheffing van de LPG werkloos, dus een baan als molenrestaurateur zou hem goed van pas komen. Toch wilde ze eindelijk duidelijkheid hebben.

'Ik dacht dat de Treuhand het perceel met de oliemolen aan Cornelia Kettler had verkocht,' zei ze. 'Als oude eigenaresse, zeg maar.'

Zowel Kalle als Simon Strassner keek haar verbaasd aan.

'Aan Jenny's moeder?' vroeg Strassner. 'Maar nee, mevrouw Kettler wil het stuk wei daarginds pachten.'

Hij wees met zijn vinger naar het stuk achter de beek, dat Sonja tot nu toe bij het perceel had gerekend waar de oliemolen op stond.

'Wil Cornelia Kettler dat stuk pachten?' vroeg Sonja ongelovig. 'Hoe weet u dat?'

'Van mij,' antwoordde Kalle met een brede grijns. 'Ik heb een goede vriend die iemand bij de Treuhand kent.'

Ongelofelijk, die Kalle. Blijkbaar had ze hem gigantisch onderschat. 'En hoe bent u aan dit stuk grond gekomen, meneer Strassner?' vroeg Sonja. 'U kunt moeilijk voor een oude eigenaar doorgaan.'

Simon Strassner keek haar wezenloos aan. 'Over welk stuk grond hebt u het nu, mevrouw Gebauer?'

Nam hij haar in de maling?

'Over dit stuk grond,' zei ze kwaad. 'Over de weide met de oliemolen!'

Er viel een stilte. In het bos riep een Vlaamse gaai. Er ging een vlieg op Kalles krullen zitten. In het gras tjirpten krekels.

'Wat kraam je nou voor onzin uit?' vroeg Kalle een paar tellen later, en hij keek Sonja verbaasd aan. 'De oliemolen is toch niet van Simon.'

Nu snapte ze er helemaal niets meer van. Niet van Cornelia. Niet van Simon. 'Van wie dan wel?'

'De oliemolen is van mij,' zei Kalle. 'Die heb ik gekocht van het geld dat Simon me voor het rentmeestershuis heeft gegeven.'

Sonja moest houvast zoeken tegen het molenrad, omdat ze duizelig werd. Kalle? Hoezo Kalle?

'Maar, maar jij bent toch geen oude eigenaar…'

'Nee. Maar ik heb een vriend en die kent iemand die een kennis heeft bij de…'

'Ik begrijp het.' Sonja schudde hulpeloos haar hoofd.

'En omdat ik het weer heb bijgelegd met Simon, heeft hij me beloofd een professioneel ontwerp voor de restauratie te maken. En voor de verbouwing. Want we willen hier een snackbar maken. En een museum. Voor onze dierentuin.'

Sonja wankelde. Dit moest ze eerst eens goed tot zich laten doordringen.

De oliemolen was van Kalle. En Kalle, de goede ziel, de trouwe man, wilde zijn eigendom ter beschikking stellen aan de toekomstige dierentuin.

'Gaat het wel goed met u?' vroeg Simon bezorgd. 'Wilt u misschien even gaan zitten?'

'Jeetje, Kalle!' riep Sonja en ze spreidde haar armen uit. 'Je bent geweldig!'

Franziska

DE ONBEZORGDE DAGEN IN Toscane liepen ten einde. Aan de ene kant was Franziska daar droevig over, want deze intensieve tijd met Walter zou niet meer terugkeren. Door het idyllisch mooie landschap en het licht van het zuiden was het voor hen makkelijker geweest om in het verleden te duiken, pijnlijke en mooie dingen te onthullen en elkaar beter te leren begrijpen. Maar nu dwaalden haar gedachten steeds vaker af naar Dranitz. De zorgen die ze opzij had geschoven, lieten zich niet meer stilhouden.

'Laten we naar het postkantoor in Figline rijden. Ik moet Jenny bellen,' zei ze tijdens het ontbijt tegen Walter.

Hij knikte. Hij had natuurlijk allang gemerkt wat er in haar omging en aangezien hij er niets aan kon doen, accepteerde hij het.

'Doe haar de groeten van mij,' zei hij voordat hij het postkantoor uit liep zodat ze rustig met Jenny kon praten. Hij slenterde ondertussen over de markt en zocht fruit en groente voor het avondeten uit. Walter had zich als de creatievere kok ontpopt, wat Franziska zonder afgunst erkende. Toch maakten ze het avondeten altijd samen klaar. Het was een vrolijke ceremonie waarbij ze samenwerkten en veel lachten. Ach ja, ook deze dierbaar geworden gewoonte zouden ze op Dranitz wel weer moeten opgeven. Daar had Franziska er de tijd niet voor. Op Dranitz was ze meestal met de verbouwing bezig en stond Walter alleen in de keuken.

Op het postkantoor werd haar geduld op de proef gesteld. Ze had al drie keer Jenny's nummer gedraaid, met de juiste kengetallen, maar er werd niet opgenomen. Jenny was blijkbaar niet thuis. Bij de vierde keer kreeg ze eindelijk gehoor. Alleen nam niet Jenny op, maar Mücke.

'Hallo, mevrouw Iversen! Hoe gaat het? Alles *paletti* in *bella Italia*?'

Wat was Mücke toch een vrolijke, sympathieke meid. Ze was een tijdje stil en ernstig geweest, maar het leek erop dat ze weer meer zichzelf was. Wat fijn.

'Het is hier fantastisch, Mücke. En hoe is het bij jullie? Zijn jullie gezond? Hoe is het met Juultje? En waar is Jenny?'

'O, die is even snel boodschappen aan het doen. Het gaat hier prima, mevrouw Iversen. U kunt met een gerust hart genieten van uw laatste vakantiedag.'

Dat klonk overtuigend. Waarom maakte ze zich eigenlijk zorgen? Jenny was een doener, ze was nu eenmaal een echte Dranitz. 'Ik wilde alleen even zeggen dat we een dag later aankomen omdat we ergens achter München willen overnachten. We komen dus vrijdagavond in Dranitz aan.'

'Vrijdagavond? Oké, ik zal het tegen Jenny zeggen. Veel plezier nog, mevrouw Iversen. En doet u de groeten aan uw man!' Mücke hing op.

Franziska liep het postkantoor uit. Het stortregende, waardoor er commotie was ontstaan op de markt. Handelaren maakten wilde gebaren en spanden dekzeilen, jonge mensen renden lachend tussen de kraampjes door, gezette matrones zochten met hun boodschappen een schuilplaats in de portieken. Walter kwam haar drijfnat tegemoet, zwaaiend met een plastic zakje met groente. Het water droop uit zijn haar in de kraag van zijn overhemd.

Op de terugweg naar de vakantiewoning kletterde de regen van alle kanten op Franziska's witte Astra en leek het landschap ongebruikelijk grijs. Franziska vertelde dat iedereen in Dranitz het goed maakte en dat ze hen op vrijdagavond thuis verwachtten. Toch ontging Walter haar sombere stemming niet.

'Waarom maak je je nu al zorgen?' vroeg hij en hij streelde zacht haar schouder. 'Daar heb je nog alle tijd voor als we weer thuis zijn. Bovendien heb je net gehoord dat alles in orde is.'

'Ja, je hebt gelijk,' antwoordde Franziska zuchtend.

De regen hield net zo plotseling op als hij gekomen was. Toen ze voor de oude boerderij waarin hun vakantiewoning was gevestigd stopten, trokken er witte wolkjes over de stralende middaghemel. Hun schaduwen gleden over de dampende wijnbergen en vanaf de daken steeg dunne nevel op. Elke steen, elke plant, ja, zelfs haar auto glansde alsof er een doorzichtig laagje lak op zat. Ze besloten een lange wandeling te maken door de wijnbergen om afscheid te nemen van de heuvels, van de kleine hoeves en van de slanke cipressen die langs de wegen waren geplant. Ze liepen langzaam, hielden elkaars hand vast en waarschuwden elkaar voor plekken waar het gesteente los was gekomen door de regen. Regelmatig bleven ze even staan om een pittoresk gebouw, een oude, scheefgegroeide pijnboom of een grazende geitenkudde te bekijken, en als ze daarna weer verder liepen, pakten ze de draad van hun onderbroken gesprek weer op. Zoals zo vaak vertelden ze elkaar over hun herinneringen. Franziska vertelde over de vakanties met haar echtgenoot en dochter, Walter sprak over zijn werk in de haven van Rostock. Het waren slechts korte herinneringen die een kijkje gaven in het leven waaraan de ander niet had kunnen deelnemen. Een kleurrijke puzzel met veel ontbrekende stukjes, die samen na verloop van tijd toch een beeld vormde. Dit waren luchtige herinneringen die hun naar aanleiding van allerlei dingen te binnen schoten. Soms waren het anekdotes waar ze allebei om moesten lachen. Meestal waren het alledaagse dingen, slechts heel af en toe ging het om iets ernstigs. In een hoeve kochten ze zoete druiven en geitenkaas, en daarna begonnen ze aan de terugweg. Walter wilde de route per se inkorten, maar dat pad bleek zo steil te zijn dat ze zich bij het afdalen aan de wijnstokken moesten vasthouden.

'Had ik nu maar niet naar je geluisterd,' kreunde Franziska, die uit voorzorg ging zitten en op de steilste plek op haar zitvlak naar beneden gleed.

'Je bent nog zo soepel als een jonge meid, schat,' beweerde hij.

'Dat zeg je alleen omdat je een slecht geweten hebt!'

Uitgeput maar in een vrolijke stemming kwamen ze in de vakantiewoning aan. Ze douchten en rustten op de ligstoelen op het terras uit. Toen de zon vlak boven de heuvels stond, begon Walter het avondeten klaar te maken. Franziska dekte de tafel, zette kaarsen neer en maakte een fles wijn open zodat de rode wijn kon ademen. Daarna ging ze Walter helpen. Ze waste de druiven, sneed de tomaten en olijven, mengde de salade en legde servetten neer. Anders dan normaal was Walter erg stil. Ze praatten met elkaar via blikken of handgebaren en ook toen ze voor het eten waren gaan zitten, kwam er niet echt een gesprek op gang. Er hing iets in de lucht, een spanning die Franziska niet kon verklaren. Was hij verdrietig omdat ze al weer bijna naar huis gingen? Of had hij iets anders op het hart?

'Nou, lieverd,' zei Franziska ten slotte en ze schoof het lege bord van zich af. 'Laten we een toost uitbrengen op ons beiden. Op het verleden, op het heden en op de toekomst.'

Hij hief het glas en ze proostten met elkaar. Ze namen ieder een slokje, zetten de glazen weer neer en keken elkaar in de ogen.

'Er is nog iets waar ik mee rondloop,' begon hij met een scheve glimlach. 'Ik heb er lang over nagedacht of het niet beter is om het te laten rusten en het onuitgesproken aan de vergetelheid prijs te geven.'

'Is het zo erg?' vroeg ze benauwd.

'Het zou veel tussen ons kunnen verwoesten, Franziska.'

Ze tilde haar hoofd op en keek hem aan. Het was nog steeds dezelfde blik die hem zo veel jaar geleden al had gefascineerd. Een blik die zei dat wat het ook zou zijn, zij zich niet klein zou laten krijgen.

'Als je ermee zit, Walter, kun je het me beter vertellen.'

'Ook als dit het beeld dat je van me hebt zal aantasten?'

'Als het is wat je in een van onze eerste gesprekken al hebt aangeduid, weet je hoe ik erover denk. We zijn allemaal maar mensen en ieder van ons heeft zijn duistere momenten. Ook ik vorm daar geen uitzondering op.'

Hij had destijds kort genoemd dat hij in de gevangenis een verrader was geworden om zijn leven te redden en ze was niet zozeer teleurgesteld geweest, maar had juist veel medelijden met hem gehad. Wat hadden ze hem aangedaan om hem zover te krijgen? Er waren berichten geweest over de martelmethodes van de Gestapo die haar deden huiveren. Welk recht had zij om hem te veroordelen?

'Goed,' zei hij zacht. 'Dan zal ik het je vertellen, zodat we het vervolgens allebei voor altijd kunnen vergeten.' Hij staarde voor zich uit naar het rood-wit geblokte tafelkleed, alsof hij moest nadenken over hoe hij zijn verhaal moest beginnen. Maar ze wist zeker dat hij de woorden allang had bedacht en alleen moed moest verzamelen.

'Ik zal het kort houden, Franziska,' zei hij zonder haar aan te kijken. 'Er zijn details die ik voor me hou en er zijn gebeurtenissen die ik je moet vertellen. Omdat ze met ons allebei te maken hebben.'

Ze begreep niet goed wat hij daarmee bedoelde, maar besloot hem te laten praten zonder hem te onderbreken. Ze nam een slok wijn en keek hem vol verwachting aan. Hij begon met zachte stem te praten en keek langs haar heen, alsof hij tegen zichzelf praatte.

'Ik was slechts een kleine schakel in het netwerk van dappere mannen en vrouwen die destijds een omwenteling wilden bewerkstelligen en Hitler wilden vermoorden. Ik weet niet eens of het ons echt gelukt zou zijn om de macht over te nemen als Hitler bij die aanslag om het leven was gekomen. Waarschijnlijk zou er eerder een soort burgeroorlog zijn uitgebroken, maar dat is pure speculatie. Wij waren er toen vast van overtuigd dat het de enige manier was om de dreigende ramp af te wenden en de oorlog nog enigszins achtenswaardig te beëindigen. Maar het lot heeft anders beslist. Op 20 juli 1944 bleef de Führer door een ongelukkig toeval in leven en vervloog alle hoop. De wraak van de tiran volgde direct.'

Hij pauzeerde even en nam een slok wijn. Franziska wachtte licht ongeduldig.

'Ik weet het,' zei ze zacht.

Hij wierp haar een korte blik toe en ging verder. 'In de laatste dagen van augustus moeten talloze ss-commando's in de vroege ochtenduren onderweg zijn geweest om verdachten in hun woningen te arresteren. Ik was al gewaarschuwd. Ik had een tas gepakt en wachtte op een kameraad die een geheime vluchtweg kende. Hij bleek echter een verrader te zijn, die, zo hoorde ik later, een heleboel van onze mensen heeft aangegeven. De ss-mensen drongen mijn woning binnen – de reistas bewees dat ik had willen vluchten – en ze brachten me naar het huis van bewaring in Tegel. Ik zal je niet vervelen met beschrijvingen van verhoren; die duurden tot tien uur en het meeste daarvan ben ik vergeten. Ze zetten me tegenover afzonderlijke kameraden, bedreigden ons met leugens, beschuldigden ons ervan dat we Joden waren die in een concentratiekamp thuishoorden en probeerden ons tegen elkaar uit te spelen. Het is verbazingwekkend hoe het menselijke verstand ondanks slaaptekort en een ruwe behandeling toch helder en bliksemsnel kan werken. Elke vrije minuut die ik overhad, benutte ik om na te denken en om een strategie te bedenken. Sommige dingen moest ik bekennen omdat ze overduidelijk waren, andere dingen kon ik snel verzinnen om een verhaal te vormen waarmee ik mijn eigen leven en dat van mijn kameraden wilde redden. De beulsknechten waren nog relatief mild, ze werkten met trucs en listen en deden alsof ze aardig waren. Slechts zelden liet een van hen zich gaan. Ik zag een kameraad met een kapotgeslagen onderkaak. Ze hadden hem verbonden en spraken over een spijtig ongeval.'

Walter moest weer even pauzeren. Hij stond op om een glas water te pakken, liep naar het raam en keek naar de heuvels, die door de ondergaande zon in een onwerkelijk rode tint gekleurd waren.

'In de gevangenis in Tegel was het een komen en gaan van mensen,' ging hij verder. 'Mensen werden ernaartoe gebracht, dagenlang verhoord, verdwenen ineens weer en dan kwamen er weer nieuwe. Mij leken ze echter een langere periode daar te willen houden. Ze stelden me telkens weer dezelfde vragen, lieten me vervolgens dagenlang met rust om dan plotseling weer van voor af aan te beginnen. Ze wilden dat ik namen noemde en in ruil daarvoor beloofden ze me gunstigere omstandigheden, ja, ze beloofden me zelfs de vrijheid. Maar ik trapte niet in die valkuil. Ik liet me door geen enkele valse belofte verleiden om mijn kameraden te verraden. 's Nachts hoorde ik het gekreun van de mensen in de cellen naast me, het geluid van de laarzen op de stenen vloer, het geknars van de sleutel in het slot. Je wist nooit of je voor nog een verhoor werd opgehaald of dat je al naar de rechtbank voor hoog- en landverraad werd geleid en vandaaruit rechtstreeks de dodencel in. Ik lag op mijn brits te doezelen, liep in het piepkleine kamertje rusteloos heen en weer, piekerde, giste, probeerde hoop te houden. Als je in zo'n verschrikkelijke situatie wilt overleven, moet je de hoop en het geloof in jezelf bewaren.

Het moet in september zijn geweest – ik kan het alleen gissen, want we waren in de kelder ondergebracht en zagen geen daglicht. Plotseling ging de deur van mijn cel open en werd ik naar boven geleid, waarna twee bewakers me in grote haast in een auto duwden. Ik was ervan overtuigd dat ze me zonder gerechtelijk vonnis tegen de muur zouden zetten. De auto reed via rare omwegen door het door bommen vernietigde Berlijn naar het hoofdkwartier van de Gestapo. Ik was overal op voorbereid, had het leven afgesloten en dacht dat ik voor altijd in een kelder zou verdwijnen. Maar het liep heel anders. Ze brachten me naar een van de ruimtes waar de verhoren plaatsvonden. Echter niet om mij aan een ondervraging te onderwerpen, zoals ik eerst vermoedde. In plaats daarvan snoerden ze mijn mond dicht en werd ik aan een stoel vastgeketend. "Geen kik," zei mijn bewaker. "Anders maken we korte metten met u." Hij schoof een gordijn opzij waarvan ik dacht dat er een raam achter zat, maar ik zag een glazen ruit die aan de achterkant waarschijnlijk spiegelend was. Ik keek in de ruimte ernaast, die niet veel anders was ingericht dan de kamer waarin ik me bevond. Een tafel en twee stoelen. Tegen de muur een kast met dossiers, vermoedelijk nepdossiers.

De wasbak zag ik niet, die bevond zich denk ik aan de muur direct onder de spiegel.

Aan de tafel zat een Gestapo-officier, een oudere man met een grijze snor. Tegenover hem...' Walter stopte en keek haar aan, twijfelend of hij verder moest praten.

Plotseling gingen de gedachten in Franziska's hoofd tekeer. September 1944. Toen was zij... O god! 'Dat... dat kan toch niet waar zijn...' stamelde ze.

'Jawel, Franziska. Helaas was het zo.'

Hij was in de kamer ernaast geweest toen ze haar verhoorden. Ze was in september 1944 tegen de wil van haar ouders naar Berlijn gegaan om haar verloofde te redden. Een waanzinnige actie, zoals ze later zou beseffen.

Ze voelde dat hij zijn hand op de hare legde. Walters hand was warm, maar ze merkte dat hij trilde.

'Ik zag je, Franziska. In een lichtblauw mantelpakje, met een rood gezicht van de spanning, druk bezig om iets aan de officier van de Gestapo uit te leggen. Eerst dacht ik dat het allemaal een nare droom was, maar de boeien die in mijn polsen sneden, vormden het bewijs dat het de werkelijkheid was.'

'Je hebt dus alles gehoord?'

'Het begin niet. De ondervraging was al bezig toen ze mij binnenbrachten. Daarna moest ik echter luisteren tot aan het einde van het gesprek.'

Ze probeerde zich te herinneren wat ze allemaal had gezegd, maar het kostte haar moeite. Ze had later enorm veel spijt gehad van die reis, want ze had niet alleen zichzelf, maar ook haar oom en tante bij wie ze in Berlijn logeerde in groot gevaar gebracht. Haar actie was ontzettend dwaas geweest. Ze had het alleen gedaan omdat ze zo wanhopig was geweest, maar het was van begin af aan gedoemd te mislukken. Toen ze terugkwam, had Elfriede haar Walters doodsvonnis onder haar neus geduwd. O, haar zusje kon zo gemeen zijn!

'Ik heb vast verschrikkelijk onzinnige dingen gezegd,' zei ze met een benepen stem. 'Wat was ik dom. Ik dacht echt dat ik je uit de klauwen van de Gestapo kon redden als ik gewoon zweerde dat je onschuldig was. Mijn god, wat moet het voor jou verschrikkelijk zijn geweest om dat allemaal te moeten horen.'

'Dat was het, Franziska,' bekende hij. 'Het was een kwelling om jou in de macht van die onmensen te zien en te horen hoe dapper en nietsvermoedend je mij verdedigde, hoe openlijk je het ondanks alle verwijten voor me opnam. Het was een tocht door de hemel en hel voor me.'

Ze draaide haar hand die onder de zijne lag om en verstrengelde haar vingers met de zijne. 'En wat is er toen gebeurd?'

'Wil je dat echt weten?'

'Ze hebben je gechanteerd, nietwaar?'

'Ja,' zei hij met vlakke stem. 'Het was zo simpel. En zo boosaardig. "Wat een knappe bruid, Iversen. Die levert een man toch niet uit aan de galg. Denkt u nog eens goed na, het leven van dit betoverende, dappere meisje hangt van u af."'

'En toen heb je...' fluisterde Franziska met doffe stem. Alle kleur was uit haar gezicht verdwenen.

'Een paar uur later zat ik in dezelfde ruimte en verraadde ik mijn kameraden. De ene na de andere naam trokken ze uit me. Ze dreigden ook je ouders erbij te betrekken, je zus, je opa. Een perfide berekening. Leven tegen leven. Als je ooit voor zo'n keuze gesteld wordt, weet je dat een fatsoenlijk mens daarbij zijn ziel verkoopt. Ik was daarna niet meer dezelfde man. Ik heb mezelf gehaat en veracht. Ik heb me voorgesteld dat het misschien gewoon een gemene truc was geweest en dat ze jou ook zonder mijn verraad geen haar op je hoofd hadden gekrenkt...'

'Dat geloof ik niet,' onderbrak ze hem. 'Het zou gemakkelijk voor ze zijn geweest om mij voor de rechtbank te dagen omdat ik medeplichtig zou zijn aan hoog- en landverraad. Je hebt destijds mijn leven gered, Walter. En daarvoor heb je een ongelofelijk hoge prijs betaald.' Er welden tranen in haar ogen op. 'Zonder het te weten was ik dus de aanleiding dat jij een verrader bent geworden,' fluisterde ze bedrukt.

'Nee,' zei hij stellig. 'Het was mijn schuld, Franziska. Ik heb je in die situatie gebracht. Vergeef me alsjeblieft.'

Ze schudde haar hoofd. 'Er valt niets te vergeven, Walter. Integendeel. Ik bewonder je heldere inzicht en je moed. Het enige wat ik je verwijt is dat je me geen deelgenoot hebt gemaakt van jouw gedachten en daden.'

'Waar ik nu nog blij om ben,' zei hij en hij streelde met een scheve glimlach haar hand.

Franziska zweeg een poos voordat ze zacht zei: 'Wat voor een tijd was dat toch, waarin wij hebben geleefd? Wat voor een staat was dat, die van mensen beesten maakte...'

Walter knikte en zei: 'Maar één ding is Hitlers beulsknechten niet gelukt: onze liefde hebben ze niet kunnen verwoesten. Ik heb nooit zo veel van je gehouden als op dat moment, waarin je me zo onverschrokken tegenover de Gestapo-officier verdedigde. Dat beeld heb ik tijdens de vele maanden van mijn gevangenschap voor ogen gehouden en ik zie het ook nu nog voor me.'

'Dan ben ik blij dat je me dit verhaal hebt verteld, ook al doet het nog zo veel pijn,' zei ze en ze stond op. 'Laten we nu naar bed gaan en kracht opdoen na deze aangrijpende reis in het verleden.'

Jenny

JENNY WAS VRESELIJK OPGEWONDEN. Het moest een fantastische, feestelijke ontvangst worden. Echt een gezellige avond, waarop Franziska en Walter konden eten en drinken, over hun reis konden vertellen en omringd door vrienden langzaam uit de vakantiestemming in het dagelijks leven terug konden komen. De problemen die op hen afkwamen wilde Jenny hun in elk geval vandaag besparen. Daarvoor was morgen nog tijd genoeg.

'Wie maakt nu het bord voor de guirlande?' vroeg Mücke.

'Ik!' riep Jenny. 'Het ligt nog in de keuken. Ik was het bijna vergeten.'

Op de weg ernaartoe schoof ze de box met haar dochter terug naar zijn plek. De kleine protesteerde luid. Ze had hard gezwoegd om met box en al bij de woonkamertafel te komen en nu was alles voor niets geweest. Onder de tafel lag haar grote vriend Falko, met zijn kop geduldig op zijn uitgestrekte voorpoten. De geuren die vanaf het aanrecht naar hem toe waaiden, waren meer dan verleidelijk, maar als slimme hond wist hij dat hij op zijn kans moest wachten.

'Ik kan de kleine wel even nemen,' bood Anne Junkers aan en ze tilde Juultje uit de box. 'Hallo, schatje! Vandaag komt je overgrootmoeder thuis. Dan hoef je toch niet te huilen. Dan moet je juist blij zijn!'

Juultje strekte haar handjes naar Falko uit en huilde hard. Nee, ze was niet blij, ze wilde nu met Falko spelen en daarvoor moest ze onder de tafel kruipen. Helaas snapte de domme Anne dat niet. Ze liet Juultje op haar knieën paardjerijden en omdat dat niet hielp, droeg ze haar ook nog naar de keuken. Daar zat Jenny aan de keukentafel en schreef met viltstiften de zin 'Welkom Franziska en Walter' op een stuk karton.

'Altijd als ik wil dat het bijzonder mooi wordt, bak ik er niks van,' kreunde ze. 'Hoe is het mogelijk. Nu heb ik Franzizka geschreven.'

'Maaa!' schreeuwde Juultje de hele tijd en ze zwaaide met haar armen.

'Ik geloof dat ze naar jou wil, Jenny. Zal ik het bord maken zodat jij Juultje kunt nemen?'

'Nou, goed dan. Kom maar hier met die plaaggeest. Kom maar bij mama, schatje. Rustig maar, meisje. Ik geloof dat jij allang in bed hoort te liggen...'

De kleine was helemaal over haar toeren. Ze had haar middagslaapje overgeslagen en kwam nu niet tot rust doordat het zo druk was in de woonkamer.

'Ik probeer haar in bed te leggen,' zei Jenny. 'Als je klaar bent, geef het bord dan aan Mücke, dan maakt zij het aan de guirlande vast.'

Ze droeg de trappelende Jule naar oma's slaapkamer, stopte haar in een slaapzakje, gaf haar haar teddybeer en pakte haar lievelingsboek. 'Er was eens een kleine kikker. Hij woonde in een vijver vlak bij de stad...' begon ze te lezen.

'Ik heb sinds het ontbijt niets meer te eten gekregen,' hoorde ze Karl-Erich in de woonkamer klagen. 'Als ik nog langer moet wachten, val ik van mijn stoel!'

'Dat is helemaal niet waar!' zei Mine. 'Je hebt aardappelen met saus en vis gegeten. Het restje dat niet meer in de ovenschaal paste.'

'Dat was maar heel weinig!'

Jenny vond het grappig om hen te horen kibbelen. Ze waren al ruim vijftig jaar getrouwd, maar in hun huwelijk was het nooit saai. Wat hadden zij een geluk gehad dat ze elkaar hadden gevonden.

Twee mensen die zo goed bij elkaar pasten dat ze het vijf decennia met elkaar uithielden en nog steeds niet genoeg hadden van elkaar. Zoiets bestond tegenwoordig niet meer. Ze dacht met een onbestemd gevoel aan Simon, die ze onlangs bij Heino had willen opzoeken om eens een pittig woordje met hem te spreken over de verhalen die de ronde deden over trouwen en een huwelijksgeschenk. Mücke had haar erover verteld en ze was vreselijk geschrokken. Waarom zei hij dat ze gewoon goede buren zouden zijn en beloofde hij geen enkele aanspraak op Juultje te maken, terwijl hij in het dorp zulke geruchten verspreidde? Ze had er 's nachts wakker van gelegen en de oude angst dat Simon haar dochter van haar kon afpakken was weer teruggekomen. De volgende ochtend was ze meteen naar Heino gelopen om Simon te spreken. Maar hij was plotseling vanwege dringende zaken op reis gegaan.

'Maak je geen zorgen, hij komt snel weer terug. Hij zei dat ik de kamer voor hem moest vrijhouden,' zei Heino. En vervolgens feliciteerde hij Jenny met haar aanstaande huwelijk. En Gerda Pechstein, die net de yoghurt bracht, zei dat het erg fatsoenlijk was dat Simon zijn verantwoordelijkheid nam. En dat haar zoon Kalle en Simon nu partners waren.

'Nou, veel geluk dan maar,' was alles wat Jenny als antwoord kon bedenken. Ergens vond ze het akelig dat Simon Strassner hier binnendrong, land kocht en mensen voor zich innam. Wat was hij in werkelijkheid van plan? Nou, als hij terug was, zou ze hem eens flink aan de tand voelen.

'Daar komen ze!' hoorde ze Mücke ruim een half uur later roepen.
'Waar?'
'Daar, op de landweg! Dat is hun auto!'
Jenny wierp een blik op Juultje, die tegen het einde van het boekje rustig in slaap was gedoezeld, met de teddybeer in haar arm. Ze klapte het boek dicht en legde het op oma's ladekast. Daar, in de bovenste lade, tussen stoffen zakdoeken en hoestpastilles, lagen de nare aanmaningen. Het waren inmiddels al vijf brieven. Misschien

kon ze die beter ergens anders verstoppen? Stel dat oma vannacht een hoestpastille nodig had...

Jenny sloop op haar tenen naar de deur om Juultje niet te wekken. In de woonkamer stond iedereen behalve Karl-Erich voor het raam.

'Dat zijn oma en Walter niet,' zei ze. 'Als ik me niet vergis, is het Kalle.'

'O nee,' mopperde Karl-Erich. 'Als ik nog langer moet wachten, val ik echt om van de honger.'

'Je zit toch op een stoel,' zei Mine. 'Je kunt helemaal niet omvallen.'

Jenny begon zich zo langzamerhand zorgen te maken. Hopelijk was er niks met hen gebeurd en stonden ze alleen ergens op de autosnelweg in de file.

'De guirlande is klaar,' zei Mücke. 'Ik ga even snel naar beneden en hang hem op.'

'Die zien ze toch helemaal niet in het donker,' zei Karl-Erich, maar Mücke was de woonkamer al uit gelopen. Toen ze terugkwam, had ze Kalle op sleeptouw genomen, die een krat bier bij zich had.

De sfeer werd meteen een stuk vrolijker. Iedereen nam een biertje, alleen Jenny en Kacpar schonken een glas zoete witte wijn voor zichzelf in.

Karl-Erich keek opnieuw op de klok. 'Zo, het is al acht uur geweest, we gaan nu eten,' verkondigde hij resoluut. 'Het kan nog eindeloos duren voordat ze komen.'

'Nou, een klein hapje zou er bij mij ook wel in gaan,' zei Anne Junkers. 'De aardappelsalade is nu goed ingetrokken, als hij nog langer staat, is hij niet lekker meer.'

'Klopt,' was Mücke het met haar eens. 'De tomaten worden ook al helemaal zompig.'

'Nou, vooruit, Mine!' droeg Karl-Erich zijn vrouw op. 'Geef me wat van die heerlijke visschotel van je, voordat hij verpietert.'

Jenny was de eetlust vergaan. Ze maakte zich inmiddels ernstige zorgen om oma en Walter. Om haar zenuwen te kalmeren schonk ze nog een glas *tokaj* voor zichzelf in en keek naar de vrolijk etende en kletsende gasten. Toen iedereen klaar was met eten, was het al bijna half tien en waren oma en Walter er nog steeds niet. Nerveus liep ze naar het raam, misschien wel voor de honderdste keer die avond. En warempel, voor het landhuis stond een auto, onmiskenbaar oma's witte Astra. In het schijnsel van de buitenverlichting zag ze drie mensen die met elkaar stonden te praten.

'Ze zijn er!' riep ze opgelucht. 'Oma en opa Walter staan beneden voor het huis. Hoera, ze zijn eindelijk gearriveerd!'

Het nieuws bracht iedereen in rep en roer. Falko was al naar de voordeur gerend en sprong ertegenaan. Iedereen behalve Karl-Erich haastte zich de trap af en stelde zich achter de voordeur op, die Jenny met een ruk openzwaaide.

'Van harte welkom!' riep het ontvangstkoor enthousiast.

'Wat een geweldige begroeting,' zei Simon Strassner. 'Zoiets maak je zelden mee.'

Jenny kneep ongelovig haar ogen dicht en deed ze weer open. Nee, het lag niet aan de tokaj, het was echt Simon die daar bij oma en Walter stond.

'Goedenavond, lieve mensen,' zei oma diep ontroerd. 'O, wat fijn dat jullie hier allemaal zijn. En wat een mooie guirlande! God, wat ben ik blij dat ik weer thuis ben.'

Walter begroette iedereen. Het was duidelijk te zien dat hij erg moe was. Simon Strassner daarentegen schudde iedereen de hand, klopte Kalle vriendschappelijk op zijn schouder en sloeg Kacpar onopvallend over. Daarna kwam hij bij Jenny.

'Wat fijn je te zien, lieve Jenny!'

Hij klonk oprecht blij en hartelijk. Verbluft liet ze toe dat hij haar een hand gaf, maar daarna fluisterde ze: 'Ik moet met je praten, Simon!'

'Prima,' antwoordde hij zacht. 'Ik kom morgen langs, als dat je schikt.'

'Best!'

Iedereen hielp mee om de bagage naar boven te dragen. 'Komt u bij ons zitten, mevrouw de barones,' nodigde Mine haar uit. 'En u ook, meneer Iversen. Mücke, haal eens snel twee schone borden. Wilt u een biertje, meneer Iversen? Of liever een glas tokaj?'

Oma Franziska wilde eerst de dolgelukkige Falko aaien en gaf hem ter begroeting – en bij wijze van uitzondering – een stukje vlees.

'Voor mij geen bier, bedankt,' zei ze en ze ging naast Walter aan de tafel zitten. 'We hebben wijn uit Toscane meegenomen, die zullen jullie wel lusten! Ik kijk meteen of de doos chianti al boven is.'

Ze wilde net naar haar slaapkamer gaan toen Kalle en Simon binnenkwamen.

'Zo, de bagage is uitgeladen,' verkondigde Kalle en hij liet zich op een stoel zakken.

'Komt u erbij zitten, meneer Strassner,' nodigde oma Simon uit. 'Aangezien we nu immers buren zijn, zoals u me hebt verteld, kunnen we elkaar meteen even leren kennen. Het was echt een verrassing, ik kon mijn ogen niet geloven toen ik zag dat Kalles gebouwtje plotseling weg was!'

Simon maakte een kleine buiging in oma's richting, knikte iedereen vriendelijk toe en wierp Jenny een betekenisvolle glimlach toe.

'Een andere keer graag, mevrouw Iversen,' wees hij haar uitnodiging af. 'Ik moet terug naar mijn gastenkamer, ik verwacht nog een belangrijk telefoontje.' Hij knikte nogmaals naar iedereen en liep de trap af.

'Jammer,' zei oma toen hij weg was. 'Hij is echt heel aardig! Nietwaar, Walter? We waren bijna tegen hem op gebotst toen hij van de oprit van het voormalige rentmeestershuis kwam. Ik had niet verwacht dat er op dat tijdstip nog iemand was! Maar hij stopte en stelde zich voor. Hij had denk ik nog een laat aangekomen levering gecontroleerd, je kunt immers nooit voorzichtig genoeg zijn.'

Opa Walter prikte in een hoopje aardappelsalade, die gedecoreerd was met een tomaat en een slap plakje mozzarella, maar weerhield zich van commentaar.

'Oma,' zei Jenny verward. 'Je weet toch wel wie dat is? Dat is Simon Strassner...'

'Dat weet ik, Jenny,' onderbrak Franziska haar. 'Hij heeft zich immers voorgesteld. Hij gaat het rentmeestershuis volgens de originele details...'

'Símon Strassner!' riep Jenny nadrukkelijk. 'Uit Berlijn. Mijn ex. Juultjes vader.'

Ineens was het muisstil in de woonkamer.

'Ik weet het,' zei Franziska rustig. 'En ik vind het erg netjes van hem dat hij zich over zijn dochter wil ontfermen.'

Er viel een stilte. Daarna nam Karl-Erich het woord: 'En terecht. Een man moet achter zijn gezin staan. Zo hoort het.'

'Dat hangt er helemaal van af,' antwoordde Jenny zacht.

Nu kon ook Kalle zich niet meer inhouden. 'Ik zal jullie eens wat zeggen: die Simon, dat is een prima kerel. Hij wil met Jenny trouwen. En het perceel met het rentmeestershuis krijgt ze van hem cadeau. Jullie hebben het echt getroffen met die Simon!'

Franziska

ZE HAD ALS EEN blok geslapen. Toch voelde ze zich totaal niet uitgerust toen ze 's ochtends wakker werd, eerder uitgeput. Bovendien had ze last van een doffe hoofdpijn aan de rechterkant van haar hoofd. Ze zou een aspirientje moeten nemen. Misschien kwam het door de chianti, hoewel ze die in Toscane prima had verdragen. Maar vreemd genoeg had dezelfde wijn die ze daar zo heerlijk droog en fruitig vond thuis onaangenaam zuur gesmaakt. Nou ja, ze hadden de flessen ook twee dagen lang in de auto geschud, daar kon zelfs de beste wijn niet tegen.

Franziska ging rechtop in bed zitten en keek op haar horloge. Mijn hemel, het was al acht uur geweest. De hoogste tijd om op te staan. Falko zou al voor de deur liggen wachten tot ze hem naar buiten liet. Ze probeerde in de schemerige slaapkamer haar pantoffels te vinden, maar zag ze nergens. Uiteindelijk liep ze op haar blote voeten naar het raam en schoof de gordijnen opzij. O jee! Het goot, de druppels gleden dicht tegen elkaar aan over de ruit en vormden een ingewikkeld netwerk van waterwegen waarover ze haastig naar beneden liepen. Ach, wat zag het er buiten grijs uit. Binnenkort zouden de bomen hun bladeren laten vallen en er als kale zwarte geraamtes bij staan. Dan zouden de lege akkers van de kraaien zijn en kon ze alleen maar hopen dat de nieuwe verwarmingsketel eindelijk goed zou functioneren. Rillend liep ze weg van het raam en ze moest niesen. Eén keer, twee keer... Ze moest snel een zakdoek pakken. Franziska trok de bovenste lade van de commode open en pakte snel een van Ernst-Wilhelms grijs geruite stoffen zakdoeken. Daarbij viel haar blik op de brieven die daar lagen. Hemel, in een van de laatjes van deze commode had ze jaren geleden tussen witte zakdoeken van batist Walters liefdesbrieven verstopt. Dit waren echter beslist geen liefdesbrieven. Aan de afzenders te zien moesten dit rekeningen zijn. Waarom lagen die hier? Ze pakte de reeds geopende brieven, wierp ze op haar bed en snoot eerst eens haar neus. Daarna pakte ze een van de enveloppen op en trok het velletje papier eruit. Het eerste wat ze zag was in blokletters het woord AANMANING. Franziska schrok. De cv-monteur! Waarom had hij zijn geld niet gekregen? Ze had het toch overgemaakt? Dan waren de andere brieven vast ook aanmaningen. Ach hemel, ze moest snel de bank bellen, of liever nog erheen rijden om een persoonlijk gesprek te voeren.

Franziska bekeek de andere brieven en stelde vast dat ze het aan het rechte eind had gehad. Allemaal aanmaningen. Bij twee brieven was de uiterst gestelde termijn al bijna verstreken. Wat had Jenny er in godsnaam toe bewogen om zulke belangrijke brieven gewoon in een lade van de commode te stoppen? Ze zou het na het ontbijt meteen gaan uitzoeken.

Jenny... Franziska kreeg geen goed gevoel toen ze aan de vorige avond terugdacht. Natuurlijk was het heel lief geweest van haar kleindochter om hun vrienden uit te nodigen voor een klein welkomstfeestje. Walter en zij waren ook echt blij geweest en hadden nog een poos zitten kletsen. Ze hadden van alles verteld en samen gegeten en gedronken tot de gasten afscheid hadden genomen. Maar dat gedoe met meneer Strassner... Achteraf had Franziska het vervelende gevoel dat ze volkomen verkeerd had gereageerd. Jenny voelde zich door die man in het nauw gedreven. Ze leek zelfs bang voor hem te zijn – en Franziska had hem een 'aardige man' genoemd en het een goede zaak gevonden dat de vader voor zijn dochter wilde zorgen. Waarom was ze niet wat tactvoller geweest? Toen ze later alleen waren, had Walter gezegd dat ze nodig met Jenny over dit onderwerp moest gaan praten. En ja, hij had natuurlijk gelijk.

In de keuken trof ze Walter bij de gootsteen aan, met zijn armen tot aan zijn ellebogen in een wolk van wit schuim.

'O jee,' zei ze hoofdschuddend. 'Typisch Jenny. Die meid organiseert een feestje en laat de vaat aan ons over.'

'Het geeft niet,' zei hij zonder zich naar haar om te draaien. 'Heb je goed geslapen?'

Franziska knikte afwezig. 'Dank je, heel goed. En jij?'

'Ik miste je.'

Ze had zich totaal niet gerealiseerd dat ze na drie weken samen nu weer apart van elkaar hadden geslapen. Wat stom van haar. 'Het spijt me,' mompelde ze. 'Ik heb hoofdpijn.'

'Ik kan straks even je nek masseren.'

'Dat is fijn,' zei ze en ze liep naar de badkamer om in elk geval een aspirientje te nemen. Toen ze terugkwam, zat Walter al aan de ontbijttafel en had koffie voor haar ingeschonken. Er waren zelfs verse broodjes. Wat een luxe.

'Toen ik Falko net naar buiten liet, hing er een stoffen tasje aan de voordeur,' vertelde Walter. 'Met broodjes en een briefje.'

'Met een briefje?'

Hij gaf haar een stukje papier, dat duidelijk uit een notitieboekje was gescheurd. 'Hartelijke ochtendgroeten. Simon St.', stond erop.

'Wat attent,' zei Franziska traag.

'Ja, hij doet enorm zijn best,' beaamde Walter langzaam en hij sneed een broodje open.

'Die zijn vast voor Jenny,' zei ze aarzelend.

'Toch niet alle vijf?'

O nee, natuurlijk niet, hij had gelijk. Ze ontbeten zonder veel tegen elkaar te zeggen, want ze waren allebei in hun eigen gedachten verzonken. Ze zag aan hem dat hij nog niet helemaal in Dranitz was aangekomen en dat hij hun knusse samenzijn miste dat ze drie hele weken lang hadden ervaren. Het speet haar en een deel van haar wilde niets liever dan dicht bij hem zijn, aan zijn herinneringen deelnemen, het dagelijks leven met hem delen. Maar een ander deel van haar was met dit huis bezig en gericht op de taak die ze zichzelf had opgelegd en die ze wilde afmaken. Voor Jenny, die de toekomst van de familie Von Dranitz was. En voor haar achterkleindochter. Maar ook voor alle mensen die in het verleden hier op Dranitz hadden gewoond en met wie ze zich nog nauw verbonden voelde.

Falko blafte vrolijk, wat betekende dat Jenny met Juultje was binnengekomen. Walter stond op om nog een keer koffie te zetten. Franziska dacht aan de brieven in de lade van haar commode, maar besloot er niets over te zeggen zolang hij erbij was.

'Eet smakelijk!' zei Jenny toen ze bij Franziska en Walter aan de tafel kwam en Juultje in de kinderstoel zette. 'Hm, er zijn verse broodjes!'

'Die heeft meneer Strassner aan de deur gehangen,' deelde Walter haar mede en Franziska zag dat Jenny verontwaardigd haar gezicht vertrok.

'Even voor de duidelijkheid,' zei ze. 'Simon Strassner is hier omdat zijn vrouw de scheiding heeft aangevraagd en hij zijn geld in veiligheid wil brengen. Alleen daarom is hij hier opgedoken en doet hij alsof hij naar zijn dochtertje verlangt.'

Franziska keek haar geschrokken aan. Was dat echt zo? Dan was het maar al te begrijpelijk dat Jenny niet erg toeschietelijk was.

'En waarom zegt hij dan dat hij met je wil trouwen en je het rentmeestershuis als huwelijksgeschenk wil geven?' vroeg ze.

Jenny pakte ondanks zichzelf een broodje en haalde haar schouders op. 'Daar weet ik niks van.'

'Dan zal het wel alleen dorpspraat zijn,' concludeerde Walter nuchter.

'Simon wil vandaag langskomen,' zei Jenny. 'Dan zal ik eens een hartig woordje met hem spreken. Tegen mij zei hij alleen dat we goede buren zouden worden en dat hij zijn dochter af en toe zou willen zien. Zonder verder ergens aanspraak op te maken. Dat is tenminste wat hij heeft beweerd.'

'Dan wachten we eerst maar even af,' besloot Franziska. 'Dat het stuk grond nu van Juultjes vader is, lijkt mij absoluut niet verkeerd. En als hij het oude rentmeestershuis inderdaad wil herbouwen, komt dat ons hotel alleen maar ten goede. Het is in elk geval beter dan een dierenasiel of geitenstal als buur hebben.'

Jenny dronk zwijgend haar koffie.

'Hoe... hoe zit het eigenlijk tussen jullie?' informeerde Franziska voorzichtig. 'Ik bedoel, heb je nog gevoelens voor hem?'

Jenny tilde haar hoofd op en keek haar strak aan. 'Al zou hij heel Mecklenburg-Vorpommern aan mijn voeten leggen... nee! Voorbij is voorbij. Hij heeft zijn kans gehad en heeft die verspeeld.'

Franziska haastte zich begripvol te knikken. 'Maar hij is wel Juultjes vader,' zei ze. 'Dat mag je niet vergeten.'

Jenny bromde iets onverstaanbaars, maar het was duidelijk dat dit feit haar niet erg zinde. Franziska besloot het onderwerp voorlopig te laten rusten, hoewel ze de situatie verontrustend vond. Als Jenny die instelling bleef behouden, zou het lastig worden met de nieuwe buurman. Het was een zware belasting voor een kind als de ouders constant ruzie hadden met elkaar. En ze moest er niet aan denken dat Jenny ooit zelfs op het idee zou komen om samen met Juultje ergens anders te gaan wonen omdat ze haar ex niet langer kon verdragen... Maar waarom ging ze eigenlijk altijd van het ergste uit? Er kon net zo goed iets heel anders gebeuren, namelijk dat Jenny en Simon weer bij elkaar kwamen, Juultje in een echt gezin opgroeide en het herbouwde rentmeestershuis weer net als vroeger bij landgoed Dranitz hoorde.

'Laten we zo meteen even een rondje door het huis maken,' stelde Franziska voor. 'Ik heb me vanochtend verslapen en heb nog helemaal niet gezien hoe het met de verbouwing gaat.'

'Het gaat goed,' zei Jenny niet zonder trots. 'Binnenkort kunnen we de meubels voor het restaurant bestellen.'

Walter dronk zijn koffie op en stond op. 'Dat wil ik zien,' zei hij en hij maakte aanstalten om naar de trap te lopen. 'Komen jullie ook zo?'

Franziska knikte. 'Ik eet alleen nog even snel mijn broodje op.' Toen Walter weg was, wilde ze de kans grijpen om bij haar kleindochter over de aanmaningen te beginnen, maar Jenny was haar voor.

'Er is nog iets, oma...'

'Ik weet het, Jenny.'

Haar kleindochter staarde haar verbaasd aan en trok wantrouwend haar wenkbrauwen op. 'Heeft ze je gebeld?'

'Wie? En waarom?' Franziska begreep dat ze te voorbarig was geweest met haar conclusie. Het ging helemaal niet om de onbetaalde rekeningen, maar om een ander probleem.

'Wie zou mij gebeld moeten hebben?'

'Mama. Wie anders?' bromde Jenny.

Het bleek dat Cornelia een paar percelen land wilde pachten en daarvoor Franziska's hulp nodig had, omdat zij als voormalige eigenaresse kennelijk een betere uitgangspositie had.

'Mijn hemel,' zei Franziska. 'Waarom heb je me dat niet aan de telefoon verteld, Jenny? Dan had ik haar gebeld!'

'Dit is nog niet alles, oma,' voegde Jenny er zacht aan toe en ze nam Juultje, die een half broodje met boter van haar bord had gepikt, op haar schoot.

Geschrokken zag Franziska dat Jenny bijna begon te huilen. Hemel, hield het dan nooit op met die eeuwige ruzies in de familie? 'Nou, vertel maar,' zei ze.

Jenny snikte en veegde met haar hand haar neus af. Juultje liet het halve broodje vallen, Falko ving het in de lucht op en kauwde haastig.

'Mama beweerde dat die rare man, die met die half kale kop en dat dunne baardje...'

Jenny stopte en Franziska kreeg ineens een vermoeden van wat nu zou komen. Niets minder dan nog een familiedrama.

'... dat die Bernd mijn vader is,' maakte Jenny de zin af en ze slikte. 'Dat heeft ze me terloops aan de telefoon verteld. Ze heeft er geen woord over gezegd toen ze hier waren!'

Nu begon ze hard te snikken en Franziska zette Juultje in de box zodat ze haar kleindochter in haar armen kon nemen.

'Dat is echt ongelooflijk,' zei ze zacht en ze drukte Jenny tegen zich aan. 'Ik begrijp Cornelia niet. Hoe kan ze zo gevoelloos zijn? Arme meid... Dat had ze je echt wel wat tactvoller kunnen vertellen.'

Juultje protesteerde en begon hard te krijsen, maar Jenny en Franziska letten niet op haar.

'Weet je, oma,' ging Jenny verder. 'Die Bernd heeft op jouw bruiloft amper een woord tegen me gezegd. Hij keek alleen af en toe heel raar naar me. Had hij niet even kunnen zeggen dat hij mijn vader is?'

'Nou ja,' zei Franziska peinzend en ze aaide liefdevol over Jenny's verwarde haar. 'Misschien durfde hij het niet.'

'Dat is geen excuus,' zei Jenny verontwaardigd. 'Al die jaren heeft hij totaal niet naar me omgekeken. En dan komt hij plotseling met mama hiernaartoe, omdat hij land wil pachten dat vroeger bij landgoed Dranitz hoorde. Hij is een gelukzoeker.'

Franziska dacht er het hare van. Haar dochter Cornelia was vroeger een braaf meisje geweest. Ze had goed haar best gedaan op school en was een lief, gedwee kind. Een sleutelkind. Maar na het eindexamen was ze plotseling compleet veranderd. Ze bezocht politieke bijeenkomsten, rookte hasj en woonde in een commune, waar iedereen met iedereen... nou ja, destijds was vrije seks het motto. Cornelia was vrij snel zwanger geworden en Franziska vroeg zich heimelijk af of haar dochter eigenlijk wel precies wist wie Jenny's vader was. Maar goed, dat waren gissingen. Daar zou ze niets over zeggen tegen Jenny.

'Het zou ook kunnen dat hij het niet mocht zeggen van je moeder,' zei ze voorzichtig.

Jenny vertrok vol verachting haar gezicht. 'Wat voor vader laat zich dat nou welgevallen?' wond ze zich op. 'Die kerel is gewoon een sul, dat zie je meteen. En dan dat theater met die ecologische landbouw, wat een fantast!'

Nu staarde Jenny zich echt blind, vond Franziska. Of die Bernd nu haar vader was of niet, Jenny mocht niet op deze manier op hem afgeven. Dat was niet alleen onterecht, het was ook voor haarzelf niet goed.

'Daar denk ik heel anders over, Jenny,' zei ze. Ik denk dat ecologische landbouw de toekomst is. Het gebruik van chemische onkruidverdelgers kan op den duur geen oplossing zijn, omdat onze akkers daarmee vergiftigd worden. Die Bernd mag dan een stille, nogal onopvallende figuur zijn, maar hij heeft goede ideeën.'

Jenny was niet overtuigd. 'Als jij dat denkt, oma. Maar dan moet je denk ik opschieten met dat akkerland, want er zijn vast meer kapers op de kust.'

'Ik zal Cornelia bellen.'

'Goed dan,' antwoordde Jenny. 'Ik ga even met Juultje wandelen. Ik heb frisse lucht nodig.'

'Wilde meneer Strassner niet langskomen?'

'O ja, die komt ook nog! Nou, die wacht maar, die klootzak. Als hij wil, mag hij het laatste broodje opeten. Hij heeft het tenslotte betaald. Maar zonder Mines lekkere jam!'

Ze is net een klein, koppig kind, dacht Franziska en ze hoopte dat de wandeling Jenny zou helpen om haar gedachten te verzetten.

'Tja,' zei Franziska. 'Die vaders... Als ze hun verantwoordelijkheid nemen, is het fout. Doen ze het niet, is het ook niet goed.'

Jenny keek haar verwijtend aan, trok haar jas aan en floot naar Falko. Daarna probeerde ze haar dochter in het knalroze jasje te persen dat inmiddels te klein was geworden. Juultjes protestgehuil was dan ook navenant luid.

Jenny was nog niet weg of Walter kwam de trap op.

'Waar blijven jullie nou?' vroeg hij. 'Ik sta de hele tijd beneden in de zaal op jullie te wachten!'

Franziska slaakte een diepe zucht.

'Familiedrama?' vroeg Walter en hij trok haar in zijn armen. 'Ik kwam net Jenny met Juultje op de trap tegen. Ik zag dat ze gehuild heeft.'

Franziska knikte en legde haar hoofd tegen zijn borst. Het was fijn om tegen hem aan te kunnen leunen.

'Wil je het echt weten?' vroeg ze zacht.

'Natuurlijk,' zei hij. 'Kom bij me zitten en vertel het me...'

Sonja

VOOR DE EERSTE KEER in haar leven had Sonja het gevoel dat ze op een golf van geluk dreef. Van alle kanten werd enthousiast gereageerd op haar plannen voor de dierentuin. Drie oud-studiegenoten van de universiteit van Berlijn, die inmiddels allang een goede baan hadden, hadden beloofd zich voor haar project in te zetten. Ze vonden dat 'er toekomst in zat' en hadden zelfs al grotere giften overgemaakt. Natuurlijk wilden ze wel een ontvangstbewijs, maar de vereniging was inmiddels geregistreerd als 'een algemeen nut beogende instelling' en mocht ontvangstbewijzen uitschrijven. Daarmee was de pacht voor het eerste jaar gewaarborgd, wat een enorm pak van haar hart was. Ze was vooral erg trots op het feit dat een paar van haar oude vrienden die ze had benaderd haar aquarellen hadden geprezen. Ze had een mooie brochure in elkaar gezet en daarbij drie van haar schilderijen gebruikt: een bosweide, een blik over de Müritz en een open plek in het bos waar drie reeën graasden. Zelf vond ze ze eigenlijk nogal kitscherig, vooral de reeën op de open plek, en ze was dan ook volkomen verrast toen een vriend haar vroeg drie vergelijkbare aquarellen voor hem te maken. Hij had een manege, wilde de schilderijen in zijn folder laten afdrukken en bood er zeshonderd mark voor. Sonja was stomverbaasd en begon te dromen. Misschien kon ze met haar aquarellen een leuke bijverdienste creëren...

Met de praktijk ging het wisselvallig. Een tijdlang had ze het vrij druk gehad, vooral op een paar boerderijen in de omgeving, maar ze had zich niet geliefd gemaakt en veel boeren waren naar hun oude dierenarts teruggekeerd. Een vrouwelijke dierenarts die mopperde over de veel te kleine varkensstallen en een vrij uitloopgebied eiste voor de runderen, daar had niemand hier behoefte aan. Ook al had ze voor de koppige boeren al vaak kostbaar vee gered, zij lieten zich de wet niet voorschrijven. Al helemaal niet door een vrouw.

Als die Bernd serieus van plan was een biologische boerderij te beginnen waar het vee op een diervriendelijke manier werd gehouden, zou ze er als de kippen bij zijn. Dan zou ze zelfs bereid zijn om de dieren gratis te behandelen. Maar niet als Cornelia zich ermee bemoeide, dan zou ze een gepeperde rekening sturen.

Er werd aan de deur gebeld. Dat zou Tine zijn.

Tine drukte altijd even kort op de bel zodat Sonja wist dat ze al in de praktijk was en alles voor de dag voorbereidde, en dan kwam Sonja later naar beneden. Maar vandaag sprong Sonja van de ontbijttafel op en liep snel de trap af.

'Goedemorgen, Tine!' riep ze. 'Ik heb een klusje voor je.'

'Goedemorgen, Sonja. Wat dan? Er zijn nog geen cliënten.'

'Niet voor de praktijk, maar voor de vereniging. Ontvangstbewijzen voor giften uitschrijven.'

'O jee! Dan moet je me even laten zien hoe dat moet, Sonja. Zoiets heb ik nog nooit gedaan.'

'Er is overal een eerste keer voor, Tine!'

Sonja had alles voorbereid, omdat ze wist dat ze Tine op gang moest helpen. Er waren formulieren voor de ontvangstbewijzen, Tine hoefde alleen de naam, de datum en het bedrag in te vullen. En er een bedankbrief bij te doen, die Sonja ook al had voorbereid.

'Op dit mooie papier? Ah, wat een prachtig plaatje. Wat schattig, die kleine lammetjes!'

Sonja was blij met het compliment. Ze had een briefhoofd voor de vereniging ontworpen, waarbij ze een van haar aquarellen had gebruikt. Glimlachend drukte ze Tine een lijst in de hand.

'Hier zijn de namen. Je kunt het beste op datum werken. Meneer Strassner is als eerste aan de beurt.'

Simon Strassner had gistermiddag gebeld en had geadviseerd om een 'persmap' aan te leggen, die ze aan verschillende kranten kon sturen. Bovendien had hij een paar zakenpartners aangeschreven en interesse bij hen kunnen opwekken voor het project 'Dierentuin Müritz'. Eén daarvan was het bekende farmaceutische concern Werx, waarvoor hij een aantal gebouwen had ontworpen. Ze waren zeer geïnteresseerd, alleen moesten de verantwoordelijke commissies eerst nog overleggen omdat er nog concurrerende verzoeken waren die ook bekeken moesten worden. Als de beslissing positief zou uitvallen, zou de vereniging op een langdurige en zeer royale steun kunnen rekenen. Waarbij het concern uiteraard ook naar de pers zou gaan.

Sonja was wel onder de indruk van Simons activiteiten, maar met het genoemde concern wilde ze niets te maken hebben. Ze kon haar dierentuin tenslotte niet door een bedrijf laten financieren dat regelmatig dierproeven deed. Dat had ze Simon Strassner meteen aan de telefoon medegedeeld, waarop hij had gezegd dat ze er nog maar eens goed over moest nadenken. Zonder een sponsor van deze orde van grootte zag hij het project niet zitten.

Sonja had koeltjes geantwoord dat ze er de voorkeur aan gaf om zuiver en correct te blijven, waarop Simon Strassner had gezegd dat hij veel respect had voor haar houding. Hij had beloofd zich voor haar vereniging in te blijven zetten. Misschien was het slechts een beleefdheidsfrase geweest. Sonja bleef de indruk houden dat Simon Strassner haar aanzag voor een provinciale droomster.

'Die meneer Strassner,' zei Tine, die op Sonja's bureaustoel plaats had genomen en het voorgedrukte ontvangstbewijs bekeek, 'wat is zijn adres eigenlijk?'

Wat stom. Dat wist Sonja ook niet. Hij kwam uit Berlijn, maar kennelijk wilde hij zich hier in Dranitz vestigen. Woonde hij momenteel niet in de gastenkamer van Heino Mahnke?

'Zou kunnen,' zei Tine. 'Maar misschien ook niet. Ik heb mijn bril nodig.'

Ze stond op om haar handtas te pakken, terwijl Sonja snel uit het raam keek om te zien of er al cliënten voor de deur stonden. Maar behalve een zwerm mussen, die zich op een weggeworpen zakje van de bakker stortten, was er niemand te zien.

'Maar ik zou even snel mijn zwager kunnen bellen,' stelde Tine voor, terwijl ze in haar handtas naar haar bril zocht. 'Hij is elektricien. Felix Beckermann in Vielist.'

Het leek Sonja logischer om Heino te bellen.

'Waarom zou jouw zwager moeten weten waar Simon Strassner woont?'

Tine had eindelijk haar bril gevonden en hield hem onderzoekend tegen het licht.

'Omdat hij de leidingen in het rentmeestershuis gaat leggen,' zei ze. 'Strassner betaalt zeer behoorlijk, zei hij. Geheel in tegenstelling tot mevrouw de barones. Die schijnt erg achter te lopen met de betalingen aan de bouwvakkers. Wie weet heeft Felix gelijk en is ze inderdaad failliet. Maar meneer Strassner gaat ervoor zorgen. "Het blijft toch allemaal in de familie," zei hij.'

Sonja wilde net vragen of Tine wist wat de 'zeer behoorlijk' betalende meneer uit Berlijn nog allemaal van plan was en of haar zwager nog meer wist toen plotseling de deur van de praktijk werd opengestoten en er luid gekerm klonk.

Jenny Kettler stormde naar binnen terwijl ze de jammerende Falko achter zich aan trok. Tine liet de ontvangstbewijzen liggen en sprong geschrokken van de bureaustoel op om hen beiden naar de behandelkamer te leiden. Sonja liep er snel achteraan. Op de grond achter de herdershond waren rode pootafdrukken te zien.

'Goedemorgen, mevrouw Kettler,' zei Sonja rustig. 'Helpt u me alstublieft om Falko op de behandeltafel te tillen.'

Jenny knikte heftig en bukte zich. Ze had warempel tranen in haar ogen.

'Nou, laat eens zien, mijn jongen.' Sonja stak haar hand naar Falko uit zodat hij die eerst kon besnuffelen. Daarna tilde ze voorzichtig zijn rechtervoorpoot op. 'O jee, arme hond. Jij hebt een diepe snee, zeg.'

'Die stomme verbouwing ook,' flapte Jenny eruit. 'Hoe goed je ook uitkijkt, er slingert overal altijd van alles rond.'

Sonja onderdrukte een opmerking en concentreerde zich helemaal op de hond. 'Laat nog eens zien, Falko. Oei, je hebt een flink gat in de bal van je poot. Laat je andere poot eens zien. Die is heel. En achter? Ja, goed zo. Je achterpoot is in orde, de andere ook. Het komt weer goed, brave hond...'

Jenny keek gespannen toe terwijl Sonja zonder angst met de grote herdershond omging. Sonja meende bijna zoiets als respect in haar ogen te zien. Had Jenny soms gedacht dat ze niet met Falko om kon gaan? Het was immers niet de eerste keer dat ze hem behandelde. Bovendien waren moeilijke honden haar specialisme.

'Desinfecteermiddel, Tine. We moeten de wond reinigen. En verbandmiddelen. Zo, mevrouw Kettler, u geeft Falko nu iets lekkers. Tine, pak jij snel het blik? Dan is hij afgeleid terwijl ik hem behandel.'

Falko jankte en kermde, maar hij vrat de snacks, de ene na de andere. Het gaf niet, zolang hij maar koest bleef. 'Gelukkig zit er geen vuil in de wond,' zei Sonja, zonder op te kijken. 'Ik kan het niet hechten. Het zou weer openbarsten, omdat hij immers op de bal loopt. Daarom zal ik een stevig verband aanleggen, ook al gaat hij dat niet fijn vinden.'

Falko likte Jenny's handen, terwijl Sonja en Tine zijn poot desinfecteerden en verbonden.

'Hij krijgt ook nog antibiotica, om te voorkomen dat het gaat ontsteken,' zei Sonja toen ze klaar was, waarna ze weer rechtop ging staan. 'Ik maak gauw een injectie klaar.'

'Hoe gaat het met uw dierentuin?' informeerde Jenny terwijl Sonja de injectiespuit vulde.

Het klonk als onschuldige belangstelling, maar Sonja was wantrouwig. Waarom vroeg ze dat? Wilde ze graag horen dat de vereniging maar wat kwakkelde en dat de zaak uitzichtloos was? Nou, dan had ze mooi pech.

'Ik mag niet klagen, het gaat heel goed.'

Falko stond zo stil als een standbeeld terwijl ze hem de injectie in zijn rug gaf. Brave hond. Zijn poot zou de komende weken pijn doen, maar gelukkig bestond er een pijnstiller, die Jenny in leverworst moest stoppen zodat hij die opat. En natuurlijk zou hij het verband eraf vreten. Ze overwoog even om hem een kraag te geven, maar besloot het niet te doen. Het zou weleens verkeerd kunnen uitpakken als hij daarmee zijn ochtendwandeling maakte. Een hond kon prima op drie benen vooruitkomen, maar met een kraag kon hij makkelijk ergens achter blijven hangen.

'Kalle is razendenthousiast over de dierentuin,' ging Jenny verder. 'Hij werkt al aan de oude oliemolen...'

'Ja.' Sonja legde de spuit weg en liep naar de medicijnkast om een doosje pijnstillers te pakken. 'En dit keer met professionele hulp...'

'O ja?'

Was ze nu zo naïef of deed ze maar zo? Jenny moest toch weten wie het ontwerp voor de restauratie en de verbouwing van het oude gebouw had gemaakt?

'Meneer Strassner staat hem ter zijde,' zei Sonja. 'Die meneer uit Berlijn spant zich enorm in. Er wordt gezegd dat hij zich hier in de omgeving wil vestigen.'

Nu had ze meer gezegd dan ze wilde. Maar op de een of andere manier vond ze Jenny vandaag sympathieker dan anders. Misschien kwam het doordat Jenny zo bezorgd was om Falko. Maar tot haar verbazing leek Jenny de lovende opmerking over Simon Strassner niet fijn te vinden. Ze kneep haar lippen opeen en hielp Tine om de herdershond van de behandeltafel te tillen.

'Mocht u zinspelen op de geruchten die over meneer Strassner en mij de ronde doen, mevrouw Gebauer, daar is geen woord van waar. Er zal noch een bruiloft, noch een huwelijksgeschenk zijn!'

'Ach, weet u, jongedame,' mengde Tine zich in het gesprek, die tot nu toe verbazingwekkend lang haar mond had gehouden. 'Dat kun je nooit zeker weten. Men plaagt wie men liefheeft.'

Jenny keek alsof ze Tine naar de keel wilde vliegen. Aha, dacht Sonja. Blijkbaar waren veel dingen toch anders dan ze had gedacht. Slimme meid. Ze zou echt niet met die kerel moeten trouwen, die deugde niet. Te glad. Zo iemand was niet te vangen, die glipte steeds weer tussen je vingers door.

'Zo, dat was het voor nu,' zei ze tegen Jenny. 'Komt u donderdag nog een keer langs. En voorlopig niet los laten lopen, alleen aan de lijn. Trekt u vannacht een sok over het verband. Als u geluk hebt, zit het er morgen nog om.'

'En zo niet?'

'Dan bindt u er iets omheen en komt u nog een keer langs. Het belangrijkste is dat er geen vuil in de wond komt, en hij mag er ook niet aan likken.'

Jenny knikte benauwd. 'Stuurt u de rekening alstublieft op,' zei ze. 'Ik ben van de schrik mijn portemonnee vergeten.'

'Geen probleem,' zei Sonja. 'Het belangrijkste is dat zijn poot heelt.'

Jenny knikte. Het viel Sonja op dat ze er bleek uitzag en wallen onder haar ogen had.

'Ik heb het al tegen Kalle gezegd,' zei Jenny ineens en ze glimlachte naar Sonja, 'maar ik zou graag lid willen worden. Want ik vind het idee van een dierentuin echt goed.'

Sonja was verbluft en wist zo gauw niet wat ze moest zeggen. Aan de ene kant was ze ontroerd, maar tegelijkertijd koesterde ze veel wantrouwen jegens Franziska en haar familie. Waren Jenny's woorden oprecht gemeend of zat er misschien iets heel anders achter?

Tine nam het woord. Ze feliciteerde Jenny met deze beslissing en beloofde haar in de komende dagen een inschrijfformulier te sturen.

'Ik kan het donderdag ook meenemen,' zei Jenny en ze deed Falko aan de lijn. 'Hartelijk bedankt en tot dan, dokter Gebauer!' De deur van de praktijk klapte al achter haar dicht voordat Sonja 'tot ziens' had kunnen zeggen.

'Leuke meid,' oordeelde Tine, terwijl ze met de stofzuiger Falko's haren van de behandeltafel zoog.

Sonja knikte verstrooid. Ze snapte er niets van. Zou het inderdaad tijd worden dat ze haar aversie tegen de zus van haar moeder en diens kleindochter eens onder de loep nam?

Walter

DE DAGELIJKSE ROUTINE WAS weer teruggekeerd en had de mooie dagen in Toscane ver weg gedreven. Als door een omgedraaide verrekijker zag hij zichzelf met Franziska op het terras van de romantische vakantiewoning zitten en chianti drinken. Hij hield haar hand vast en zij glimlachte naar hem. Een beeld van gelukkige tijden, dat steeds kleiner werd en waarvan de kleuren vervaagden, tot het uiteindelijk verschrompelde en er niks meer van over was. Maar hij wilde niet klagen. Ze waren immers bij elkaar, woonden in één huis en deelden lief en leed met elkaar.

Was dat echt zo? Als hij eerlijk was, was het antwoord nee. Franziska was er en tegelijkertijd was ze er niet. Ze sliepen weer apart, wat hij maar had geaccepteerd. Maar ook 's avonds zat ze nu vaker in haar kamer over allerlei papieren gebogen, en als hij haar vroeg om nog even bij hem te komen zitten, deed ze dat met tegenzin en leek ze verstrooid.

'Heb je zorgen?'

'Ach, gewoon het gebruikelijke.'

'Laten we de chianti proeven die we in de supermarkt hebben gekocht.'

'O, alsjeblieft, Walter. Geen wijn, daar krijg ik hoofdpijn van.'

Soms vroeg hij zich af of het zijn schuld was dat ze de intense, mooie tijd helemaal was vergeten en er ook niet meer aan herinnerd wilde worden. Had hij te veel over zichzelf verteld en haar te veel in de rol van toehoorder gedwongen? Had hij haar geen ruimte gegeven en haar met zijn herinneringen overstelpt, waardoor zij geen kans had gezien om zelf iets te vertellen? Was het uiteindelijk zo dat alleen hij zo had genoten van die tijd, terwijl zij constant aan thuis had gedacht en alleen was gebleven om hem een plezier te doen? Nee, nu ging hij waarschijnlijk te ver. Ze kampte gewoon met problemen die ze hem niet wilde vertellen. Om wat voor reden dan ook.'

Ook Jenny was stiller dan normaal. Ze leek het zichzelf te verwijten dat Falko zijn poot had verwond en zorgde heel lief voor de hond. Simon Strassner was niet verschenen om de dingen uit te praten. Hij had gebeld en gevraagd of de afspraak verschoven kon worden omdat hij het druk had met zaken.

'Lafaard,' had Jenny het telefoontje becommentarieerd. 'Wat mij betreft hoeft hij helemaal niet meer te komen.'

'Hij zal het wel druk hebben met de scheiding,' vermoedde Walter.

Hij was de laatste tijd hechter met Jenny dan met Franziska. Toen Franziska om redenen die ze verder niet toelichtte naar Schwerin was gegaan, zat Jenny bij hem en informeerde belangstellend naar hun vakantie. Ze was benieuwd wat ze allemaal hadden gedaan en vroeg of Toscane echt zo mooi was als iedereen altijd beweerde. Of ze zich hadden verveeld. Of er veel stekende muggen waren. Ze leek van hun gesprek te genieten, liep naar de keuken om koffie te zetten, legde koekjes op een schaal en zette Juultje bij hem op schoot. Die middag vertelde ze hem in vertrouwen dat ze vaak over Bernd piekerde, die kennelijk haar vader was.

'Ik herinner me dat er ooit een Bernd in de woongroep was. Maar dat is al heel lang geleden, ik zat nog niet op school. Ik heb alleen vage herinneringen aan hem.'

'En je denkt dat hij het geweest kan zijn?'

Ze haalde haar schouders op. De naam kwam wel vaker voor.

'Ik weet nog dat hij me een keer naar de dokter heeft gebracht. Ik had de mazelen of zoiets. Ik voelde me zo ellendig dat hij me moest dragen.'

'Dat was dan heel aardig van hem. Hij had immers ook ziek kunnen worden,' zei Walter.

Jenny grijnsde scheef. 'Mama zou dat zeker niet hebben gedaan,' zei ze op een minachtende toon. 'Die had daar altijd haar mensen voor.'

Hij wist dat ze niet goed met haar moeder kon opschieten. Toch had hij het gevoel dat hij het voor Cornelia moest opnemen. Hij begreep zelf niet waarom. Misschien omdat ze Franziska's dochter was en er vast redenen waren waarom ze was geworden wie ze was. 'Misschien weet je niet alles over je moeder, Jenny,' gaf hij ter overweging. 'Ik heb in elk geval de indruk gekregen dat ze erg geïnteresseerd is in hoe het met je gaat.'

Jenny snoof en gaf Juultje, die haar handje uitstrekte, een koekje. 'Ze kon altijd heel goed commanderen, maar o wee als het allemaal niet ging zoals zij het wilde!'

'Het is altijd moeilijk als één ouder ontbreekt,' probeerde hij te bemiddelen. 'Dan heeft de ander het twee keer zo zwaar. Sonja moest zonder moeder opgroeien en ook al deed ik nog zo mijn best, ik kon haar moeder niet vervangen. Toen heeft ze stomme dingen gedaan...'

Het was geen goed voorbeeld, dat zag hij meteen. Jenny vertrok haar gezicht en zei dat Sonja in elk geval een heel lieve vader had gehad. 'Bovendien is haar moeder overleden. Dat is heel wat anders. Mijn vader leefde. Ze hadden kunnen trouwen en een gezin kunnen stichten. Maar dat wilden ze niet.'

'Soms gaat dat nu eenmaal niet, Jenny. Misschien pasten ze niet bij elkaar en wisten ze dat ze in een huwelijk constant ruzie zouden hebben.'

'Dat kun je dan toch wel van tevoren bedenken,' bromde Jenny. 'Voordat je een kind op de wereld zet.' Ze verstomde abrupt en staarde verlegen voor zich uit. 'Weet je, Walter,' zei ze ten slotte. 'Ik zou willen dat jij mijn vader was.'

Ontroerd nam hij haar in zijn armen. Wat was ze dun. Haar warrige rode haardos kriebelde tegen zijn wang. Net alsof hij Elfriede in zijn armen had. Soms was het leven echt bizar.

'Daar ben ik denk ik te oud voor,' zei hij glimlachend.

'Ach, onzin,' sprak ze hem tegen. 'Je bent een fantastische vader. Sonja weet niet hoeveel geluk ze heeft met jou.' Ze maakte zich van hem los en pakte de schaal van Juultje af, die niet langer genoegen nam met slechts één koekje.

'Eigenlijk is Sonja helemaal niet zo verkeerd,' voegde ze er met een scheve glimlach aan toe. 'Ik vond haar eerst een verwaande trut. Sorry, Walter, maar zoals ze oma heeft behandeld, dat was echt niet aardig.'

'Ze kruipt nu eenmaal het liefst in haar schulp, Jenny.'

'Dat was wel wat meer dan een schulp. Eerder een pantser. Maar goed, zand erover. Ik vind het idee van de dierentuin geweldig. Idioot, maar ergens ook geniaal!'

'Heb je tegen Sonja gezegd dat je de dierentuin een leuk initiatief vindt toen je met Falko bij haar was?' vroeg Walter.

'Ja. Maar ze reageerde nou niet bepaald enthousiast.'

Ze klonk teleurgesteld en hij haastte zich om een goed woordje voor zijn dochter te doen. 'Sonja is niet zo impulsief als jij, Jenny. Ze heeft tijd nodig om aan een nieuwe situatie te wennen. Maar als ze iemand aardig vindt, is ze een trouwe vriendin op wie je kunt rekenen.'

Jenny leek niet overtuigd te zijn, maar waarschijnlijk wilde ze hem ook niet tegenspreken. Ze ging over op een ander onderwerp. 'Zeg, Walter,' begon ze. 'Is het jou ook opgevallen dat oma de laatste tijd zo raar doet?'

'Ja,' zei hij. 'Maar ik dacht dat het aan mij lag.'

Jenny schoot in de lach en pakte het theelepeltje waarmee Juultje op de koekjesschaal timmerde uit haar hand.

'Aan jou zal het zeker niet liggen. Ik vrees eerder dat het met die aanmaningen te maken heeft.'

Hij keek op. Aanmaningen, dat klonk niet goed.

'Denk je dat ze problemen heeft met de financiering?' vroeg hij benauwd.

'Tja, ik weet het niet. Ze laat zich niet in de kaart kijken als het om geld gaat. Misschien kon ze de rekeningen niet betalen omdat ze in Toscane was.'

Ze wisten allebei dat dat onzin was. Die rekeningen hadden al veel eerder betaald moeten worden. Waarom had Franziska het geld niet overgemaakt?

'Denk je dat oma blut is?' vroeg Jenny angstig.

'Ik weet het niet, Jenny,' antwoordde Walter waarheidsgetrouw.

Toen Franziska laat in de middag nog steeds niet thuis was, besloot Walter het vlees en de aardappelpuree die hij eigenlijk voor de lunch had willen klaarmaken pas 's avonds te bereiden. De rest van de middag wilde hij benutten voor een bezoekje aan Sonja. Sinds hij terug was uit Toscane had hij wel met haar gebeld, maar ze hadden het allebei te druk gehad om elkaar persoonlijk te zien. Dat zou hij nu inhalen. Heel spontaan. Hij hoopte alleen dat ze thuis of in de praktijk was en even tijd voor hem had. Of was het misschien toch slimmer om eerst even te bellen?

Hij bleef naast de telefoon in de gang staan en draaide haar nummer. En dat was maar goed ook, want ze bleek op het punt te staan om naar Dranitz te vertrekken.

'Ik wil even kijken hoe het gaat met de oliemolen, papa. Maar weet je wat? Ik rij even bij je langs en dan haal ik je op.'

'Graag. Ik loop alvast naar de straat en wacht daar op je.'

Toen hij over de oprit naar de weg liep, merkte hij dat het frisjes was geworden. De bossen verkleurden al in felle herfsttinten. Tien minuten later stopte Sonja's blauwe auto naast hem en hij stapte in.

'Fijn dat het nog goed weer is,' zei ze. 'Kalle is in een renovatieroes. Hij heeft een heleboel materiaal gekocht en is dag en nacht in de oliemolen.'

Walter pakte een paar lege broodzakjes, propjes papier, een plakkerig kartonnen bekertje en twee potloden van de grond voor de passagiersstoel. Hij vond het vies om tussen al die troep zijn benen uit te strekken.

'Sorry,' zei Sonja verontschuldigend. 'Stop alles maar in een van die broodzakken, dan neem ik het straks mee.'

Hij verzamelde het afval en legde de twee potloden in het handschoenenvak. Een oude gewoonte, hij kon niets weggooien wat nog bruikbaar was.

'Je auto doet me denken aan je kinderkamer van vroeger,' zei hij glimlachend. 'Daar lag ook altijd zo veel rommel.'

Ze lachte vrolijk. Ze was trouwens helemaal in een goede stemming. Haar mondhoeken, die meestal naar beneden wezen, krulden omhoog en haar ogen glinsterden. Hij was er blij om. Ze had het verdiend om eindelijk een beetje geluk te hebben. Natuurlijk was het hem niet ontgaan dat de praktijk niet veel opleverde. Ook had hij zich vaak afgevraagd waarom ze niet op zoek ging naar een levenspartner, maar waarschijnlijk kwam het door haar mislukte huwelijk. Nu leefde ze voor de dierentuin en hij hoopte vurig dat ze daarmee succes zou hebben.

'Kalle is helemaal opgebloeid nu hij eindelijk een taak heeft,' vertelde ze. Ze reed de hobbelige bosweg op die naar de oliemolen leidde en bracht de auto tot stilstand. Bewapend met haar fototoestel en lenzen om de voortgang van de restauratie vast te leggen, stapte ze uit en wachtte op Walter, die ook was uitgestapt en naar de onverharde weg keek die steil omlaag naar de oliemolen liep.

'Dit kan niet de oude weg zijn die de boeren en het personeel vroeger met hun paardenkarren namen,' zei hij.

'De oude weg ligt aan de andere kant,' legde Sonja uit en ze wees met een uitgestrekte arm naar de bosrand aan de overkant van het kleine dal. 'Helaas is die weide niet van ons, die heeft Cornelia Kettler gepacht. En haar kennende, zal ze ons beslist geen recht van overpad geven.'

Kalle had zich onverschrokken over de eigendomsverhouding heen gezet en was met de beladen wagen over de wei gereden. Hij had ook de beek met behulp van twee planken overwonnen en hij had zijn bouwmateriaal in de vervallen schuur van de oliemolen opgeslagen. Voor het oude gebouw lagen allerlei spullen die binnen hadden gelegen. Kisten en kratten, blikken emmers en kannen, antiek gereedschap, beschimmelde manden, een oud gareel, een verroeste zeis en een paar houten harken waarin hele generaties houtwormen zich hadden uitgeleefd. Toen ze dichterbij kwamen, hoorden ze luid getimmer, met tussendoor telkens Kalles stem die allerlei aanwijzingen gaf. Een heldere, vrouwelijke stem gaf antwoord. Wacht, dacht Sonja. Die stem kwam haar bekend voor. Was dat niet Mücke? De stemmen verstomden. Nu was er niets meer te horen. Sonja en Walter liepen naar de openstaande deur, gluurden naar binnen en ontdekten een innig knuffelend stel. Mücke stond op de onderste trede van een ladder, Kalle hield haar met zijn armen vast en kuste haar hartstochtelijk.

Sonja gunde hun een paar tellen, daarna schraapte ze duidelijk hoorbaar haar keel.

'Meneer de president!'

Kalle deed zijn ogen open, maar liet Mücke niet los.

'Hier!' zei hij grijnzend. 'Ik ben aan het werk!'

Sonja grinnikte. 'Dat zie ik. Goedemorgen.'

Mücke geneerde zich. Ze maakte zich van Kalle los en kwam de trap af.

'Het gaat goed,' zei ze. 'Meneer Strassner heeft een werkplan opgesteld. Deze ruimte hier is nog prima, we hoeven alleen de oude pleisterlaag eraf te halen en te kijken of het metselwerk eronder nog in orde is.'

Kalle had allerlei gereedschap en een paar zakken pleistergips meegenomen en in de schuur opgeslagen.

'De volgende keer dat Simon komt,' zei hij, 'wil hij nog even naar de muren kijken om zeker te weten dat er niets vochtig of beschimmeld is. Als er geen problemen zijn, kunnen we ze volgende week bepleisteren. De vloer is gemetseld, daar leggen we dikke planken op en we sluiten de kachel weer aan. Als alles goed gaat, zijn we met de kerst klaar.'

Sonja was minder optimistisch, tenslotte moest het dak nog gedekt worden, maar Kalle zei met veel bravoure dat Simon een dakdekker had die dat voor november voor elkaar zou krijgen.

'Geloof je dat echt?' vroeg Mücke twijfelend en ze schudde het stof uit haar haar. 'De dakdekkers hebben het nu extreem druk.'

Kalle bleef er vertrouwen in hebben. 'Simon krijgt het wel voor elkaar.'

Sonja schroefde een lichtgevoelige lens op haar camera om binnen te kunnen fotograferen. Ze legde de muur die voor de helft van het oude pleisterwerk was bevrijd voor de eeuwigheid vast, evenals de berg puin op de grond, Kalle met de hamer op de ladder en daarna Mücke met de hamer, ook op de ladder. Tot slot nam ze nog een paar foto's door de ramen naar buiten.

'Moeten de ramen niet ook vervangen worden?' vroeg Walter, die het gevoel had dat het hout nogal vermolmd was.

'Die houden het nog wel tot...' Kalle onderbrak zichzelf omdat Sonja hem met haar elleboog een por in zijn zij gaf.

'Daarginds zijn mensen!'

'Wat? Waar?' vroeg hij verward.

'Daar, op de wei. Ik maakte foto's door het raam en toen zag ik ze.'

Kalle, Mücke en Walter haastten zich naar het kleine raam, waardoor ze nauwelijks iets konden zien omdat al het stof van de afgelopen eeuw zich op de ruiten had verzameld. Toch kon ook Walter de twee mensen op de aangrenzende weide zien. Een man en een vrouw.

'Toeristen,' zei Kalle. 'Die zijn verdwaald.'

'Ze zijn met de auto gekomen,' zei Mücke. 'Een westerse auto. En het kenteken... Wacht even...' Ze kneep haar ogen tot spleetjes om het kenteken van de auto te kunnen ontcijferen, maar Sonja, die betere ogen had, was sneller.

'Een H,' zei ze. 'H van Hannover. Komt jouw nieuwe stiefdochter daar niet vandaan, papa?'

'Mijn nieuwe... wat?'

'Cornelia. Jenny's meelevende moeder.'

'Alsjeblieft, Sonja,' zei hij onwillig, want hij vond het niet prettig dat ze in Kalle en Mückes bijzijn op Cornelia afgaf.

Toen Sonja haar mond opendeed om zich te verdedigen, hoorden ze van buiten luid geroep.

'Hallo? Is daar iemand?'

De vier in de molen keken elkaar benauwd aan, want Kalles bandensporen en de geïmproviseerde brug waren niet te missen.

'Nu hebben we de poppen aan het dansen,' mompelde Mücke.

'Sst,' fluisterde Kalle.

Sonja besloot de leiding te nemen. Het ging tenslotte om haar dierentuin. En het was belangrijk dat ze enigszins goede buren werden.

'Ja!' riep ze luid. 'Komt u gerust binnen. We zijn hier aan het werk!'

Een man en een vrouw kwamen binnen. Sonja had zich niet vergist: het waren Cornelia en Bernd.

'O, hallo, Walter,' zei Cornelia verbaasd toen ze de nieuwe man van haar moeder zag. 'Jij hier... en nicht Sonja ook!'

Ze gaf hun allebei een hand en begroette toen Kalle en Mücke, die ze van de bruiloft kende.

Bernd knikte naar iedereen en keek belangstellend in de oude oliemolen rond. 'Willen jullie deze weer in bedrijf nemen?' vroeg hij aan Kalle terwijl hij naar de molensteen keek.

Kalle knikte ijverig en leek het leuk te vinden toen Bernd naar het maalmechanisme informeerde.

'Het kan alleen niet zo zijn dat je met jouw rommel dwars over onze wei rijdt,' wendde Cornelia zich tot Sonja. Ze droeg een lichte zomerjas en een spijkerbroek, en had haar donkerblonde haar in een staart gebonden. Ze leek totaal niet op Jenny, en ook niet op haar moeder.

Sonja hief afwerend haar handen op en wilde net uitleggen dat het land van Kalle was toen Bernd sussend ingreep.

'Laat nou maar, Conny,' zei hij. 'Dit is mijn zaak. Is er geen andere toegangsweg?' vroeg hij aan Kalle.

'Jawel,' antwoordde Kalle. 'Daarginds aan de rand van het bos. Maar dat is een enorme omweg. Over de wei gaat het veel sneller.'

'Nou, als jij dat zomaar accepteert...' zei Cornelia terwijl ze haar schouders ophaalde.

Hoewel Bernd bijna een kop kleiner was dan Cornelia, was hij gespierd en zag er sterk uit. Op de bruiloft was hij erg terughoudend geweest en wellicht was hij dat ook, maar hij leek precies te weten wat hij wilde.

'Dat van die toegangsweg is natuurlijk erg onhandig. Over mijn weide kan op den duur niet. Misschien kunnen we aan de rand van de wei een weg naar de oliemolen aanleggen, pal naast die bomenrij daar. Ik ben dan wel bereid om een strook van mijn land af te staan, want zo'n molen is geweldig...'

Dat klonk verstandig. Bernd leek wel naar een gezamenlijke oplossing te willen zoeken. Walter stelde verheugd vast dat hij hem juist had ingeschat. Het was fijn voor Sonja dat niet Cornelia hier de toon aangaf, maar deze Bernd. Jenny's vader. Als het tenminste waar was wat Cornelia aan de telefoon had gezegd.

'We gaan er weer vandoor,' zei Bernd en hij gaf iedereen een hand. 'We willen nog even langs het landhuis gaan. We zijn er nu immers toch. Nietwaar, Conny?'

Cornelia stond al buiten. Ze huiverde een beetje en leek blij te zijn dat ze weer uit de stoffige ruimte was. Een typische plattelandsvrouw was ze zeker niet, eerder een stadsmens.

'Laten wij ook gaan, Sonja,' zei Walter toen ze allebei weg waren. 'Ik kan de arme Jenny onmogelijk met hen alleen laten.'

Sonja was niet enthousiast, ze had nog graag een paar foto's willen maken om er later aquarellen van te maken.

'Is je vrouw er niet?'

'Ik weet het niet. Franziska is onderweg.'

'Goed dan,' zei ze en ze pakte haar cameraspullen in.

Ze lieten Kalle en Mücke bij hun stoffige werk achter en klommen door het bos naar de weg. Sonja vertelde hem dat volgend jaar ook de schuur gerestaureerd zou worden, en dat er bovendien een deel zou worden aangebouwd en de eerste dierenverblijven zouden worden gebouwd.

'Bernd heeft wel gelijk wat betreft die toegangsweg,' zei ze toen ze in de auto zaten. 'We moesten sowieso een parkeerplaats en een weg naar de ingang aanleggen. Dat project kunnen we maar beter vervroegen. Ik zal meteen met die architect gaan praten als hij hier weer opduikt.'

Ze hobbelden zwijgend over de bosweg. Pas op de provinciale weg, vlak voordat aan de linkerkant het landhuis opdoemde, nam Walter weer het woord.

'Werkt meneer Strassner op vrijwillige basis voor jullie?'

'Zeker,' antwoordde Sonja. 'Hij is immers lid van de vereniging.'

Ze nam de afslag naar het landhuis en stopte achter de auto met het kenteken uit Hannover, die pal voor de ingang stond. Franziska's auto was er niet, ze was dus nog steeds niet terug.

'Tot gauw, Sonja.' Walter omhelsde zijn dochter bij het afscheid, maar toen hij wilde uitstappen, hield ze hem aan zijn mouw tegen.

'Er is nog iets, papa. Maar ik zeg het je in vertrouwen. Misschien heeft het niets te betekenen, maar ik vind het toch een beetje vreemd...'

'Vertel maar,' zei Walter. Hij was al met één been uitgestapt, maar toen hij hoorde wat ze te zeggen had, schrok hij zo erg dat hij op de passagiersstoel terugzakte. Sonja vertelde hem wat ze van Tine had gehoord: Franziska had de bouwvakkers niet betaald en Simon Strassner wilde zich ermee bemoeien en kennelijk zelfs de rekeningen overnemen. Walters intuïtie was juist geweest, er klopte iets niet aan die kerel. Erger nog was het feit dat Franziska inderdaad financiële problemen had, wat zijn ergste vermoedens bevestigde.

'Denk je dat jouw assistente dit aan de grote klok gaat hangen?'

'Ik hoop het niet, maar ik kan mijn hand er niet voor in het vuur steken. En al helemaal niet voor die zwager, Felix Beckermann.'

Walter slaakte een diepe zucht.

'Het spijt me, papa. Ik had het je misschien beter niet kunnen vertellen, hè?' vroeg Sonja berouwvol. 'Nu wind je je alleen maar op.'

'Het is goed dat je het me hebt verteld, Sonja.' Walter aaide haar over haar wang en stapte uit. 'Dank je wel, meid. Tot gauw.' Hij sloeg de deur dicht en liep de treden naar de voordeur op.

Op de trap naar boven merkte hij dat er boosheid in hem opborrelde. Waarom hield Franziska haar zorgen voor hem geheim? Was hij niet haar vertrouweling, haar echtgenoot, haar geliefde? Zat hij uiteindelijk niet ook in de misère?

De trotse mevrouw de barones wilde niet toegeven dat ze een fout had gemaakt, dat was het. En ze had geen idee hoe erg ze hem daarmee kwetste.

Franziska

ZE MOEST ONDERWEG TWEE keer van de weg af gaan om te pauzeren en om een kwartiertje haar ogen te sluiten. Ze was zelden zo uitgeput geweest. Het lag vast aan haar leeftijd. Vroeger hadden twee of drie doorwaakte nachten haar nauwelijks gedeerd, vooral niet toen Cornelia nog klein was en elke nacht huilde omdat ze geplaagd werd door nachtmerries. Franziska had haar dochter voorgelezen, verhaaltjes verteld en in slaap gezongen, en was pas in de vroege ochtenduren weer haar bed in geslopen. En de volgende dag had ze gewoon weer gewerkt. Nou ja, dat was lang geleden. Nu was ze oud en vatbaar. Haar rug deed zeer, ze had last van haar knieën en ze had het constant koud hoewel het niet koud was. Ook haar stemming bevond zich op een dieptepunt. Maar dat lag bij wijze van uitzondering niet aan haar leeftijd, maar aan de problemen waarmee ze kampte. Banken waren aasgieren, dat had ze altijd al geweten. Ze hielden zich stil, deden beloftes, wachtten af, en als het moment was gekomen, grepen ze hun prooi. Maar ze zou het er niet bij laten zitten. Tot nu toe was het haar altijd gelukt om een uitweg te vinden en dat zou haar ook dit keer lukken. Alleen moest ze eerst eens een nacht goed doorslapen. Zonder slaap was je geen mens, had haar grootvader altijd gezegd. En hij had gelijk.

Eindelijk doemde het landhuis links tussen de bomen op. Franziska keek op haar horloge. Het was al bijna zes uur. Ze zou Jenny begroeten en sorry zeggen omdat ze zo lang was weggebleven. Daarna zou ze haar achterkleindochter in haar armen nemen en de heerlijke geur van het jonge kind inademen. Een mengeling van fris gewassen kleertjes, koekjes en het typische zoete babygeurtje. En ze zou Walter met een liefdevolle knuffel begroeten en hem bedanken voor zijn geduld en zorgzaamheid. Ach ja, het was zo fijn om na al die ellende en teleurstellingen weer thuis te komen om in de schoot van je geliefden bij te komen van de stress.

Haar mooie verwachtingen spatten uiteen op het moment dat ze Cornelia's auto voor het landhuis zag staan. Haar dochter was hier. Eigenlijk zou ze daar blij mee moeten zijn, alleen bedacht ze nu dat ze haar zou bellen, maar het vergeten was door de geldzorgen. Wat stom van haar. Ze had helemaal niet aan Cornelia en haar wensen gedacht. Dat zou haar dochter haar nu enorm kwalijk nemen en helaas had ze gelijk. Franziska had haar weer eens verwaarloosd en zich niet genoeg om haar bekommerd. Net als vroeger, toen ze 'altijd moest werken' en Conny het 'enige sleutelkind in de klas' was.

Ze liep met haar zware tas vol paperassen de treden op en raakte zo buiten adem dat ze in het trapportaal moest blijven staan om bij te komen. Het kwam vast door de vermoeidheid, dacht ze, en ze keek door het smalle raam naar het meer. Ach, ook daar was het nog veel werk om alles weer in oude glorie te herstellen. Op dit moment zag het stuk grond er erger uit dan ooit. De oeverstrook, die vroeger een verzorgde grasvlakte was, was in een soort steppe veranderd. Er woekerde struikgewas en in het verwaarloosde gras stonden distels en klissen. En dan Kalles koeien en varkens! Ze ruïneerden het botenhuis met hun gewroet en hun stank. En nu had Kalle ook nog een uitloopgebied voor ze gemaakt omdat Suusje vijf biggetjes op de wereld had gezet.

Ze haalde nog een keer diep adem om de laatste treden te nemen toen ze beneden bij het meer een man zag staan. Hij stond met zijn armen over elkaar geslagen voor het varkensverblijf. Was dat Kalle? Nee, beslist niet. Aan zijn postuur te zien was het eerder Wolf Kotischke, maar die werkte nu toch in Waren...?

Nou ja, het meer en het park waren wel van haar, maar de dorpelingen waren van de DDR-tijd nog gewend om er te vertoeven en maakten vaak gebruik van dit gewoonterecht. Franziska deed de deur van de woning open en liep naar binnen, vastberaden om niet te laten merken hoe uitgeput ze was.

'Goedenavond, allemaal! Wat leuk je te zien, Cornelia.' Falko hupte onbeholpen op drie poten naar haar toe. 'Ja, en jou natuurlijk ook, mijn vriend. En, Driepoot, hoe gaat het met je pootje?' Ze aaide de hond, maar nog voordat Jenny namens Falko antwoord kon geven en nog voordat Franziska de kans kreeg om Walter en Juultje te begroeten, nam Cornelia al het woord.

'Goedenavond, mama! Goed dat je er eindelijk bent!'

Zoals verwacht klonk haar stem allesbehalve vriendelijk.

'Het spijt me, Cornelia,' verontschuldigde Franziska zich. Ze zette de tas neer en trok haar jas uit. 'Als ik geweten had dat je kwam, was ik thuisgebleven.'

'O, echt?' vroeg Cornelia en ze trok ironisch haar wenkbrauwen op. 'Nou ja, ik wilde toch niet lang blijven. Bernd en ik zijn hier alleen om de gepachte akkers en weides te bekijken.'

'Het is dus gelukt met de pacht,' zei Franziska opgelucht. 'Daar ben ik heel blij om. Ik hoorde het helaas te laat en daardoor kon ik niet...'

'Ik heb aangegeven dat ik als nakomeling van de familie Von Dranitz tot de oude eigenaren behoor en dat werkte.'

Juultje onderbrak het gesprek. Ze eiste op haar eigen felle manier de aandacht op, strekte haar armen naar Franziska uit en trappelde tegelijk met haar beentjes. 'Oooomaaa!'

Franziska nam de kleine op haar arm en ging naast Jenny aan tafel zitten.

'Ik ben je oma,' corrigeerde Cornelia Juultje beledigd. 'Dat is de oma van mama, schatje.'

'Mamoma!' riep Juultje en ze stootte een kopje om. Falko kreeg een plens koude koffie over zijn rug en verdraaide bijna zijn nek om de vloeistof van zijn vacht te likken.

Niemand bood Franziska een kopje koffie aan, dus pakte ze zelf een kopje uit de vitrinekast en daarna de glazen kan.

'Hij is koud, oma,' zei Jenny. 'Zal ik even snel verse koffie zetten?'

'Nee, dank je, Jenny. Ik heb vandaag toch al te veel koffie gedronken.'

Walter zei geen woord. Ze voelde alleen zijn blik op zich gericht, die hij meteen afwendde zodra ze naar hem keek. Wat was er nou met hem? Was hij boos omdat ze zo lang weg was gebleven? Of werkte Cornelia's bezoek hem op de zenuwen?

'Waar is Bernd eigenlijk?' vroeg ze aan haar dochter en ze keek zoekend om zich heen. 'Ik had hem graag weer gezien.'

Bij de laatste zin had ze meteen het gevoel dat twee paar ogen haar doorboorden. Jenny keek haar verbijsterd aan, Walter verwijtend. Hemel, wat waren ze allemaal lichtgeraakt! Natuurlijk wist ze dat Jenny er moeite mee had, en dat begreep ze ook. Maar het was toch geen oplossing om je kop in het zand te steken? Als hij nu eenmaal toch op landgoed Dranitz was, kon ze op zijn minst met hem praten. Dat was een kwestie van goed fatsoen, maar daar leek niemand hier veel waarde aan te hechten. Helaas.

'Hij wilde een beetje rondkijken,' zei Cornelia. 'Bovendien wilde ik hem er niet bij hebben. Want ik heb een verzoek aan jou, mama.'

Aha, nu kwam de aap uit de mouw. Franziska had al zo'n voorgevoel dat haar dochter alleen was gekomen omdat ze iets van haar wilde. Zo was het in elk geval de afgelopen vijfentwintig jaar geweest.

'Ik luister,' zei ze vermoeid en ze nam een slok koude koffie. Hij smaakte afschuwelijk bitter. Juultje wist een theelepeltje te bemachtigen en begon op de tafel te timmeren. Jenny verruilde het lepeltje snel voor haar teddybeer. Cornelia sloeg haar armen over elkaar en leunde op haar stoel naar achteren. Het zag eruit alsof ze zich nu al schrap moest zetten tegen de verontwaardiging die haar verzoek ongetwijfeld zou opwekken.

'Je weet dat Bernd van plan is om volgens streng ecologische regels een boerderij te beginnen,' begon ze. 'Maar daarvoor moet hij eerst een heleboel geld investeren, vooral in gebouwen, maar ook in landbouwmachines, mest en zaaigoed.'

'Er zijn subsidies voor dat soort projecten,' onderbrak Franziska haar. 'Hij moet alleen wel opschieten, de potjes zijn bijna leeg.'

Cornelia knikte, dat wist ze waarschijnlijk allang.

'Ik vind dat jij ons een bijdrage moet geven, mama,' zei ze vastberaden. 'Het is immers een investering in een goede zaak. En het is ongetwijfeld beter dan het geld in deze bodemloze put te laten verdwijnen, wat een nutteloos plan is dat nooit voltooid zal worden.'

Dat was Cornelia ten voeten uit. Zonder rekening te houden met de gevoelens van anderen verkondigde ze haar mening. Franziska keek benauwd naar Jenny, maar die keek demonstratief de andere kant op. Walter staarde Cornelia aan alsof hij haar voor het eerst zag.

Franziska vermande zich. Vooral kalm blijven. Geen ruzie maken. Gelaten blijven. 'Dat zou ik graag doen, Cornelia. Maar helaas hebben we het financieel nu erg krap, waardoor ik geen middelen meer ter beschikking heb.'

Daar liet Cornelia zich niet mee afschepen. 'Kom op, mama!' riep ze. 'Ik snap dat je heel veel geld hebt verkwist aan dat idiote hotelidee, maar ik weet ook dat papa en jij een hoop poen hebben gespaard. Bovendien heb je het huis in Königstein im Taunus verkocht en dat heeft zeker een half miljoen opgeleverd!'

Het was niet makkelijk om kalm te blijven bij Cornelia's fantasievolle inschatting. Waarschijnlijk dacht ze dat haar moeder bulkte van het geld. Helaas was dat niet het geval.

'Het is zoals ik zeg, Cornelia. We hebben veel geld moeten investeren en omdat zich telkens nieuwe problemen voordeden, zijn sommige investeringen zinloos geweest. Het dak bijvoorbeeld heeft me uiteindelijk veel meer gekost dan nodig was geweest.'

Cornelia was niet onder de indruk van Franziska's verklaringen. Het was zelfs maar de vraag of ze eigenlijk wel luisterde. 'Weet je, mama,' ging ze verder. 'Toen papa overleed, had ik mijn wettelijk erfdeel kunnen opeisen.'

Nu kwam ze daarmee aanzetten. Hemel, dat was al jaren geleden!
'We hadden een langstlevendentestament,' zei Franziska.
'Toch had ik recht op mijn wettelijk erfdeel,' hield Cornelia vol. 'Maar daar heb ik van afgezien omdat ik toen niet veel waarde hechtte aan geld. Daar heb ik nu heel veel spijt van!'
Franziska zweeg onthutst.
Jenny mengde zich in het gesprek. 'En wat wil je daarmee zeggen, mama?' vroeg ze vechtlustig. 'Dat je nu aanspraak kunt maken op oma's geld, omdat je je toen zo buitengewoon fatsoenlijk hebt ingehouden? Laat me niet lachen!'
Cornelia keek geïrriteerd naar haar dochter. 'Wat gaat jou dat aan, Jenny? Dit is een aangelegenheid tussen mijn moeder en mij. Dus hou je erbuiten, oké?'
Franziska deed haar mond open om tussenbeide te komen, maar het was te laat.
'Nou, daar vergis je je in, mama!' riep Jenny boos. 'De verbouwing, die jij zojuist "nutteloos" noemde, is het gemeenschappelijke project van oma en mij. Er komt hier een wellnesshotel voor mensen die de stress van de grote stad zat zijn en daarvoor hebben we alle middelen nodig die ons ter beschikking staan. Voor bioboerderijen en dat soort onzin is hier geen ene cent over!'
'Alsjeblieft, Jenny! Cornelia!' riep Franziska en ze spreidde haar armen uit alsof ze een barrière wilde creëren tussen de twee strijdende partijen. 'Laten we rustig over deze zaak praten en vooral met wederzijds respect. Een ecologische boerderij is naar mijn mening geen slecht idee...'
'Nou, zie je wel!' onderbrak Cornelia Franziska's poging de vrede te herstellen. 'Ik ben blij dat je ons financieel wilt steunen, mama!'
'Dat heb ik niet gezegd, Cornelia. Maar ik sta er niet afwijzend tegenover om jullie alle hulp te geven die ik...'
God, wat was haar dochter moeilijk! Zodra je haar een vinger gaf, wilde ze meteen de hele hand.
'Goed dan, mama,' zei Cornelia en ze ging weer rechtop zitten.

'Als je echt geen geld kunt vrijmaken, dan zou je ons op een andere manier kunnen helpen. Schrijf gewoon een perceel beneden aan het meer op mijn naam.'

Zowel Franziska als Jenny was verbijsterd. Cornelia wilde een stuk van het park hebben. Gewoon zomaar. Als een voorschot op de erfenis.

'Dat... dat moet ik eerst bespreken,' zei Franziska ontwijkend.

'Met wie moet je dat bespreken?'

'Met mij!' riep Jenny. 'En ik kan je meteen zeggen, mama, dat is uitgesloten!'

Tot Franziska's opluchting vloog Cornelia haar dochter niet meteen naar de keel, maar begon ze te onderhandelen.

'Het is niet voor mij, maar Bernd heeft bouwgrond nodig om een woonhuis te kunnen bouwen.'

'Daar is in principe niets op tegen,' antwoordde Franziska voorzichtig, om te voorkomen dat de situatie helemaal uit de hand liep. Ze had echter niet met Jenny's reactie gerekend. Want Jenny ontplofte. En wel zo heftig dat zelfs Cornelia onder de indruk was.

'Als je dat doet, oma...' riep ze en ze sprong met Juultje op haar arm van haar stoel op. 'Als je dat doet, dan zie je ons tweeën nooit meer. Dan kun je je landhuis en alles wat erbij hoort houden! Geef het toch aan mama! Of aan mijn o zo fantastische vader, die geitenwollensokkenfiguur die nu hier in de buurt wandelt en niet binnen durft te komen! En jij, Cónny, jij kunt de pot op, want je bent mijn moeder niet meer. Dat ben je ook nooit geweest!' Ze draaide zich om, stormde de woonkamer uit en rende de trap af. Even later hoorden ze de voordeur met een harde knal dichtvallen en een auto starten.

Een tijdlang zei niemand in de woonkamer iets. Na een poos stond Walter op en liep naar zijn kamer.

Cornelia en Franziska bleven alleen achter.

Ten slotte schraapte Franziska haar keel. 'Ik geloof dat het beter is als je nu gaat, Cornelia. Laten we er een andere keer rustig over praten.'

'Ik heb het al begrepen. Ik ben hier niet gewenst.' Cornelia stond op en trok haar jas aan.

Het deed Franziska pijn om haar zo te laten gaan. Ze was tenslotte haar kind, haar volwassen, moeilijke dochter. 'Ach, lieverd,' zei ze zacht. 'Het spijt me.'

'Het is al goed, mama.'

Franziska stond op en stak haar hand naar haar uit. Ze zag hoeveel moeite het Cornelia kostte om Franziska's hand vast te pakken, maar ze deed het uiteindelijk wel.

'Zeg me nog één ding,' zei Franziska, zonder de hand van haar dochter los te laten. 'Is hij echt Jenny's vader?'

Heel even flakkerde er boosheid in Cornelia's gezicht op, maar ze vermande zich. 'Denk je dat ik het verzin? Maar inderdaad, ik heb er lang over gezwegen. Op de een of andere manier liep het toen niet lekker tussen ons. Hij kon zich nooit goed in de woongroep aanpassen, hij was te bekrompen. En op een gegeven moment is hij vertrokken.'

'Maar waarom heeft hij later nooit naar Jenny omgekeken?' vroeg Franziska.

Cornelia haalde haar schouders op en deed de deur open. 'Waarom zou hij?'

'Waarom? Omdat hij haar vader is!'

'Maar dat wist hij niet. Dat heb ik hem pas onderweg naar jouw bruiloft verteld. Hij was nogal van slag. En hij lijkt nog steeds niet goed te weten hoe hij ermee om moet gaan dat hij plotseling een volwassen dochter heeft en opa is. Maar ach, hij komt er wel overheen.'

Goede help, dacht Franziska. Ik zal deze generatie nooit begrijpen. Denkt Cornelia er dan helemaal niet over na wat ze hem daarmee aandoet, om nog maar te zwijgen van haar dochter? Hoe kunnen deze twee mensen elkaar vinden als ze zo plotseling voor voldongen feiten worden geplaatst en de een niet weet wat de ander ervan vindt?

'En nu?' wilde ze weten. 'Hoe moet het nu verder?'

'Geen idee,' bromde Cornelia nors. 'Dat is niet mijn probleem.' Ze stak kort haar hand op naar Franziska en liep resoluut de trap af.

'Dat is niet mijn probleem…' mompelde Franziska, die verbijsterd op de drempel bleef staan. 'Maar wiens probleem dan wel?' Arme Jenny. Arme Bernd.

Boven in de woonkamer zat Falko eenzaam voor de tafel aan het verband om zijn poot te knabbelen. Franziska liet zich uitgeput op een stoel zakken en aaide de herdershond over zijn rug. 'Ach, Falko, als ik nu maar wist of je poot nog zeer doet. Maar je mag het verband er vast niet af halen, dat weet ik wel zeker. Ik bel Jenny zo even om te vragen of je je pijnstiller hebt gekregen. Die zal wel bijna thuis zijn met Juultje. Maar ik heb even een momentje rust nodig.'

Na alle opwinding voelde ze zich volkomen uitgeput. Het liefst was ze meteen haar bed in gedoken, maar ze moest ook nog met Walter praten. Hij had zich zo vreemd gedragen en ze wilde niet gaan slapen voordat ze hem had gesproken.

Ze sloot haar ogen en was bijna in slaap gedommeld toen ze plotseling Walters hand op haar schouder voelde.

'Kom,' zei hij zacht. 'Laten we gaan slapen. Het was een vermoeiende dag.'

Toen ze uit de badkamer kwam, wachtte hij in zijn kamer op haar en ze ging bij hem liggen. Heel vanzelfsprekend, alsof ze al vijftig jaar met hem in één bed sliep. Het deed haar goed om niet alleen te zijn.

'Ik wilde je nog heel veel dingen vertellen,' mompelde ze.

'Morgen, mijn schat. Je hebt nu je rust nodig.'

Jenny

WAT EEN SOMBERE OCHTEND! De heuvels lagen verscholen in de oktobermist, die als een grauwe wolk boven de daken hing. Nevelslierten zweefden als treurige herfstspoken door de steegjes. Jenny wendde zich rillend van het raam af en liep op blote voeten naar de keuken om de fluitketel op het vuur te zetten en het koffiezetapparaat te vullen. Ze deed poedermelk in Juultjes flesje en vloekte omdat weer eens de helft ernaast ging. Waar was de trechter in hemelsnaam gebleven? O ja, in de badkamer. Ze had hem gebruikt om de haarversteviger in een kleiner flesje te doen.

Juultje verscheen bij de slaapkamerdeur en waggelde ondanks haar slaapzak vrolijk naar haar moeder toe. 'En, wandelend dekentje? Heb je lekker geslapen?'

De kleine brabbelde iets onverstaanbaars en schonk haar een stralende glimlach. Jenny tilde haar dochter op en merkte dat de slaapzak nat was.

'Hoe kan dat nou?' vroeg ze gespeeld streng. 'Ben je leeggelopen?'

Ze maakte eerst nog even snel het flesje klaar en zette het in koud water om af te koelen, daarna verschoonde ze haar dochter. Dit was al ruim een jaar hun routine. Ze deed alles op de automatische piloot. Ze had Juultje zelfs met haar ogen dicht kunnen verschonen. Terwijl ze haar aankleedde, dacht ze met gemengde gevoelens terug aan de gebeurtenissen van de afgelopen dagen. Ze had het uitgepraat met haar oma en haar laten beloven dat ze nooit een stuk grond in de buurt van het landhuis aan haar moeder zou schenken. Franziska had het plechtig beloofd, wat een enorme opluchting voor Jenny was. Tijdens het gesprek had Jenny ook gehoord dat Bernd Kuhlmann nog maar sinds kort wist dat hij haar vader was. Echt wat voor haar moeder. Het was gewoon niet te geloven en het bevestigde maar weer eens dat haar moeder een verschrikkelijke egoïst was. Bernd Kuhlmann was niet met haar moeder terug naar Hannover gereden. Hij verbleef hier ergens in de omgeving, omdat hij wilde kijken naar landbouwmachines en andere dingen die hij nodig had. Of zou het kunnen dat oma gelijk had en hij misschien bij haar in de buurt wilde blijven? Dat idee maakte haar zenuwachtig, want het betekende dat hij hier vroeg of laat zou opduiken en ze wist echt niet hoe ze zich tegenover hem moest opstellen. Maar dat wist hij omgekeerd waarschijnlijk ook niet. Als het waar was dat hij tot kort voor de bruiloft geen flauw vermoeden had dat ze zijn dochter was, kon ze hem niets verwijten. En dat was goed zo.

Ze hoorde de deurbel. 'Ik kom eraan!' riep ze en ze knoopte Jules broek dicht.

'Rustig aan, ik ben het maar,' riep Irmi Stock, haar hospita, door het trappenhuis.

Ach, hemel! Die wilde nu vast een uurtje met haar keuvelen, want die vrouw had niks anders te doen. Zoals de meeste mensen hier was ze haar baan kwijtgeraakt en zat ze zich thuis te vervelen.

Irmi Stock stond geduldig voor de deur te wachten met een dik pakket in haar handen.

'Van het onderwijsinstituut,' zei ze. 'Dat is zeker nog een flinke klus, hè? Wanneer denk je dat je eindexamen gaat doen? Dit jaar nog?'

Jenny nam het pakket van haar over en legde het op de tafel. Haar proefopdrachten waren door het onderwijsinstituut positief beoordeeld. Nu begon het pas echt. 'Nee, zo snel gaat dat niet. Dat duurt nog zeker twee jaar.'

'O ja, voordat ik het weer vergeet... Het is erg vervelend, Jenny, maar ja, zoiets kan nu eenmaal gebeuren. Deze brief is achter het dressoir gevallen. Ik was net aan het stofzuigen en wilde eens goed onder het kastje zuigen. En toen was de stang ineens verstopt.' Ze haalde een enorm gekreukelde brief uit haar jaszak, streek er met haar hand over en gaf hem aan Jenny. 'Hij is twee weken geleden al gekomen. Van Ulli Schwadke uit Bremen.'

Jenny pakte het gekreukelde papier aan dat in de stang van de stofzuiger had gezeten en had veel zin om dat mens een klap met de koffiekan te geven. Alleen al omdat ze de post van haar onderhuurster altijd nauwkeurig doornam, de afzender onthield en waarschijnlijk ook nog in het dorp rondbazuinde van wie Jenny Kettler allemaal brieven kreeg. Gelukkig werd er op dat moment bij Irmi aangebeld en moest ze snel naar beneden lopen om open te doen. Jenny bekeek de brief, draaide hem een paar keer om en voelde haar hart ineens tekeergaan. Hij had haar dus toch geantwoord. Ze was helemaal voor niets boos op hem geweest omdat zij al twee keer iets naar Bremen had gestuurd en geen brief terug had gekregen. Ze scheurde de envelop open en trok de brief eruit. Hij was met de hand geschreven, in een klein, recht en goed leesbaar handschrift.

Lieve Jenny,

Ik was heel blij met je brief, ook al beantwoord ik hem nu pas. Het duurde een tijdje, want ten eerste ben ik geen groot schrijver en ten tweede wist ik niet goed wat ik je moest vertellen. Mijn werk is vrij eentonig, daarmee zou ik je alleen maar vervelen.
Afgelopen weekend had ik een feestje bij de roeivereniging, dat was heel leuk, en later ben ik nog naar de bioscoop gegaan. Nee, niet met een vriendin. Met twee meiden van de roeivereniging, ze hadden me uitgenodigd. Na de bioscoop hebben we nog wat gedronken en veel gepraat, en daarna heb ik ze thuisgebracht.
Je ziet het, er gebeurt hier niet veel. Althans tot nu toe niet. Mis-

schien heb ik binnenkort meer te vertellen, maar dat is nog niet zeker.
Ik denk vaak aan je en soms maak ik me zorgen omdat je momenteel zo veel aan je hoofd hebt. Maar inmiddels zal je oma wel terug zijn en heb je iemand met wie je kunt praten.
Met de kerst kom ik naar huis. Naar Dranitz, bedoel ik. Mijn grootouders verheugen zich er al op. Ik wil ook naar Ludorf gaan, naar Max Krumme. Hij is daar alleen met zijn katten en ik wil hem met kerstavond mee naar huis nemen.
Ik denk dat we elkaar dan zien. Dat zou ik leuk vinden.
Schrijf me weer als je wilt. Je schrijft echt leuke en grappige dingen. Dit is de langste brief die ik ooit heb geschreven. Ik hoop dat ik niet al te veel nonsens heb verteld.
Ik wens je het beste, Jenny. Groeten aan je oma en meneer Iversen.

Tot de volgende brief,
Ulli

Die Ulli! Hoe had ze ooit kunnen denken dat hij niets meer van haar wilde weten? Misschien omdat hij in die rare, stijve houding voor zijn boot had gestaan en haar had nagekeken toen ze in Waren van boord was gegaan? Hemel, ze had zich ook wel vreselijk gênant gedragen. Ze schaamde zich nu voor dat stomme gejank. Hij had haar heel lief getroost. Als een grote broer. Of een goede vriend. Ulli was in elk geval iemand op wie je kon vertrouwen. Bij wie je je prettig voelde. Ja, dat was het. In zijn armen had ze zich geborgen gevoeld. Heel erg geborgen, want Ulli had sterke armen. Bovendien rook hij lekker. Naar boot, naar water, naar zon en naar... naar man. O jee, dacht ze. Dat komt vast doordat ik al zo lang geen seks meer heb gehad. Maar een minnaar kan ik nu helemaal niet gebruiken. Daarvoor heb ik veel te veel aan mijn hoofd. En daarvoor is Ulli ook niet de juiste. Hij is niet iemand voor een vluchtige liefdesaffaire.

Maar als ik ooit over een vastere relatie zou nadenken, zou Ulli best een geschikte kandidaat kunnen zijn. Een vrij goede kandidaat zelfs, om eerlijk te zijn. Was ze soms verliefd op hem?

Ze kwam er niet aan toe om over deze vraag na te denken, want de bel ging alweer. Verdorie, ze had nu echt geen tijd voor Irmi en haar dorpsroddels. Straks had ze nóg een brief achter het dressoir gevonden! 'Wacht even, ik kom er zo aan!'

Zuchtend deed Jenny de deur open en kromp geschrokken ineen. Op de drempel stond Simon, met een grote bos bloemen in zijn handen.

'Overval,' zei hij en hij grijnsde. 'Niet boos worden, maar ik wilde graag even met je onder vier ogen praten. Deze bloemen zag ik onderweg en ze zagen er zo mooi uit dat ik het niet kon laten om ze voor je te kopen.'

Zalmkleurige rozen met gerbera's in dezelfde kleur, met daartussen een of ander wit kruid en groene takken. Nou ja, dit boeket was vast niet goedkoop geweest. Maar hij had toch geld zat.

'En voor mijn dochtertje heb ik ook iets meegebracht.'

Hij speelde warempel voor Kerstman, midden in oktober. Hij greep naast zich en zette iets met een merkwaardige vorm voor haar voeten, dat helemaal in grijs papier was ingepakt.

'Wat is dit? Moderne kunst?'

'Pak maar uit!' zei hij grinnikend.

Juultje, die achter haar moeder aan was gewaggeld, hield zich aan de deurpost vast en staarde Simon onderzoekend aan.

'Hallo, schatje.' Simon ging voor de kleine op zijn hurken zitten. 'We hebben elkaar al eens gezien, weet je nog? Ik ben je papa!'

Juultje vond het rare pakket maar niks. Ze trok haar neus op en begon te huilen.

'We wilden net naar het landhuis gaan,' zei Jenny, die zich een beetje onnozel voelde met de bos bloemen in haar handen. 'Maar kom binnen en ga maar even zitten. Ik heb sowieso een paar vragen voor je.' Het kwam haar nu helemaal niet uit om met Simon te praten, maar tenslotte was zij degene die om een gesprek had gevraagd.

Ze liep de keuken in om de bloemen in het water te zetten en schonk het restje koffie in een kopje. Toen ze bij gebrek aan een vaas met het boeket in een melkkan terugkeerde naar de woonkamer, had Simon het hart van haar dochter al veroverd. De sluwe vos had het rare pakket zelf uitgepakt en een kakelbonte plastic driewieler tevoorschijn getoverd. Juultje verscheurde enthousiast het pakpapier.

'Daar is ze toch nog veel te klein voor,' zei Jenny afkeurend.

'Hij heeft geen pedalen, ze kan erop zitten en met haar voeten afduwen. Hij is heel licht, ze kan zich niet bezeren.'

Hij tilde Juultje op het rode plastic zadel en legde haar handjes op het stuur. Alleen bleken Juultjes benen nog te kort te zijn. Ze kwam niet bij de grond en vond het ook niet grappig. Simon tilde haar er weer af en zette haar naast het cadeau op de grond.

'Laten we ter zake komen, Jenny,' zei Simon. 'Je wilde mij iets vragen.'

Hij liet zich op een stoel aan de tafel zakken en schoof de bloemen opzij, zodat hij Jenny, die tegenover hem was gaan zitten, beter kon zien. De koude koffie voor hem negeerde hij.

'Inderdaad,' zei Jenny, die een beetje in de war raakte door zijn verwachtingsvolle glimlach. 'Ik wil graag weten hoe het zit met die geruchten die in het dorp over ons de ronde doen.'

'Welke geruchten?' vroeg hij met een naïeve, onschuldige blik.

'Kalle zei dat wij binnenkort gaan trouwen en dat het nieuwe rentmeestershuis jouw huwelijksgeschenk aan mij is. Hoe komt hij bij zulke onzin?'

Hij schudde zijn hoofd. Zijn verbazing leek oprecht en ze kreeg bijna spijt dat ze zo'n verwijtende toon had aangeslagen.

'Ik heb geen idee, Jenny. Geloof me alsjeblieft, ik heb dat gerucht nooit verspreid. Maar zo gaat dat nu eenmaal in een klein dorp, de een zegt dat ik Juultjes vader ben, de volgende voegt eraan toe dat ik hier ben om met je te trouwen en weer de volgende doet het rentmeestershuis er nog als huwelijksgeschenk bij...'

Nou ja, misschien had hij wel gelijk. Ze kon het tegendeel niet bewijzen.

'Ik vind dat geklets in elk geval erg vervelend!'
Simon knikte begrijpend. 'Dat snap ik, Jenny. Ik vind het ook erg vervelend. Ik zal vandaag meteen met Kalle gaan praten. Hij is een sympathieke jongen, maar soms slaat zijn fantasie op hol.'

'Goed dan,' zei ze, maar echt tevreden over de uitkomst van het gesprek was ze niet.

Ze keken allebei naar Juultje, die de plastic driewieler nieuwsgierig onderzocht. Ze draaide aan de zwarte wielen, keek door de ronde gaten in het onderstel en had duidelijk plezier. Simon glimlachte tevreden. Misschien was hij helemaal geen slechte vader? Jawel, dat was hij wel. Anders was hij niet vreemdgegaan toen hij met Gisela getrouwd was. Toen had hij niet aan zijn kinderen gedacht, die destijds negen en elf waren.

'Nu we toch met elkaar zitten te praten,' pakte hij de draad weer op. 'Ik wil je graag een voorstel doen.'

Ze hoorde een waarschuwend stemmetje vanbinnen. Simons voorstellen waren meestal vangnetten waar je voor uit moest kijken. 'Wat voor een voorstel?' vroeg ze daarom voorzichtig.

Hij glimlachte en zag er ineens uit als een ondeugende schooljongen. Hemel, destijds was ze op die glimlach verliefd geworden. En ze vond die lach nog steeds leuk.

'Kijk niet zo grimmig, Jenny,' zei hij. 'Luister eerst eens naar me. En als je mijn idee goed vindt, dan is het fijn. Zo niet, dan is het van tafel.'

Ze knikte en zette zich schrap. Vertel maar, Simon, dacht ze. Maar denk maar niet dat ik me laat strikken. Ik trap er niet meer in. Ik ben niet meer die onnozele meid die voor je werkte. Allang niet meer.

Hij haalde diep adem, blijkbaar was zijn voorstel gecompliceerd.

'Ik hoop dat je niet boos op me bent, Jenny. Maar doordat ik vanwege het rentmeestershuis met allerlei werklui te maken heb, heb ik iets vervelends gehoord. Het gaat om je oma...'

Jenny begreep het meteen. Hij wist dat oma talloze rekeningen niet had betaald.

'Het lijkt erop dat je oma momenteel financiële problemen heeft,' ging hij verder. 'Begrijp me niet verkeerd, Jenny, ik heb niemand uitgehoord en er zelfs niet naar gevraagd. Het kwam me ter ore omdat ze mij met jullie familie in verband brachten. Zelfs bij mijn bank werd ik erop aangesproken. Om een lang verhaal kort te maken, ik heb er natuurlijk over nagedacht en…'

'Wat een onzin,' onderbrak Jenny hem geïrriteerd. 'Oma heeft de rekeningen niet betaald omdat ze op huwelijksreis was. Dat is inmiddels allang geregeld.'

Ze wist natuurlijk dat dat niet waar was, maar helaas liet oma zich nog steeds niet in de financiële kaarten kijken. Jenny had er laatst naar gevraagd, maar haar oma had alleen gezegd dat Jenny zich geen zorgen hoefde te maken omdat alles in orde was. Maar als dat echt zo was, waarom kon ze Cornelia dan niet helpen?

Aan Simons blik was duidelijk te zien dat hij er anders over dacht. En daar leek hij zijn redenen voor te hebben.

'Ik vrees, Jenny, dat je er een te rooskleurig beeld van hebt. Uit betrouwbare bron weet ik dat er ernstige problemen zijn. Maar goed, misschien is het inderdaad allemaal onzin. In elk geval heb ik erover nagedacht en ben ik op een idee gekomen. Zoals je weet zit ik midden in een scheiding en daarom heb ik het architectenbureau in de Kantstrasse gesloten. Dat moest ik doen omdat Gisela als mede-eigenaresse is geregistreerd en ze zulke extreme eisen stelt dat ik heb voorgesteld het te verkopen. Ik zal dus wat geld beschikbaar hebben om nieuwe investeringen te doen. Ik ben van plan om in Stralsund een nieuw architectenbureau te beginnen. Tegelijkertijd ben ik enthousiast over je idee om het landhuis om te bouwen tot een wellnesshotel en zou ik dat graag helpen financieren.'

'Je wilt hier geld investeren waar je vrouw niets van afweet,' onderbrak Jenny hem. 'Op een of andere zwartgeldrekening waar je het snel naar wilt overmaken. Nee, Simon. Daar trap ik niet in. Vergeet het maar!'

Hij zweeg een hele tijd. Daarna schudde hij bedachtzaam zijn hoofd. 'Jammer dat je zo wantrouwend bent,' zei hij zacht. 'Ik heb geen zwartgeldrekeningen, zoals je dat noemt. Mijn geldzaken zijn helemaal transparant, daar zorgen Gisela's advocaten wel voor. Bovendien wilde ik mijn investering in Landhotel Dranitz niet geheimhouden. Natuurlijk moet ik mezelf als geldschieter borgen. Daarom zou ik me bijvoorbeeld kunnen voorstellen dat ik compagnon word.'

Jenny begon te lachen. 'Nou, dan ken je mijn oma nog niet, Simon. Zij zal nooit akkoord gaan met zo'n voorstel. Het landhuis is al ruim honderd jaar in het bezit van de familie en het was haar levensdroom om het weer in bezit te hebben. Ze zal Dranitz beslist niet met iemand delen.'

'Ik wil niets van je oma afpakken,' bezwoer hij. 'Integendeel, ze zou er alleen maar beter van worden. Vooral door mijn vakkennis en mijn contacten.'

'We hebben Kacpar Woronski als architect, die doet het erg goed.'

Simon maakte een afwimpelend gebaar dat duidelijk maakte hoe hij over Kacpar dacht.

'Oké,' zei hij ten slotte en hij zuchtte. 'Het was maar een voorstel, Jenny. Het zou toch jammer zijn als het pand onder de hamer komt, nietwaar?'

Nu ging hij op die toer. Hij wekte bij haar de angst op dat ze zonder zijn hulp Dranitz zouden kunnen verliezen. Torenhoge schulden. Een veiling. Over en uit. Een schrikbeeld dat de afgelopen tijd vaker in haar gedachten was opgedoemd.

'Maak je geen zorgen, dat zal niet gebeuren,' zei ze echter op een zelfverzekerde toon.

Hij leek niet erg overtuigd, maar bleef er niet over doorgaan. Blijkbaar begreep hij dat hij niets bereikte met zijn pessimisme, behalve dan dat ze kwaad op hem werd. Ze dacht dat het gesprek hiermee beëindigd was, maar daar vergiste ze zich in. Hij gooide het over een heel andere boeg en dit keer leek hij het echt serieus te menen. In elk geval sprak hij nu op een heel andere toon.

'Ik ben hiernaartoe gekomen, Jenny, omdat ik in alle chaos die over me heen is gekomen houvast zocht. Ik zocht iemand, en misschien ook wel een verloren liefde. Een liefde die ik destijds onnadenkend heb laten gaan. Dat besef ik heel goed, Jenny. En inmiddels heb ik daar meer spijt van dan je denkt.'

Ze voelde dat ze zich op gevaarlijk terrein begaven en weerde hem intuïtief af. 'Alsjeblieft, Simon. Dat is voorbij.'

'Ja,' zei hij bedroefd. 'Dat begreep ik meteen toen we elkaar weer zagen. Daarom heb ik ook gezwegen en mijn gevoelens voor me gehouden. Jij bent eroverheen, voor jou is alles wat we ooit hadden voorbij. Maar ik kon me niet van jullie losscheuren, begrijp je dat? Want toen we elkaar weer zagen, voelde ik hoeveel ik nog van je hou.'

Hij zweeg en keek haar aan. Vol verwachting en hoop. Vragend.

Jenny voelde zich in het nauw gedreven en wist niet wat ze moest zeggen. Ineens had ze diep medelijden met hem. Hoe kon ze hem in zo'n situatie botweg zeggen dat ze helaas niet meer van hem hield en dat hij nu kon ophoepelen…

'Ik wil je hier niet mee lastigvallen,' ging hij zacht verder. 'Maar ik hoop dat onze relatie weer kan groeien als ik in de buurt ben en hier in Mecklenburg-Vorpommern een nieuw leven opbouw. Kijk, we hebben zo veel gemeen. Het is niet alleen het hotel, dat me na aan het hart ligt. Het is ook onze dochter die ons met elkaar verbindt. Ik wil graag een goede vader zijn voor Julia. Dat zou je me op zijn minst kunnen gunnen, Jenny.'

Een goede vader, galmde het door haar hoofd. Hij wil een goede vader zijn. Zo'n vader die je zelf nooit hebt gehad. Die je nooit mocht hebben. Hoe kon ze haar dochter dat geluk ontzeggen? Aan de andere kant waren Claudia en Jochen er ook nog. Zou hij na de scheiding ook nog een goede vader voor hen zijn? Was hij ooit wel een goede vader voor hen geweest? Ze hadden hem in elk geval niet vaak gezien…

Ze had tijd nodig om de dingen op een rijtje te zetten. Natuurlijk had hij weer sterk overdreven.

'We hadden allang afgesproken dat je Juultje regelmatig mag zien, en bovendien is de bouwgrond van het rentmeestershuis van jou. Ik vind dat we het daarbij moeten laten.'

'Ik wilde jullie een plezier doen, Jenny. Voordat het misschien te laat is.'

'Wat bedoel je daarmee?'

Hij zweeg en nam Juultje, die zich aan zijn broekspijp optrok, op zijn schoot. 'Denk er eens over na, Jenny,' zei hij toen. 'Bespreek het met je oma, misschien denkt zij er anders over. En denk eraan dat het mijn hartenwens is om bij jou in de buurt te zijn.'

Hij keek haar weer aan, schoof zijn hand langzaam over de tafel en legde hem op de hare. Jenny kromp ineen.

'Ik meen het serieus,' zei hij zacht en indringend. 'Heel serieus, Jenny.'

Het klonk als een liefdesverklaring. Of als een dreigement. Misschien was het wel allebei.

Mine

HET WAS AL WEER NOVEMBER. De zomer was definitief voorbij, het koude jaargetijde brak aan. Mine keek somber door de voorruit, waarop de ruitenwissers een wilde dans opvoerden. Sinds gisteren regende het onafgebroken. Dat was niet goed voor Karl-Erichs reuma, dan had hij overal pijn en kon hij niet meer lopen. Misschien had ze beter niet met Mücke naar de supermarkt in Waren kunnen gaan, maar Mücke had Kalles auto geleend om de weekendboodschappen te doen en had Mine gevraagd of ze mee wilde rijden.

'Wacht even,' onderbrak Mücke Mines gedachten. 'Er staat iemand bij ons voor de deur en mijn ouders zijn niet thuis.'

Ze reed de smalle oprit van de Rokowski's op en stapte uit. Mine keek nieuwsgierig door het raam, dat troebel was van de regen. Ze kende die man. Maar waarvan ook alweer? Hij kwam beslist niet uit het dorp, maar ze had hem al eens ergens gezien en hij had iets met mevrouw de barones te maken... Nu stond hij met Mücke onder het afdakje van het huis, dat hen een beetje tegen de regen beschermde. Hij zei iets en Mücke schudde heftig haar hoofd. Daarna gebaarde ze hem dat hij mee moest komen en liepen ze allebei naar de auto. Ze liepen zo veel mogelijk langs de muur van het huis onder het afdak, zodat ze niet al te nat werden.

'Wat een rotweer!' mopperde Mücke toen ze weer instapte. Daarna draaide ze zich om. 'Schuift u die spullen maar gewoon opzij, meneer Kuhlmann. Gaat het?'

'Het gaat wel, bedankt,' klonk het vanaf de achterbank.

Mine keek in de achteruitkijkspiegel, want het was niet goed voor haar nekwervel om zich om te draaien. Natuurlijk, nu wist ze waar ze die man van kende. Ze had hem op de bruiloft van mevrouw de barones gezien. Franziska's dochter, Cornelia Kettler, had hem meegenomen. Jaja, ook al was ze niet meer zo vlot ter been als vroeger, in haar hoofd was alles nog prima in orde.

'Meneer Kuhlmann is op zoek naar een kamer, Mine,' legde Mücke uit. 'Of een woning. Maar bij ons kan het niet, want ik wil daar met Kalle intrekken.'

Tjonge. Ze wilden al gaan samenwonen. Als Mücke maar niet zwanger raakte. Kalle was zo iemand die wat dat betrof totaal niet oplette. En Mücke was blijkbaar verliefd. O, die jongelui!

'Ik dacht: misschien ken jij iemand die hier iets verhuurt,' ging Mücke verder. 'Jij kent immers iedereen in het dorp.'

Aha, zo zat het dus. Mine keek nog een keer in de achteruitkijkspiegel. Meneer Kuhlmann had een donkerblauwe gebreide muts op en er rolden waterdruppels over zijn voorhoofd en neus. Hij had bruine ogen en een nogal dunne, korte baard. Een onopvallend figuur. Maar erg sympathiek. Mine had in haar lange leven geleerd dat niet de mensen die het hardst schreeuwden degenen waren die deugden, maar eerder de stille mensen.

'Hoe zit het met Heino Mahnke? Heeft hij niet een kamer vrij?'

'Helaas niet,' zei Bernd Kuhlmann. 'Daar woont meneer Strassner nu weer.'

'O...'

De wind waaide de regen nu tegen de muur van het huis aan en de druppels kletterden op de auto. Mine nam een beslissing.

'Weet u wat, meneer Kuhlmann? Komt u even mee naar onze woning, dan zet ik een kopje koffie voor u en kunnen we er even rustig over praten. Misschien heeft mijn man wel een idee.'

Het was even stil, daarna schraapte hij zijn keel en zei: 'Maar ik wil u niet tot last zijn, mevrouw Schwadke.'

'Dat bent u niet,' zei Mine opgewekt. 'U kunt me helpen de boodschappen naar boven te dragen, dat wordt helaas steeds moeilijker voor me.'

'Natuurlijk, ik help u graag,' zei hij vanaf de achterbank.

Hij was een beetje onhandig in de omgang met mensen, vond Mine. Hij was niet zo'n type dat zich zo amicaal en sympathiek voordeed als die Simon Strassner. Die hoefde maar ergens binnen te komen en hij pakte iedereen meteen in. Bijna iedereen. Mine was wat hem betrof in elk geval wat terughoudender.

Mücke bracht hen tot aan de voordeur en terwijl Mine de deur alvast openmaakte, gaf Mücke de hulpvaardige Bernd Mines boodschappentassen aan. Hij leek behoorlijk sterk te zijn, want hij droeg de zware tassen zonder enige zichtbare moeite de trappen op.

'Dag, Mine!' riep Mücke door het zijraampje, dat ze naar beneden had gedraaid. 'Ik rij naar de molen. Kalle en ik willen daar overnachten!'

Ook dat nog!

'Kijk maar uit dat jullie niet kouvatten!' riep Mine hoofdschuddend, maar Mücke reed al weg en hoorde haar waarschuwing niet meer. Nog steeds hoofdschuddend liep Mine de trappen op. Boven stond meneer Kuhlmann met de tassen voor haar woning te wachten. Mine maakte de deur met de sleutel open en liep voor hem uit naar de keuken, waar Karl-Erich aan de tafel zat en haar vol verwachting aankeek.

'En? Heb je weer eindeloos zitten kletsen, meid? Je laat mij hier gewoon als een oud wrak zitten, terwijl...'

'We hebben bezoek!' onderbrak Mine hem snel voordat hij nog meer gênante dingen zei. 'Meneer Kuhlmann is hier. Hij zoekt een woning of een kamer in Dranitz. We kennen elkaar van de bruiloft, weet je nog?'

Karl-Erich was altijd blij met bezoek, omdat hij slechts zelden buiten kwam. Hij maakte een uitnodigend gebaar en wees naar de keukenstoel naast zich. 'Trekt u uw natte jas uit en komt u bij me zitten, meneer Kuhlmann. Natuurlijk herinner ik me u nog. Ik ben niet seniel. U bent de man van de biologische boerderij, nietwaar?'

Bernd knikte, trok zijn druipende jas uit en zette zijn muts af. Mine bracht de natte spullen naar het halletje en hing ze aan de kapstok. Toen ze weer in de keuken kwam, zat Bernd Kuhlmann naast Karl-Erich en wreef met zijn handen zijn rechtopstaande haar glad. Er vielen druppels uit zijn baard op het tafelzeil en hij veegde er snel met zijn hand over.

'Zo, u bent flink nat geworden, nietwaar?' vroeg Karl-Erich. 'Mine, geef de jongeman eens een kummeltje, en mij ook. Dat helpt tegen verkoudheid, syfilis en vogelpest. Proost!'

Mine geneerde zich een beetje voor Karl-Erichs directe manier van doen, maar ze deed wat hij vroeg en dronk zelf een glaasje mee. Dat kon met dit weer geen kwaad.

'Proost!'

'Op uw gezondheid!'

Mine begon de boodschappen uit te pakken en maakte daarna het avondeten klaar. Er was nog een restje soljanka, dat was net genoeg voor drie kleine porties. Voor de rest had ze rookworst en leverworst, vlees in aspic, augurkjes, vers brood en Tilsiter kaas. Ze dronken er appelsap bij, die ze van Paul Riep had gekregen, die een grote appelboomgaard had. Terwijl ze de tafel dekte, luisterde ze naar het gesprek tussen Karl-Erich en Bernd Kuhlmann. De mannen leken het goed met elkaar te kunnen vinden en daar was ze blij mee, want Karl-Erich was vaak somber en had nergens meer zin in.

'U denkt dus echt dat het ook zonder kunstmatige meststoffen kan? Nou, dan zult u zich nog verbazen, jongeman!'

'Ik heb het op de boerderij van mijn zwager in Beieren uitgeprobeerd,' antwoordde Bernd Kuhlmann. 'En het werkte. Dus waarom zou het hier niet lukken?'

'Omdat de grond hier anders is. Die is niet zoals in Beieren. En hier werd altijd al met kunstmest gewerkt, zelfs toen meneer de baron nog leefde.'

Bernd Kuhlmann liet zich niet afschrikken. Hij bleef vriendelijk maar vastberaden. Hij leek een man te zijn die wist wat hij wilde. 'Dan zal ik het tegendeel bewijzen!'

'Ik zal voor u duimen, jonge vriend. Dat het bij u niet zo gaat als in vroegere tijden. Toen de oogsten mislukten en er hongersnood heerste. Toen moesten de mensen het zaaigoed opeten en konden ze in het voorjaar niets meer uitzaaien.'

Nu lachte Bernd Kuhlmann zelfs. 'Nou, u praat me echt moed in, meneer Schwadke! Maar als het allemaal niets wordt, heb ik in elk geval de zeven varkens en vijf koeien nog die meneer Pechstein aan me wil verkopen, wat erg aardig is van hem.'

Dat verbaasde Mine net zozeer als Karl-Erich. Kalle wilde zijn lievelingen verkopen. Hoe had meneer Kuhlmann hem zover gekregen?

'Ik moest hem plechtig beloven dat ik de dieren geen haar zou krenken. Anders komt hij met de mestvork achter me aan, zei hij,' zei Bernd grinnikend. 'Maar mevrouw Gebauer heeft me verzekerd dat de koeien nog kalveren kunnen krijgen, dus ik hoop dat ze gelijk heeft.'

Karl-Erich schudde alleen zijn hoofd. Zo'n boerderij, zoals Bernd Kuhlmann die zich voorstelde, was gedoemd te mislukken. Ook Mine had haar twijfels. Volgens haar hadden de vijf melkkoeien hun beste tijd gehad. Maar als Sonja het zei...

'U hebt haar dus al leren kennen?' vroeg Karl-Erich.

'Natuurlijk. We zijn immers buren. De weide bij de oliemolen is van mij.'

Mine schepte de hete soljanka op de soepborden en zette ze voor de mannen op de tafel.

'Laten we eerst maar eens eten. Eet smakelijk!'

Haar gast was een goede eter. De soljanka was in een mum van tijd op en Mine zag aan hem dat hij graag nog een keer had opgeschept.

Hij at de worst en de zult gulzig op en vroeg of dit eten hier in de omgeving werd geproduceerd.

'Ik wil later een boerderijwinkel beginnen. Misschien met een slagerij erbij. Alleen vlees van dieren die in de weide hebben gestaan en een goed leven hebben gehad. En natuurlijk groente, kaas en vers brood.'

Mine zei niets. Ze wist hoeveel werk dat was. Daarvoor had je een hoop personeel nodig en al die mensen moesten betaald worden. Maar dat zou hij vanzelf wel merken.

'Wat ik nog mis, is grond waar ik een huis op kan bouwen. Of een boerderij in het dorp die ik kan overnemen. Ik heb al een beetje rondgevraagd, maar niemand hier wil verkopen.'

Dat wisten Karl-Erich en Mine ook. De mensen uit Dranitz hadden het land dat van de gemeente was geweest snel zelf verworven, omdat ze bang waren dat vreemden zich in hun dorp vestigden.

'Dat is niet zo makkelijk,' antwoordde Karl-Erich traag. 'En bij de akkers en weides die u pacht, is daar geen bouwgrond bij?'

Bernd Kuhlmann schudde zijn hoofd. Hij had een weide in de buurt van het dorp, waar hij een schuur en stallen voor het vee op mocht bouwen, maar geen woonhuis. Voorlopig wilde hij daar gaan wonen. Hij wilde de schuur voor zichzelf inrichten en afwachten tot zich iets voordeed.

'Jeetje,' zei Karl-Erich. 'Dan had u eigenlijk het landhuis nodig gehad, nietwaar? Of op zijn minst het perceel waar het rentmeestershuis op staat.'

Mine zweeg. Ze sneed de zult en een boterham met boter voor Karl-Erich in kleine stukjes en smeerde mosterd op de zult.

'Het landhuis?' Bernd Kuhlmann lachte. 'Dat zou niets voor mij zijn. Te groot. Te deftig. Dat past niet bij mij. Een kleine maar mooie boerderij met een winkeltje erbij, dat is wat ik graag wil. Daarvoor heb ik in Hannover alles achter me gelaten. Ik heb mezelf verlost van die stomme dossiers en nutteloze geschillen en mezelf voorgenomen om van nu af aan iets zinvols te doen: de aarde bewerken, graan en groente laten groeien, en koeien, schapen en kippen houden. Eenvoudig leven, zonder de overvloedige rommel waarmee je jezelf alleen maar een last oplegt.'

'Ach, u werkt in de juristerij, meneer Kuhlmann?' Karl-Erich leek niet overtuigd.

Bernd knikte. 'Wérkte, meneer Schwadke, wérkte. Nu kijk ik vooruit en doe ik wat ik eigenlijk altijd al heb willen doen.'

Wat een fantast, dacht Mine. Deze man had geen verstand van landbouw en zag het als een groot avontuur. Nou, hij zou nog verbaasd opkijken als hij merkte wat er allemaal op hem afkwam.

'Is het waar wat de mensen over Franziska Kettler zeggen?' vroeg meneer Kuhlmann.

'Dat hangt ervan af. Wat bedoelt u?' vroeg Mine.

'Dat ze een beetje een moeilijk persoon is...'

'Mevrouw de barones is zoals ze is. Ze is energiek. Onverzettelijk. Maar moeilijk? Nee. En Jenny, haar kleindochter, ook niet.' Dat had die Cornelia hem vast wijsgemaakt. Dat was zo'n onsympathiek mens.

'Jenny,' herhaalde Bernd Kuhlmann en hij staarde naar de broodkruimels op zijn bord. 'Jenny kan het zeker goed met haar oma vinden?'

'Absoluut!' Karl-Erich knikte en prikte met zijn vork een stuk zult op. 'Ze zijn twee handen op één buik. Ze willen later ook samen het landhotel leiden. Jenny is een lieve meid.'

'O, ik dacht dat ze... nou ja, lastig was?'

'Wie beweert nu zo'n onzin?' zei Karl-Erich boos. 'Jenny is een prima meid. Ze heeft pech gehad omdat ze zonder vader is opgegroeid. Maar ze weet van aanpakken en zorgt liefdevol voor haar dochtertje. En daarnaast studeert ze ook nog voor haar eindexamen bij een instituut voor schriftelijk onderwijs!'

'O...' Bernd Kuhlmann pakte peinzend zijn glas en dronk het leeg. 'Klopt het dat Jenny met meneer Strassner gaat trouwen?'

'Dat zeggen de mensen,' zei Mine. 'Maar ik betwijfel of het waar is.

Mücke Rokowski, die u vandaag hebt ontmoet, zegt heel wat anders. En zij is goed bevriend met Jenny.'

'Maar hij is wel de vader van haar kind, toch?' vroeg hij.

'Dat wel,' zei Karl-Erich, waarbij hij Mine vragend aankeek.

Mine knikte. 'En het perceel van het rentmeestershuis is van hem.'

Dat wist Bernd Kuhlmann al en het leek hem om begrijpelijke redenen niet te bevallen.

'Een aardige kerel, hè, die meneer Strassner,' zei Karl-Erich veelbetekenend en hij keek schalks naar Mine. 'Die pakt iedereen in en Heino Mahnke heeft de gastenkamer boven het café zelfs aan hem verhuurd!'

Juist. Meneer Kuhlmann was op zoek naar een kamer. Dat was Mine bijna vergeten. 'Tja,' zei ze. 'Paul Riep, die woont nu alleen...'

'Hm, zijn schoondochters laten geen huurder toe. Die wachten al op de erfenis,' zei Karl-Erich.

'En bij Anna Loop?'

'Die ouwe heks, die snuffelt overal rond.'

'Maar bij Krischan Mielke is nog plek.'

'Maar alleen als Jürgen niet terugkomt.'

'Ik ga Krischan even bellen.'

'Dan moet je wel opschieten, anders zit hij al bij Heino in de kroeg.'

Mine stond op, ruimde de tafel af en zette een paar flesjes bier en glazen op de tafel. Daarna liep ze naar de gang, waar de telefoon stond. Ze had geluk, Krischan had zijn jas en rubberlaarzen al aan, maar was nog thuis.

'Waarom niet? De kamers staan toch allemaal leeg. Ik ben het zat om helemaal in mijn uppie thuis te zijn. Stuur hem morgenochtend naar me toe, dan kan ik hem ontmoeten.'

Mooi. Mine legde de hoorn op de haak en liep weer naar de keuken om het goede nieuws te vertellen. Karl-Erich had inmiddels met Bernd Kuhlmann broederschap gedronken en Mine had geen andere keus dan mee te doen.

'Ik ben Karl-Erich en dit is Mine!'

'Ik ben Bernd! Proost!'

Het werd echt gezellig. Karl-Erich vertelde oude verhalen over de LPG en zei dat ze altijd stiekem bouwmateriaal en machines achterover hadden gedrukt. En Bernd bekende dat hij vroeger als student had gedacht dat het socialisme echt een goede zaak was.

'Misschien is dat ook zo,' zei Mine. 'Alleen heeft tot nu toe nog nooit iemand dat beleefd. En dat zal ook wel niet zo snel gebeuren.'

'De mensheid is gewoon slecht,' zei Karl-Erich, die al met zijn tweede biertje bezig was. 'Iedereen is uit op zijn eigen gewin. Dat was hier in het oosten niet anders. En daarom is het socialisme flauwekul.'

Bernd schudde nadenkend zijn hoofd. 'Maar het kapitalisme is ook niks. Iets daartussen, dat zou goed zijn…'

'Een kapitaal socialisme!' stelde Karl-Erich voor.

'Een sociaal kapitalisme!' bedacht Bernd.

'Al het kapitaal naar de socialisten!' riep Karl-Erich en hij hikte.

'Alle kapitalisten naar de hel!' Bernd lachte.

'Maar niet de sociale kapitalisten!'

'Nee, alleen de kapitalistische zwijnen!'

'Je mag de varkens niets aandoen,' protesteerde Karl-Erich luid. 'Dat heb je beloofd!'

Mine vond het mooi geweest. 'Ik denk dat het tijd wordt om te gaan slapen,' zei ze. 'Morgen is er weer een dag, heren!'

Bernd stond op en omhelsde Karl-Erich bij het afscheid.

'Het was fijn bij jullie,' zei hij emotioneel. 'Ik heb me lange tijd niet meer zo op mijn gemak gevoeld. Dank jullie wel, jullie zijn fantastisch!'

Hij trok zijn natte jas weer aan en zette de vochtige muts op.

'Waar ga je nu naartoe, met dit weer?' vroeg Karl-Erich.

'Ik rij naar Waren en zoek daar een goedkoop pension. In dit jaargetijde is bijna alles vrij.'

Karl-Erich wierp Mine een blik toe en ze was het helemaal met hem eens.

'Nee,' zei ze. 'Dat hoeft niet. Het is immers al laat. En je hebt aardig wat biertjes op en ook nog een paar glaasjes kummellikeur. Je kunt in Ulli's kamer slapen.'

Bernd aarzelde, maar omdat Karl-Erich met zijn vuist op de tafel sloeg, accepteerde hij het aanbod. 'Maar alleen als het niet te veel moeite is...' Toen hij zag dat de twee oude mensen het serieus meenden, glimlachte hij dankbaar. 'Nou, dan neem ik het aanbod graag aan. Ik haal alleen even snel mijn reistas uit de auto. Ik ben zo terug!'

Jenny

NU HAD HIJ HET toch voor elkaar. Hoewel ze deed alsof ze niet van haar stuk te brengen was, maakte ze zich in werkelijkheid vreselijke zorgen om het landhuis. Drie dagen lang had ze gewacht en eindeloos getwijfeld. Daarna had ze Simons voorstel voorzichtig met Walter besproken. Heel vrijblijvend. Gewoon om te horen wat hij ervan vond.

'Dat is een gevoelige kwestie, Jenny,' zei hij en hij wreef peinzend over zijn kin. 'Franziska heeft tegen mij wel een paar keer iets over geldzorgen gezegd, maar ze heeft helaas nooit concrete cijfers genoemd.'

'Ook niet tegen mij. Elke keer als ik ernaar vraag, raakt ze geïrriteerd en zegt ze dat ik me beter op mijn studie kan concentreren. Omdat ze die niet voor niets wil betalen.' Ze zweeg even en ging toen verder: 'Ik kan gewoon niet tot oma doordringen. Als we er financieel inderdaad zo slecht voor staan, is Simons voorstel misschien zo verkeerd nog niet. Voordat het landhuis onder de hamer komt, bedoel ik.'

Walter maakte een afwimpelend gebaar. 'Daag het noodlot nu niet uit, Jenny! Franziska houdt wel veel voor zich wat haar geldzaken betreft, maar ze is niet dom. Blijkbaar gaat het om een overbruggingslening die een probleem vormt. Maar zoals ik haar ken, zal ze het wel regelen. En wat ze van een compagnon zou vinden, kun je zelf wel bedenken.'

Oma zou er in geen geval op ingaan, dat wisten ze allebei. Niet zolang ze zelf in staat was om de verbouwing te financieren.

Jenny was voorlopig gerustgesteld en dacht niet meer aan Simons voorstel. Gelukkig liet hij zich de daaropvolgende weken nauwelijks zien. Hij was bezig met zijn nieuwe kantoor in Stralsund en nam slechts af en toe een kijkje op de bouwplaats van het rentmeestershuis. Daar waren ze vooral bezig met het verstevigen en isoleren van de kelder. Over een paar dagen zou de vloer van de begane grond gestort worden.

'Beton blijft beton,' zei Simon grinnikend toen hij voor een kort bezoekje naar het landhuis kwam. 'Vanbuiten zal het gebouw er exact zo uitzien als het origineel, maar vanbinnen wil ik alle denkbare comfort: centrale verwarming, dubbel glas, een sauna in de kelder... Kortom, alle dingen die men tegenwoordig zoal heeft.'

Hij speelde even met Juultje, kletste met Franziska over de tuin van het rentmeestershuis, die hij min of meer precies zo wilde laten aanleggen als de tuin van vroeger, en nam weer afscheid. Hij repte met geen woord over zijn voorstel. Jenny haalde opgelucht adem. Het leek erop dat hij haar weigering had geaccepteerd en het niet nog eens zou proberen.

In november viel de eerste sneeuw van het jaar. Jenny wreef in haar ogen toen ze 's ochtends het gordijn van haar slaapkamerraam openschoof. Droomde ze nog? Op de daken en raamkozijnen lag een laag sneeuw van enkele centimeters. Kleine vlokjes dwarrelden uit de lucht en op de smalle straat voor haar huis zag ze donkere bandensporen van auto's in de witte deken. De schoolkinderen die naar de bushalte liepen, bekogelden elkaar lachend met sneeuwballen. Het was koud. Uit de schoorstenen van de huizen stegen dikke rookpluimen op in de grauwe winterlucht.

'Nou, lekker,' mopperde Jenny en ze tilde Juultje uit haar spijlenbedje. 'Sneeuw en ijs op de straten en geen winterbanden. We glibberen straks naar oma.'

'Oma Ziska,' herhaalde Juultje en ze keek verwonderd naar het witte landschap voor het raam.

Ruim een uur later reed Jenny voorzichtig in haar rode Kadett over de winterse straten in de richting van het landgoed. Toen ze het dorp uit reed, kwam hun een bus tegemoet en Jenny moest remmen, waarbij ze bijna tegen een geparkeerde Trabi gleed. Het was gestopt met sneeuwen, de zon blonk telkens tussen de wolken door en dan glinsterden de ondergesneeuwde akkers alsof ze met gouden pailletten waren bestrooid. Bij de rand van het bos huppelden drie hazen door de sneeuw, die veel plezier leken te hebben. Het landhuis leek wel betoverd onder de witte poederlaag. Als op een ansichtkaart, of nog beter, als in een sprookjesboek.

Toen Jenny bovenkwam, was het ongebruikelijk stil. 'Oma? Walter?' riep Jenny in de stilte.

Geen antwoord. Nou ja, misschien maakten ze een romantische sneeuwwandeling. Jenny trok Juultjes jas en schoenen uit en draaide de verwarming hoger omdat ze het vrij kil vond. Daarna trok ze haar dochter de huissokjes aan die oma zelf had gebreid. Ze zette Juultje in de box en liep naar de keuken om te zien of er nog wat van het ontbijt over was. De kou maakte hongerig. Ze vond twee broodjes en een rest salami en nam alles samen met een kop koude koffie mee naar de woonkamer. Plotseling kwam Falko door de deur naar binnen. Hij ging bedelend voor de tafel zitten. Zijn poot was inmiddels geheeld. Sonja Gebauer had goed werk geleverd, er was maar een heel dun litteken overgebleven.

'Hé, Falko, ben je niet met oma en Walter buiten in de sneeuw?' vroeg Jenny en ze boog zich naar Falko toe om hem te aaien. Juultje stak haar handje tussen de spijlen van de box en trok enthousiast aan zijn staart. Gelukkig vond Falko bijna alles best wat de kleine deed.

'Hallo?' klonk het ineens hees vanuit Walters kamer. 'Jenny? Ben jij dat?'

Jenny schrok. De stem klonk vreemd. Ze hoorde gekuch en daarna een luide hoestbui. O jee, hij had het weer eens zwaar te pakken.

Gisteravond had hij al over keelpijn geklaagd, die was zeker overgegaan in een flinke verkoudheid. Geschrokken klopte ze op zijn deur.

'Mag ik binnenkomen?'

Een hoestaanval was het antwoord. Jenny nam aan dat dat 'ja' betekende, drukte de klink naar beneden en ging naar binnen. Walter lag in een dik gebreid vest in bed, zijn gezicht was grauw, zijn wangen waren niet geschoren.

'O jee!' riep Jenny vol medelijden. 'Alweer verkouden? Het is ook ijskoud buiten. Ik zal even een kopje thee met honing voor je zetten.'

Hij knikte dankbaar.

Jenny wierp een blik op Juultje en hoopte dat de kleine niet aangestoken werd. 'Waar is oma?' vroeg ze, terwijl ze al naar de keuken liep. Haar tweede ontbijt in de woonkamer was ze vergeten.

'Bank,' zei hij schor. 'In Schwerin, geloof ik.' De laatste woorden gingen over in nog een hoestbui. Aha. Oma was weer eens op pad vanwege geldzaken. Hopelijk had ze succes. Deze week waren er nog twee aanmaningen gekomen.

Jenny tilde Juultje uit de box en zette haar in de hoge kinderstoel aan het keukentafeltje. Ze pakte een vel papier en kleurpotloden en gaf ze aan haar. Daarmee zou Juultje wel een tijdje zoet zijn. Ze was dol op tekenen en oma vond het leuk om de bonte krabbels met magneten op de deur van de koelkast te hangen. Toen Juultje bezig was, zette Jenny de fluitketel op het fornuis en zocht een zakje kamillethee uit het theeblik. 'Hij moet nog vier minuten trekken, Walter! Heb je verder nog wat nodig?' riep ze naar de openstaande slaapkamerdeur.

Op dat moment hoorde ze beneden de voordeur opengaan. Falko sprong op en rende de trap af.

'Ben jij dat, oma?' riep Jenny van boven naar beneden.

Het was echter niet oma, maar Kacpar Woronski, die vanuit zijn kamer in het achterste gedeelte van het huis was gekomen. Oma noemde die kamer de 'logeerkamer', want vroeger hadden de adellijke gasten van het landhuis er geslapen.

'Wat is het hier koud,' zei hij toen hij de keuken binnenkwam.

Jenny knikte. 'Ik heb de verwarming al hoger gezet. Wil je koffie? Ik ga nieuwe zetten, de koude koffie die nog in de kan zit is niet te drinken.'

Kacpar lustte wel een kopje verse koffie.

Jenny zette het kopje met kamillethee op een dienblad, deed een grote lepel honing in de hete vloeistof en roerde stevig. 'Dit is voor Walter,' zei ze. 'Hij is weer eens verkouden. Ik breng de thee even naar zijn kamer.'

'Dan ga ik ondertussen met Juultje een tekening maken,' zei Kacpar en hij wendde zich glimlachend tot het stralende meisje. 'Nee, Juultje, kleurpotloden kun je niet eten...'

Toen Jenny met het lege dienblad terugkwam en koffie ging zetten, keek Kacpar haar aan en zei een beetje verlegen: 'Je hebt een lieve dochter. Je zou niet denken dat Simon Strassner haar vader is.'

Jenny keek hem niet-begrijpend aan.

'Nou ja,' zei Kacpar, 'over Simon Strassner gesproken, hij heeft eergisteren aan me gevraagd of ik bij hem langs wilde komen in zijn nieuwe kantoor in Stralsund. Het is geen slechte plek. Het is een groot huurhuis in het centrum, mooie, oude, classistische architectuur, grote, pas gerenoveerde ruimtes. Het ziet er goed uit. En het zal niet goedkoop geweest zijn, want hij heeft de renovatie zelf betaald.'

'Hij bouwt een nieuw leven op,' zei Jenny en ze haalde haar schouders op. 'Hij heeft zijn oude bureau in Berlijn immers gesloten.'

'Zo is het,' beaamde Kacpar, maar hij klonk sceptisch. 'Hij zet een nieuw bureau op, met designmeubelen, de modernste apparatuur en veel ijverige werknemers.'

Jenny zette het kopje neer waar ze net koffie in wilde schenken.

'Je gaat me toch niet vertellen dat hij jou in dienst wil nemen?'

'Jawel. En dat tegen een vrij riant salaris.'

Jenny zweeg verbijsterd. Hoe had ze Simon zo kunnen onderschatten? Hij deed zo onschuldig, kletste vriendelijk met oma en Walter, maar was tegelijk bezig om de poten onder hen af te zagen.

Zonder Kacpars onbaatzuchtige inzet waren ze verloren. En dus aangewezen op Simon Strassners beslist niet onbaatzuchtige hulp.

'En?' Jenny moest slikken voordat ze verder kon praten. 'Heb je die baan aangenomen?'

Kacpar stond op en legde geruststellend zijn hand op haar schouder. 'Wat denk je nou, Jenny? Mijn plek is hier. Ook al krijg ik nog zo veel geld aangeboden, ik blijf bij jullie.'

Jenny was ontroerd en had hem het liefst omhelsd. Toch deed ze het maar niet, want ze vreesde dat hij het verkeerd kon opvatten. Bij Kacpar wist je nooit zo goed waar je aan toe was.

'Dit... dit zal ik nooit vergeten, Kacpar,' zei ze, snikkend van de emoties. 'Nooit van mijn leven. We zouden niet weten wat we zonder jou moesten doen.'

'Weet je, Jenny,' zei hij zacht toen ze allebei met hun koffiekopje bij Juultje aan het keukentafeltje zaten. 'Stiekem heb ik er altijd van gedroomd om een van de twee hovelingenhuisjes te betrekken. Het linkerhuisje, waarvandaan je zo het park in kunt lopen. Maar we moeten ze natuurlijk eerst weer opbouwen. Ik zou dan beneden wonen en boven mijn kantoor inrichten. Dan zou ik tijdens mijn werk naar het meer kunnen kijken...'

Aha, dacht Jenny. Zo onbaatzuchtig is hij nu ook weer niet, die goede Kacpar. Maar vergeleken met Simon was hij erg bescheiden. En waarom zou hij hier niet gaan wonen? Hij heeft zo veel voor ons gedaan, dacht ze.

'Bij het landgoed van mijn grootouders was ook een meer,' zei hij dromerig. 'Dat heeft mijn oudtante me verteld...'

'Je praat bijna nooit over je familie,' zei Jenny. 'Ik weet vrijwel niets over je. Waar ben je opgegroeid, Kacpar? Hoe heb je geleefd?'

Kacpar keek haar lang aan, dronk zijn koffie op en zei dat hij nu naar Waren moest, omdat hij daar een afspraak had met een interieurarchitect.

Jenny voelde dat hij haar vraag ontweek, maar ze wilde niet aandringen, ook al vond ze dat het werkelijk geen schande was om een onechtelijk kind te zijn. Hij kon er immers niets aan doen dat hij niet wist wie zijn vader was en dat zijn moeder hem niet wilde hebben, zoals Mücke haar in vertrouwen had verteld. 'Wel, misschien kom je onderweg mijn oma tegen. Ze is naar Schwerin gereden,' zei ze en ze stond op.

Kacpar stond ook op. Hij zette zijn lege kopje in de gootsteen en bedankte haar, waarna hij haastig de trap af liep. 'Ik ben tegen de middag weer terug!' riep hij over zijn schouder.

Jenny ging even bij Walter kijken, die de thee ophad en weer in slaap was gevallen. Daarna liep ze naar het keukenraam en keek naar het ondergesneeuwde landschap. Het bos, dat ooit een goed onderhouden park was geweest, zag er doorschijnend uit. Alleen de sparren en de jeneverstruiken waren nog donkergroen. Ze waren bedekt met een dunne deken van sneeuw. Ook op de stammen en de takken van de kale loofbomen lag een wit laagje. Het dooide al weer, gelukkig maar. Op de straat reden de auto's al in een normaal tempo. Bij het rentmeestershuis stond een kleine vrachtwagen, waar mannen in werkkleding uit stapten. Waarschijnlijk gingen ze nu de muren van de benedenverdieping bouwen. Plotseling ervoer Jenny het bouwwerk als een bedreiging, als een vijandelijke burcht, die een veroveraar op dit mooie land bouwde. Wat brutaal van Simon om uitgerekend dit stuk grond te kopen! Dat hadden ze aan Kalle te danken, die sukkel. Had hij het perceel niet eerst aan oma kunnen aanbieden? Maar ach, de goedgelovige Kalle had zich helemaal door Simon laten inpalmen. Nou, zijn ogen zouden nog wel opengaan...

Was dat niet oma's witte Astra die daar vanaf de straat naar het landhuis afsloeg? Dan was ze vroeg terug. Even later hoorde ze Franziska's voetstappen op de trap. Ze wendde zich van het raam af en tilde Juultje uit de kinderstoel.

'Oma komt eraan, liefje. Je mag naar haar toe lopen!' Dat liet Juultje zich geen twee keer zeggen en toen Franziska de deur opendeed, viel ze haar in de armen.

'Hallo, schatje!' begroette Franziska de kleine. 'Wat zie jij er mooi uit! Is dat een nieuwe trui?' Ze nam haar achterkleinkind op de arm en wendde zich tot Jenny. 'Jenny, goedemorgen. Hoe gaat het met Walter? Ik hoorde hem vannacht hoesten.'

'Ik heb hem kamillethee met honing gegeven. Hij slaapt nu weer. Waarom was je vanochtend al zo vroeg op pad?' vroeg ze. 'Walter zei dat je naar de bank ging.'

Oma gaf Juultje aan Jenny, trok haar dikke jas uit en schonk een kop koffie voor zichzelf in. 'Ah, dat doet goed,' zei ze, zonder op Jenny's vraag in te gaan.

Als ze zo zwijgzaam was, was ze weggeweest om geldzaken te regelen, dus had Walter gelijk gehad. Jenny dacht even na en besloot toen dat het tijd werd dat ze eindelijk duidelijkheid kreeg. Ze moest het met oma bespreken voordat Simon Strassner hen allemaal listig in zijn web had gevangen.

'Ik heb een aanbod gekregen,' begon ze voorzichtig terwijl ze Juultje in de hoge kinderstoel zette en bij Franziska aan de keukentafel ging zitten.

Oma keek haar nieuwsgierig aan. 'Voor een baan?'

Jenny keek verbaasd. Wat dacht oma nou? Hier in de omgeving had bijna niemand werk. Bovendien had ze Juultje, de verbouwing en haar studie... 'Nee, Simon Strassner wil in ons hotel investeren en compagnon worden.'

Dat was kort en bondig. Oma liet van verbazing bijna haar koffiekopje vallen.

'Investeren?' vroeg ze traag. 'Heeft hij een bepaald bedrag genoemd?'

Dat was eigenlijk niet de reactie die Jenny had verwacht. Ze had gedacht dat oma bij het woord 'compagnon' meteen kwaad zou worden.

'Nee, dat heeft hij niet gedaan. Maar hij heeft ongetwijfeld een paar gevulde bankrekeningen die hij voor de advocaten van zijn ex in veiligheid wil brengen.'

Oma fronste wrevelig haar voorhoofd. Dat idee leek haar niet te bevallen. 'En hoe stelt hij zich dat compagnonschap voor?' vroeg ze aarzelend.

Jenny voelde paniek opkomen. In plaats van het idee onmiddellijk van de hand te wijzen wilde oma de exacte voorwaarden weten. Dat kon alleen betekenen dat ze geen geld meer had. O god, het was echt zo erg als Simon had gezegd. Het landhuis kon elk moment geveild worden.

'Zou je me eindelijk eens willen vertellen hoe we ervoor staan, oma?' zei ze nerveus. 'Is ons geld op? Hebben we schulden? Komt Dranitz binnenkort onder de hamer?'

Oma maakte een sussend gebaar, dat Jenny echter niet erg geruststelde.

'Onzin!' zei oma. 'Ik geef toe dat we financieel krap zitten. Als je het per se wilt weten, je opa had geld in Zwitserland. Hij had er aandelen van gekocht en ik heb een bank de opdracht gegeven om de waardepapieren te verkopen en het geld naar Duitsland over te maken. Maar dat proces kostte tijd en daardoor kon ik de rekeningen niet meteen betalen. En nu het geld er eindelijk is, blijkt het veel minder te zijn dan ik had gedacht.'

'Dat betekent dat je geen geld meer hebt en niet alle rekeningen kunt betalen,' constateerde Jenny.

Oma schudde haar hoofd. 'Een deel ervan heb ik betaald. En de overige bedragen kan ik van het subsidiegeld betalen, dat hopelijk snel binnenkomt.'

'En als dat niet binnenkomt?'

'Dan moet de bank me een lening verstrekken.'

Jenny zweeg een tijdje en keek naar Juultje, die een gekleurd velletje papier in kleine stukjes scheurde.

'Maar als we hier verder willen verbouwen, hebben we sowieso krediet nodig, toch?' vroeg Jenny.

'Dat is waar,' gaf oma toe. 'We moeten wat praktischer denken en in eerste instantie alleen de hoogstnoodzakelijke dingen afmaken. Zodat we al gasten kunnen ontvangen en geld kunnen verdienen.'

Jenny knikte ontsteld. 'Zo zit het dus.'

'Ja, zo zit het, Jenny. We zullen onze plannen verwezenlijken, dat is een ding dat zeker is. Alleen zal het iets langzamer gaan. Maar dat is niet zo erg, want jij wilt toch je diploma halen en studeren.'

Jenny knikte weer. Oma kon het nog zo positief omschrijven, maar de situatie was somber. Het leek erop dat ze allebei te veel hadden gewild. Ze hadden te grootse plannen gemaakt en niet aan de kosten gedacht die met de verwezenlijking van hun dromen gepaard gingen. Het irritantste was nog wel dat haar moeder Cornelia niet eens helemaal ongelijk had gehad met haar gemene opmerkingen. Misschien kwam de verbouwing inderdaad nooit af...

'Simon Strassner is wel Juultjes vader,' onderbrak oma Jenny's gedachten.

Jenny zei niets.

'Sinds ik weer in het bezit ben van het landhuis,' ging oma met zachte stem verder, alsof ze tegen zichzelf sprak, 'probeer ik onze familie, die door de oorlog uiteengerukt is, weer bij elkaar te brengen. Ik wil proberen om ervoor te zorgen dat familieleden die ruzie hebben zich weer met elkaar verzoenen...'

Aha, uit die hoek waaide de wind. 'Even voor de duidelijkheid, oma, Simon Strassner heeft niets met onze familie te maken. Ik ben klaar met hem. Hij is verleden tijd. Goed, hij is Juultjes vader en hij mag zijn dochter bezoeken. Maar dat is dan ook alles.'

Ze klonk boos, want ze ergerde zich enorm aan oma's slinkse manier van doen. Maar haar oma was niet zo makkelijk van haar stuk te brengen.

'Mijn hemel, Jenny,' zei ze en ze keek haar bijna vragend aan. 'Hij is toch bij je teruggekomen? Hij erkent zijn dochter en neemt zijn verantwoordelijkheid. Misschien moet je hem een kans geven?'

'Nee!'

'Luister, kind... Een relatie tussen een man en een vrouw doorloopt altijd verschillende fases. Denk je dat Ernst-Wilhelm en ik al die jaren een verliefd, gelukkig paar zijn geweest?'

Nee, dacht Jenny. Zeker niet. Omdat je niet uit liefde, maar uit noodzaak met hem bent getrouwd. Je hield van Walter, maar je dacht dat hij vermoord was.

'We hebben absoluut goede en slechte tijden gekend,' ging oma verder. 'Maar daarom zijn we niet gewoon maar uit elkaar gegaan. We hebben de crises overwonnen en zijn bij elkaar gebleven. En dat heeft ons huwelijk erg goedgedaan. Het heeft onze liefde alleen maar sterker gemaakt.'

Jenny zweeg koppig. Ze waren echt een idiote familie. Haar moeder was helemaal niet getrouwd en had haar geliefde elke keer ingeruild zodra ze zich met diegene verveelde. Oma daarentegen zwamde over overwonnen crises en eeuwige trouw.

'Je hebt zelf meegemaakt, Jenny, hoe erg het voor een meisje is om zonder vader op te moeten groeien.'

Nu betrad oma gevaarlijk terrein. De kwestie met Bernd Kuhlmann was nog veel te vers om er zonder emoties over te kunnen praten.

'Ik zeg het je nog één keer, oma, ik hou niet meer van Simon Strassner! Daar valt niet over te discussiëren!'

Oma slaakte boos een zucht. 'Ik wil je ook nergens toe dwingen, Jenny. Ik raad je alleen aan om de vader van je dochtertje niet te kwetsen. Ondanks alles beschouw ik hem als een bekwaam...'

'Hoe dringend hebben we het geld nodig?' wilde Jenny weten. 'Zo dringend dat je je kleindochter aan Simon Strassner zou versjacheren?'

'Het gaat niet om het geld, Jenny.' Franziska zuchtte.

'O nee? Waar gaat het dan om?'

'Mijn hemel, dat is nu precies wat ik je de hele tijd probeer uit te leggen! Het gaat om het gezin. Om een relatie die weer zou kunnen groeien. Om een kind dat een vader nodig heeft...'

'Wist je dat Simon Kacpar wilde wegkopen?'

Nee, dat wist oma niet.

'Bovendien heeft hij bij de bouwvakkers en zelfs bij de bank gespioneerd om erachter te komen bij wie je schulden hebt, en hoe hoog die zijn.'

Dat kon oma niet geloven. 'Nou ja, je zult wel weten wat je doet, Jenny,' zei ze ten slotte en ze legde berustend haar handen op het keukentafeltje. 'Ik wil alleen dat je geen overhaaste beslissingen neemt.' Ze aaide Juultje over haar hoofd en stond op om bij Walter te gaan kijken. Bij de deur draaide ze zich nog één keer naar Jenny om. 'Je hoeft je echt geen zorgen te maken over de financiën,' zei ze met een glimlach. 'We redden het ook zonder Simon Strassner.'

Jenny knikte verstrooid. Ze geloofde geen woord van wat oma zei.

Ulli

DE DECEMBERLUCHT HING ZWAAR en donker boven het water. De bomen aan de oever leken zwarte spoken. Een groepje eenden paddelde ijverig rondjes in het grauwe water. Het zou zo weer gaan regenen, de eerste druppels vielen al op de voorruit. Ulli reed naar de kant van de weg en bracht de auto tot stilstand. Hij draaide het raampje naar beneden en ademde de vochtige, koude lucht van zijn geboortestreek diep in. Dat deed goed. Hij had zich al de hele dag op dit moment verheugd. Het meer was stil. Het was een gladde grijze vlakte die in de verte in witte nevel verdween. Zo vlak voor kerst kwam de avondmist vroeg opzetten. Hij moest opschieten.

Toen hij Ludorf naderde, zag hij het cadeau al vanaf de weg. Max, die gekke kerel, had uitgebreid. Drie woonboten en nog een klein wit motorjacht. Zo te zien had Max al het geld dat hij van Ulli voor zijn grond had gekregen, verkwist aan zijn kleine vloot.

Op het parkeerterrein stelde Ulli verbaasd vast dat hij zich had vergist. Max had nog meer geïnvesteerd: de bouwvallige kiosk was vervangen door een nieuwe van hout, twee keer zo groot en met een luifel, waar, bedekt met een zeil, ingeklapte tafels en tuinstoelen onder stonden. Max had de kiosk zelfs rondom met een guirlande van dennentakken versierd, waaraan gouden plastic sterren bungelden. De slinger was toch niet van elektriciteit voorzien? Ja, Ulli zag een stekker en aan de onderzijde van het gebouwtje, vlak boven de grond, was een buitenstopcontact gemaakt. Er ontbrak alleen nog een kunstkerstboom op het dak.

Voor een oude man was Max Krumme heel actief. Ulli krabde in zijn nek, schudde zijn hoofd en liep naar het tuinhekje. Hij had het nog niet opengeduwd of de voordeur ging al open en Max verscheen op de drempel. Wijdbeens, met zijn armen in zijn zij en een stralende grijns op zijn gezicht.

'Daar is hij!' riep Max. 'Zet de koffie op, Mücke. Kom binnen, Klaus. Je was zeker de hele dag onderweg, nietwaar? Heb je de boten gezien? Het jacht heet Jenny, die heb ik voor een gunstige prijs van een oude maat over kunnen nemen. Hij had haar in Waren liggen, maar hij is nu te oud om ermee te varen en wilde zijn schat in goede handen geven...'

Ulli omhelsde de oude man, maar zei niets omdat hij de woordenvloed eerst tot zich moest laten doordringen. Mücke? Jenny? Jacht?

In de woonkamer werd het eerste raadsel in elk geval opgelost, want daar stond Mücke, die koffiekopjes op de salontafel zette.

'Hallo, Ulli,' zei ze grinnikend. 'Verrassing! Er zijn kerstkoekjes van Mine. *Kinjees*, vers gebakken.'

Hij begroette haar vriendelijk, maar was een beetje terughoudend. Hij vroeg hoe het met haar ging en hoorde dat ze nog steeds als invalkracht op de kleuterschool werkte. Daarna liep ze naar de keuken omdat de fluitketel floot.

'Hoe gaat het met je gezondheid, Max?' vroeg Ulli.

Max Krumme wuifde het weg. Blijkbaar was hij niet meer van plan de zieke te spelen. 'Prima. Geef je jas maar,' zei hij. 'En je muts. En ga dan zitten, jongen. Ik heb een hoop te vertellen.'

Wat nou, 'doodziek'... Ulli had niet verwacht dat Max stil had gezeten, maar wat hij nu te horen kreeg, overtrof al zijn verwachtingen. Voor het voorjaar was de bouw van een grotere blokhutboot gepland. Voor de komende winter wilde hij nog twee kleine motorjachten aanschaffen en Max bood nu ligplekken te huur aan. Hij had een brochure laten maken voor de woonboten, want hij wilde ze het hele jaar door verhuren. Bovendien wilde hij nu, in de kersttijd, rondvaarten met punch en kerstkoekjes aanbieden.

Mücke kwam met de koffiekan, maar Ulli wilde hooguit een half kopje. Hij had onderweg al veel koffie gedronken en wilde niet dat die net als bij Karl-Erich op zijn hart sloeg. 'En waarom heet het jacht Jenny?' vroeg hij.

Max keek naar Mücke, die het niet kon laten om schalks te grijnzen.

'Omdat we haar vanmiddag zo hebben gedoopt,' zei ze. 'Ze heette Angelika en dat vond Max maar niks. Toen heb ik Jenny voorgesteld.'

'Zozo,' zei Ulli en hij voelde dat hij rood werd.

'Mücke is vandaag speciaal met de bus hiernaartoe gekomen om je kamer in te richten,' vertelde Max. 'Want dat is een vrouwenzaak, zei Mine.'

'Kamer? Hoezo, 'kamer'?' Het werd steeds gekker. En natuurlijk zat oma er weer achter, hij had het kunnen bedenken. Wilde ze hem hier samen met Mücke onderbrengen? Een liefdesnestje bij Max Krumme op zolder? Wat een belachelijk idee!

'Ik had bedacht,' zei Max met een scheve grijns, 'dat het handig zou zijn als je hier kunt slapen. Omdat je hier binnenkort vaker zult zijn. Dan kun je je ook eens terugtrekken als ik je op je zenuwen werk.'

O, zo... Nou ja, dat was misschien niet eens zo'n slecht idee. Alleen al omdat het huis immers eigenlijk van hem was.

Mücke vertelde dat Mine haar schoon beddengoed en een zelfgehaakte sprei had meegegeven. En nog een extra kussentje, omdat Ulli anders niet lekker kon slapen.

'Ik heb me rot gesjouwd met die spullen,' klaagde ze. 'Maar het ziet er echt gezellig uit. Wil je even kijken? Kom!' drong ze aan toen ze merkte dat Ulli aarzelde.

Ze trok hem omhoog en beklom samen met hem de smalle trap

die naar de zolder leidde. Max bleef beneden in de woonkamer, hij had Mückes werk al bewonderd.

Het kamertje was schoon en erg leuk ingericht. Het was alleen wel koud op zolder. Het huis had een kachel die de zolderverdieping niet verwarmde. Maar in de zomer was het hier vast erg gezellig. Als de bomen niet zo hoog waren, had hij van hieruit een mooi uitzicht op het meer gehad.

'Bedankt, Mücke,' zei Ulli en hij gaf haar een spontane knuffel. 'Hoe kan ik je ooit bedanken?'

'Heel simpel,' zei ze. 'Je kunt Kalle en mij trakteren op een boottochtje. Met een van de woonboten. In de lente, want dan gaan we trouwen.'

Ulli staarde haar aan. 'Jij en Kalle?' vroeg hij verbaasd en hij lachte breed. 'Dat is nog eens een nieuwtje!'

Mücke knikte stralend. 'Dat had je zeker niet gedacht, hè? Ik ook niet. Maar het voelt verdomd goed!'

'Tjonge, Mücke, gefeliciteerd. Natuurlijk krijgen jullie een tocht met de blokhutboot! Wat romantisch, een huwelijksnacht op het water. Dat moet Max absoluut in het programma opnemen!'

Ze gingen weer naar beneden naar Max, dronken nog een kopje koffie en smeedden plannen voor romantische bruiloftsvaartochten op de Müritz. Daarna vroeg Mücke: 'Kun je me een lift geven naar Dranitz? Ik wil niet weer met de bus.'

Ulli wierp een blik op de klok. 'O jee, we moeten gauw gaan. Mijn grootouders zijn vast al ongeduldig aan het wachten.'

'Dat is goed,' zei Mücke. 'Ik moet Juultje bij Mine ophalen en naar Jenny brengen. Jenny is ziek, ze is erg verkouden.'

'O, daarom heeft ze me niet meer geschreven,' flapte Ulli eruit.

Vanuit zijn ooghoek zag hij dat Mücke begripvol knikte. Aha, ze wist dus dat Jenny en hij elkaar brieven schreven. Vrouwen waren niet te begrijpen. De ene keer waren ze elkaars grootste vijand en praatten ze niet met elkaar, en dan ineens was alles weer goed en vertelden ze elkaar hun diepste geheimen. Daar kon je je maar beter niet in mengen. Als man kon je toch alleen maar alles verkeerd doen.

'Maar waarom is Juultje bij mijn oma en niet in het landhuis? Daar is Jenny normaal toch overdag?'

'Omdat Jenny's oma ook ziek is,' vertelde Mücke. 'Eerst was meneer Iversen ziek, hij heeft Jenny's oma aangestoken en eergisteren is Jenny ook ziek geworden.'

'Een ware epidemie dus! En de kleine? Is zij nog wel gezond?'

'Met Juultje gaat het prima. Maar kom, laten we gauw gaan.'

Ze namen afscheid van Max Krumme en stapten in Ulli's auto.

'Ik kom morgen weer langs!' riep Ulli door het opengedraaide raampje en hij gaf gas.

Het was al zeven uur geweest en pikdonker toen ze in Dranitz aankwamen. Toen ze uitstapten, roken ze Mines beroemde visstoofschotel al. Boven stond Karl-Erich voor het open raam naar hen te kijken.

'Ze zijn er, Mine! Haal de schaal uit de oven, het jonge paar is net uit de auto gestapt!'

Ulli vertrok zijn gezicht en Mücke vond het ook geen geslaagde grap.

'Ik denk dat ik een hartig woordje met mijn oma moet spreken,' mompelde Ulli. 'Ze doet er echt alles aan om ons te koppelen.'

'Ja, het zou goed zijn als je met haar praat,' beaamde Mücke. 'Kalle is namelijk erg jaloers.'

Ulli had geen probleem met Kalle, ze waren tenslotte altijd goede vrienden geweest, maar het was niet fijn als er in het dorp werd gekletst. Maar toen Mine hen boven met een stralende glimlach van geluk bij de deur ontving, besloot hij het gesprek uit te stellen.

'Wat fijn dat je er weer bent, Ulli!' riep ze. 'Dit is voor Karl-Erich en mij het mooiste kerstcadeau, ook al is het nog geen kerstavond!'

Hij moest diep naar voren buigen om zijn kleine oma in zijn armen te nemen. In de keuken, waar de tafel al was gedekt, zat Juultje met een vies slabbetje in de box. Karl-Erich had het raam weer dichtgedaan en strompelde moeizaam naar zijn plek.

'Hallo, schatje!' riep Mücke en ze liep naar Juultje toe om haar uit de box te tillen.

'Ze zat daar heel tevreden,' zei Karl-Erich. 'Je moet haar niet te veel verwennen, anders wil ze de hele tijd opgetild worden.'

Mücke luisterde niet naar hem en danste met Juultje door de woonkamer. Ulli bracht ondertussen zijn koffer naar zijn kamer en verbaasde zich erover dat de stoel ineens aan de andere kant van het bed stond en zijn wekker niet op het nachtkastje, maar in de boekenkast.

'Hebben jullie bezoek gehad?' vroeg hij toen hij terugkwam in de keuken en naast Karl-Erich aan de tafel plaatsnam. Mücke kwam er met Juultje bij zitten en Mine zette de visschotel op tafel.

'Zie je wel, Mine!' riep Karl-Erich. 'Hij heeft het gemerkt.'

'Bernd Kuhlmann heeft hier twee nachten geslapen,' zei Mine. 'Maar dat is toch niet erg? Hij huurt nu een kamer bij Krischan Mielke. Meneer Kuhlmann is een aardige man. En heel hulpvaardig. Hij heeft de vuilnisbak buitengezet en de kast in het halletje van de muur geschoven zodat ik daar eens goed kon schoonmaken.'

'Die Mine, ze kan het gewoon niet laten,' grapte Karl-Erich. 'Zodra er een jongeman in haar buurt is, zet ze hem meteen aan het werk.'

Ulli hoorde dat Bernd Kuhlmann een paar akkers en weiden had gepacht en ecologische landbouw wilde bedrijven. Hij knikte geïnteresseerd en geneerde zich een beetje omdat hij dat natuurlijk allang uit Jenny's brieven wist. Hij wist ook wie Bernd Kuhlmann was, namelijk Jenny's biologische vader. Maar omdat Mine, Karl-Erich en Mücke daar geen van allen iets over zeiden, zei hij er ook niets over. Misschien had Jenny het hun niet verteld.

Plotseling hoorde hij beneden voor het huis iemand fluiten. Het was een signaal dat hem bekend voorkwam. Had Kalle vroeger op school niet altijd zo gefloten? Het fluitsignaal klonk opnieuw en Mücke, die tegenover hem zat, verschoof onrustig op haar stoel.

'Ik geloof dat ik moet gaan,' zei ze. 'Ik moet morgenochtend vroeg werken en moet de bus halen. Hartelijk dank voor het eten, Mine. Ulli, kun je me even de tas met de babyspullen geven?'

Ulli begreep wel waarom Kalle niet boven wilde komen. Mine zou hem dan ongetwijfeld binnenvragen. Maar Kalle wilde Mücke, en wel helemaal voor zich alleen. Zo was dat met verliefde stelletjes.

'Laat maar,' zei Ulli tegen haar. 'Ik breng Juultje straks wel. Dat is geen probleem.'

Mücke aarzelde. Waarschijnlijk vroeg ze zich af hoe Jenny zou reageren als Ulli plotseling bij haar opdook. 'Maar kijk uit dat je niet kouvat,' waarschuwde ze hem ten slotte. 'Die bacillen van Dranitz zijn gevaarlijk.'

'Wij Schwadkes zijn er immuun voor,' beweerde hij met een knipoog.

'Nou, oké dan. Dank je wel, Ulli. Tot gauw!'

Mücke nam van iedereen afscheid en gaf Ulli een kus op zijn wang. Mines ogen begonnen te glanzen. Blijkbaar had ze Kalles gefluit voor het huis niet gehoord.

'O ja!' riep Mücke en ze stak nog een keer haar hoofd om de hoek van de deur. 'Voordat ik het vergeet, jullie zijn met oud en nieuw allemaal van harte uitgenodigd bij de oliemolen. Er zijn warme drankjes en een koud buffet, maar er is geen vuurwerk. Want we willen de dieren in het bos niet opschrikken.'

Mine en Karl-Erich bedankten haar voor de uitnodiging. Ulli zei dat hij graag wilde komen, maar nog niet wist of hij kon omdat hij in Bremen dingen te doen had.

Toen Mücke weg was, hielp Mine Juultje warm aan te kleden, wat nogal lastig was omdat het knalroze jasje veel te klein was. Ze liep met hem de trap af en legde de kleine in de kinderwagen. Juultje protesteerde toen ze de warme deken om haar heen kreeg. Ze was kennelijk oververmoeid. Toen haar protest niet hielp, begon ze te krijsen van woede, maar daarna stak ze haar duim in haar mond en viel ze meteen in slaap.

'Tot straks, Ulli,' zei Mine. 'Ik zet vast een biertje voor je koud.' Ze strompelde de trap weer op.

In het gele licht van de straatlantaarns bekeek Ulli in gedachten verzonken het gezichtje van het kleine meisje. Net een bazuinengeltje. En natuurlijk met hetzelfde rode haar als haar mama. Langzaam zette hij zich in beweging. Hij duwde de kinderwagen door de smalle straten en stegen en voelde een diepe genegenheid voor het kleine bundeltje in de wagen. Een kind. Een dochtertje. Wat hadden Angela en hij graag een kind gewild! Was de miskraam er de oorzaak van dat hun huwelijk gestrand was? Moeilijk te zeggen. Maar één ding werd hem nu duidelijk: het verdriet over de scheiding was milder geworden. Het leven ging verder, hij had weer hoop en dat gaf hem energie, wat een goed gevoel was. Zijn toekomst was nog onzeker, die begon als het ware nog maar net, maar voelde net zo levendig aan als het kleine wezentje voor hem.

Voor het huis van Irmi en Helmut Stock bleef hij staan en drukte op de bel. Eén keer, twee keer... Jenny leek het niet te horen. Misschien sliep ze wel. O jee, dan zou hij haar moeten wekken. Als ze helemaal niet opendeed, moest hij Juultje desnoods weer mee terugnemen naar zijn grootouders. Plotseling maakte hij zich zorgen om Jenny. Een verkoudheid met koorts was niet niks. Straks had ze nog griep, daar kon iemand die verzwakt was zelfs aan overlijden... Hij drukte nog een keer op de bel en nu hoorde hij binnen in de gang sloffende voetstappen naderen. De deur ging open.

'Ah, ben jij dat, Ulli?' zei Irmi Stock en ze wreef in haar ogen. 'Ik ben voor de tv in slaap gevallen.'

'Ik kom alleen even de kleine brengen. Gaat het beter met Jenny Kettler?'

'Jenny?' vroeg Irmi. 'Geen idee. Ik heb de hele dag niets van haar gehoord. Ga maar naar boven met de kleine meid. Arm kind, zorgt je mama helemaal niet voor je?'

'Haar mama kan niet voor haar zorgen, want haar mama is ziek,' zei Ulli een beetje nors. Hij tilde het slapende meisje uit de kinderwagen en liep met grote stappen de trap op. Irmi Stock bleef besluiteloos in de gang staan.

Boven klopte Ulli op de deur van de woning en hij hoopte vurig dat dat mens nu eindelijk terug zou gaan naar haar woonkamer.

'En? Doet ze niet open?' klonk het prompt van beneden.

Hij gaf geen antwoord en probeerde het nog een keer. Na een poosje ging de deur piepend open. Die moest dringend geolied worden!

'Ulli?' vroeg Jenny schor en ze knipperde met haar ogen in het felle licht van het trappenhuis. 'Wat doe jíj hier?'

Ze droeg een shirt dat tot aan haar knieën kwam en had een lichtblauw gebreid vest om haar schouders geslagen. Haar lange rode krullen stonden wild van haar hoofd af.

'Ik kom je dochter brengen,' zei hij. 'Mücke heeft me deze taak toevertrouwd, ze had zelf iets dringends.'

'Dat kan ik me voorstellen.' Ze begon te lachen, maar haar lach ging meteen over in een hoestbui. 'Dat het zo dringend is met Kalle...'

Met een scheve grijns overhandigde Ulli het slapende meisje aan haar. 'Alsjeblieft, fris verschoond en ingepakt door Mine. Maar je zou echt eens een nieuw jasje voor haar moeten kopen. Dit felle ding lijkt wel een dwangbuis.'

'Als het voor de afwisseling eens geld uit de bomen regent...' antwoordde Jenny traag. Ze gaf Juultje een kus op haar voorhoofd en trok het jasje voorzichtig uit. 'Ik leg haar snel in bed,' zei ze. 'Wil je even binnenkomen?'

Ulli aarzelde.

'Kom nou maar gewoon. Zo snel springen de bacillen niet over, Juultje is tot nu ook nog niet ziek geworden.' Ze liep op dikke wollen sokken naar de kinderkamer. 'Ga maar vast in de woonkamer zitten, ik ben zo terug,' zei ze over haar schouder.

Even later kwam ze bij hem zitten. Ze liet zich op de bank zakken en trok een deken over haar knieën. Ulli vond dat ze er erg slecht uitzag. Ze was bleek en had koortsachtig rode wangen.

'Je kunt beter weer gaan liggen,' zei hij bezorgd. 'Ik zal even gauw een kopje thee voor je zetten. Of wil je liever een glas warme melk met honing? Ik kan ook iets te eten voor je maken.'

Jenny schudde haar hoofd. 'Dat is lief van je, Ulli. Maar ik krijg toch geen hap door mijn keel.'

'Dat is niet goed,' zei hij. 'Je moet weer aansterken. Heb je de hele dag nog niets gegeten?'

'Ik heb thee gedronken en hoestsiroop genomen. Dat spul smaakt walgelijk.'

'Ga naar bed, dan zet ik verse thee en kijk ik even wat ik in de keuken voor je vind.'

'Maar ik...'

'Ik duld geen tegenspraak. Hup, naar bed jij, zielenpietje!'

Ze bleef op de drempel staan terwijl hij naar de keuken ging, de fluitketel op zette en de inhoud van de koelkast inspecteerde. Een restje boter, jam, een oeroude leverworst, augurken, een stuk keiharde kaas en drie eieren. Daar kon hij prima roerei van maken. Hij ging op zoek naar een pan, klutste de eieren en deed ze erin. Daarna besmeerde hij een stuk brood met boter en zette kamillethee. Tot slot zette hij alles op een dienblad en droeg het naar de slaapkamer.

Jenny snoof. 'Hm, dat ruikt niet verkeerd. Misschien lust ik toch wel een hapje.'

'Dat zou ik denken!'

Hij zette het bord met het roerei voor haar neer en drukte een vork in haar hand.

Braaf prikte ze een stukje roerei op de vork en proefde het. 'Best lekker,' zei ze waarderend en ze grijnsde toen hij verontwaardigd vroeg wat ze dan had verwacht.

Toen ze haar roerei voor de helft ophad, schoof hij de beker kamillethee naar haar toe. Ze trok haar neus op, maar nam gehoorzaam een paar slokjes.

'En verder?' vroeg hij.

Ze haalde haar schouders op. 'Wat bedoel je?'

'Nog geen beslissing genomen?'

Ze wisten allebei waar hij op doelde, want Jenny had hem zowel over Simon Strassners aanbod als over de financiële zorgen geschreven. Ze schudde haar hoofd. 'Ik kan gewoon niet helder denken…'

'Heeft hij intussen weer contact opgenomen?'

Toen Ulli haar laatste brief had gelezen, was hij zo boos geweest dat hij bijna in de auto was gestapt om diezelfde nacht nog naar Dranitz te rijden. Die vuile klootzak wilde blijkbaar niet alleen Jenny aan zich binden, maar ook nog op een heel louche manier het landhuis met alles wat erbij hoorde inpikken. Hoe hij dat juridisch wilde flikken, wist Ulli niet, maar voor een prof als Simon zou het niet moeilijk zijn om de twee vrouwen te bedonderen.

'Ja, hij heeft gebeld,' zei Jenny zacht. 'Maar ik heb tegen hem gezegd dat we hier allemaal ziek zijn en daarom wil hij pas volgende week langskomen.'

De kwestie stond dus nog open. Hoe kon hij haar hier in godsnaam uit halen?

'Wil je mijn advies horen?'

Ze legde de vork neer en schoof het bord weg.

'Tuurlijk, grote broer. Vertel. Maar verwacht niet dat ik je advies opvolg.'

'Dat weet ik wel,' antwoordde hij grinnikend. 'Maar ik zeg het evengoed. Wat je ook besluit, blijf trouw aan jezelf. Begrijp je wat ik bedoel? Het heeft geen zin om je aan te passen. Geen enkele hoeveelheid geld op de wereld is het waard dat je jezelf verliest.'

Ze keek hem een moment lang peinzend aan, daarna zei ze licht spottend: 'Wauw, meneer Schwadke! Wat een grote woorden! Wees gewoon jezelf. Wees authentiek… Dat heb ik allemaal weleens in zo'n gerenommeerd vrouwenblad gelezen.'

Hij leek gekwetst. Blijkbaar had hij het zeer serieus gemeend. Ze veranderde snel van onderwerp. 'En jij?' vroeg ze. 'Heb jij inmiddels een beslissing genomen?'

'Jazeker!'
Jenny keek hem verbluft aan. Daar had ze niet op gerekend.
'Echt? Heb je...'
'Ontslag genomen,' maakte hij haar zin af. 'Donderdag 31 december is officieel mijn laatste werkdag.'
Ze zweeg en was onder de indruk. Ze staarde voor zich uit en nam een slok kamillethee. Daarna keek ze hem aan. Er lag bewondering in haar blik en nog iets, wat hem in de war bracht. Tederheid. Genegenheid.
'Gefeliciteerd,' zei ze. 'Dat was zeker geen gemakkelijke beslissing, of wel?'
'Nee. Ik heb er heel lang over nagedacht. Maar nu ben ik er blij mee. Ik voel me bevrijd. Kun je je dat voorstellen?'
Ze knikte. Toen zei ze eerlijk: 'Ik ben echt blij voor je, Ulli. Ga je in Ludorf wonen? Bij Max Krumme met zijn boten?'
'Dat weet ik nog niet, maar het zou kunnen. Ik wil in elk geval in de omgeving blijven.'
Zonder aan de nare bacillen te denken viel Jenny hem spontaan om de nek.
Ulli voelde haar tere, warme huid en haar zachte krullen, en voordat hij er zelf erg in had, beantwoordde hij haar omhelzing en kuste haar wang, die warm was van de koorts.
'Dat is fijn,' mompelde ze en ze vlijde zich dichter tegen hem aan. 'Maar kijk uit dat ik je niet aansteek!'
'Zeker niet, ook al zou ik je liever echt willen kussen...'
En dat deed hij. Heel lang en telkens weer, totdat zijn wangen net zo koortsachtig gloeiden als die van haar. Na wat voor zijn gevoel een eeuwigheid leek, maakte hij zich met moeite van haar los.
'Wat is er?' vroeg ze zacht en een beetje teleurgesteld.
'Ik wacht op de klap in mijn gezicht,' antwoordde hij grijnzend.
'Die heb je de vorige keer toch al gekregen?'
'Dan is het goed. Ik moet ervandoor. Mijn grootouders wachten op me. Goedenacht, Jenny, slaap lekker.'

'Goedenacht, Ulli.'

Ze plantte bij het afscheid een kusje op zijn neus en liep met hem mee naar de deur. Beneden bij de Stocks brandde nog licht in de keuken. Nou, fijn! Dan had Irmi morgen wat te vertellen...

Jenny

Dranitz, 16 december 1992

Beste Simon,

Na lang te hebben nagedacht wil ik je het volgende mededelen.
Ik hou niet meer van je en ik weet zeker dat dat noch in de nabije, noch in de verre toekomst zal veranderen. Ik ben verliefd geworden op een andere man, die jonger is dan jij en beter bij me past. We zullen samen een toekomst opbouwen.
Om die reden wijzen we je aanbod af om als compagnon en investeerder aan ons project 'Landhotel Dranitz' deel te nemen. Verder moet ik van de heer Kacpar Woronski tegen je zeggen dat hij zijn functie als architect en bouwcoördinator in het landhuis niet wil opgeven en niet voor jouw bedrijf wil werken.
Het perceel van het rentmeestershuis heb je gekocht, maar de toegangsweg gaat over het terrein van het landhuis. We zijn niet bereid om nog meer geluidsoverlast te aanvaarden, daarom zullen we de toegangsweg met een hek afsluiten. Misschien kun je de bouw per helikopter voortzetten.
Je mag je dochter nog steeds één keer per maand bezoeken, maar alleen na aankondiging vooraf.
Mocht je op enigerlei wijze misbruik willen maken van onze moei-

lijke financiële situatie, dan zal ik de advocaten van je vrouw van je investeringsplannen op de hoogte brengen.
Dit was het voorlopig. Ik wens je het beste voor de toekomst,

Jenny

Sonja

HET WAS OM GEK van te worden. Het ging allemaal zo goed. De vereniging was opgericht en ingeschreven, het land was gepacht, er waren giften binnengekomen, Kalle had de oliemolen gekocht en zou het gerenoveerde gebouw ter beschikking stellen aan Dierentuin Müritz. En ineens stond de boel op stelten.

'Je moet een buitengewone algemene ledenvergadering bijeenroepen,' zei Kalle 's ochtends aan de telefoon.

Het was een paar minuten over zeven. Een zeer ongebruikelijke tijd voor Kalle. Sonja begreep meteen dat het om iets ernstigs ging.

'Waarom?'

'Ik kap ermee.'

Zo'n bericht voor het ontbijt was ook voor Sonja een harde noot.

'Waarom? Wat is er gebeurd?'

'Dat vertel ik je tijdens de vergadering. Vanavond om acht uur. Bij jou.' En hij hing op.

Sonja, die haar pyjama nog aanhad, krabde niet-begrijpend op haar hoofd en slofte op haar pantoffels naar de keuken om eerst maar eens koffie te zetten. Wat was er nou met die jongen aan de hand? Had hij soms ruzie met zijn buurman, Bernd Kuhlmann? Maar dat was echt een aardige man en bovendien was hij inmiddels lid van de vereniging. Zou hij een goede baan aangeboden hebben gekregen? Dat zou ze Kalle wel gunnen, maar als iemand vrijwel ongeschoold was, was zo'n aanbod nogal onwaarschijnlijk. Ze draaide de radiator open en ging met de dampende koffie in de woonkamer zitten. Nadat ze zich suf had gepiekerd, kwam ze tot de conclusie dat er maar één ding kon zijn waardoor de betrouwbare meneer de president zo van slag was: de liefde. Mücke, die domme trien, had hem in de steek gelaten. Al zijn toekomstplannen waren in rook opgegaan en Kalle was weer depressief. O, hemel! Als ze nu niet op hem paste, ging hij vast weer drinken.

Dat kon echt niet. Ze pakte de hoorn van de haak en draaide het nummer van de Rokowski's. Tillie, Mückes moeder, nam op.

'Kalle? Die is naar Wolf Kotischke. Vanwege de buitengewone ALV vanavond bij jou. Ja, en hij wil ook naar Bernd Kuhlmann en daarna nog naar Mine en Karl-Erich.'

Nou, geweldig. Dan hoefde ze eigenlijk nog nauwelijks iemand uit te nodigen. Kalle regelde dat zelf wel. Terwijl ze per se van tevoren met hem had willen praten om hem van die onzin te weerhouden.

'Wat voor belangrijks is er dan?' vroeg Tillie nieuwsgierig.

'Vraag maar aan Kalle... Heeft hij niets verteld? Is er iets met Mücke?'

'Met Mücke?' vroeg Tillie verbaasd. 'Nee, die twee waren gisteren nog gezellig bij elkaar. En Mücke vertrok vanochtend vroeg heel vrolijk met de bus naar Waren omdat ze moest invallen op de kleuterschool.'

Hadden ze 's nachts ruzie gekregen? Het zou kunnen. Alleen was Sonja ervan overtuigd dat Tillie dat gemerkt zou hebben. Moeders ontging zoiets niet zo gauw.

'Bedankt, Tillie,' zei Sonja snel voordat Mückes moeder weer uitgebreid over haar fantastische toekomstige schoonzoon begon, en ze hing op.

Het duurde eindeloos voordat het avond was. Er kwamen niet veel cliënten, maar net toen Tine de praktijk wilde afsluiten, kwam Jenny Kettler nog met haar dochtertje de praktijk binnen.

'Goedenavond, mevrouw Kettler, goedenavond, prinses,' begroette Sonja hen. Ze keek zoekend om zich heen waar Falko was. 'Waar is de patiënt?' vroeg ze toen ze de herdershond nergens zag. Ze vond dat Jenny er vandaag erg bleek uitzag en nog slanker was dan anders. Ze was gewoon te dun. Sonja was graag twintig kilo lichter geweest, maar zo dun als Jenny wilde ze nu ook weer niet zijn.

'Goedenavond, dokter Gebauer. Met Falko gaat het goed. De wond is prima geheeld.'

De kleine stond voor de behandeltafel en strekte haar armpjes omhoog. 'Op!' commandeerde ze.

Sonja was gefascineerd door de energie die de kleine meid in zich had.

'Jij wilt erop? Ben jij een hond? Of een kat?' vroeg Tine geamuseerd.

Juultje knikte ijverig.

'Nou, vooruit dan maar!' Sonja tilde het stralende meisje op en zette haar op de behandeltafel, en Tine liet haar met het hydraulische systeem twee keer omhoog en weer naar beneden gaan. Juultje jubelde van plezier.

'Zo, nu is het klaar,' zei Tine. 'Anders geeft de dokter je een hondenspuitje.'

Juultje protesteerde toen Sonja haar van de tafel tilde. Tine nam de kleine bij de hand en nam haar mee naar de wachtkamer, waar op de vensterbank en in de kast een paar knuffelbeesten stonden.

'Het is mijn schuld,' zei Jenny zacht toen Tine en Juultje buiten gehoorafstand waren. 'Jullie hebben dit hele gedoe aan mij te danken.'

Sonja staarde haar aan en begreep er niets van. 'Wat voor gedoe?' vroeg ze verbaasd.

Jenny hoestte, trok een zakdoek uit haar jaszak en snoot haar neus. O ja, iemand had Sonja verteld dat ze in het landhuis allemaal flink verkouden waren. Daarom was ze zeker zo bleek. Ze was er duidelijk nog niet bovenop.

'Dat gedoe met Kalle,' antwoordde ze nauwelijks hoorbaar.

'Wat is er nou in hemelsnaam met hem aan de hand?' vroeg Sonja.

Ze deed haar best het kalm te laten klinken, maar ze werd ineens zo nerveus dat haar hart tekeer begon te gaan. 'Ik weet alleen dat hij zijn functie als voorzitter wil neerleggen, maar ik heb geen idee waarom.'

'Ik wel.' Jenny ging uit eigen beweging op een van de twee zwarte draaikrukken voor de behandeltafel zitten. 'Hij heeft een fikse rekening gekregen,' zei ze. 'Van Simon Strassner. Voor de bouwtekeningen en de levering van bouwmateriaal voor de oliemolen.'

'Wat?' riep Sonja. 'Maar meneer Strassner heeft uitdrukkelijk gezegd dat hij het gratis deed! Voor de vereniging. Hij is immers lid.'

'Er is inmiddels het een en ander veranderd.'

Sonja keek haar onderzoekend aan en ineens begreep ze het. 'Dus er komt geen bruiloft meer?'

'Daar was nooit sprake van,' zei Jenny vermoeid. 'Dat zijn allemaal dorpsroddels. Maar hij heeft geprobeerd om mijn oma en mij te chanteren. Op een heel nare manier. En toen heb ik hem duidelijk gemaakt dat er geen toekomst voor ons is.'

'Ik begrijp het.' Sonja knikte peinzend. 'Hij is een slechte verliezer.'

'Een heel slechte.'

Ze zwegen allebei. In de wachtkamer maakte Juultje vrolijke geluidjes, terwijl Tine het geluid van een olifant nadeed.

'Het spijt me heel erg,' verbrak Jenny na een poosje de stilte. 'Ik wist gewoon niet wat ik anders moest doen.'

'Nee, joh!' zei Sonja. 'Je hoeft geen spijt te hebben, Jenny. Integendeel. Als je wel iets met die aasgier was begonnen, had ik het zielig voor je gevonden. Het is erg slim van je om hem de bons te geven. Dat had je meteen moeten doen. Maar beter laat dan nooit.'

Jenny keek haar verrast aan en glimlachte.

'Bedankt,' zei ze. 'Bedankt dat je me begrijpt, Sonja.'

'Dat is toch logisch,' bromde Sonja. 'Ik heb ook ooit in zo'n situatie gezeten. Het is al een paar jaar geleden, maar ik kan het me nog goed herinneren. Het heeft geen zin om je aan te passen. Weg met die kerel. Over en uit. Daarna gaat het beter met je.'

Ze stak haar hand naar Jenny uit. 'Het spijt me overigens dat ik je oma en jou zo lang iets heb voorgewend, hoewel ik in feite heel goed wist dat jullie wisten wie ik ben. Maar daar kunnen we een andere keer over praten. Ik geloof dat ik me in jullie heb vergist, Jenny, want je bent echt een toffe meid. Goed, wat kunnen we doen zodat de arme Kalle en de vereniging niet onder Strassners snode plannen ten onder gaan?'

Jenny pakte haar hand en schudde hem. 'We moeten hoe dan ook zien te voorkomen dat Kalle het bijltje erbij neerlegt,' zei ze. 'En we moeten ervoor zorgen dat hij die stomme rekening niet hoeft te betalen.'

'Weet je hoe hoog de rekening is?' vroeg Sonja.

Jenny haalde haar schouders op. Nee, dat wist ze niet precies, maar blijkbaar zo hoog dat Kalle er helemaal door van slag was.

'Kom je vanavond naar de vergadering?' Sonja wierp een blik op de klok. 'Die over... eh... veertig minuten begint? Ik hoop dat iemand iets te eten meeneemt, want ik heb nu geen tijd meer iets voor te bereiden.'

'Nee, dat wordt te laat voor Juultje. Bovendien moet ik nog even langs oma en Walter, die zijn nog flink in de lappenmand.'

'Je kunt zelf ook beter even gaan liggen,' raadde Sonja haar aan. 'Bedankt dat je naar me toe bent gekomen. We lossen het op de een of andere manier wel op. Zorg eerst maar dat je weer beter wordt, Jenny!' Ze aarzelde even, maar omhelsde Jenny toen vluchtig.

'Hopelijk heb ik je nu niet aangestoken,' zei Jenny met een scheve glimlach. 'Veel geluk vanavond. En... Sonja? Het gaat ons wel lukken, toch? Met onze familie, bedoel ik...'

Sonja begreep natuurlijk wat ze met die laatste zin bedoelde en plotseling merkte ze dat het idee een familie te hebben haar wel beviel. Ook al kon ze niet meer uitbrengen dan een hees: 'Ik denk het wel.'

Jenny maakte een gebaar om aan te geven dat ze voor Sonja zou duimen en liep langs haar heen naar de wachtkamer om de blauwe olifant aan Juultje te ontfutselen waarmee Tine haar zo goed had beziggehouden.

Sonja wachtte tot het protestgehuil was verstomd. Daarna haalde ze diep adem en liep de trap op naar haar woning. Tine zou nog even snel de praktijk opruimen en daarna ook bovenkomen. Nog geen twintig minuten later kwamen de eerste leden aan. Wolf Kotischke verscheen met Gerda Pechstein, de Rokowski's werden door Mücke vertegenwoordigd, Mine en Karl-Erich kwamen samen met Ulli, hun kleinzoon die zijn baan in Bremen had opgezegd en weer terug was. Een lange jongen met het bovenlijf van een worstelaar, die zijn opa heel lief en geduldig de trap op hielp. Anne Junkers kwam ook en tot slot belde Bernd Kuhlmann aan. Hij droeg zoals altijd zijn donkerblauwe gebreide muts, ging bij Mine en Karl-Erich op de bank zitten, gaf Ulli een hand en knikte naar de anderen. Het begon krap te worden in de woonkamer. De enige die nu nog ontbrak, was Kalle. Mücke wist ook niet waar hij zo lang bleef, hoewel Sonja de indruk had dat ze heel goed wist wat de reden was voor deze plotseling ingelaste vergadering. Tine zette thee en schonk mineraalwater in, Mine zette twee schalen met belegde boterhammen op de salontafel. Maar bijna niemand had trek, de meesten hadden al avondeten gehad en wilden eigenlijk zo snel mogelijk weer naar huis.

'Er hangt sneeuw in de lucht,' zei Karl-Erich. 'Alles is bevroren. Als het zo doorgaat, krijgen we een witte kerst.'

Zonder Kalle konden ze niet beginnen. Ze praatten over kersttradities van vroeger, die Mine en Karl-Erich nog kenden, maar de anderen niet. Een kerstboom, dat was heel leuk, en cadeaus natuurlijk ook, maar met die hele christelijke tamtam had Wolf Kotischke helemaal niets.

Verdorie, waar bleef Kalle nou, dacht Sonja benauwd. Ook Mücke leek zich zorgen te maken, hoewel ze haar uiterste best deed het niet te laten merken.

'Hoe zit het nu met de vergadering?' vroeg Karl-Erich tegen half negen ongeduldig. 'Gaan we nu eindelijk beginnen?'

'We wachten op de voorzitter,' zei Sonja.

Op dat moment ging de bel. Sonja sprong op, rende naar de deur en drukte op de zoemer. Eindelijk!

Kalle liep met zware voetstappen de trap op. Hij zag er allesbehalve gelukkig uit. Onbeholpen bleef hij voor de deur staan dralen en hij verplaatste verlegen zijn gewicht van de ene naar de andere voet.

Mücke was Sonja naar de gang gevolgd en pakte zijn hand. 'Kom op!' fluisterde ze. 'Vertel hun wat er is gebeurd. Het is toch niet jouw schuld dat die stomme klootzak...'

'Nou, hup, naar binnen,' onderbrak Sonja haar en ze maakte een uitnodigend gebaar in de richting van de woonkamer. Kalle grijnsde gekweld, maar Mücke gaf hem een bemoedigende kus op zijn wang en trok hem achter zich aan naar de anderen. Toen Kalle achter haar in de deuropening verscheen, werd hij door de bijeengekomen leden met applaus ontvangen.

'Eindelijk!'

'De hoofdpersoon!'

'Onze president!'

Mücke drukte Kalle op de stoel die voor hem klaarstond en ging zelf weer op de bank zitten.

'Nou, vooruit met de geit!' commandeerde Karl-Erich. 'Mine valt namelijk al bijna in slaap.'

'Dat is helemaal niet waar,' verdedigde Mine zich verontwaardigd.

'Begin maar, Kalle,' zei Sonja vriendelijk tegen hem. 'We bijten niet. Voor zover ik weet is datgene wat er is gebeurd niet jouw schuld, Kalle.'

Op die manier aangemoedigd stond Kalle op. Hij haalde diep adem en schraapte uitgebreid zijn keel. 'Het probleem is...' begon hij en hij keek iedereen somber aan. 'Ik beschouwde Simon als mijn vriend, maar in werkelijkheid is hij een vuile klootzak...'

'Kalle!' onderbrak zijn moeder Gerda hem onthutst. 'Zoiets zeg je niet. Tine notuleert alles!'

'Maar hij heeft gelijk,' was Ulli Schwadke het met hem eens. 'Dat is precies wat hij is. Een klootzak.'

Ook Mücke en Sonja waren het daarmee eens.

'Ga door!' zei Sonja.

Kalle wisselde een blik met Mücke en haalde een dikke bruine envelop uit de binnenzak van zijn jasje, waar hij een aantal vellen papier uit haalde waar veel tekst op stond.

'Hij zei tegen me dat hij alles gratis deed voor de vereniging. Ik zweer het. En nu stuurt hij me dit. Een rekening aan mij en een aan de vereniging.'

'Aan de vereniging?' wond Sonja zich op. 'Laat eens zien. Dat kan toch zeker niet waar zijn! Wat een klootzak! Twintigduizend mark voor het ontwerp en de bouwtekening van de geplande aanbouw bij de oliemolen. Is die kerel wel goed bij zijn hoofd?'

Er ging een golf van verbijstering en verontwaardiging door de woonkamer. De leden gaven de rekening aan de vereniging aan elkaar door, schudden hun hoofd, vloekten, jammerden, scholden en verwensten de vuile aasgier uit het westen. Ook de rekening aan Kalle werd doorgegeven. Van hem eiste Simon bijna tienduizend mark voor de planning van de renovatiewerkzaamheden, vakkundig advies en bouwmateriaal.

'Daarmee zijn we bankroet!' stelde Anne Junkers nuchter vast.

'Niet alleen dat,' zei Tine. 'We hebben ook nog schulden.'

'En wie moet die betalen?' vroeg Gerda.

'Het bestuur,' zei Kalle somber. 'De bestuursleden kunnen persoonlijk met hun vermogen aansprakelijk gesteld worden.'

Er ontstond ophef. Gerda Pechstein wilde haar zoon een moederlijke uitbrander geven, Tine Koptschik zei dat ze zich per direct terugtrok en Sonja zei niets. Het probleem was ernstiger dan ze had gevreesd. Als ze geen goede oplossing bedachten, was het afgelopen met de Vereniging Dierentuin Müritz.

'Kalm aan,' zei Bernd Kuhlmann, waarbij hij boven de opgewonden stemmen uit probeerde te komen. 'Zo simpel als deze meneer het zich voorstelt gaat dat niet.'

'Dat wilde ik ook zeggen,' riep Ulli Schwadke vanaf zijn plek op de hoek van de bank. 'De rekening aan de vereniging is naar mijn mening ongegrond, omdat de opdracht onder totaal andere voorwaarden werd verstrekt.' Hij moest hoesten. Hij had sinds gisteren erge keelpijn.

'Juist!' Bernd Kuhlmann knikte. 'Is er eigenlijk wel een begroting gemaakt? En wie heeft die opdracht op welk moment verstrekt?'

Iedereen richtte zijn blik op Kalle. Die fronste zijn voorhoofd, krabde op zijn hoofd en keek Sonja hulpzoekend aan.

'Niemand. Ik in elk geval niet. Hij heeft het gewoon gedaan. Voor de vereniging, zei hij. En uit vriendschap voor mij. Omdat hij de oude oliemolen zo mooi vond... En dan stuurt hij ineens zo'n hoge rekening.'

Nu zag Sonja de kwestie ook in een ander licht. Tuurlijk, de rekeningen waren volkomen ongegrond. Daar konden ze juridisch tegen in verzet gaan.

'Dat kan helemaal niet,' zei Ulli Schwadke. 'En heb je de ontwerpen die hij heeft getekend eigenlijk wel aanvaard en goedgekeurd?'

Kalle haalde zijn schouders op.

'Wanneer had hij dat kunnen doen?' zei Mücke. 'Strassner heeft ze nu pas gestuurd. Kalle heeft ze nooit eerder gezien. Laat ze eens zien, Kalle. De tekeningen zitten ook in de envelop...'

Kalle gaf de envelop aan Bernd Kuhlmann en sloeg zijn armen over elkaar.

'Heeft hij die nu pas gestuurd? Wat schandalig!'

Bernd Kuhlmann bekeek een paar bladen, schudde zijn hoofd en snoof. Ook bij de anderen kwam nu weerstand op tegen de dreigende ondergang van de vereniging.

'Dat mag toch helemaal niet,' zei Gerda verontwaardigd.

'Hij is een bedrieger,' zei Karl-Erich en hij sloeg met zijn kromme hand op de tafel.

'Dit is pure bluf!' zei Wolf Kotischke. 'Hij denkt dat we dom zijn en wil ons oplichten!'

'Met een goede advocaat komen we er wel uit,' zei Ulli Schwadke en hij moest hoesten.

'Maar dat kost geld,' zei Wolf. 'En dat geld hebben we niet.'

'Als jullie het ermee eens zijn, zal ik een brief opstellen,' bood Bernd Kuhlmann aan. 'Ik ga ervan uit dat meneer Strassner daarna alles zal intrekken. Want het is juridisch onhoudbaar. En dat zal hij zelf donders goed weten.' Hij keek kalm en glimlachend om zich heen en klonk vol vertrouwen.

'Maar...' zei Gerda Pechstein onzeker. 'Maar zouden we niet beter meteen een advocaat in moeten schakelen? Die kerel is tot alles in staat, straks ruïneert hij ons allemaal...'

Bernd Kuhlmann zette zijn lege glas bedachtzaam op de salontafel en veegde met de rug van zijn hand over zijn lippen. 'Ik ben advocaat, mevrouw Pechstein. Ik heb mijn kantoor een jaar geleden wel aan een collega overgedragen, maar een duidelijk geformuleerde, juridisch beargumenteerde brief kan ik nog wel schrijven.'

'O, echt?' zei Kalle en hij begon van opluchting te lachen. 'Ben je advocaat? En ik dacht nog wel dat je een fatsoenlijke kerel was!'

De anderen moesten ook lachen. Het probleem was nog niet opgelost, maar er was weer hoop dat ze hier heelhuids uit kwamen.

Sonja stond op, legde een arm om Kalles schouders en gaf hem een bemoedigende knuffel. 'We redden het wel, Kalle,' verzekerde ze hem. 'Wij met zijn allen. Met jou als onze voorzitter.'

Sonja voelde zich die avond erg gelukkig. Ze waren een fijn team. Niets zou het project 'Dierentuin Müritz' tegenhouden. Al helemaal niet die eikel van een Simon Strassner.

Walter

HET WAS NOG DONKER toen hij wakker werd, maar iets zei hem dat het had gesneeuwd. Franziska had die nacht bij hem geslapen. Ze ademde rustig en gelijkmatig. Het was geen haastige koortsademhaling meer, geen gekreun en geen droge hoest. Ze was aan de beterende hand. Hij maakte zich voorzichtig van haar los en stond op. Hij zocht zijn pantoffels en trok het gebreide vest aan om niet weer kou te vatten. In de woonkamer schoof hij de gordijnen open en opende het raam. Koude, heldere, schone winterlucht drong naar binnen. Op de vensterbank glinsterde verse sneeuw. Pas na een tijdje waren zijn ogen aan de duisternis gewend. Hij zag de contouren van de heuvels in het vale ochtendlicht, de ondergesneeuwde bomen, de langgerekte gebouwen van de voormalige LPG, waar op het dak een laagje watten leek te liggen. Daar waar het park begon, was een sprookjesbos ontstaan. Jeneverstruiken rezen bedreigend op als vormeloze reuzen, van een spar dwarrelde sneeuw als een langs waaiende elfensluier. Door de stammen schemerde het meer blauwachtig en er leek een dun laagje ijs op te liggen. Het oevergras was bedekt met witachtige rijp.

Wat mooi, dacht hij blij. Wat een betoverend mooi winterlandschap. Het was jammer dat hij het Franziska niet kon laten zien, maar hij kon haar maar beter laten slapen. Na al die dagen met koorts had ze haar slaap dringend nodig.

Vanavond is het kerstavond, bedacht hij. En dat gaan we samen vieren, zij en ik, als getrouwd paar. Hij schudde zijn hoofd om deze merkwaardige maar gelukkige speling van het lot en sloot het raam.

In de badkamer keek hij op zijn horloge en zag dat het al bijna acht uur was. In de woonkamer stond Falko bij de deur en keek hem vol verwachting aan. Walter zuchtte, knoopte zijn vest dicht en ging met de hond naar beneden om de voordeur open te doen. Hij moest stevig aan de deur trekken, want de wind had de sneeuw ertegenaan geblazen. Falko snuffelde even, zette voorzichtig de ene poot voor de andere, nam een hapje van het koude, witte spul en nieste. Plotseling sprong hij overmoedig in de hoogte en maakte rare sprongen. Her en der bleef hij staan om zich uit te schudden en uiteindelijk rende hij weg in de richting van het bos.

Walter liep rillend de trap op. Boven in de woonkamer stond Franziska in haar gewatteerde ochtendmantel. Ze was nog wat bleek, maar aan haar blik te zien was ze weer fit.

'Walter!' zei ze verwijtend. 'Wat onbezonnen van je! Je loopt gewoon in je pyjama en op pantoffels door het koude trappenhuis!'

'Ik heb toch mijn vest aan,' stelde hij haar gerust. 'Hoe gaat het met je, schat? Ik geloof dat je het ergste achter de rug hebt, nietwaar?'

Ze knikte en boog zich over de radiator om hem open te draaien. 'Dat geloof ik ook. Gisteren had ik de hele dag geen koorts, dus het kan vandaag alleen maar beter gaan.'

'Gelukkig.' Walter zuchtte opgelucht. 'Ga nog even een uurtje liggen, dan maak ik straks het ontbijt.'

'Wat denk jij nou?' riep ze. 'Ben je vergeten dat het vanavond kerstavond is?'

O jee. Dat was typisch Franziska. Zodra ze zich iets beter voelde, stortte ze zich meteen weer op het werk.

'Kerstavond is pas vanavond,' zei hij resoluut.

'Inderdaad,' zei ze. 'En ik moet meteen de aardappelen opzetten voor de aardappelsalade. Jenny brengt eieren en een blik worstjes mee. De Frankfurter worstjes zijn de beste.'

'Het komt allemaal goed, rustig aan.'

'We moeten de fruitsalade ook nog maken.'

Ze liep de badkamer in en meteen daarna hoorde hij de douche ruisen. Hoofdschuddend liep hij terug naar zijn kamer om zich aan te kleden. Buiten begon het al lichter te worden. Op de weg reden een aantal auto's in de richting van Waren, voorzichtig en langzaam, want de weg was nog niet schoongeschoven. Hij hoorde een schrapend geluid en keek naar buiten, waar hij Kacpar zag staan, die met een verroeste sneeuwschuiver druk in de weer was om de entree en de weg naar de straat sneeuwvrij te maken.

Toen hij de keuken in liep om het ontbijt te maken, was Franziska er al. Ze was eerder aangekleed dan hij en zette de aardappelen al op. Ze zag er goed uit in haar rode trui en dat zei hij tegen haar. Ze wuifde het compliment weg, maar hij zag dat ze er blij mee was.

'Hoe laat komt Jenny ons ophalen voor het kerstspel?' vroeg ze en ze pakte de augurken en de mayonaise uit de koelkast. 'Om twee uur?'

'Ik dacht om kwart voor vier. Mücke houdt twee plaatsen voor ons vrij.'

Walter dekte de tafel in de woonkamer. 'Alleen meneer Woronski is er nog niet,' zei hij en hij schonk een kopje koffie in voor Franziska, die bij hem kwam zitten. Hij had de zin nog niet uitgesproken of Kacpar kwam binnen met een kleine spar, die hij blijkbaar zojuist in het park had omgehakt.

'Ik zet deze eerst maar even in de gang, het liefst met een plastic zak eronder, zodat hij kan uitdruipen,' zei hij.

Walter haalde een zak uit de keuken.

'Zonder kerstboom is het geen echte kerst,' zei hij glimlachend toen hij Walters blije gezicht zag. 'Vroeger waren er in een landhuis zelfs twee kerstbomen, dat was traditie. Een voor het personeel en een voor de familie.'

'Wat mooi!' riep Franziska, die haar hoofd om de hoek van de woonkamerdeur stak. 'Heel erg bedankt, meneer Woronski. En het klopt helemaal, wat u zegt over de traditie. Maar komt u toch binnen. U bent helemaal blauw van de kou!'

Kacpar trok zijn jas en laarzen uit en schudde de sneeuw uit zijn haar. Hij ging bij Walter en Franziska aan de gedekte ontbijttafel zitten en pakte een broodje. Terwijl ze aten, spraken ze over oude kersttradities uit Mecklenburg-Vorpommern en Oost-Pruisen, over de dorpskerk die in de eerste jaren van de DDR nog vaak werd gebruikt, maar later in verval was geraakt en ergens in de jaren zeventig was gesloopt. Franziska was er verontwaardigd over. Ze vond dat de Dranitzers hun kerk hadden moeten verdedigen en opknappen. Als het dan niet uit vroomheid was, dan in elk geval om een stuk van hun dorpstraditie te behouden. Walter was het met haar eens, maar zei dat hij in die tijd al niet meer op Dranitz, maar in Rostock woonde. Ze gingen zo op in hun gesprek over de oude gebruiken dat ze de tijd vergaten.

'Ach, hemel!' riep Franziska ineens en ze liep snel naar de keuken. 'De aardappelen! Nu hebben ze veel te lang gekookt. Wat erg!'

'Aardappelpuree met worstjes is ook heel lekker,' zei Walter plagend.

De hele ochtend waren ze bezig met de voorbereidingen. Franziska regeerde in de keuken, terwijl Kacpar en Walter hun best deden om de spar in de oude kerstboomstandaard te krijgen. Tegen tien uur kwam Jenny met Juultje binnen. Falko draafde achter haar aan en liep meteen naar de keuken voor zijn ontbijt. Vandaag zaten er zachte aardappelen in het bakje met blikvoer, en een restje bacon dat Franziska per ongeluk van de keukentafel had laten vallen.

'Hoera, een kerstboom,' jubelde Jenny. 'Ik ga meteen de kerstballen en de versiering halen. Let je even op Juultje, oma?'

Zoals altijd als Jenny verscheen ontstond er drukte. Kacpar en Walter droegen de boom door de woonkamer, op zoek naar een geschikte plek. Falko stond onder de tafel en schudde zijn natte vacht uit, waarbij het water alle kanten op spatte. Franziska had in de keuken de grootste moeite met haar nieuwsgierige achterkleinkind, dat per se naar de boom in de woonkamer wilde.

'Jenny! Jenny, waar blijf je nou? Ik kan zo toch niet werken, verdorie!'

'Ik kan de kerstdecoratie niet vinden, oma!'

Walter dacht aan de stille kerstfeesten die hij als jongeman in het huis van zijn vader had beleefd. Toen hoorde je alleen de huishoudster tegen de dienstmeisjes mopperen en soms ging de deurbel als een bode iets moest afgeven. 's Avonds zat hij alleen met zijn vader tussen de donkere meubels in de woonkamer. De huishoudster serveerde het menu, daarna gaven ze elkaar cadeautjes, ze kletsten nog een tijdje en dan gingen ze naar bed. Franziska had andere herinneringen. Voor haar was 24 december altijd een chaotische dag vol geheimzinnige voorbereidingen geweest. Daarom had ze er ook geen moeite mee om orde in de chaos te brengen.

'Zet de boom alsjeblieft daar in de hoek, niet naast de verwarming,' zei ze tegen Kacpar en ze veegde haar handen aan haar ouderwetse keukenschort af. 'Iets meer naar links... Ja, zo is het goed. Jenny, de kerstversiering zit in de blauwe doos die links op de kast in de bergruimte staat. Walter, wil je Juultje even in de box zetten, anders loopt ze ons alleen maar voor de voeten.'

Walter maakte zich een beetje zorgen dat Franziska te veel van zichzelf vergde, maar zo te zien bloeide ze in de drukte rond de kerstvoorbereidingen juist op. Tegen de middag waren niet alleen de aardappelsalade en het toetje klaar, maar was de boom ook met rode en zilveren decoraties opgetuigd en lagen er zelfs al pakjes onder de boom, zorgvuldig ingepakt in kleurrijk cadeaupapier en voorzien van naamkaartjes. Iedereen was heel blij met haar werk, alleen Juultje zat boos en met een nat gezichtje van de tranen op opa Walters schoot. De mooie rode kerstbal die ze uit de sprookjesachtige boom wilde plukken, was gebroken, de kleurrijke cadeautjes onder de boom mocht ze niet uitpakken en elke keer als ze zilveren lametta pakte, werd het van haar afgepakt.

'Ik vrees dat ze een kerstfobie ontwikkelt,' zei Kacpar voor de grap.

Toen alles eindelijk klaar was, zei Franziska dat ze moesten gaan.

'Jullie moeten opschieten, anders missen we het kerstspel nog. We zijn al laat!'

Walter en Franziska stapten gehaast met Juultje, die nog steeds huilde, in Jenny's Kadett. Kacpar volgde in zijn eigen auto. Natuurlijk kwamen ze te laat bij het culturele centrum, maar het was niet erg, omdat het kerstspel toch nog niet was begonnen. Twee engelen en Maria waren er nog niet. Mücke had hen via de kleuterschool in Waren geregeld en vreesde dat de sneeuw haar parten zou spelen.

Na het spel kwamen de ouders, kinderen en familieleden in de zaal bijeen. Ze dronken punch, aten koekjes en wensten elkaar een vrolijk kerstfeest. Natuurlijk werden de vertolkers van het kerstspel enorm geprezen en ook Mücke en haar helpers, die uiteindelijk toch nog waren gekomen, werden uitgebreid bedankt en kregen complimenten.

Walter proostte net met een glaasje punch met Franziska toen hij vanuit zijn ooghoek Jenny zag staan. Hij zag dat Bernd Kuhlmann na lang aarzelen naar haar toe ging.

Ze spraken met elkaar. Het zag er niet bepaald uit als een hartelijk gesprek, eerder als het beleefd maar afstandelijk aanknopen van contact. Bernd praatte zacht en snel, Jenny fronste haar voorhoofd omdat het lawaaierig was in de zaal en ze moeite moest doen om hem te verstaan. Ze gaf een kort antwoord, knikte twee keer en deed een stap naar achteren alsof ze afstand wilde nemen, maar Bernd Kuhlmann stak zijn hand naar haar uit. Jenny aarzelde eerst, maar schudde toen zijn hand.

Het is een begin, dacht Walter. Een voorzichtig begin. Hij wendde zich weer tot Franziska en zag dat zij de toenadering tussen vader en dochter ook had meegekregen, want er verscheen een optimistische glimlach op haar gezicht.

Vrolijk gestemd, vanbinnen verwarmd en voorzien van cadeautjes voor Juultje reden ze terug naar het landhuis. Het schemerde al en er dwarrelden kleine, doorschijnende sneeuwvlokjes door de lucht. Falko zat rillend voor de voordeur. Franziska maakte de deur open en hij rende meteen de trap op om boven onder de tafel te gaan liggen.

'Zullen we eerst eten of eerst cadeautjes doen?' vroeg Walter.

'Eerst cadeautjes,' zei Jenny, die zich in het culturele centrum had volgepropt met koekjes. 'Juultje is doodmoe, ze valt zo in slaap.'

Iedereen liep naar zijn kamer om de rest van de cadeautjes te halen. Daarna stak Walter de kaarsjes in de boom aan. Ze zongen twee kerstliedjes en toen pakten ze om de beurt hun cadeautjes uit.

Juultje kreeg van haar overgrootmoeder en Walter een nieuwe winterjas, natuurlijk weer een roze en minstens een maat te groot, met bijpassende muts en handschoenen. Jenny gaf haar dochter een prachtig prentenboek, maar van Kacpar kreeg Juultje het mooiste cadeau: een knuffelhond die echt kon blaffen. Die kon ze pesten en mishandelen zo veel ze wilde. Hopelijk liet ze Falko dan voortaan iets meer met rust.

Het waren allemaal slechts kleinigheden, die zo liefdevol verpakt onder de kerstboom lagen, maar misschien hadden ze juist daarom zo veel plezier bij het uitdelen en uitpakken. Franziska had voor Walter een album met foto's en teksten van hun huwelijksreis samengesteld en hij schonk haar de tekeningen die hij onderweg had gemaakt. Jenny had voor Walter een keukenschort, een tekenblok en zachte potloden gekocht. Voor haar oma had ze een oude foto van het dorp Dranitz ingelijst, die ze op de vlooienmarkt had gevonden. En Kacpar kreeg een doos snoep en sokken die Franziska had gebreid.

Tot slot maakten ze de cadeautjes open die ze in het culturele centrum voor Juultje hadden meegekregen: speelgoed, een houten mobile met blauwe walvissen, een wandlamp in de vorm van een halve maan en een lichtblauwe winterjas. Die had Anne Junkers hun gegeven. Het was een cadeau voor Jörg geweest, maar die had hem nooit gepast en daarom was hij nog zo goed als nieuw.

'Zo,' zei Franziska grinnikend. 'Onze Jule komt de winter wel door. Als de ene jas in de was zit, heeft ze de andere nog.'

Na het uitpakken van de cadeautjes namen ze allemaal plaats aan de woonkamertafel en aten ze Frankfurter worstjes en aardappelsalade. Alleen Juultje kon niet echt genieten van het eten, want na de eerste hap vielen haar ogen al dicht. Jenny nam haar slapende dochter op de arm, trok haar een pyjama aan en legde haar op bed. 'Slaap lekker, schatje,' fluisterde ze zacht en ze gaf een kus op haar rode haar. 'Morgen gaan we met je nieuwe knuffelhond spelen.'

Terug in de woonkamer serveerde Jenny het toetje: fruitsalade met slagroom. Ze spraken over Landhotel Dranitz en broedden nieuwe ideeën uit. Jenny bedacht een reclameconcept en Franziska stelde noodzakelijke werkzaamheden in het park voor. Alleen Walter zei niet veel, omdat hij niet graag luchtkastelen bouwde. Tegen tien uur, toen Kacpar zich net had teruggetrokken, werd er aangebeld.

'Ik ga wel, oma!' bood Jenny aan en ze haastte zich de trap af.

Boven hoorden ze dat ze de voordeur opendeed en iemand begroette. Daarna was het een hele poos stil voordat ze ten slotte voetstappen op de trap hoorden.

'Wie zou dat zijn?' mompelde Franziska.

'De Kerstman misschien,' grapte Walter.

Franziska keek hem berispend aan, maar ze kon het niet laten te grinniken.

Het was niet de Kerstman die achter Jenny aan de trap op kwam. Het was Ulli Schwadke. Hij droeg gevoerde winterlaarzen en een gewatteerde jas. Zijn rode muts had hij afgenomen en hield hij in zijn hand.

'Vrolijk kerstfeest!' Hij knikte naar Walter en Franziska. 'Ik moest even een wandelingetje maken. Mines kalfszult was zo verdraaid lekker dat ik er veel te veel van heb gegeten. En toen bedacht ik dat ik net zo goed voor Kerstman kon spelen en mijn cadeautje voor Juultje kon afgeven.'

'Dus toch de Kerstman,' fluisterde Walter, waarmee hij weer een bestraffende blik oogstte.

Ulli haalde een pakje uit zijn rugzak en gaf het aan Jenny. Ze maakte het open en zag een prachtige, warme winterjas voor Juultje. Grasgroen, omdat die kleur volgens hem het beste bij haar rode haar paste.

'O!' zei Jenny en ze deed haar best om niet te lachen. 'Hij is echt heel mooi. Dank je wel, Ulli!'

'Nu hebben we alleen niets voor jou,' zei Walter spijtig. 'Maar het zou leuk zijn als je een glaasje wijn met ons drinkt.'

'Er is ook nog fruitsalade met slagroom,' zei Franziska uitnodigend.

Ulli sloeg het beleefd af. Hij had alleen even een wandelingetje willen maken en moest nu weer door de sneeuw en storm teruglopen. 'Ik dacht alleen dat een van jullie me misschien zou kunnen begeleiden...'

Franziska wisselde een verbaasde blik met Walter. 'Nu? Op dit tijdstip?' vroeg ze. 'Dat denk ik niet.'

Maar Walter had het natuurlijk allang begrepen. 'Neem mijn wollen sjaal, Jenny,' raadde hij haar aan. 'En dikke sokken van Franziska.'

Jenny was in minder dan vijf minuten klaar en Ulli beloofde haar morgenochtend meteen met zijn auto terug te brengen naar het landhuis. Juultje zou kerstavond bij oma en opa doorbrengen.

'En pas goed op jezelf!' riep Franziska hun na.

Daarna stonden Walter en Franziska voor het raam en keken toe terwijl de twee jonge mensen beneden voor het huis een sneeuwballengevecht hielden. Wat was Jenny uitgelaten, en ook Ulli hadden ze nog nooit zo jongensachtig melig meegemaakt. Ten slotte klopten ze bij elkaar de sneeuw van hun jas en liepen ze weg in de richting van het dorp Dranitz. Het was niet ver, hooguit een kwartier te voet, maar de wind dreef dikke, wattenachtige vlokken naar ze toe.

'Ach, wat fijn,' zuchtte Franziska toen ze bij het raam vandaan liep. 'Ze heeft het zo verdiend om een beetje plezier te hebben en gelukkig te zijn. Eerst de lastige kindertijd in die woongroepen, daarna de relatie met een getrouwde man en dan is ze ook nog zo jong moeder geworden. Wat heeft die meid tot nu toe voor een leven gehad?'

Walter beaamde het en hield een ironische opmerking voor zich. Een paar dagen geleden had Franziska nog geklaagd dat Jenny de vader van haar dochter zo grof de bons had gegeven. Blijkbaar had ze zich inmiddels met de situatie verzoend.

Ze keken nog even bij Juultje, die lekker lag te slapen, en daarna trok Walter Franziska tegen zich aan en fluisterde teder: 'Dan is deze kerstavond nu van ons tweeën.'

Franziska vlijde zich tegen hem aan en volgde hem glimlachend naar de slaapkamer.

Franziska

O, DIE DORPELINGEN! HAAR moeder zei altijd dat je geen waarde mocht hechten aan het geklets in het dorp. Maar tegelijk had barones Margarethe von Dranitz er alles aan gedaan om geen voer voor geruchten te geven. Wat Franziska helaas niet was gelukt. Nou ja, een ongeluk kwam zelden alleen. Nu moest ze naast alle geldzorgen ook nog de dorpsroddels verdragen.

'Mevrouw de barones is blut.'

'Het landhuis komt binnenkort onder de hamer.'

'De deurwaarder is al langs geweest.'

Het was de postbode, die nieuwsgierige kerel. Hij had ongetwijfeld met het zesde zintuig van een postbode de aanmaningen herkend. En de brief van de rechtbank was sowieso niet te missen. Zelfs tussen kerst en oud en nieuw lieten ze je niet met rust. Een rechtszitting wegens een niet-betaalde rekening. Zoiets had ze nog nooit meegemaakt in haar leven. Alleen in de tijd dat haar grootvader nog jong was had de familie Von Dranitz schulden gehad, doordat zijn broer, die in het keizerlijke leger had gediend, een te luxe leventje had geleid.

Als de banken niet zulke aasgieren waren, had ze de financieel krappe situatie allang met behulp van een lening overwonnen, maar de voorwaarden die ze haar boden, waren gewoon onacceptabel. Dan kon ze het pand net zo goed meteen aan de bank schenken. Het lag aan haar leeftijd. Als Jenny de eigenaresse was geweest, zou ze betere condities krijgen. Maar alleen als ze kon aantonen dat ze een inkomen had. Dat ze momenteel via een instituut voor schriftelijk onderwijs voor haar schooldiploma leerde en daarna wilde studeren, had niet veel indruk gemaakt.

Die deurwaarder was trouwens maar één keer langs geweest. Toen ze ziek was. Walter had met de meneer onderhandeld en daarna was de deurwaarder weer heel vreedzaam weggereden. Misschien iets gehaaster dan hij was gekomen, omdat Falko zich in de onderhandeling had gemengd. Het was haar echter een raadsel hoe zoiets in het dorp bekend kon worden. Jenny had haar over de geruchten verteld en zij wist het weer van Ulli Schwadke. Sinds hun nachtelijke wandeling waren ze constant bij elkaar. Maar goed, Ulli was een fatsoenlijk mens. Hij zag er goed uit en hij was de kleinzoon van Mine en Karl-Erich. Scheepsbouwingenieur, nou ja. Momenteel werkloos. Zoals helaas zo veel mensen in het oosten. Hij scheen een botenverhuurbedrijf aan de Müritz op te willen bouwen. Maar dat waren allemaal toekomstplannen. Mocht er iets serieus ontstaan tussen Jenny en Ulli, dan moesten ze de jongeman duidelijk maken dat Jenny gebonden was aan het landhuis Dranitz en bijvoorbeeld niet met hem naar Ludorf kon verhuizen. Er even van uitgaande dat het landhuis dan nog haar eigendom was. Wat zeer te hopen was. In elk geval was ze vastberaden om er tot haar laatste snik voor te vechten.

De sneeuw was maar een paar dagen blijven liggen. Hij was inmiddels gesmolten en had vuile plassen en drassige weiden achtergelaten. Toch was het nog bitterkoud. Het was een vochtige kou, die onaangenaam door mantels en jassen heen drong waardoor je het ondanks warme kleding koud had.

Vandaag was het oudejaarsdag en Franziska dacht erover na of ze Kalles uitnodiging moesten aannemen en de jaarwisseling in de oude oliemolen moesten vieren. Het was vast ijskoud in de oliemolen, zelfs als Kalle de kachel stookte, en ze wilde niet weer ziek worden. Aan de andere kant wist ze hoe graag Walter erheen wilde gaan, want Sonja had gezegd dat ze ook zou komen en hij verheugde zich erop om het feest met haar te vieren. Zeker omdat hij haar met kerst niet had gezien, want toen was ze in Berlijn bij een paar oude vrienden en studiegenoten op bezoek gegaan. Waarschijnlijk had ze daar reclame gemaakt voor haar dierentuin en donaties verzameld. Ze scheen daar erg succesvol mee te zijn. En dat gunde Franziska haar ook. Jenny had Franziska verteld dat Sonja in werkelijkheid 'helemaal oké' was en ze hoopte nu dat ze eindelijk ook wat beter contact met Elfriedes dochter kreeg.

Voor de rest had ze helaas het gevoel dat de dingen door haar vingers glipten. Niet alleen wat haar financiën betrof. Jenny ging haar eigen weg, ze had Ulli en de kleine, en dat was ook goed zo. Om haar maakte ze zich geen zorgen. Het belangrijkste was dat Jenny niet te veel van zichzelf vergde met al haar plannen. Met Cornelia was het een heel ander verhaal. Haar dochter had geen kerstkaartje gestuurd en had ook niet gebeld. Franziska had haar geschreven en twee keer vergeefs geprobeerd om haar telefonisch te bereiken. Misschien was ze op reis. Haar dochter haatte het 'sentimentele kerstgedoe'. Ze zei altijd dat ze braakneigingen kreeg van kerstlampjes en opgetuigde kerstbomen.

Ach, er waren nog een heleboel problemen. Terwijl ze had gedacht dat ze na twee jaar op landhuis Dranitz het ergste achter de rug zou hebben. Ze had gehoopt dat het hotel al open zou zijn en het park ontgonnen en opnieuw aangelegd zou zijn, maar dat was allemaal niet gelukt. In plaats daarvan moest ze vechten om financieel haar hoofd boven water te houden en was de familie nog steeds niet bij elkaar. Nee, ze had niet veel zin in oudejaarsavond. Al helemaal niet midden in het bos bij de voormalige oliemolen, wat destijds al een beruchte plek was geweest.

Ze klopte op Walters kamerdeur. 'Binnen!' hoorde ze. Franziska ging naar binnen en zag hem aan zijn kleine bureau zitten. Hij was brochures voor Dierentuin Müritz aan het bekijken. Sonja had er nog een aantal ontworpen.

'Het gaat om vanavond, Walter,' zei ze aarzelend. 'Als jij naar

Kalle wilt gaan, hoef je geen rekening met mij te houden. Ik maak het hier gezellig met Falko en Juultje. Ik ga op de bank zitten lezen of zet de tv aan.'

Maar dat vond hij maar niks. Op oudejaarsavond wilde hij samen met haar zijn om het nieuwe jaar te verwelkomen, een glaasje champagne te drinken, over oude tijden te praten en plannen voor de toekomst te smeden. Vooral dat laatste vond hij belangrijk. Zolang ze samen een gemeenschappelijk doel hadden, zou de leeftijd hen niet kunnen deren.

Natuurlijk was het Jenny die haar aan het twijfelen bracht en die haar hielp om zich over haar bezwaar heen te zetten. Ze kwam in de late namiddag met Juultje aan in het landhuis.

'Oma! Walter! Waar zijn jullie nou? Ik ben eerder gekomen omdat ik nog salade wil maken voor het feest van vanavond. Ik heb alle ingrediënten meegenomen, maar ik heb iemand nodig die Juultje bezighoudt, ze is helemaal door het dolle heen.'

Toen ze Franziska's aarzeling merkte, drong ze aan: 'Ach, oma! Laat nu eens zien dat je een Dranitz bent. Of ben je soms bang voor dat stomme geroddel? Laat de mensen toch kletsen. Bij Kalle zijn we onder vrienden, daar hoef je niet bang te zijn.'

'Wat denk je nou, Jenny? Ik hecht geen waarde aan dorpsroddels. Mijn moeder zei al...'

'Nou, zie je wel!' riep Jenny vrolijk. 'Dan is dat ook weer opgelost. En gaan jullie je nu eens mooi maken. Zodra ik de salade klaar heb, kunnen we gaan!'

En zo laadden ze op de laatste dag van het jaar de auto vol met wollen dekens, twee tassen met babyspullen, een opvouwbaar kinderbed dat ze van Anne Junkers hadden gekregen, een paar thermoskannen met warme drankjes en een grote pan goulashsoep die Mücke Jenny had meegegeven.

Kalle was al de hele dag in de oliemolen aan het werk. Hij had er tafels en stoelen naartoe gebracht, de kachel gestookt en hij had koele drankjes naast het gebouw klaargelegd.

'Is er eigenlijk een toilet?' vroeg Franziska toen ze uit de auto stapte.

'Natuurlijk, een eersteklas tonnetjesplee,' vertelde Mücke, die over het bospad naar hen toe was gelopen. 'Kalle heeft de deur vernieuwd, die was eruit gebroken. In het begin zaten we altijd in de openlucht.'

'Mijn hemel!' zei Franziska lachend.

Kalle had fakkels neergezet die het donkere bos en Bernd Kuhlmanns grote weide met hun warme, gele schijnsel verlichtten en het pad naar de molen omzoomden. Het zag er fantastisch uit.

Ulli, die de koplampen van hun auto had gezien, kwam ook naar hen toe.

'Zal ik Juultje van je overnemen, Jenny?'

'Nee, maar als je het kinderbed wilt dragen, dan verdelen wij de rest van de spullen.'

Voor de oude oliemolen bleven ze vol verbazing staan. Kalle had zichzelf overtroffen. Het gebouw was rondom met fakkels verlicht en het oude molenrad zag er in het flakkerende schijnsel heel romantisch uit.

Kalle stond bij de deur om zijn gasten te ontvangen. 'Kom maar binnen!' Hij maakte een onhandige buiging. 'We hebben de beste plekken voor u vrijgehouden, mevrouw de barones. U zit naast uw kameniester en tegenover uw schoonzoon...'

Wat was Kalle onbeschaamd, want met schoonzoon bedoelde hij Bernd Kuhlmann, die het duidelijk gênant vond dat hij zo werd genoemd. Maar Mine stoorde zich er totaal niet aan dat ze kameniester werd genoemd, want dat was vroeger haar grote doel geweest. Een doel dat door de oorlog in rook was opgegaan. Franziska moest toegeven dat Kalle en Mücke de ruimte prachtig hadden gerestaureerd en gezellig hadden ingericht voor hun gasten. Omdat er geen stroom was, hadden ze talloze waxinelichtjes op de oude houten balken en het maalwerk gezet die een zacht, knus licht verspreidden. Op de tafels stonden flakkerende lantaarns en achter in de hoek snorde een oude gietijzeren kachel. Sonja kwam naar hen toe. Ze omhelsde haar vader, gaf Jenny een hand en begroette Franziska met een vriendelijk knikje.

'Wat fijn dat jullie zijn gekomen,' zei ze. 'Gaat het... beter met je, Franziska?' Het was duidelijk te merken dat ze het niet makkelijk vond om de zus van haar moeder met het vertrouwelijke 'je' aan te spreken, maar ze deed haar best, dat moest ze haar nageven.

Franziska glimlachte, maar ook zij had moeite met de nieuwe omgangsvorm. Ze was nog niet vergeten hoe koel Sonja haar in het begin van het jaar had afgepoeierd. Het zou fijn zijn als Sonja haar excuses aanbood. Franziska was tenslotte niet schuldig aan de dood van Elfriede. Maar dit was de eerste stap naar verzoening en ze wilde niet pietluttig zijn.

'Kom,' zei Walter naast haar. 'Laten we gaan zitten.'

Mine zat op een oude rieten stoel. Bernd Kuhlmann zat naast haar en gaf hun een hand. Walter praatte even met hem en daarna proostten ze met elkaar met de bierflesjes die Kalle ijverig uitdeelde.

'Mevrouw de barones krijgt een glas,' zei hij. 'De anderen drinken uit het flesje.'

Zijn vrolijkheid was aanstekelijk en Franziska ontspande zich. Ze praatte met Mine en daarna ook met Bernd, en ze was blij toen Jenny met Juultje en Ulli bij hen kwam zitten.

'Het wordt tijd dat de nieuwe toegangsweg langs de weide klaar is,' zei Jenny tegen haar vader. 'Als je met bagage aankomt, zoals wij zojuist, krijg je lamme armen. Bovendien is het bospad verdomd steil.'

Bernd knikte. 'Die gaan we meteen in de lente aanleggen.' Hij raapte zijn moed bijeen en vroeg of hij de kleine even op schoot mocht. Jenny gaf Juultje aan hem en hij pakte haar voorzichtig vast.

Ach, het was mooi. Franziska was blij dat ze was gekomen. Ze gaf heimelijk een kneepje in Walters hand en knipoogde naar Jenny, die samen met Ulli de soepkommen ging uitdelen terwijl Juultje zich op de schoot van haar opa nestelde.

Ineens ging de deur open en drie verlate gasten kwamen binnen: Kacpar en Anne Junkers met de kleine Jörg.

'Kom binnen, kom binnen!' riep Kalle blij. 'We wilden net aan de soep beginnen!'

Mücke deelde manden met brood uit, Wolf zorgde voor de drankjes.

Na het eten boden Franziska en Walter Kacpar aan om elkaar eindelijk te tutoyeren, wat ze al veel eerder hadden willen doen.

'Ik weet niet of me dat gaat lukken,' zei hij. 'Hopelijk val ik niet weer terug op "u", want dat ben ik zo gewend!'

Mine vertelde over de olieslager die hier vroeger had gewoond en die de molen als er vraag naar was in bedrijf had gezet. Het was een rare snuiter, klein en op de een of andere manier misvormd. Waarschijnlijk had hij als kind een ongeluk gehad waarna zijn heup scheef was blijven staan.

'Hij had een minnares,' wist Karl-Erich nog. 'Ze kwam uit het naburige dorp en liep altijd door het bos naar hem toe en bleef bij hem slapen. In het dorp had ze een man en kind, het loeder...'

'Haar man was een dronkaard,' zei Mine. 'Hij werkte niet en had niets. Maar de olieslager gaf haar geld, zo was het. Daarmee kon ze haar zoontje grootbrengen, het arme kind.'

'Ik weet alleen nog dat rentmeester Schneyder in de herfst vaak naar de oliemolen reed,' vertelde Franziska. 'Ik geloof dat de olieslager regelmatig voor zichzelf maalde, dat moest in de gaten worden gehouden.'

'Nou ja,' zei Walter. 'Veel zal je vader hem niet betaald hebben voor zijn werk, toch?'

'Nee. Maar hij hield schapen en geiten.'

'Dan was hij een welvarend man!' grapte Walter. 'En wat is er later van hem geworden?'

Niemand wist het. Mine zei dat hij vlak voordat de Russen kwamen was verdwenen en Karl-Erich had zelfs het vermoeden dat hij met hen heulde.

'Je moest voor hem uitkijken,' beweerde hij. 'Die kerel zat achter de meiden aan. Ik moest altijd goed op Mine passen als de olieslager naar het landhuis kwam.'

Mine protesteerde. Ze had prima op zichzelf kunnen passen. En zo erg was die arme man niet geweest. Er waren veel ergere mensen. Wolven in schaapskleren. Mannen die eerst mooie praatjes verkochten en vervolgens een fikse rekening stuurden.

'Dat is waar,' gaf Karl-Erich toe. 'En nu we toch onder ons zijn, mevrouw de barones, ons is ter ore gekomen dat het in het landhuis niet zo goed gaat met het geld. En toen dachten Mine en ik: we hebben toch wat gespaard. Voor later, als we oud zijn. Maar we zijn nu al oud en ik denk dat u het beter kunt gebruiken. En wij willen allebei ook niet dat het landhuis in verkeerde handen komt.'

Franziska wist van ontroering niet wat ze moest zeggen en kneep daarom alleen zacht en zwijgend in Karl-Erichs kromme handen.

'U kunt het later immers aan ons teruggeven,' zei Karl-Erich genereus. 'Of u geeft het aan Ulli. Dan blijft het sowieso in de familie.'

Die laatste zin beviel Mine helemaal niet. Maar omdat Ulli aan de andere tafel heel dicht bij Jenny zat en haar overduidelijk allerlei spannende dingen vertelde, sprak ze hem niet tegen.

'Die jongelui doen nu eenmaal wat ze willen,' mopperde ze. 'En misschien is het ook wel goed zo. Misschien ook niet...'

'Laten we afwachten,' zei Franziska, die Mine goed kon begrijpen. 'Het is nog maar pril.'

De tijd ging snel en het was ineens al later dan ze dachten. Juultje was in slaap gevallen, met de knuffelhond van Kacpar stevig in haar handen. Franziska legde haar in het kinderbedje en spreidde een zacht dekentje over haar achterkleinkind. Jörg was bij Falko op het dekentje gaan liggen, waar ze allebei de laatste broodkorsten oppeuzelden. Sonja zat bij Kalle en Wolf, en Jenny en Ulli waren bij hen gaan zitten. Anne Junkers en Kacpar zaten een eindje verderop en waren diep in een gesprek verwikkeld.

'Een half uur nog,' riep Kalle. 'Nu komt de eindspurt. Allemaal luisteren, nu wordt het huiveringwekkend!'

'Hoezo?' vroeg Anne Junkers angstig.

'Buiten staat het spook van de olieslager, die wil naar binnen,' grapte Wolf Kotischke.

'Onzin!' riep Kalle en hij ging op de zandstenen verhoging voor het maalwerk staan. 'Ik heb een gedicht geschreven en dat ga ik nu voordragen.'

Iedereen begon te lachen. 'Een gedicht! Help! Iedereen van boord!' riep Wolf theatraal. 'Vrouwen en kinderen eerst!'

'Stil!' riep Kalle. 'Ik ga beginnen.' Hij wachtte tot het muisstil was in de ruimte. Daarna trok hij een spiekbriefje uit zijn jasje en begon het gedicht voor te dragen.

Het jaar is al weer voorbij
We beginnen met een schone lei
Het bezorgde ons een fijne tijd
Maar ook wat narigheid

'Bravo!' riep Karl-Erich. 'Goh, Mine, heb je dat gehoord? Het rijmt aan het einde!'

'Kalle is een dichter!' zei Ulli grijnzend.

'Kan ik nu de champagne inschenken?' vroeg Anne.

'Nee!' zei Kalle. 'Ik ben nog niet klaar.' Hij ging weer in positie staan en sprak verder.

Een bruiloft na een hereniging
En Sonja stichtte een vereniging
Ulli nam een baan in Bremen aan
Die moet zich schamen gaan...

'Ik ben toch weer teruggekomen,' bromde Ulli.

'Maar dat duurde wel erg lang,' vond Jenny.

'Dan had je me gewoon wat vaker moeten schrijven.'

Maar Kalle was erg gelukkig
Hij kreeg eindelijk zijn Mücke

Kalle liet zich niet van de wijs brengen. Iedereen begon te jubelen en te applaudisseren. 'Hoera! Mücke en Kalle, zij leven hoog!' riep Jenny. En omdat er nu een flinke herrie losbarstte, schreeuwde Kalle de laatste regels.

Daarom kondig ik het nieuws aan
Dat wij samen verdergaan
Als je echt verliefd bent
Is er ook een happy end

'Zijn ze nu verloofd?' vroeg Bernd Kuhlmann.
  'Ik geloof het wel,' zei Walter en hij kromp ineen omdat er plotseling een luide knal klonk en er iets door de ruimte vloog.
  Anne Junkers giechelde luid en vulde de glazen die al klaarstonden met champagne.
  Sonja schoof Kalle van de verhoging en stapte er zelf op. Ze keek op haar horloge en begon te tellen.
  'Tien, negen, acht, zeven...'
  'Wie heeft er nog geen champagne?' riep Anne.
  '... vier, drie, twee, één... Gelukkig nieuwjaar!'
  Ze omhelsden elkaar, proostten met hun champagneglazen en dronken op het jaar 1993, waarin alles beter, groter en mooier moest worden.
  'Dit wilde ik al heel lang zeggen,' zei Sonja en ze gaf Franziska een hand. 'Het spijt me echt dat ik zo onaardig was. Als je het goedvindt, tante Franziska, beginnen we opnieuw.'
  Tante Franziska! Het was een goed gevoel om een nicht te hebben.
  'Ik ben zo blij, Sonja!' zei Franziska. 'Mag ik je een knuffel geven?'
  Sonja zette haar glas op de tafel.
  'Bij wijze van uitzondering. Maar kijk uit. Ik ben volumineus.'
  Een eindje verderop stond Jenny bij haar vader. Ze proostten met elkaar en kletsten. Jenny lachte, Bernd glimlachte een beetje verlegen, maar leek steeds meer te ontdooien. Kalle deed de deur open en

ze trokken allemaal hun jas aan en liepen naar buiten, de stille bosweide in. Het was koud en een beetje mistig. Aan de donkere hemel was geen enkele ster te zien. De geur van vochtige, beschimmelde aarde, dennennaalden en nevel vervulde de lucht. Ver weg, waar het dorp lag, en nog verder weg, bij de Müritz, was boven de bomen een roodachtig schijnsel te zien. Dat was het vuurwerk.

'Oma?' Jenny trok aan Franziska's mouw. 'Stel je voor, Bernd zei dat hij ons geld kan lenen. En Ulli wil ook helpen. Is dat niet geweldig? Dan redden we het wel, toch?'

'Ach, Jenny…' Franziska wreef over haar ogen.

'Het landhuis komt niet onder de hamer, toch?'

'Nee, zeker niet.'

Walter kwam bij hen staan. Hij legde liefdevol zijn arm om Franziska heen en wees naar het flakkerende roodachtige schijnsel waar nu lichtstipjes uit opstegen.

'Daar schieten ze miljoenen de lucht in,' mompelde hij. 'Idioot, hè?'

Franziska legde haar hoofd tegen zijn schouder. 'Waarvoor hebben wij miljoenen nodig als we zulke vrienden hebben?' vroeg ze zacht.

De toekomst van landhuis Dranitz stond in de sterren geschreven. Maar omdat die door dichte wolken waren bedekt, kon niemand zeggen hoe het verder zou gaan met het landgoed. Alleen Mine wist het. Want zij voelde het.

'Alles komt goed,' zei ze. 'Niet altijd op de manier waarop je het hebt bedacht. Maar goed wordt het wel.'

Lees ook van Anne Jacobs

De *Weesmeisjes*-serie

Een machtige familie, complexe verhoudingen en vele geheimen binnen de muren van één huis.

Nu overal verkrijgbaar